世界汉学诗经学
韩国诗经学概要

夏传才 王长华 主编

【韩】金秀炅 付星星 著

国家出版基金项目
NATIONAL PUBLICATION FOUNDATION

河北出版传媒集团
河北教育出版社

图书在版编目（CIP）数据

韩国诗经学概要 / 付星星,（韩）金秀炅著. -- 石家庄：河北教育出版社，2021.3
（世界汉学诗经学 / 夏传才,王长华主编）
ISBN 978-7-5545-6260-4

Ⅰ.①韩… Ⅱ.①付…②金… Ⅲ.①《诗经》-诗歌研究 Ⅳ.①I207.222

中国版本图书馆 CIP 数据核字 (2020) 第 263233 号

书　　名　韩国诗经学概要
　　　　　HANGUO SHIJINGXUE GAIYAO
主　　编　夏传才　王长华
作　　者　付星星　（韩）金秀炅

出 版 人　董素山
策　　划　郝建国
责任编辑　郝建东　杨　乐
装帧设计　牛亚勋
出　　版　河北出版传媒集团
　　　　　河北教育出版社 http://www.hbep.com
　　　　　（石家庄市联盟路705号，050061）
印　　制　河北荣恩印刷有限公司
开　　本　787毫米×1092毫米　1/16
印　　张　17.25
字　　数　246千字
版　　次　2021年3月第1版
印　　次　2021年3月第1次印刷
书　　号　ISBN 978-7-5545-6260-4
定　　价　60.00元

版权所有，侵权必究

丛书编委会

主　编

　　夏传才　王长华

编　委（以姓氏笔画为序）

　　王洲明　向　熹　刘毓庆

　　李　山　邵炳军　林庆彰（中国台湾）

　　赵逵夫　赵敏俐　郭　杰

　　韩高年　廖　群

编写说明

一、编纂《世界汉学诗经学》的缘起和宗旨

习近平总书记在 2015 年主持中央政治局学习会议上发表《提高国家文化软实力》的讲话，要求我们把弘扬中华民族跨越时空、超越国度、富有永恒魅力的优秀文化成果传播出去。

我国是世界上文明辉煌的民族，是文化传承从未中断的唯一的文明古国。中华文化成果早在公历纪元之初即已传播到东亚和中、西亚，最初外传的是经孔子编辑整理的儒家经书，其中当以《诗经》的影响较为普遍。《诗经》于 5 世纪外传入朝鲜半岛和日本，也较早传到印支半岛，在世界文化史上形成东亚汉学文化圈。而汉、唐时则通过丝绸之路西传，先至中东，再远到罗马，但译为拉丁文和欧洲各主要国家文字，则自 17 世纪开始。18 世纪欧洲兴起汉学热，《诗经》是世界汉学研究的热点。我国的《诗经》与希腊史诗、莎士比亚戏剧，在国际文学界并称人类古代三大文学杰作，且早已在世界上传播，有世界各主要语种的译本，有历代的研究专家和论著，有世界各个国家的读者。

习总书记指出，提高国家文化软实力，要努力提高国际话语权。要加强国际传播能力建设，精心构建对外话语体系。提高国际话语权，我们首先要了解各国对我国已经传播出去的文化元典是如何传播的，有过哪些主要译本

和评论。在 19 世纪后期世界汉学中心转入美国后,西方各国一些学者采用新的方法研究,产生了一些可供我们借鉴的新成果。不了解世界各国学者过去和现在的话语,如何提高国际话语权?

《诗经》外传东亚各国一千多年了,译传西方四百年了,了解他们接受的历史、评论和研究成果,知彼知己,才可能发表我们自己的有效的话语,才可能有所借鉴,这是我们中国人应该做的工作。遗憾的是,四百年来没有人认真系统地来做这个工作,只有蜻蜓点水式的粗略概述,近百年中只有两三本并不高明的译本。

我不知道中国社科院是否建立了专门研究世界汉学的机构,但知道没有进行研究《诗经》西传的工程。部属北京外国语大学建立了外国汉学研究中心,他们的研究人员正集中于"四书"的研究工作。《诗经》的世界各国接受史及其具体的研究成果译介,目前还没有人做。我在 2013 年成功地完成了心脏搭桥手术,它的有效期是五年。我决定利用这有限的残年,主编《世界汉学诗经学》丛书,为国家填补这项空白,为提高国家的文化软实力和国际话语权,竭尽绵薄。

二、丛书主编的基本情况

丛书定名为《世界汉学诗经学》。

主编:夏传才(1924—2017),中共党员,中国作家协会会员。河北师范大学教授,中国诗经学会原会长,退休后专职写作。1984 年获河北省社会科学优秀成果奖,1992 年获国务院特殊津贴(终身)专家。1993 年当选中国诗经学会会长,任职二十年,主持大型国际学术研讨会九届,建立了国际学术界联系网络,与海外老中青三代学者有一定的友好情谊。2013 年任主编的《建安文学全书》出版,被列入 2010—2020 年国家古籍整理重点项目,获河北省社会科学研究特别荣誉奖。2014 年任主编的《诗经学大辞典》出版,列入"十二五"国家重点图书出版规划、国家出版基金项目和《2013—2025国家辞书编纂出版规划》。

三、丛书各卷设计体例

（一）世界各主要语种各成一卷。
（二）每卷内容叙述各语种国家的《诗经》接受传播史。
（三）主要译本或重要《诗经》学文献。
（四）重要论文的翻译。
（五）重要论著的评介。

四、分卷和撰写者介绍

世界汉学《诗经》学现存各国文字的译本和论著，因此以不同语种分卷。拟有下列各卷：

（一）《英语世界的诗经学》

撰写人：张万民，香港城市大学教授，博士生导师。主要研究方向：中西文化交流、海外汉学、《诗经》诠释史、中国文学批评史。

所谓的英语世界，主要以英国、美国为主，略及加拿大、澳大利亚等英语国家。有些英语国家以外的欧洲学者，也曾发表英文论著，本书也做出一定的介绍。此外，中国的香港地区曾是英国汉学发展的重要基地之一，对于回归之前香港学者有关《诗经》的英文著作，本书也做了一定的介绍。

（二）《法国诗经译介史》

撰写人：刘国敏，重庆旅游职业学院讲师，西南大学博士在读。主要研究方向：法国汉学、中法文化交流。

李慧，北京外国语大学欧洲语言文化学院讲师、拉丁语教研室主任，意大利罗马大学东方文学与文化博士。主要研究方向：明清传教士汉学、法国汉学及拉丁语、古希腊语言文学。

《诗经》是17世纪由法国传教士用拉丁文翻译传入欧洲的，18世纪才有法文译本，且现在能翻译拉丁文的人很少。本书则以时间为序，梳理了17世纪至20世纪中期这一历史阶段《诗经》在法国的译介轨迹，所涉及文本包括译介者国籍为法国及以法语书写的主要文献。

（三）《日本诗经学要文校录》

撰写人：王晓平，天津师范大学教授、博士生导师。主要研究方向：比较文学与比较文化、中日比较文学。

他在日本大阪帝冢山大学任教九年，专研日本《诗经》学史，曾著《日本诗经学史》一书。本书着力于日本藏《诗经》写本的释录与研究，整理了日本诗经学的主要文献资料，对于丰富《诗经》的世界性意义，推动《诗经》研究的国际交流具有重要意义。

（四）《韩国诗经学概要》

撰写人：付星星，贵州大学副教授、硕士生导师，南京大学文学博士，曾以公派人员身份留学韩国高丽大学。主要研究方向：汉文学研究、域外《诗经》学。

［韩国］金秀炅，韩国国立公州大学汉文教育系助教授，文学博士。主要研究方向：韩国《诗经》学。

韩国《诗经》学是东亚《诗经》学之林的独特品种，是作为主流的中国《诗经》学的对话者、比较者、补充者的"异域之眼"，具有丰富的诗学内涵与思想史意义。

夏传才
2016年8月

补记：

  由于夏传才先生于 2017 年 2 月 7 日因病辞世，此前他亲自主持的这套《世界汉学诗经学》丛书中除王晓平先生负责撰写的一种外，其他各种当时各作者还都在撰写之中。这原本是中国诗经学会会员众所周知的一项学会学术工程，作为先生的学生，也作为中国诗经学会的继任会长，先生生前主持而未完的工作我责无旁贷必须接过来，必须完成好。正如夏先生所言，这是一项前人没有做过的创新性工程。书稿经过各位作者的辛勤努力终于完成了，结稿后我们又请相关语种专家学者认真审读，对提出的意见建议一一作了修改。尽管如此，我还是对这套丛书持战战兢兢的谨慎态度。现在，我们把她呈现在大家面前，希望能够获得夏先生在天之灵的首肯，也希望得到学界同仁朋友的首肯。敬请海内外方家同行批评指正！

王长华

2020 年 3 月 20 日

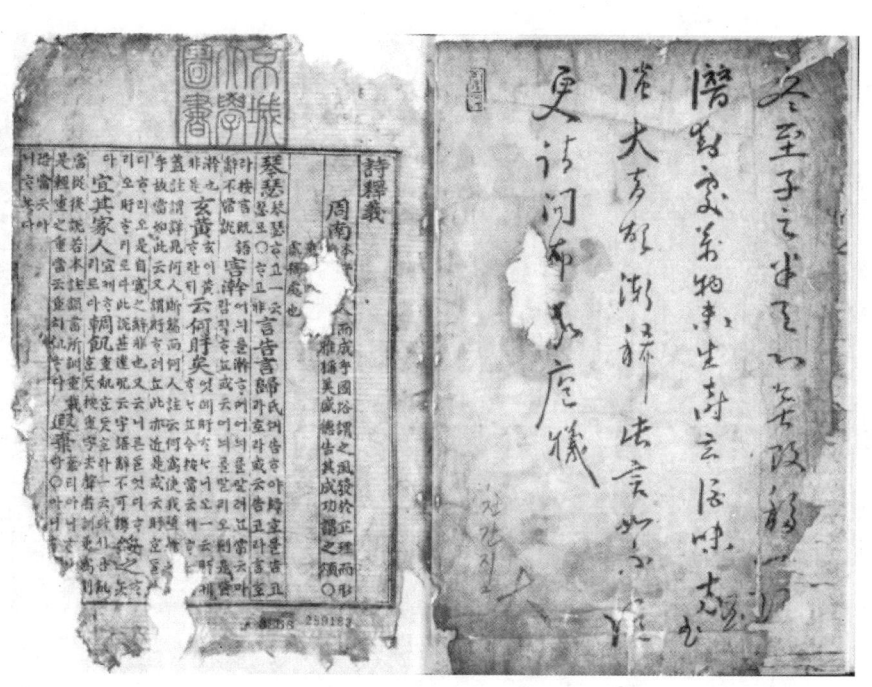

李滉（1501—1570），《诗释义》（木板本）

（韩国首尔大学大奎章阁韩国学研究院藏：一篴古 181.1—Y56g）

《诗经谚解》(木板本)

(韩国首尔大学大奎章阁韩国学研究院藏：一簑古 181. 1—Si27eh)

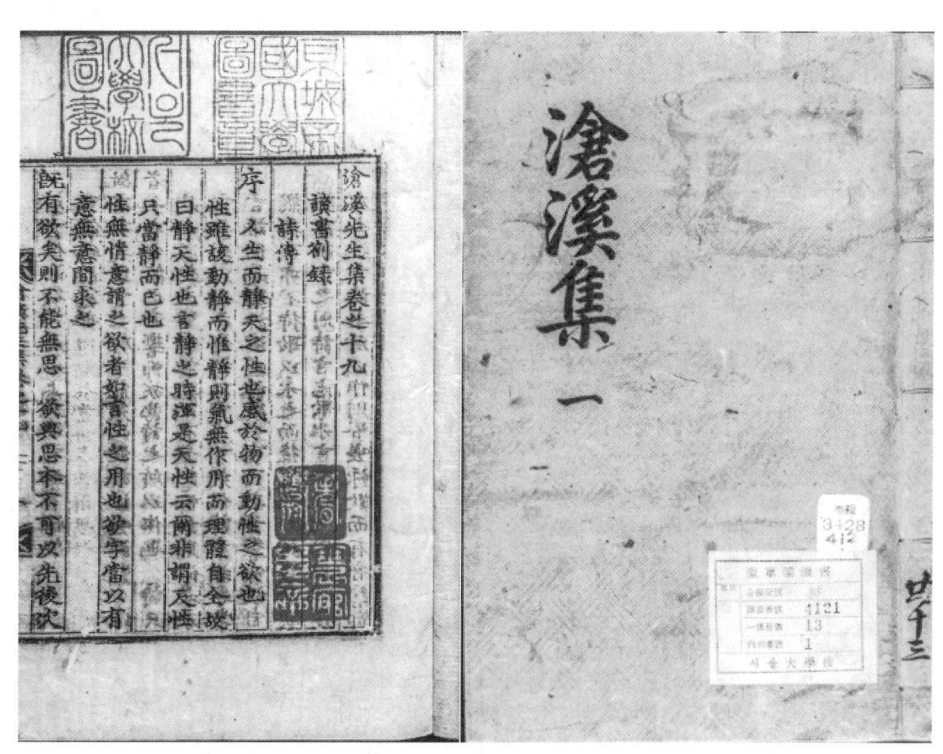

林泳（1649—1696），《沧溪集》中《读书札录·诗传》

（韩国首尔大学奎章阁韩国学研究院藏：奎 4121）

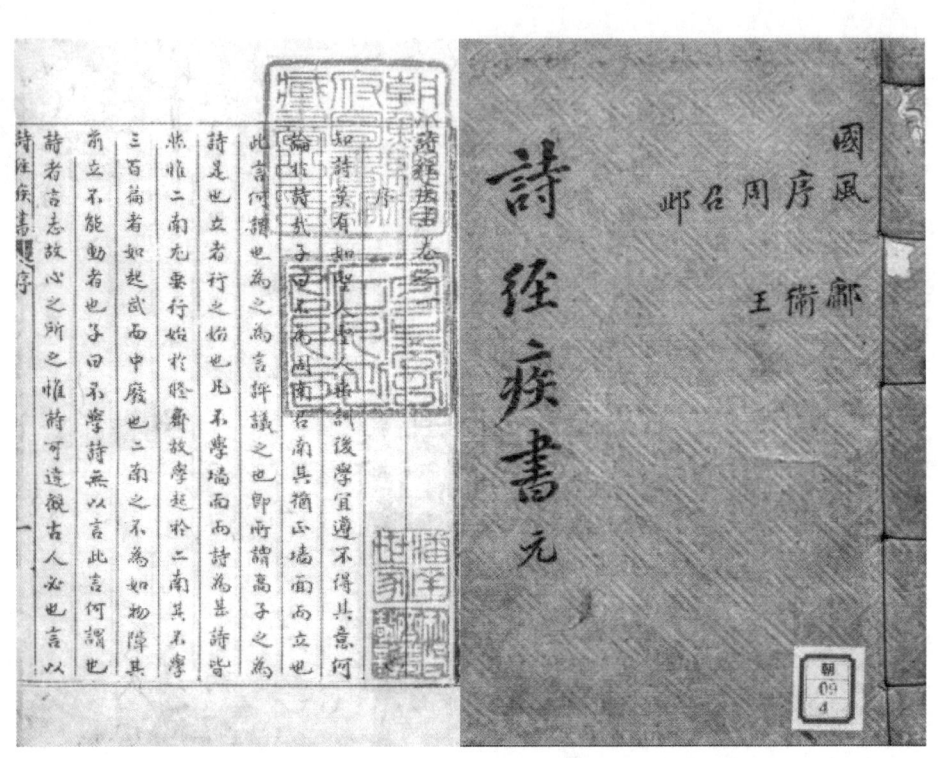

李瀷（1681—1763），《诗经疾书》（写本）

（韩国国立中央图书馆藏：B2 古朝 01—4）

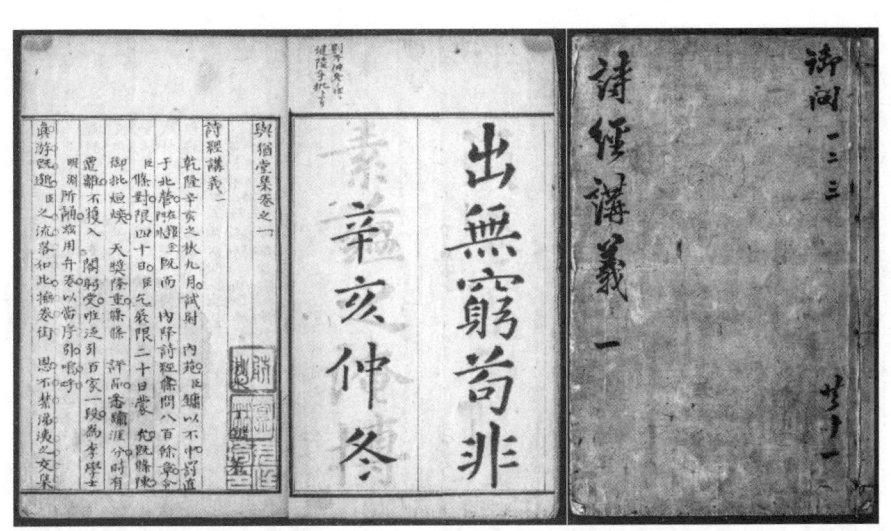

丁若镛（1762—1836），《诗经讲义》（写本）

（韩国高丽大学海外韩国学资料中心所提供的对美国伯克利大学
东亚细亚图书馆藏本的书影）

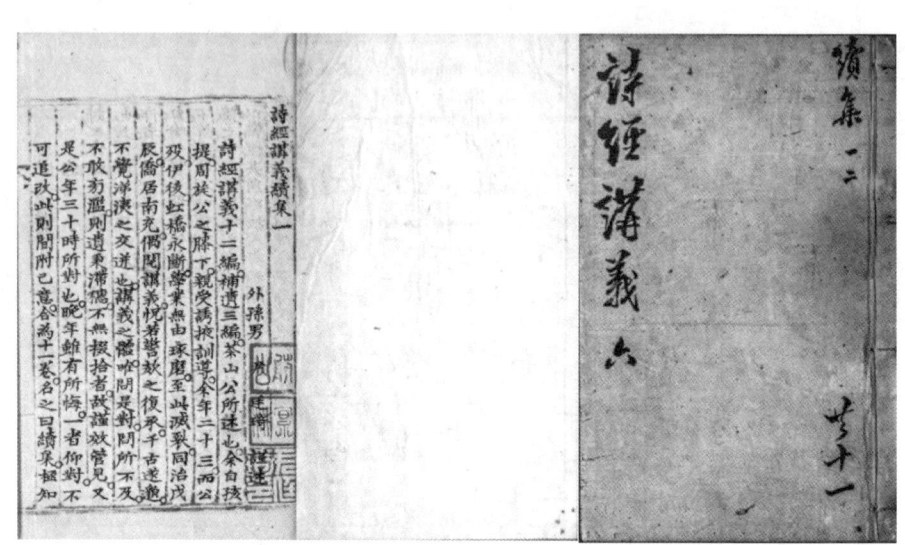

尹廷琦（1814—1879），《诗经讲义续集》（写本）

（韩国高丽大学海外韩国学资料中心所提供的对美国伯克利大学
东亚细亚图书馆藏本的书影）

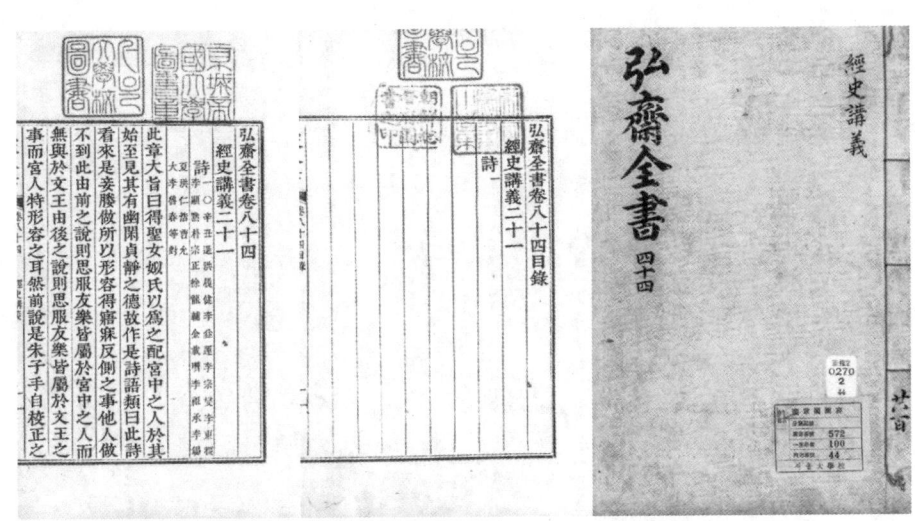

正祖(1752—1800),《弘斋全书》(1814年"整理字"本)

(韩国首尔大学奎章阁韩国学研究院藏本:奎572)

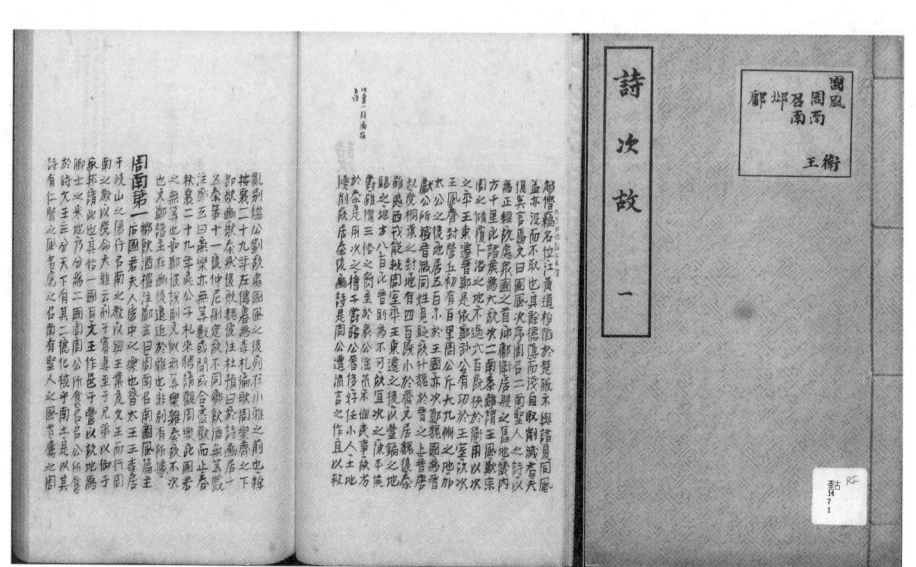

申绰（1760—1828），《诗次故》

朝鲜总督府对郑寅普藏本（写本）的影印本（1934年）

（韩国首尔大奎章阁韩国学研究院藏：奎古14—v.1—7）

目 录

第一章 《诗经》与韩国传统时期谚解 …………………………………… 1
  第一节 何谓"谚解" ……………………………………………………… 1
  第二节 谚解的开始阶段——口诀 ……………………………………… 3
  第三节 谚解的辨析阶段——释义时期 ………………………………… 8
  第四节 谚解的规范阶段——校正厅本《诗经谚解》 ………………… 18
  第五节 《诗经》谚解所产生的影响 …………………………………… 24
  第六节 朴文镐《诗集传详说》与谚解 ………………………………… 27

第二章 《诗经》与韩国传统时期经筵 …………………………………… 34
  第一节 朝鲜时期以前 …………………………………………………… 34
  第二节 朝鲜经筵制度的确立期——世宗、成宗朝 …………………… 36
  第三节 朝鲜经筵制度的坎坷期——宣祖、孝宗、肃宗朝 …………… 42
  第四节 朝鲜经筵制度的成熟期——英祖朝 …………………………… 44
  第五节 朝鲜经筵制度的顶峰、变用期——正祖朝的经史讲义 …… 54

第三章 韩国传统时期对《诗经》的运用 ………………………………… 57
  第一节 《皇华集》对《诗经》篇名、诗句、词语、意象的援用 … 58
  第二节 朝鲜礼乐对《诗经》的援用 …………………………………… 66
  第三节 外交礼谈中的赋《诗》式发话：以中国与朝鲜之间外交为
         中心 ……………………………………………………………… 74

第四章 权近《诗浅见录》研究 …………………………………………… 83

第一节　尊崇并阐发《诗集传》 …………………………… 83
　　第二节　以"理"解《诗》 ………………………………… 85
　　第三节　宣扬教化 …………………………………………… 87
第五章　林泳《读书劄录——诗传》研究 ……………………… 89
　　第一节　对《诗集传》的阐扬与怀疑 …………………… 90
　　第二节　辨析《诗传大全》 ……………………………… 94
　　第三节　校勘《诗传大全》 ……………………………… 97
第六章　朴文镐《诗集传详说》研究 …………………………… 99
　　第一节　解释《诗集传》 ………………………………… 99
　　第二节　《诗集传详说》之特征 ………………………… 106
　　第三节　《诗集传详说》之不足 ………………………… 108
第七章　朴文镐《枫山纪闻录·毛诗》研究 …………………… 110
　　第一节　对《诗集传》的解释、补充与怀疑 …………… 111
　　第二节　关注《诗经》之语言艺术 ……………………… 114
　　第三节　讲述《诗经》之研习 …………………………… 116
　　第四节　道学家的《诗经》研究气息 …………………… 119
第八章　朴世堂《诗思辨录》研究 ……………………………… 123
　　第一节　《诗思辨录》之解《诗》方法 ………………… 125
　　第二节　《诗思辨录》对汉唐《诗经》学的批评 ……… 138
　　第三节　对朱熹《诗集传》的批评 ……………………… 141
　　第四节　结语 ……………………………………………… 146
第九章　李瀷《诗经疾书》研究 ………………………………… 148
　　第一节　怀疑与实证的研究方法 ………………………… 150
　　第二节　经世致用的《诗经》学特征 …………………… 153
　　第三节　《诗经》训诂新见 ……………………………… 158
　　第四节　《诗经疾书》之不足 …………………………… 161
第十章　丁若镛《诗经讲义》研究 ……………………………… 168

| 第一节　引言 …………………………………………… 168
| 第二节　皇权政治与汉代《诗经》学的承继 …………… 170
| 第三节　复归"思无邪"与批判"淫诗说" ……………… 180
| 第四节　在学术与政治之间 ……………………………… 185
| 第五节　结语 ……………………………………………… 193
| 第十一章　成海应《诗经》学研究 …………………………… 195
| 第一节　《诗说Ⅰ》《诗说Ⅱ》：《诗经》学术札记 …… 196
| 第二节　《诗类》：《诗经》文献学研究 ………………… 221
| 第三节　《诗说Ⅲ》：《诗经》文本解释 ………………… 233

参考文献 ……………………………………………………………… 245
后记 …………………………………………………………………… 258

第一章 《诗经》与韩国传统时期谚解

第一节 何谓"谚解"

朝鲜半岛早已有自己的语言,但因其没有固有文字,所以借用汉字表达自己的语言。有时甚至以特殊的方式借用汉字的字音或义训来标记其固有语言。直到朝鲜世宗大王创制(世宗二十五年,1443)、颁布(世宗二十八年,1446)韩国固有文字之后,才开始用此固有文字来标记自己的语言。由此在朝鲜半岛"言文一致"的语言环境得以实现。世宗把这个文字命名为"训民正音"。除此之外,还曾以"谚文""韩文""国文"等不同名称称呼这种文字。《诗经谚解》即用此文字翻译或解释《诗经》的代表文献。其在韩国《诗经》学史上影响颇深。为了有效了解《诗经谚解》的特点,我们先看一下"谚解"的意义及历史演变。

所谓谚解,从字面上讲,指"以谚文进行诠释"之义。从文化角度来讲,专指朝鲜时期用韩文解释或翻译汉文典籍的文章。在朝鲜时期,汉语称为"华语",韩国语称为"谚语"。汉字称为"真文",韩文称为"谚文"。这与日本称汉字为"真名",称日文字母为"假名"道理相同。[①] 而以"谚解"专称"用韩文解释或翻译汉文典籍"的文章,只限于朝鲜时期。进入韩国现当代之后,用"国语"来代替"谚语",用"国语翻译"等词代替了"谚

[①] 张哲俊:《东亚比较文学导论》,北京大学出版社,2004年,第81页。

解"。"谚解"大致存在借用汉字与使用韩文两种方式。在"训民正音"完成、颁布之前,朝鲜半岛没有固有文字,只能借用汉字或韩国式的简化汉字来标记当地语言。韩国的借字方式大致有三种:"吏读""乡札""口诀"。其中"吏读"用于标记应用文,"乡札"用于标记或阅读诗歌(乡歌),"口诀"则主要用于阅读汉文。① 这些借字标记的方式不仅弥补了仅靠汉字难以表达当地土著语言的问题,而且提高了韩国人吸收作为外国语的汉文的效率。这些借字标记的使用并没有因训民正音的出现而消失,而是一直延续到朝鲜后期。而在世宗创制"训民正音"之后,人们可以更直接地用韩文表达语言,解决了"言文不一致"的问题。其不仅在日常的语言生活方面提供了前所未有的方便,而且大大促进了自己思想文化的独立发展。国家还大规模开展和推进谚解工作,使人们可以更有效地吸收、规范外来文化。

从历史演变的角度上讲,谚解有广义、狭义之分。广义的谚解指在谚解产生的前后过程中标记读音、口诀以及翻译等各种方式,而狭义的谚解专指宣祖年间由校正厅出刊的《七书谚解》或《杜诗谚解》等用"谚解"为名的出版物。与崇尚佛教的高丽时期不同,朝鲜时期"崇儒抑佛",阅读、理解儒家经典成为提高文化素质的必要要求。因此朝鲜世宗(1418—1450年在位)、宣祖(1567—1608年在位)、光海君(1608—1623年在位)等历代君王皆命文臣用韩文翻译儒家经典。由国家主持对儒家经典作谚解、校正、刊行、普及的工作一直延续到朝鲜后期,参与这项工作的学者参考了当时流传今已不存的各种谚解本,经过不断修改,至宣祖末年完成了主要儒家经典的谚解工作,其主要成果就是《七书谚解》。此次谚解本的完成建立在历代学术积累的基础之上,也批判吸收了过去韩国人所使用的借字方式的成果,从而趋于完善。可以说,正是它的完成产生了划时代的影响,"谚解"因而成为其专称。

关于谚解的发展阶段,学界有不同的看法,这里直接采用较为主流的分

---

① 关于借字标记方式,参见[韩]南丰铉:《古代韩国语资料》,载《国语对时代演变的研究》Vol. 1—3,国立韩国语研究院,1998年,第209页。

类方式,将谚解的发展过程分为谚解的开始、辨析、规范三个阶段。下面按照这三个阶段阐述一下谚解《诗经》的发展过程。流传至今的《诗经》谚解最早只能追溯到朝鲜时期。现存的朝鲜时期的《诗经》谚解著作包括如下几种:个别在《诗经》影印本之上作夹注的口诀本、李退溪《诗释义》以及《七书谚解》中的《诗经谚解》。它们分别对应发展过程中的三个阶段。其中《诗经谚解》不但以谚文标记读音与口诀,还以谚文进行翻译,可以说总括了谚解历史发展的各个方面。这几种谚解本已充分揭示出了韩国人阅读、解释《诗经》的发展历程,因此本文首先对此进行分析。

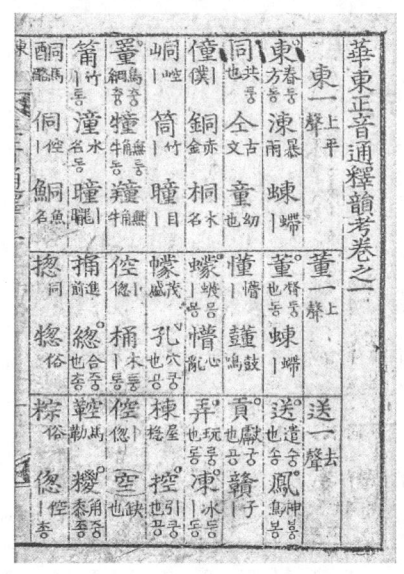

《华东正音通释韵考》

(韩国韩文博物馆所藏 内阁藏版 1841年刊刻本)

第二节 谚解的开始阶段——口诀

"口诀"是将汉文翻译成韩文(谚解)过程中的过渡阶段。因此为了了解《诗经》的谚解,首先要了解口诀。"口诀",又称"语诀""悬吐"

等。专指通过韩国人在汉文旁边附加"吐"以阅读汉文的方式。①口诀里所使用的"吐",相当于句读。虽然中国古人使用句读不普遍,但早就发明并使用"、"②"丨"③等标识作为断句标点。由《礼记·学记》"一年,视离经辨志"的记载可见学会使用句读以读懂经书文字在整个学习过程中是十分重要的。④而朝鲜半岛则一直以来处于与中国不同的语言环境,更为迫切地需要理解汉文文义的有效方法。这种环境促使其独特的句读方式的产生。韩国人所使用的吐,具有像中国古代句读的功能,其本身无法成为独立的语言结构。只有把它放在汉文文章里连起来读,才能成为完整的口诀。而韩国的吐与中国古代句读的不同点则在于韩国的吐可以另外起到韩语里助词、词尾等功能性语词的作用。换句话说,吐具有在句读处插入韩语语词的功能。口诀的种类大致分为两种:一是"释读口诀",二是"顺读口诀"。"释读口诀"指在汉文行文左右旁加吐,将汉文的语序变换成韩文的语序来读的方式。而"顺读口诀"则指按照汉文原文的顺序进行音读并加吐的方式。⑤对儒家经典使用释读口诀的资料如今已失传了,只有使用顺读口诀阅读儒家经典的资料留存下来。

---

① 朝鲜后期的学者李圭景(1788—?)对口诀的定义及韩国人使用口诀的原因说明得较为详细:"经书句节曰句读,中国则无方言,而寻常言语,已具文字,故于句节处,点句读读之,故无如我东之原文外,句读作方言以读之,曰悬读也,俗称悬吐,无此悬读,则文义难解,故更名曰口诀。新罗弘儒侯薛聪,以方言解九经,教授后学。东儒之最醇,无出其右,故丽朝从祀文庙。其方言解经者必为口诀而无传焉。今只有吏读【或称吏道】,即簿牒句节处,以方言悬读,衍成文字,便于吏隶之告官。其所谓解九经者,恐如是也。弘儒之世,即唐时也,其解经必取唐朝流来之句读,经义亦不失。中原先贤之相传授,而竟无所遗传,则吾儒之不幸也,我世祖三年戊寅,上患东方学者,语音不正,句读不明,虽有权近、郑梦周口诀,讹谬尚多,遂命郑麟趾、申叔舟、丘从直、金礼蒙、崔恒、徐居正等,分授五经四书,考古证今,定口诀以进,此今之经书句读悬口诀。"[韩]李圭景:《五洲衍文长笺散稿》卷三十四,《经书口诀本国正韵辩证说》,东国文化社,1959年,第985页。
② 许慎云:"、,有所绝止,、而识之也"。许慎撰,段玉裁注《说文解字注》卷五上,《、部》,上海古籍出版社,1981年,第214页。
③ 许慎云:"丨,钩识也",段注:"丨钩识者,用钩表示其处也"。许慎撰,段玉裁注《说文解字注》卷一二下,《丨部》,上海古籍出版社,1981年,第633页。
④ 关于句读,参见董洪利:《古籍的阐释》,辽宁教育出版社,1997年,第134—157页。
⑤ 参见[韩]南丰铉:《从韩国语史的角度研究口诀》,太学社,1999年,第25、26页。

顺读口诀，又称音读口诀。作为在释读口诀基础上进一步发展的口诀方式，其不影响汉文原文的结构，有助于朝鲜人理解汉文。大多数学者推定顺读口诀大约产生于12世纪。① 释读口诀约在15世纪已衰退，而顺读口诀至今一直被使用，因此现在说"口诀"通常指此顺读口诀。

有关口诀的记录，最早见于《三国史记》（1145）卷四六："（薛）聪性明锐，生知道术②，以方言读九经，训读后生，至今学者宗之。"③ 以乃《三国遗事》（1280）卷四："聪生而睿敏，博通经史，新罗十贤中一也。以方言通会华夷方俗物名，训解六经文学。至今海东业明经者，传授不绝。"④ 学者推测所谓的"以方言解九经"与"训解六经文学"指释读口诀，但因其书不传，对于具体口诀方式，无法考证。

随着宋代性理学的传入，至高丽末、朝鲜初，官方更为注重对儒家经典加吐制定口诀的工作。朝鲜太祖（第一代王，1392—1398年在位）"命知经筵事政堂文学河仑、兼大司宪赵璞曰：予欲览四书，点节以进"⑤，朝鲜世宗（第四代王，1428—1450年在位）亦"语下季良曰昔太宗命（权）近著五经吐，（权）近让之不得，遂著《诗》《书》《易》吐。唯《礼记》、"四书"无之，予虑后学或失本意，以训诸生。若因此而教，岂不有益"。⑥ 此记录反映了两件事实，一件是权近对"三经"的口诀先于对"四书"的口诀，说明当时尚未形成以"四书"为主的性理学氛围；另一件则是当时对儒家经典加注口诀的迫切需要。又崔恒在《经书小学口诀跋》说："欲读书者，须先正语诀，语诀既正，则他歧之惑自祛。然则正经之有口诀，诚儒者指

---

① 参见［韩］南丰铉：《从韩国语史的角度研究口诀》，太学社，1999年，第36页。
② "生知道术"的"术"字，《显宗实录》铸字本等作"待"字，而诚庵古书博物馆藏本则作"术"字。今从诚庵藏本。
③ 金富轼等撰，李丙焘校译《三国史记》（原文篇）卷四十六，《列传第六•薛聪》，乙酉文化社，1977年，第431页。
④ 一然撰，李丙焘译注《三国遗事》卷四，《义解第五》，明文堂，1987年重版，第142页。
⑤ 《太祖实录》卷十五，太祖七年（1398）九月，《朝鲜王朝实录》第1册，国史编撰委员会，1955年，第138页。
⑥ 《世宗实录》卷四十，世宗十年（1428）闰四月，《朝鲜王朝实录》第3册，国史编撰委员会，1955年，第129页。

月之指也。"① 亦足以证明口诀在朝鲜学者学习经典中起到的有效作用。

　　口诀悬吐时所使用的文字有汉字、韩国式简化汉字和韩字三种。其中，借用前两种文字悬吐的方式，随着"训民正音"的发明，逐渐为用韩字标吐的方式所取代。尽管如此，却并没有完全消失，而是一直被使用到朝鲜后期。悬吐通常直接标注于汉文原文之间，但亦有在该悬吐的汉文原文之处以圆圈标识之后，将吐部分单独取出来，列在横向的边栏上面（如《诗正文》中的口诀②）。

　　口诀通过断句悬吐，显出汉文的主语、宾语、补语及述语等句子成分，并显示出文章句子的终结语气与句子之间的连接关系。因此悬挂口诀之处往往多于中国的句读之处。例如《孟子·梁惠王上》第二章的"孟子见梁惠王，

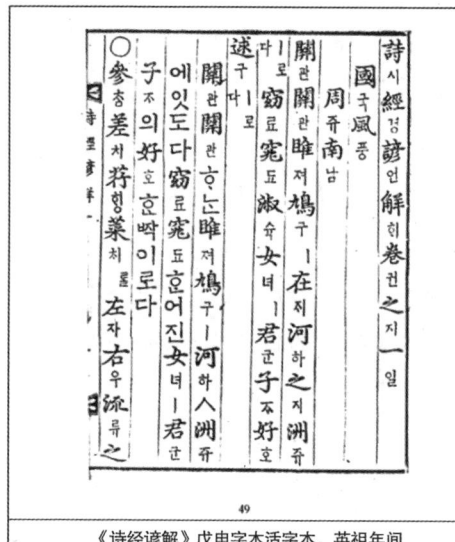

《诗经谚解》戊申字木活字本，英祖年间
（韩国国立中央图书馆藏，藏书编号：한古朝（04-1））

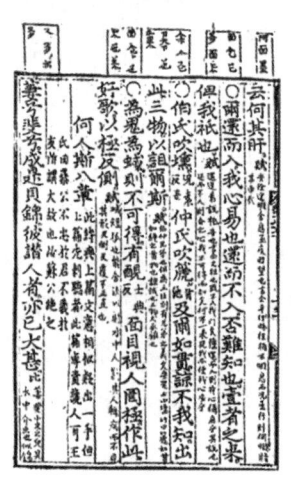

《诗正文》栏外口诀本
（韩国国立中央图书馆藏：일산贵1233-17）

---

① 崔恒：《太虚亭集》卷二，《韩国文集丛刊》第9册，景仁文化社，1989年，第202页。
② 所参考的《诗正文》（卷下）为韩国国立中央图书馆藏本。因其既没有牌记，刊印状态又不十分明晰，对于其版本的信息难以辨别。有学者（[韩]金斗灿，《有关〈诗正文〉口诀的研究——以随意的交替形口诀为中心》，《语文研究》第48号，一潮阁，1985年，第470—485页）认为《诗正文》里口诀有可能在《诗正文》的刊印之后加上去的。虽然不能确认其具体悬吐的时期，但仍借此窥见以韩国式简化汉字标记吐的方式。

王，王立于沼上"有一个句读，而《孟子谚解》则有四个悬吐之处："孟子ㅣ见梁惠王하신대王이立于沼上이러시니。"① 其中（ㅣ/이）是表示主语的助词，另外两种（하신대/이러시니）是动词语尾。表示动词语尾的口诀还包含了连词（대/니）与敬语词（시）的功能。与其他经典相比，《诗》篇通常以四言为句，又需要诵读时的节奏感，不便于将口诀灵活地加进去。这些《诗经》语言、句式上的特点，使《诗经》里所用的口诀功能比其他经书的口诀少得多，并且使用口诀之处几乎与句读之处相同。尽管如此，《诗经》里所使用的口诀仍然体现了某些特殊功能。如对《大雅·文王》篇"周虽旧邦，其命维新。有周不显，帝命不时"句，各用汉字、韩国式简化汉字与韩字悬吐的情况如下。

　　　　　　　　　　a　　　　　　b　　　　　　c　　　　　　d
【1】周虽旧邦（是那）其命维新（奴多）有周不显（可）帝命不时（可）
【2】周虽旧邦（ㄟ尹）其命维新（又夕）有周不显（可）帝命不时（可）
【3】周虽旧邦（이나）其命维新（이로나）有周不显（가）帝命不时（가）

例句中使用的口诀共有三种。其中口诀"a"表示转折关系，口诀"b"为动词词尾（终结语气＋感叹语气），而口诀"c"表示句子的反问语气。其中"有周不显，帝命不时"两句，在释义上有分歧。② 暂且不论解释妥当与否，口诀"c""d"悬在这两句之后，就表明了解释者对这两句的理解，与朱熹《集传》中的解释为"岂不显""岂不时"的反问句异曲同工。这就是口诀在《诗经》中的特殊功能。

口诀为韩国学者提高读经速度和理解效率带来不少方便，但就学术角度而论其价值，不同的学者有不同的评价。虽然不少学者肯定了口诀的必要性③，但亦有学者对口诀可能带来的学术疏浅风气表示担忧。如右议政孟思

---

① 《孟子谚解》，校正厅本，汉阳大学校图书馆藏本。
② 关于"有周不显，帝命不时"句，大致有两种解释。一种解释以"不"字为"语词"，毛《传》、郑《笺》、朱熹《集传》等传统注释主张其说。另一种解释以"不"字为"丕"字，胡承珙、马瑞辰等学者主张其说。现代学者对此句的解释似乎尚未达成一致。陈子展《诗经直解》从前说，而程俊英《诗经注析》、高亨《诗经今注》则从后说。
③ 世宗云："程朱亦虑学者未达经书奥旨，故著注解，令其易知，外方教导若因此（吐：引者注）诲人，则岂无不辅乎?"《世宗实录》卷四十，世宗十年（1428）闰四月，《朝鲜王朝实录》第3册，国史编撰委员会，1955年，第129页。

诚（1360—1438）曾说："有吐则臣恐学者不着力研究。"① 所以朝鲜后期的学者李圭景（1788—?）对口诀坚持既重视又谨慎的态度。他说："经史句读，我国谚解既有已定，则更无余蕴矣。句读既异，则文义又当迥别，学者所当深思细玩，取其无害于辞义，无畔先贤之定论，可矣夫。"② 可以说，韩国学者用口诀阅读、研究《诗经》，既具有利的一面，也潜伏着不利的一面。

第三节 谚解的辨析阶段——释义时期

一、释义

释义，中国本指解释文义。因此有时将解释经典文义的著作命名为释义，如《论语释义》（郑玄撰）、《尚书释义》（伊说撰）、《毛诗释义》（谢沉撰）③ 等。韩国也有借用中国"释义"之义命名撰述的例子。如《皇极经文释义》（李万运）、《大学释义》（许迥）、《周易传义同异释义》（李恒老）等，皆为对经典文义的阐释。而除此之外，还出现了与中国传统的释义不同的撰述，其大部分内容是对当时通行的不同口诀、谚文翻译进行整理与评论。李滉的《七书释义》与李珥的《四书释义》便属其例。而这两部著作对后世学者影响甚大，因此后来把它作为 16 世纪朝鲜通行的释义的代表，以"释义"专指韩国学者对经典的口诀、谚文翻译进行辨析的撰述。④ 因此本文暂时将《七书释义》中的《诗释义》里有关口诀、谚文翻译的"释义"部分作为从《诗经》口诀阶段发展至《诗经谚解》的中间阶段。口诀的不断完善促进了

---

① 《世宗实录》卷四十，世宗十年（1428）闰四月，《朝鲜王朝实录》第 3 册，[韩]国史编撰委员会，1955 年，第 129 页。
② [朝鲜]李圭景：《五洲衍文长笺散稿》卷三十一，《经史句读辨证说》，东国文化社，1959 年，第 875 页。
③ 参见刘昫等撰《旧唐书》卷四十六，《志·经籍上》卷二十六，中华书局，1989 年，第 1970—1981 页。
④ [日]小仓进平：《朝鲜语学史》，刀江书院，1964 年，第 177、178 页）将退溪《七书释义》归于"谚解"类著作。李忠九、崔锡起亦同其说。

谚解本的发展，但在较为完整的谚解本产生之前必然要经历各种不同解释纷出的过程。《七书释义》与《四书释义》在此阶段出现，恰好起到对不同解释进行整理、统一的作用。

释义作为对汉文的一种解释形式，其方式不是对汉文进行全文翻译，也不是逐字逐句解释汉文的注解，而只针对编者所认为的有争论之处加以说明。对于能通过口诀掌握经书的一定知识的当时学者来说，这种形式成为有效理解经典的参考本。释义产生的16世纪，朝鲜正处于吸收、深化理学的阶段，也是进入儒家学术发展的阶段。这就促使学者更为精密地研究儒家经典，而释义就是研究成果之一。①

二、李滉的《诗释义》

李滉（1501—1570），字景好，号退溪。朝鲜中宗二十九年（1534）文科及第，官至大提学、右赞成。晚年辞官返乡，创办陶山书堂，以研究与教育终生。后来退溪的门人形成学术流派，称之为退溪学派。退溪曾经对七种经书做过释义，俗称《经书释义》。《诗释义》是《七书释义》中《三经释义》的一部分。其编撰释义的原因在于"诸经释义，出于俗儒穿凿附会，使经义不

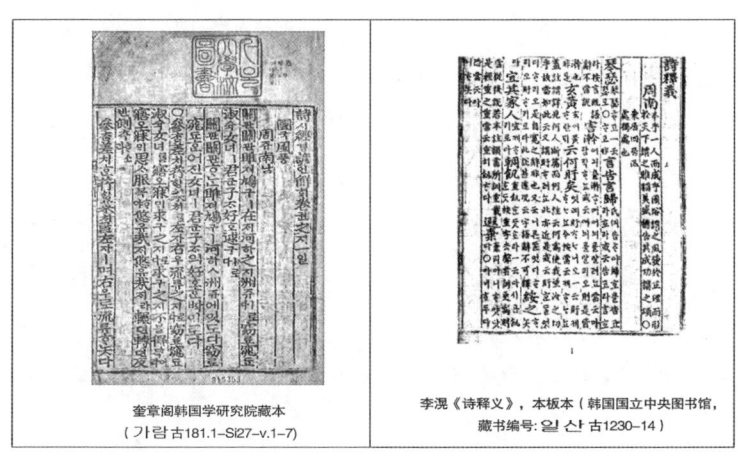

奎章阁韩国学研究院藏本　　　　李滉《诗释义》，本板本（韩国国立中央图书馆，
（가람古181.1-SI27-v.1-7）　　　　藏书编号：일산古1230-14）

---

① 参见［韩］崔锡起：《朝鲜前期经书的解释与退溪〈诗释义〉》，载《退溪学报》第92辑，退溪学研究院，1996年，第63—89页。

通,传文不明,承误踵讹,以欺后学。于是搜集诸人之说,间有去取,以一其归"。① 据退溪丁巳年(1557)寄给门人郑惟一的书信②,退溪约五十七岁时已做好编撰经书释义的准备,由此可以推断退溪的释义完成于晚年。而退溪的手稿本在壬辰战乱(1592)中遗失,退溪的门人琴应埙(1540—1616)于宣祖四十二年(1609)搜集整理当时流传的抄本,以此为底本加以刊刻,即现存版本。其刊行始末见《大学释义》卷末附录的跋文(门人琴应埙撰):

> 右经书释义,惟我退溪先生,裒聚诸家训释而证订之,又因门人所尝问辨者而研究之,皆先生手自净录者也。壬辰兵燹之惨,手本亦失,后学益为之怅怅然。戊申(1608)冬,崔监司瑾来至陶山展谒祠宇,唯以释义传后之意丁宁反复,而又送饷工之资。于是求士友间传写之本,略加雠校而刊之。始役于己酉(1609)之春,三阅月而就绪。

《诗释义》为《经书释义》的一篇,不分卷。其内容为:就《诗》说的疑难之处,参考朱熹《诗集传》③、胡广《诗传大全》小注以及当时朝鲜学者所谚解的各种释义进行辨释。其行文先以大字标出所要讨论的部分,然后以双行小字介绍当时学者的韩文口诀、谚文翻译以及注解,并或以韩文或以汉文附加李滉对此的释义与案语。所讨论的范围较为广泛,涉及字音、诗句、词汇以及朱熹注等问题。《诗释义》的特点可归纳整理如下:

其一,退溪《诗释义》通过对谚解的规范,尽量减少以有形态标记的韩语去理解没有形态标记的《诗》时所产生的解释隔阂,并充分体现了《诗》所具有的"诗的语言"。例如在解释《召南·摽有梅》时,退溪将第一章、

---

① [韩]启明韩国学研究会《退溪学文献全集》第18册,《记善总录》(李德弘),学民文化社,1991年,第481页。
② 退溪云:"滉在都日,求得经书释义各数件,互相参酌而传写。其有可疑处,颇以臆见研说,以备遗忘。归来,欲更加芟正,以示儿侄,而病未暇顾。"李滉,《退溪先生文集》卷二四,《答郑子中丁巳》,《韩国文集丛刊》第30册,景仁文化社,1990年,第79页。
③ 《四库全书》所收朱熹《诗集传》标为《诗经集传》。本文为了叙述简便,在引朱熹《诗经集传》时,通常不提"朱熹"之人名,而直接标出《诗集传》之书名。

第二章之"摽有梅"句翻译成现在进行时态的"摽ᄒᄂᆫ",而将第三章之"摽有梅"句翻译成动作完成时态的"摽ᄒᆫ"。用现代汉语来表达,退溪对前二章的翻译为"正在纷纷落地的梅子",而对第三章的翻译则是"已经落了地的梅子"。退溪对"摽有梅"的翻译通过运用韩语里动词尾语的时态变化有效体现了《摽有梅》每章之间一层接一层的递进关系。

其二,退溪《诗释义》不仅从理学思想的角度解《诗》,而且更注重《诗》一字一词的理解,学者评价为崇尚朱熹注,并以合理的理解、补充朱熹注甚至《诗传大全》小注为其中心课题。① 但本文认为退溪仔细参考斟酌朱熹说、《诗传大全》小注只是属于退溪《诗》学的表面现象,退溪更为注重的其实是客观的解经态度,斟酌朱熹说、《诗传大全》小注属于其解《经》的一环。通过《诗释义》来看,退溪崇尚朱熹之学,不像朝鲜中后期的不少学者"慕宗朱之名,而不究其实"② 的学风。因此退溪在崇尚、接受朱熹注之前,首先从语法、文理的角度解释《诗经》。如《小雅·常棣》"鄂不韡韡"的"不"字,朱熹注云"岂不"。退溪所引的其他释义亦有解释成"岂不"的,但退溪认为应解释成"鄂然韡韡",即以"不"字为"助词"。其说本于毛《传》("鄂,犹鄂鄂然。言外发也"),亦与王引之说("毛《传》'鄂,犹鄂鄂然。言外发也。韡韡,光明也',则'不'字乃语词。'鄂不韡韡',犹言'夭之沃沃'"③)不谋而合。王国维等近代学者根据甲骨文研究发现"不"字像花萼的全角④,认为当以"不"字为郑《笺》所训的"萼足",

---

① 有关论述参见《16世纪经书谚解的思想史的考察》([韩]金恒洙,《奎章阁》第10辑,首尔大学校,1987年)、《关于退溪〈诗释义〉的研究》([韩]崔锡起,《退溪学报》第95辑)、《退溪的〈诗经〉解释及其特点》([韩]沈庆昊,《退溪学与韩国文化》第36号)等论文。尤其金恒洙强调:"退溪的《释义》完全从朱熹性理学的立场揭示对经文的解释与翻译,为学者之间众说纷纭的经说提供朱熹性理学的圭臬。"[韩]金恒洙,《奎章阁》第10辑,首尔大学校,1987年,第30页。
② 董洪利:《孟子研究》,江苏古籍出版社,1997年,第258页:"崇尚朱熹之学,是元明思想领域的基本倾向。但大多数人并没有学到朱熹用功治学的一面,只是'慕宗朱之名,而不究其实'。"
③ 王引之:《经传释词》卷十,江苏古籍出版社,2000年影印版,第98页。
④ 王国维:《观堂集林》卷六,《释天》,中华书局,2004年,第283页。有关"鄂不"的解释参考了《诗经词典》(向熹)与《〈诗经〉疑难词语辨析》(杨合鸣,崇文书局,2003年,第56—58页)。

给"不"字提供了可靠的训释依据。虽然退溪说不同于如今广为接受的看法，但其说本着批判"不恤文法，徒就句掇字以随己意"（《诗释义·小旻之什》）的解经态度，可备一说。可见退溪解《诗》从汉文文法、诗篇前后脉络等客观条件着手，显示出谨慎的学术态度。

其三，体现了较为开放的解《诗》面貌。如果说朝鲜前期《诗》学主要从理学的角度解《诗》，《诗释义》则处于只靠理学思想不靠训诂的不规范解《诗》倾向到朝鲜后期参考训诂、考据等方式追求规范化解《诗》倾向的过渡阶段，综合朝鲜学者解《诗》诸说并试图从多角度接受宋代《诗》学，主要体现在批判取舍释义说、正确理解朱熹说方面。这反映了退溪重视前人研究成果的积极态度。《诗释义》不仅参考了朱熹《诗集传》《诗传大全》小注，还十分看重当时所流传的释义。例如退溪解《召南·草虫》"草虫"为"非一物也。草虫，虫之说，非"。毛《传》《毛诗正义》、朱熹《诗集传》不管具体指哪一昆虫，而皆将"草虫"视为虫名，不同于退溪的看法。而宋欧阳修则对草虫、阜螽以栖息地区分。[①] 季本亦解"草虫"为："草虫，生于草间之虫。"[②] 退溪的这种诗说可以反映出，他所生活的朝鲜时期，解《诗》空间是比较自由宽松的。下面再举一个例子：

> 《采葛》诗……又"三月"，春节三月也。"三秋"：一秋，三月；二秋，六月；三秋，九月也。三岁，三年也。去春夏冬，只言三年。秋也，秋以时言也。三秋，三候也，乃春夏秋三节也。岁举全岁言，岁久于秋也。今按三秋之说有二：一以三月、六月、九月为三秋；一以就三年而只言秋为三秋。以理观之三月、六月、九月之说最无义，决不可从也。三年只言秋，此说近是。又恐三秋只与春三朔言三春、冬三朔言三冬

---

① 欧阳修云："生于草间者曰草虫，生于陵阜者曰阜螽。"欧阳修《诗本义》，《诗经要籍集成》第12册（影印《四库全书》本），学苑出版社，2002年，第169页。
② 季本：《诗说解颐·正释》卷二，《诗经要籍集成》第12册（影印《四库全书》本），学苑出版社，2002年，第437页。

者同，盖言秋三朔耳。只为如是，则与三月者同，其久近与《注》中"不止三月"之言不相应，故别生此数说，其实则作者只是变文以趁韵耳。初不甚拘于朔数之多寡，而《注》则又只就月字与秋字本名之大小多寡而概言之，以见一节深于一节之义，亦不拘朔数而云云。览者详之。

当时朝鲜流传的关于"三秋"的理解，在朱熹《诗集传》之外，主要有两种：一种是理解为"三月、六月、九月"，一种是理解为"三年"。退溪在斟酌比较之后，肯定后一种的合理性，但仍然建议以朱熹等宋代学者的"一节深于一节"的观点来理解诗义。这反映了退溪能够参考众说的开放解经态度。

不仅如此，退溪在选择以往不同的解释，或思考如何正确解释朱熹《诗集传》注文的时候，也间或得出与前人不同的新见解。如就《鄘风·载驰》"不如我所之"句，《诗释义》云：

"不如我所之"：诸释皆云"我의갈바만갇디몯하니라"，而其一自解云："言不如我心之所之。"其一自解云："《注》'处此万方'谓归唁也【笔者注："万"恐是"百"之误】。以大夫之归唁，与国人之归唁，不如自尽心而往吊也。"又有一说云"我ㅣ하난바만갇디몯하니라"○"我 思 간바만갇디아니하 니라"○"我로가게하니만곤디아니하니라。"今按"之"字若训"往"，则当从第二说为往吊之义。至如"心之所之"之说，恐未然也。"心之所之谓之志"，古虽有其语，然必上有心字，然后方以所之为志。今此句既无心字，岂可但以"我所之"为"心所之"之志乎？古诗人尚淳质，不应如后世文士摘字用事之为也。况实为志字之义，详味其文义，则只为不如我志而已。实无自尽其心之意，不如作身自往吊之义看也。后一说不释"之"字，亦似无妨。更详之。

退溪认为将"不如我所之"的"之"解释成"往"，即解释成往吊唁之义为嘉。他采取了他所见的释义说之一。而此释义说似乎与毛《传》与朱熹说不同。毛《传》认为"不如我所思之笃厚也"。马瑞辰《毛诗传笺通释》卷五也云"之即思也",同意毛《传》的看法。朱熹则解释为"虽尔所以处此百方,然不如使我得自尽其心愈也"。中国学者同于退溪,直接将《载驰》的"之"字解释为"往"义的,有王先谦《诗三家义集疏》。王先谦根据《左传》服虔注("言我遂往,无我有尤也。是夫人竟往卫矣"),认为此是"非设想之词",并将此句解释成:"之,往也。……虽百尔之所思,不如我所往之为是也。"①

三、由退溪所引其他释义看朝鲜中期对《诗经》的释义倾向

退溪《诗释义》的另一个重要价值在于其中保留了大量现今已佚的释义资料。现代学者一般注重退溪所加按语、评语的性质及特点,梳理退溪解《诗》的看法,而对于《诗释义》所引的释义内容及其倾向,却没有论及。据前人统计,《诗释义》共732条,除了涉及注音、《诗集传》《诗传大全》本小注的注释问题的52条之外,退溪对以往释义加按语或进行纠正的只有200多条,其他400多条是直接介绍口诀、谚文翻译的部分。可见就数量而言,退溪《诗释义》所保存的当时《诗》释义的数量比退溪本人的释义内容还要丰富。我们认为应将退溪所引当时《诗》释义作为退溪之前的《诗》释义成果进行区分研究,并予以相应的评价。作为韩国《诗经》学的一环,这是不可或缺的。

退溪《诗释义》吸收了如今已佚的各种释义。安鼎福云:"退溪先生《经书释义》杂引诸家训义而折中之,若金继赵、李克仁、孙暲、李得全、李忠绰、申骆峰、李复古诸说是也。宣祖乙酉(1585)以后,设校正厅,集经术之士,论定谚吐,累岁而成,自此以后,诸家训解皆废矣。"②《诗释义》中常见标出引用出处的地方,如"生员李克仁释义""孙暲释义""诸释皆然"等。不过退溪所指出的"李克仁""孙暲"等名字似乎并不是指"释义"

---

① 王先谦:《诗三家义集疏》卷三中,中华书局,1987年标点影印版,第263页。
② 安鼎福:《顺庵集》卷十三《橡轩随笔下·前辈著述》,《韩国文集丛刊》第230册,景仁文化社,1999年,第47页。

的编撰者，而是指退溪所引用释义的抄写者。如对《郑风·丰》"衣锦褧衣"条，说"愚所见四释义，皆用其说。惟李克仁释义于《卫风·硕人》内，追改之曰'锦衣褧衣'，是不知何人所改耳"，或对《豳风·七月》"春酒"条说"孙曔释义云：'十月酿，至春而饮，故曰春酒，或曰和畅之酒也。'按此说未知为何人说，'十月酿'，未敢为是"等，退溪引他人释义有不少地方指出了不知其说出于何人。某些例文可证明退溪在"释义"前所标出的名字不一定是指释义的撰写者。崔锡起先生仅据《诗释义·召南》"生员金继赵所藏释义"句，推测认为退溪引释义前所列举的人名皆为某种释义本的收藏者。但其依据不充分，仍待考索。但我们由退溪《诗释义》里所引的释义内容可以窥见退溪之前的《诗经》研究成果，不能因此忽略其重要价值。

《诗释义》中所引各种释义反映了朝鲜中期较为活跃的解《诗》氛围。因其有各种不同说法，尽管其中有误读《诗》文而产生的解释，但也有相当一部分难以取舍，可备一说。我们通过对《诗释义》所引的以往释义说进行考察，可以略知当时朝鲜学者解《诗》的倾向或推知他们所接触过的诗说。上面已举的《鄘风·载驰》可属于此例。下面再举另外一例。《诗释义》所引李克仁《释义》对《王风·葛藟》"谓他人父"句云："葛藟生于水涯失其所，以谓他人父而失其父，乃'反兴'，或云'适兴'。"因文中没有进一步指出"反兴""适兴"用语的来源乃至其具体用法，不知当时朝鲜《诗》学界如何运用这个概念。据笔者调查，有关"反兴"的说明见于元刘玉汝："盖诗之托兴多以彼然兴此不然。此以彼不然兴此当然，故曰反兴。"[①] 至于"适兴"，"释义"里似乎指相对于"反兴"的概念。由此可窥见当时朝鲜学者的确注意到有关"兴"的表现手法。再如《唐风·葛生》"谁与独处"，《诗释义》云：

"谁与独处"："谁ㅣ与ᄒ거든独处ᄒ얏거뇨。"一云"处ᄒ얏ᄂ고"，一云"处ᄒ얏ᄂ뇨"，一云"处ᄒ야이시료"。今按既云"谁与"，则独字意似

---

① 刘玉汝在解《小雅·角弓》篇为"反兴"之时说明此概念。刘玉汝《诗缵绪》卷十二，《诗经要籍集成》第12册（影印《四库全书》本），学苑出版社，2002年，第234页。

相妨，故为"与커든"之说，所以离析"谁与"与"独"字之间。然"谁로더브러호올로处호려뇨"如此说，亦自不妨，何必曲生他说。

退溪认为将"谁与独处"无妨看作一个完整的结构。其说遵从了朱熹说（"谁与而独处于此乎"）。而退溪在引其他释义中介绍了将"谁与"和"独处"划分为两个结构的解释方式。这种划分方式初见于郑《笺》（"吾谁与居乎？独处家耳"），被吕祖谦、严粲等宋代学者继承，他们皆引"程氏"说解释为："谁与乎！独处而已。"（《吕氏家塾读书记》）钱澄之《田间诗学》亦云："'谁与独处'，二字为句……犹言寂寞谁与乎？独处而已。"可见对"谁与独处"以二字为句的解释较为普遍。这样看来，朝鲜学者解《诗》时，在从《毛诗正义》到朱熹《诗集传》的诸多前人《诗》说中进行了比较自由的取舍。

又如《邶风·燕燕》篇，退溪云：

下上其音："그音을下上호놋다"○"音이下上호놋다"，又"下上호며그音호놋다"。二说皆非。

退溪介绍"下上其音"的三种谚解方法，其一即退溪认为是对的："（鸟）歌唱得忽高忽低。"另外两种解释他认为是错的，即"鸟声或上或下"与"鸟声随着鸟飞的高低忽上忽下"。第一种把此句解释成"述语—宾语"结构，而第二种解释成"述语—主语"结构，第三种解释成"状语—述语"结构。第一种解释中"下上"指"鸟声"，第二种解释"下上"指"鸟声"，而第三种解释则指"鸟飞翔"的动作。据朱熹注（"鸣而上曰上音，鸣而下曰下音"），退溪遵循了朱熹的解释，认为谓语"下上"指鸟声。第二种解释将"下上其音"看成主谓倒装。对此杨合鸣《诗经句法研究》认为："《诗》云'燕燕于飞，下上其音。之子于归，远送于南'，'音'与'南'同属侵部。为了让主语'音'与'南'协韵，故将谓语'下上'置于主语之前。"[①]

---

① 杨合鸣：《诗经句法研究》，武汉大学出版社，1993年，第28页。

由此看来第二种解释也有其合理之处。第三种解释则沿袭了毛《传》（"飞而上曰上音，飞而下曰下音"），以谓语"下上"为"鸟飞翔"的动作。王先谦亦解释为："音随身下上。"（《诗三家义集疏》）据王说，退溪所认为错误的第三种释义来自毛《传》。

退溪《诗释义》所引不同释义，就其叙述方式而言，大致与退溪《诗释义》相同，有谚解《诗经》原文的部分，亦有以汉文加注补充说明的部分。而其内容在一定程度上反映了当时朝鲜学者之间较为活跃的解《诗》倾向。也可以补证退溪编《诗释义》之前，朝鲜学者之间普遍存在解《诗》的不同看法。如今退溪《诗》学被评价为韩国《诗经》学发展的中流砥柱，深化了韩国学者对《诗经》的理解。这是对退溪《诗》学的成果积极的肯定。而笔者认为，从韩国《诗经》学史的角度看，不但退溪对《诗》的释义本身有重要价值，退溪所保留的当时释义对了解退溪前的解《诗》倾向也有非常重要的意义。而后一种价值一直被忽略，因此我们对此进行了若干的介绍。

总之，十五六世纪的释义类著作要通过以往《诗经》的研究成果对诗篇字词含义进行准确的把握。退溪《诗释义》对口诀、字音、字句、注解等进行了多方面综合整理并予以评价、辨别是非，正反映了其成就，对以后朝鲜学者读《诗》影响颇大。又退溪不妄下定论，采取谨慎的学术态度，使其《诗释义》保留了如今已佚的宝贵释义资料。同时，退溪积极吸收以往朝鲜释义中的研究成果。虽然他主要参考了《诗集传》以及《诗传大全》小注，但不全从朱说，时时提出不同的看法，甚或提出独到的见解。因此说以往退溪《诗释义》是解释朱熹《诗》说的著作，这一看法有待商榷。后来，校正厅本《诗经谚解》在很大程度上吸收了以往释义类著作的训释成果。因此可谓释义类著作不但在谚解《诗经》的历程中起到桥梁的重要作用，而且在韩国《诗经》史学上占重要地位。需要指出的是，十五六世纪的释义类著作，主要侧重于字词与句子之意，并无涉及如诗旨、六义、正变说等其他《诗经》学史中的争论问题，并且其对字词与句子之意的细致辨别直接体现在其择别韩文的语尾词、助词等的结果上，没有反映其辨析择别的训诂过程。

第四节　谚解的规范阶段——校正厅本《诗经谚解》

　　《诗经谚解》为《七书谚解》的一部分。因其谚解工作由国家校正厅担任，亦称"校正厅本《诗经谚解》"或"官厅本《诗经谚解》"。《诗经谚解》对《诗经》的读音、口诀、翻译三方面进行全面整理，体现了最为完整的谚解体系。其谚解在朝鲜后期对学术及科举产生了巨大的影响。后来称"谚解本《诗经》"，通常指此校正厅本。对于谚解工作的具体进程，如参与学者、初稿、校正以及刊行年代等具体信息，尚没有明确的记录可参考，只散见于《朝鲜王朝实录》、其他历史记录以及个人文集里。因此下面要通过这些散见资料勾勒出编撰《诗经谚解》的大略过程。

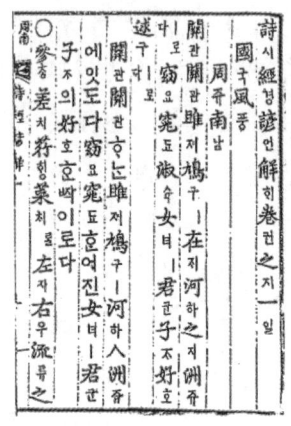

《诗经谚解》，木板本，奎章阁纯祖二十年刊本（韩国国立中央图书馆藏，藏书编号：古1233—11）

一、校正厅本《诗经谚解》的成书及刊行过程

　　朝鲜王朝自从开国就开始关注对儒家经典的谚解事业，其关注一直持续到朝鲜中后期。"四书三经"①的谚解工作，至宣祖朝（1567—1608年在位）

---

① "四书三经"韩国传统上指《论》《孟》《大学》《中庸》四书与《诗》《书》《易》三经。"三经"的说法似乎与朝鲜科举制度有关。洪奭周《洪氏读书录》于《经》部尾处云："本朝取士，不用《礼记》《春秋》，故谓之'四书三经'，亦谓之'七书'。"（《朝鲜时代书目丛刊》第八册，张伯伟编，中华书局，2004年，第4210页）至于"三经"一词的出现时期，据《朝鲜王朝实录》"初场本有五经疑，或全举五经，或举三经，或举一经而问之"（《世宗实录》卷二，1418年）、"不必四书五经皆通，然后用之。四书及二三经，通晓大义则可也"（《世宗实录》卷七八，1437年）等记录，朝鲜初期似乎尚未以"四书三经"专指上述七书。而至退溪完成《七书释义》后，"四书三经"成为专指。

设置校正厅起形成规模走上正轨。校正厅负责经书谚解的校正、编撰、刊行，在宣祖期间设置过两次：第一次在宣祖十八年（1585）①，宣祖十九年（1586）校正"四书三经"完毕。② 宣祖二十一年（1588）又完成"校正四书三经音释"等一系列谚解工作。③ 但不久遭遇战乱（1592—1598），《书》《易》的谚解稿子以及部分《诗经谚解》的稿子散佚。④ 浩劫过后，宣祖三十四年（1601）再次设置了校正厅，此时的情况如校书馆臣所云："在平时，三经已为翻校，未及刊行，失于兵火。只《诗经》收拾若干卷，而未得全帙；《易》《书》两经，则全无校本。《易》则已为再校，而《书经》今将更校，以致前功尽弃，此则已往可鉴。"⑤ 这次谚解工作可以直接继承第一次设置校正厅时的谚解成果，但战后的物资供给十分不足，遇到种种困难，工作并不顺利："今该曹物力荡竭，其该入纸地及一应诸具，匠人粮料，不至浩

---

① 关于校正厅的设置时间，见《朝鲜王朝实录》与《顺庵集》两个文献，而其说法则稍微不同。宣祖云："甲申年（1584）命设校正厅，聚文学之士，校正四书三经音释。"（《宣祖实录》卷二二，宣祖二十一年十月，《朝鲜王朝实录》第21册，国史编撰委员会，1957年，第454页。）据此宣祖下命设置校正厅的时间似乎在"宣祖十七年（1584）"，而安鼎福云："宣祖乙酉（1585年）以后，设校正厅，集经术之士，论定谚吐，累岁而成。"（安鼎福，《顺庵集》卷十三，《橡轩随笔下·前辈著述》，《韩国文集丛刊》第230册，景仁文化社，1999年，第47页。）若根据此记载，校正厅的设置时间为"宣祖十八年（1585）"。笔者估计宣祖于1584年下命设置校正厅，之后第二年（1585年）才设立了校正厅。而小仓进平《朝鲜语学史》，刀江书院，1964年版，第178，179页）认为在"宣祖十八年（1585）"下命并设置了校正厅，与《朝鲜王朝实录》记载有所出入。
② 参见宣祖二十年（1587）的《王朝实录》记事："校正厅启曰：'四书三经，毕校正已久。四书今始入启。《大学》已经御览，而更察则方言涉于支离，反伤于文义，今敢更定云云。'"《宣祖实录》卷二一，宣祖二十年十二月，《朝鲜王朝实录》第21册，国史编撰委员会，1957年，第440页。
③ 参见宣祖二十一年（1588）的《王朝实录》记事："甲申年（1584）命设校正厅，聚文学之士，校正四书三经音释，仍令谚解，至是告讫。堂上郎厅等，以次论赏，又宣酝于大平馆，一等赐乐。翌日左赞成李山海以下诣阙，上笺谢恩。"《宣祖实录》卷二二，宣祖二十一年十月，《朝鲜王朝实录》第21册，国史编撰委员会，1957年，第454页。
④ 参见宣祖三十四年（1601）的《王朝实录》记事："提学吴亿龄云：'《诗》《书》今将为谚解矣，而但闻乱前亦曾为校正及印，而特未及入启遭变，故其或在于外方云。或然则前所刊者尚存，不必为翻译。'"《宣祖实录》卷一四二，宣祖三十四年十月，《朝鲜王朝实录》第24册，国史编撰委员会，1957年，第304页。
⑤ 《宣祖实录》卷一六二，宣祖三十六年五月，《朝鲜王朝实录》第24册，国史编撰委员会，1957年，第478页。

大，未知其能办出与否。"① "三经"谚解本的具体刊行时间尚待确定，但其完成大约可定于宣祖三十九年（1606）与光海君五年（1613）之间。② 现存的最早《诗经谚解》版本为光海君五年（1613）以木活字刊行的训练都监本。其后，校正厅《诗经谚解》历经光海君、仁祖、纯祖、哲宗四代由中央、地方政府几次重刻或翻刻，产生了"庚辰（1820）新刊内阁藏木板"本、"壬戌（1862）季春岭营重刊本"等异本。朝鲜时期的《诗经谚解》至今仍然被收入各种《诗经》影印本内。值得注意的是，这些异本随着时间的推移在重刻的过程中反映了韩语的演变过程，对韩国语的语言研究具有重要价值。

二、校正厅本《诗经谚解》的性质特点

校正厅本《诗经谚解》因以明代胡广等编撰的《五经大全》的解释为主，基本遵循了朱熹《诗集传》说。《诗经谚解》共二十卷十册。每卷首另录"物名"条，以当地韩国词汇解释《诗》篇中的物名。若在朝鲜半岛罕见

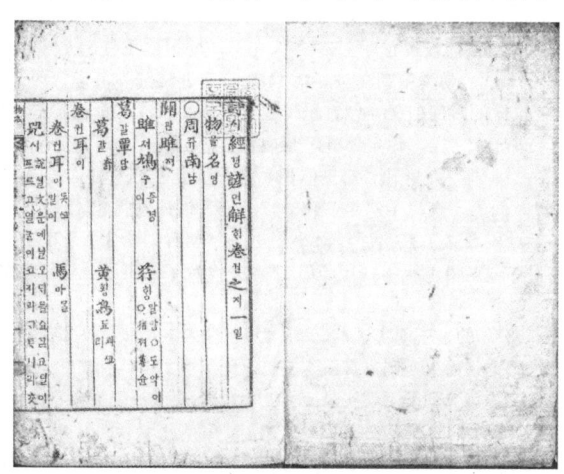

《诗经谚解》"物名"部分 a

（韩国韩国学中央研究院藏书阁藏：K1—37）

---

① 《宣祖实录》卷一六二，宣祖三十六年五月，《朝鲜王朝实录》第 24 册，国史编撰委员会，1957 年，第 478 页。
② 关于三经谚解，参见［韩］李忠九《经书谚解研究》，成均馆大学博士学位论文，1990 年。

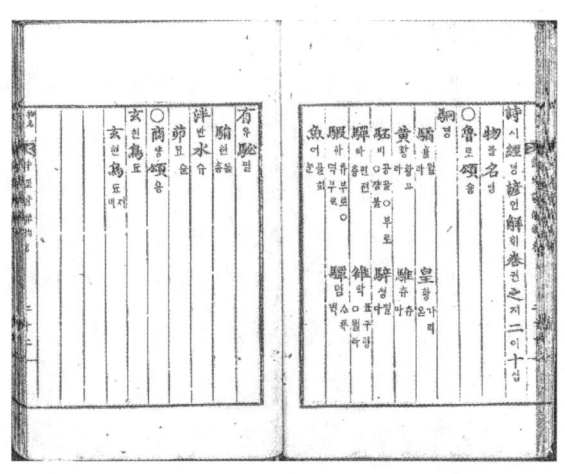

《诗经谚解》"物名"部分 b

(韩国韩国学中央研究院藏书阁藏：K1—37)

或没有的物名，则引《山海经》《尔雅》《埤雅》等书做了补充说明。《诗经谚解》的编撰体制采取了对《诗》篇全文的注音、悬吐、谚解（谚文翻译）的形式。在注音方面，每个汉字的下面用韩字音注明经文的读音，采取逐字注明的方式；在口诀方面，随口读处标记具有语法功能的吐；至于谚解（谚文翻译）部分，主要将口诀与汉文部分联系起来，按照韩文的语序进行重新叙述。因此若说口诀使人从汉文的语序去读汉文，谚解则使人从韩文的语序去读汉文。其以诗篇的章节为段，混用汉字、韩字两语，按段进行翻译。因其是在吸收以往韩国《诗经》学的成果上完成的，可谓体现了韩国学者对《诗经》进行谚解工作的最终成果。其中，口诀方面的成果则在前一节已讨论过。因此下面就注音、谚文翻译方面择要论述。

首先，注音方面的成果主要关系到朝鲜半岛对汉字音的标记问题。朝鲜使用汉字，只取其文字，不取其读音。因此韩国人读汉字时往往产生"声音乱而泾渭同流"[①] 的现象。《东国正韵》等韵书的编撰并未有效地革除此弊端。与韵书类著作不同，经书的谚解借其权威地位与作为科举教科书的功

---

① 申叔舟等：《东国正韵序》，《东国正韵》，建国大学出版部，1973年，第14页。

能，有效地引导了朝鲜半岛汉字音的统一。又科举有"考讲"（念读经文）、"背讲"（背诵经文）等形式，听者与话者之间在汉字音读上需要统一标准。这不但促进了经书谚解注音的统一，而且促进了汉字注音的统一。其注音通常以韩字标记，有时单凭韩字注音无法区分不同声类，只能借反切、直音来代替。亦有时用通音字或"如字"等标记来注音。其读音主要以大全本的读音为准，因袭了朱熹的叶韵说，于是也犯了与朱熹同样的错误。值得注意的是，经书谚解通过改变注音的方式来进行避讳。据记载，朝鲜避讳中国皇帝名或朝鲜王名时，通常采用回避本字或代用他字的方式①，而经书的文字具有绝对的权威性，不可随改。因此在避讳方式上采用了不改本字只改读音标记的方式。如《诗经谚解》对《卫风·氓》篇注音时，为了避讳朝鲜太祖李成桂之名"旦"，便将"言笑晏晏，信誓旦旦"的"旦"标记为"됴"［tyo］②，即读"旦"为"朝"。总之，《诗经谚解》的注音作为《七书谚解》之一，较为系统地反映了朝鲜当时的现实读音，对朝鲜统一汉字音有一定的贡献。而《诗经谚解》的注音，大体按照朱熹叶韵说，也有不遵循朱熹叶韵说的，虽然例外数量不多，但整体看来存在着标准不一致的现象。然而因其在朝鲜时期具有权威性，这些错误无法修改，一直到现在的影印本里都有体现。

其次，谚解能否具有一定的注解功能的问题。谚解经书的目的在于帮助读者消除汉文原文的障碍，运用韩国人的母语去直接阅读此书。换而言之，谚解的目的在于通过解释字词意义，拉近古今、中韩之间的距离。《诗经谚解》的内容形式似乎如同中国现代的《诗经》白话文翻译。但中国现代《诗经》白话文翻译的产生意味着"《诗经》经学观念的破除和大众化意识的流行"③，而韩国的《诗经谚解》与此不同，一直受经学观念的支配，并为当时知识阶层所用。谚解可以被认为是韩国人分析汉文文章的训诂形式之一。我

---

① 《经国大典》云："凡事大文书，并回避御讳、庙讳，本朝则代用他字，二字不偏回避。"《经国大典三·礼典·事大》，首尔大学校奎章阁，1997年，第276页。
② 参见［韩］李忠九：《经书谚解研究》，成均馆大学博士学位论文，1990年，第115页。
③ 赵沛霖：《现代学术文化思潮与诗经研究——二十世纪诗经研究史》，学苑出版社，2006年，第351页。

们曾在"李滉《诗释义》"章节中指出了对《诗经》的谚解与传统注释之间的相互影响关系，可以证明这些谚解工作不仅仅止于使《诗经》易读易懂，还承载着韩国《诗经》学在训诂方面的成果。虽然其训释没有体现出具有研究性、系统性的训诂学，但不能否认其吸收了中韩学者对《诗经》的研究成果，在一定程度上显示了韩国《诗经》学的发展历程。

最后，《诗经谚解》中的谚解如何处理《诗》篇的诗律、音律的问题。《诗》作为古代诗歌的总集，体现了古代诗歌的句法、押韵等特点。其本身已成为整体的艺术作品，因此若再加口诀，就难以体现《诗》所特有的表达模式，故其形式移植到韩语的语言环境中必然有所损坏。《诗经谚解》里的口诀一般严遵《诗》篇的句读处，在口诀允许的范围内保留了《诗》所具有的节奏功能，而至谚文翻解的阶段，翻译的叙述在口诀的基础上再一次进行了韩文式语序的改造，若纯用韩语翻译，则比直接用汉语原文要增加很多字数，容易给人以读散文的感觉，节奏功能几乎失去作用，只剩以内容理解为主的翻译功能。出于这种原因，《诗经谚解》的翻译与其他经书《谚解》的翻译不同，尽量直接使用汉语词汇来控制谚解的长度，并在用词上调节字数，在谚解上考虑了朗读时的节奏感，又将没有在谚文翻译中反映进去的对词汇的翻译，以"物名"条为名另出卷首进行了谚文翻译。

校正厅本《诗经谚解》的完成使《诗经》谚解工作告一段落。它的权威地位一直延续到朝鲜末期。尤其在科举取士中，考生需要一字不差地背诵《诗经谚解》。如此的权威地位使学者关注其注音、口诀、谚解（翻译）的每一字词，因此产生了不少辩证《诗经谚解》的论述。如林泳（1649—1696）、安鼎福（1712—1791）、朴文镐（1846—1918）等不少学者在个人文集或经学著作中对《诗经谚解》里的注音、口诀、谚解等问题提出己见。还有尹东奎（1695—1773）的《读诗记疑》，不但辩证《诗经谚解》之误，且多处阐发《诗经谚解》之义。高宗三十一年（1894）"甲午更张"在制度上认定韩文为国家正式语言，更加速了汉文的韩文解释、翻译。由此产生了将经文与朱熹《诗集传》注合译的倾向。如1923年编撰的《谚译诗传》属于其例。

第五节 《诗经》谚解所产生的影响

一、推动儒家《诗》学思想的普及

高丽时期的科举制度相对于经学更为侧重于辞章,因此制述科比明经科更受重视。而经高丽末期朱熹经学的传入,至朝鲜初期儒家被定为国家学术,高丽时期盛行的佛教与辞章为中心的学术一概受到排挤,形成独尊儒家学术,尤其是朱熹经学的学术氛围。因而朱熹《诗集传》成为法定教本之一。在此过程中,《诗经》谚解起到了推波助澜的作用。儒家刚传入不久的朝鲜初期,传入朝鲜的有关图书亦极其有限。就研究《诗经》方面的专著而言,朝鲜初期的各种目录书中几乎没有记载朱熹《诗集传》、胡广《诗传大全》、谚解本以外的著作。① 这些学术与政策背景使《诗》与朱熹《诗》说体系中所承载的儒家思想支配了朝鲜时期的《诗》学观念。

《诗》与朱熹《诗》说以汉文为叙述语言,要使朝鲜半岛的学者广泛地接受其中所蕴含的内容与思想,需要某种有效的传达方式。而谚解本的问世,就是朝鲜时代以当地的语言有计划地推动儒家文化的重要成就。用谚文注解经典,有助于朝鲜学者有效了解经典。国家通过经书的谚解使阐明经书的义理化繁为简、浅显易懂,并以此为科举

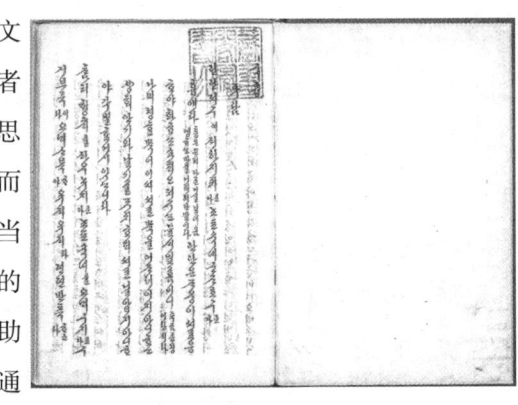

《国风》韩文本

(韩国韩国学中央研究院藏书阁藏:K1—35)

---

① 所参考的目录书限于《朝鲜时代书目丛刊》(张伯伟编,中华书局,2004年)所收的26种目录书。

取士之准绳，促使知识阶层被有效引入儒家思想体系之中。其工作过程涉及汉文文本的择定以及学术取向的统合等问题。不但反映了当时的学术成就，同时也促进了朝鲜学术的发展。

可这里所谓的儒家《诗》学思想的普及，不是针对民众，而是针对当时知识阶层，即统治阶层而言的。谚解的用途大致分为两种：一种是为启蒙民众之用，另一种是为培养学者之用。启蒙民众之用的谚解本，一般不录入汉文原文，只录入谚解。其所用的词汇呈现出少用汉文原来词语而多用韩国固有词语的倾向，不知汉字的一般民众亦觉得浅显易懂。而《诗经谚解》等儒家经典的谚解属于培养学者之用的谚解，其阅读对象主要针对学生或学者，因此其和汉文原文比虽然易懂易读，但其采用以汉文为大字、以谚解为小字的排印方式，并直接使用大量的汉字词汇，不太适合于一般民众阅读。由此可见《诗经谚解》虽然确实推动了儒家思想的普及，但其范围主要限于统治阶层的层面上。

二、加速朝鲜国语的规范与发展

前面已言，通过对经书的直解式谚解，"阅读者可以理解汉文与韩文之间的对应关系，亦可以推理汉文与韩文之间的语法结构关系，进而取得汉文的造文法则"。[①] 而若要通过谚解达到懂得汉文文理的水平，其谚解须一字不漏地将汉文原文翻译进去，并且其谚解最好采用直解的方式。如此的过程从表面上看似乎要通过谚文翻译取得学会汉文的能力，而不管经书谚解的编撰者是否意识到这一点，他们在对经书加以谚解的同时促使了韩语的发展与规范。换言之，经书谚解本带来"因经义以通国书"与"因国书以通经义"[②]的双重效果。

就《诗经谚解》而言，《诗经》述及草、木、虫、鱼、鸟、兽、器物等名称，极其繁杂，更不乏超出朝鲜人生活经验之外者，以韩文既有的词汇，

---

① ［韩］李忠九：《经书谚解研究》，成均馆大学博士学位论文，1990年，第149页。
② 纪昀：《四库全书总目》卷三十三，《经部·五经总义类·钦定翻译五经四书》提要。

实难以应付，因此《诗经谚解》编撰者卷首列举"物名"条，对能译出的名物，标出韩文词语帮助理解，若遇有无法译出的名词时，直接沿用汉文词语，必要时再引书附加说明。其主要目的在于通过以韩文物名对照汉文物名，为朝鲜学者阅读《诗经》提供方便。而这"物名"条恰好使《诗经谚解》保留了丰富的韩语词汇。

自"训民正音"的创制至朝鲜王朝结束的五百年间，随着谚解的大量产生，韩语的语法与词汇经历了一番变革。就《诗经谚解》而言，1613年（光海君五年）刊行的《诗经谚解》本所使用的若干文字，与1820年刊行本（庚辰新刊内阁藏木板本相比），已有一定的差距，反映出中世纪韩语的变迁。究其原因，早期的韩文使用规律上尚未稳定，经过一段时间的演进，渐趋完备，加以官方长期推动译书事业，韩文为因应实际需求，非但增添了许多新的词汇，而且在动词、助词运用等语法问题上，也开始走向固定化。

三、酿成株守其义、拘泥而鲜通的弊端

朝鲜时期由中央政府整理、制定校正厅本经书谚解，是为科举和教育立规范。朴世采（1631—1695）曰："我国经书口诀、释义，中朝所未有，始发于薛聪，成于郑圃隐、权阳村。至世祖朝，分命诸臣著口诀，而然犹人各有书，纷纭穿凿，又至宣庙朝，设局命官，参互去取，著定谚解，遂为一代之典，可谓盛矣。"[①] 可见谚解儒家经典的基本目的在于通过整理"浑然相杂"的口诀不统一现象，使学者更为有效地体会到儒家经典的本义。因此对儒家经典进行的谚解工作，其价值已经被当时学者所认同。但我们也应该注意到，谚解本使读经更加有效、便利的同时，也带来了种种负面效果。

某一种文本一旦被制定为定本，其文本的意义随着时间的推移，往往被固着化、拘泥化。包括《诗经谚解》在内的经书谚解作为被朝廷认定的标准文本，拥有了其在学术、制度上的权威。经书谚解一旦取得了权威，则不便

[①] 朴世采，《南溪集》卷五十四，《雜著·隨筆錄（丁未十二月十二日始錄）》，《韩国文集丛刊》第140册，景仁文化社，1990年，第109—110页。

有所改动。朝鲜会试有背书之法，虽然以朱熹说为考试的标准，但他们要背熟谚解本的注音、口诀以及谚文翻译，"必尽诵无一字差"。① 有文献记载，应试时要求应试生一字不差地背诵句读训释的情况。如"句读训释，皆不差误，讲论虽未该通，不失一章大旨者为粗；句读训释皆分明，虽通大旨，未至融贯者为略；句读训释皆精熟，融贯旨趣，辨说无疑者为通""国家取士之法，以四书三经为程序……科举讲经，以背讲为规，其诵者有一字之差，与吐释，或有违于当时印本，则皆落之"② 等不乏其例。

第六节　朴文镐《诗集传详说》与谚解

《诗经》谚解、释义主要依据《诗集传》来对《诗经》进行解释。但译注的方式导致对《诗经》的理解与《诗集传》之间存在差距。虽然《诗经》谚解为朝鲜学者学习《诗经》提供了很大的方便，但若谚解《诗经》的工作者在解读《诗集传》时有了误解，或者持有不同看法，《诗经》谚解则自然会拉开与朱熹解释之间的距离。《诗经谚解》刊行之后，陆续出现辨误、纠正之论。但其论述散见于个别议论之中，而未出现有系统地纠正其错误或提出异议之著作。其中朴文镐（1846—1918）的《诗集传详说》不仅是朝鲜时期学者羽翼朱熹《诗集传》以及《诗经谚解》之著作，还是集中探讨《诗经谚解》之著作。

朴文镐通过对《诗集传》的细致把握，对《诗经谚解》解释情况进行分析和纠正。其中除了指出谚音之误两百多例以外，还指出一百多例的释义问题。朴文镐认为《诗经谚解》中的错误会误导初学者对《诗》的理解："其句读则

---

① 洪大容：《湛轩书外集》卷二，《杭传尺牍·乾净衕笔谈》，《韩国文集丛刊》第 248 册，景仁文化社，1990 年，第 150 页。
② 《仁祖实录》卷二九，仁祖十二年一月，《朝鲜王朝实录》第 34 册，国史编撰委员会，1957 年，第 543 页。

东本既不著而见行,《谚解》往往不依文势,然此实非大义所系。惟其释义之间有失经旨与注意者,则初学先入之见常在于此,所系又不轻,故今皆表而出之,使读者有以择之,是亦不得已者耳。"① 通过此番陈述,我们还可以了解到《谚解》对朝鲜学者理解《诗》的重要影响,以及《谚解》的编撰与朱熹《诗集传》的密切关系。朴文镐纠正《谚解》之错的具体内容可以归纳如下:

一、《谚解》在《诗经》注音上的错误

《谚解》的音注方面,朴文镐指出:在经书谚解编撰的初期,释音方面的工作比较粗略,朝鲜汉字音与中国音往往混淆,产生不少讹误。但朴文镐认为:即使如此,以《谚解》为主要读本的朝鲜儒士,对《诗经》的理解并没有受到很大的影响,即不"害于字音之有出入"。② 而重视文义的朴文镐,也反对刻意考究古音:"尹公曰:韵书与谚解事体自别,韵书则不可不以本音为主,谚解则容有从容随便之道。以谚解而抗韵书,固不可,而以韵书而攻谚解,亦不必尔也。"③ 因此朴文镐纠正《谚解》音释④,主要侧重于影响诗义的音读上。如《邶风·谷风》"何有何亡"之"亡"字,《谚解》注音为"망[maŋ]",而朴文镐认为此"亡"字应读为"无",《详说》云:"'何有何亡,黾勉求之',所求者,非所无也。《注》意如此,无字谚音恐误。"⑤ 又如《鲁颂·閟宫》"牺尊"之"牺"字,朴文镐云:"'牺',素何反。《谚解》作如字,何哉?"(相弼)。⑥ 大部分影响诗义的音读错误是音近通用字或多音

---

① 朴文镐:《七书注详说序》,《壶山集》卷二十八,《壶山全书》第 1 册,亚细亚文化社,1987 年,第 617 页。
② 朴文镐:《字音复古说》,《壶山集》卷三十八,《壶山全书》第 2 册,亚细亚文化社,1987 年,第 33 页。
③ 同上。
④ 朴文镐:《谚解》注音很可能参考《经书正音》。据[韩]尹炳泰《朝鲜后期的活字与书册》,凡友社,1992 年,第 119 页),《经书正音》的记录初见《通文馆志》。
⑤ 朴文镐:《枫山记闻录》,《韩国经学资料集成》第 85 册,韩国成均馆大学出版部,1995 年,第 557 页。
⑥ 朴文镐:《枫山记闻录》,《韩国经学资料集成》第 85 册,韩国成均馆大学出版部,1995 年,第 796 页。

字。而有些《谚解》音注之误，很可能是由朝鲜汉字读音或地方方言差异引起的。①如《召南·摽有梅》"倾筐墍之"之"墍"，《谚解》标音为"게 [ke]"很可能属于此例。其实，李滉《诗释义》早已指出其"实音긔 [kɯy]，俗皆讹게 [ke]"，而《谚解》仍袭俗本之误，标"墍"为"게 [ke]"，故朴文镐指出"谚音误"，应按"许器反"读为"기 [ki]"。②

另外，《详说》还指出《谚解》因对多音字理解有误而导致对《诗经》句法结构的解释有误。如《陈风·衡门》"可以乐饥"，《谚解》谓："可히써飢를樂ᄒ리로다"，可直译为"可以（靠着泌水）享乐饥饿"，这样"饥"就成了"乐"的对象，而朴文镐谓其句"非乐其饥也，《谚》释恐误"③，应按朱熹"可以玩乐而忘饥也"之义解释。

二、《谚解》对朱《传》的误解与拘泥

朴文镐指出《谚解》因对朱《传》的语词理解有误导致对《诗经》的错误翻译。如《小雅·采薇》"采薇采薇，薇亦作止"，朱熹解为"采薇采薇，则薇亦作止矣"，《谚解》谓"薇ᄯᅩᄒᆫ作ᄒᆞᆯ것다"，可译为"薇菜又要长出来了"，即对"薇亦作止"句，"《谚》释作将然，恐未莹"。④如《小雅·吉日》"既伯既祷"句，《谚解》谓"이믜伯에이믜禱ᄒᆞ니"，对此朴文镐谓："《谚》释作'既祷于伯'则语倒，又衍下既字。"⑤再如《小雅·角弓》"式居娄骄"之"居"字，朴文镐据《诗集传》"更以长慢也"中没有"居"字的解释成

---

① 朴文镐：《壶山集》卷三十八，《字音复古说》中还提及有关朝鲜汉字音与中国音读之间所存在的差异，而因本人能力有限，未能深究。
② 朴文镐：《诗集传详说》I，《韩国经学资料集成》第 84 册，韩国成均馆大学出版部，1995 年，第 96 页。
③ 朴文镐：《诗集传详说》I，《韩国经学资料集成》第 84 册，韩国成均馆大学出版部，1995 年，第 387、388 页。
④ 朴文镐：《诗集传详说》I，《韩国经学资料集成》第 84 册，韩国成均馆大学出版部，1995 年，第 507 页。据 1924 年《谚译诗传》本，将此处改译为："薇ᄯᅩᄒᆫ나도다"（薇菜又长大了）。
⑤ 朴文镐：《诗集传详说》I，《韩国经学资料集成》第 84 册，韩国成均馆大学出版部，1995 年，第 571 页。

分，推断朱熹以"居"字为语辞。① 而《谚解》解为"뫼居ᄒᆞ야서ᄌᆞ로 驕
케ᄒᆞ놋다"，即以"居"字为居处之义。对此朴文镐谓："'式居'之'居'当
为语辞，而《谚解》释以处之之意，恐非也。"②

另外，朴文镐指出《谚解》还有拘泥朱《传》之处。如《邶风·柏舟》
"'忧心悄悄'之谚释，与'忧心忡忡'不同"。③ 其实"悄悄"与"忡忡"都
是以叠字形式描写人物感情的状态形容词，《诗集传》则将前者解为"忧
貌"，将后者解为"犹冲冲"。朴文镐认为两者既然是同一个结构，《谚解》
应该用同一个结构来陈述，而《谚解》解"忧心悄悄"为"憂홈을悄悄
히ᄒᆞ거늘"，解《召南·草虫》"忧心忡忡"为"근심ᄒᆞᄂᆞ마옴이忡忡ᄒᆞ라"。其解释
的不同虽然并不影响诗义，但朴文镐认为《谚解》前后翻译的韩语语尾的不
同，恐是因《谚解》拘泥《诗集传》"忧貌"的解释在翻译时执意反映"貌"
义而导致的结果，谓"岂泥于此貌字欤"④，实属多此一举。

三、《谚解》与朱《传》的不同解释

朴文镐不仅纠正《谚解》的错误，有时还指出其与《诗集传》之间的
不同。这部分则属于两说皆可的情况。在断句方面，如《豳风·七月》
"八字一句，已见于《伐檀》，而此章八字尤有二句之嫌，故特于此明之"
（相弱）⑤；"八字一句，朱子有明文，而《谚》读必作二句，何哉？"（豊
求）。⑥

在释词方面，如《小雅·十月之交》"'岂曰不时'，以《注》意观之，

---

① 朴文镐云："略'居'字，岂语辞也。"朴文镐《诗集传详说》Ⅰ，《韩国经学资料集成》第84册，韩国成均馆大学出版部，1995年，第803页。
② 朴文镐：《枫山记闻录》，《韩国经学资料集成》第85册，韩国成均馆大学出版部，1995年，第722页。
③ 朴文镐：《诗集传详说》Ⅰ，《韩国经学资料集成》第84册，韩国成均馆大学出版部，1995年，第27页。
④ 同上。
⑤ 朴文镐：《枫山记闻录》，《韩国经学资料集成》第85册，韩国成均馆大学出版部，1995年，第631页。
⑥ 同上，第631页。

与'岂曰无衣'之义有不同,犹云'不曰不时也'"(相弼)"'岂曰不时',《谚释》与《注》意微不同,读者细商,可也"(显喆)。① 也就是说,《诗集传》以"时"为"农隙",而《谚解》将此句解释为"皇父엇디時아니라닐으리오마는"(不自以为不时),即以"时"为"农时"。朴文镐将这两种观点提出来以引起读者的注意。

还有,在断句上与《诗集传》不同之处。如《鄘风·柏舟》"之死矢靡他"句,《谚解》云:"죽음에니룰지언뎡맹세ᄒ고다ᄅᆞᆫᄆᆞᄋᆞᆷ이업거늘",可译成"即使到了死亡的地步,(我也可以)发誓不会有二心"两句,而朴文镐认为该句应解释为一句:"'之死矢靡他'五字为一句,不可拘于谚读而认'之死'二字为一句如'肇禋'也。"②

尽管朴文镐指出了《谚解》对朱《传》的诸多误解,但他也肯定了《谚解》巧妙表现朱《传》文之义的地方。如《郑风·萚兮》:"'倡予和女',《注》作'倡予而予将和女',多一'予'字,而下'予'字,实与经文'予'字相衬,《诗》中多有此文势,如后篇(笔者注:《郑风·丰》)'驾予与行'之类,是也,言倡则予当和女也。《谚》释以'倡予'为义,恐合,更商③。"(相弼)《谚解》译:"나ᄅᆞᆯ倡ᄒᆞ면너ᄅᆞᆯ和ᄒ리라。"可译为"(如果你们)领唱我,(我会)应和你",将"倡予和女"之"予"字不仅归到"倡",还归到"予和女",符合"倡予而予将和女"之解法。又如《鄘风·载驰》"陟彼阿丘,言采其蝱"句,《诗集传》解为:"其在途,或升高以舒忧想之情,或采蝱以疗郁结之疾。"文中使用了两个"或"字。朴文镐对此传文的理解为:"二'或'字,势若二

---

① 朴文镐:《枫山记闻录》,《韩国经学资料集成》第 85 册,韩国成均馆大学出版部,1995 年,第 681 页。
② 朴文镐:《枫山记闻录》,《韩国经学资料集成》第 85 册,韩国成均馆大学出版部,1995 年,第 565 页。
③ 朴文镐:《枫山记闻录》,《韩国经学资料集成》第 85 册,韩国成均馆大学出版部,1995 年,第 592 页。文中"商"字原作"详"字,而据《详说》文改。朴文镐的此看法据于传文"《注》末二'予'字,盖上虚而下实"朴文镐《诗集传详说》Ⅰ,《韩国经学资料集成》第 84 册,韩国成均馆大学出版部,1995 年 。

事而义实相因耳。"① 并指出:"以经文求之,其为一件事明矣,而《注》析为两端事,盖此是言外之意而非正释,故《谚解》从经文之本势。"②

四、朴文镐对《谚解》的误解

有时,朴文镐对《谚解》的纠正有可待商榷之处。如《鲁颂·駉》篇:"'在坰之野',当读如'在坰与野',谚释略通,若泥于'之'字,文势则坰为地名耳。"其实,《谚解》原译为"坰野애이시니",即"在坰野",似将"坰"与"野"二字看成定中结构,并没有看作并列关系,可朴文镐却误解《谚解》的释义属于改错之例。

除此之外,他对《谚解》解释的评价还有前后抵牾之处。如《大雅·绵》"陶复陶穴"句,《谚解》谓:"陶ㅣ며復이며陶穴에ᄒᆞ야",朴文镐《详说》分析传文"古公之时居于窑灶土室之中"时,认为朱熹解释"陶复陶穴"已"略下陶字",故《谚》释得之"。③ 而《枫山记闻录》中云"《谚》释作三件事,与《注》不同,当为二件事"(洵衡)④,后又云"'陶复陶穴',只是一事,重言以叶韵耳"(显喆)⑤,可见其说间互有矛盾,但我们仍不排除记录者在传写或理解过程中产生误解的可能性。

朴文镐分析《谚解》,在纠正《谚解》中错误的同时,能够帮助我们勾勒出《谚解》是如何反映《诗集传》的具体面貌。但因其侧重于梳理传文条例与规律,几乎不涉及朱《传》的不足之处,故我们认为朴文镐对《诗集传》理解的同时反映着朝鲜学者阅读《诗集传》时的关注点与轻忽之处。

---

① 朴文镐:《诗集传详说》Ⅰ,《韩国经学资料集成》第 84 册,韩国成均馆大学出版部,1995 年,第 197 页。
② 朴文镐:《枫山记闻录》,《韩国经学资料集成》第 85 册,韩国成均馆大学出版部,1995 年,第 572 页。
③ 朴文镐:《诗集传详说》Ⅱ,《韩国经学资料集成》第 85 册,韩国成均馆大学出版部,1995 年,第 27 页。
④ 朴文镐:《枫山记闻录》,《韩国经学资料集成》第 85 册,韩国成均馆大学出版部,1995 年,第 734 页。
⑤ 同上。

总之，从三国时期《诗经》传入朝鲜半岛之后，《诗经》经历了不断被当地语言解释的过程。其中产生了以合理的方式解读《诗经》的成果。但现在因文献的不足，我们无法看到其具体面貌。现存的口诀资料多少继承了韩国传统解《诗》的方式。而退溪《诗释义》的出现不但使我们了解退溪《诗》学的成果，还使我们认识了当时研究《诗经》的成就与水平。其后，对《诗经》的口诀与谚解进行综合整理、校正的过程反映了朝鲜中后期《诗经》研究的历程，而至校正厅本《诗经谚解》的刊行标志着达到了解《诗》的高峰期。但其既是揭示韩国《诗经》学成熟的标志，也是韩国《诗经》学走向拘泥化的转折点。从韩国《诗经》学的角度看，《诗经》的谚解过程较为清晰地再现出韩国《诗经》学孕育、发展、衰落的历程，同时可以发现韩国《诗经》谚解与韩国语言的发展及韩国儒家思想、制度有着密切的关系。对其的继承一直延续到现在，现当代不少《诗经》翻译本仍在参考、引用、解释正厅本《诗经谚解》。如 20 世纪以后出版的儒教经典谚译丛书本、备旨本、儒教经典翻译丛书本《诗经》翻译皆转引了校正厅本《诗经谚解》。可见《诗经》谚解有助于我们了解韩国《诗经》学与韩国通过自己的语言解释《诗经》的历程。

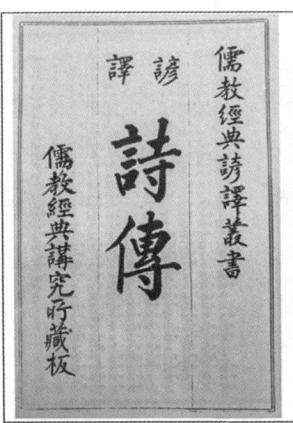

儒教经典讲究所，《（儒教经典谚译丛书）诗传》，京城印刷，1923年版（影印本）。

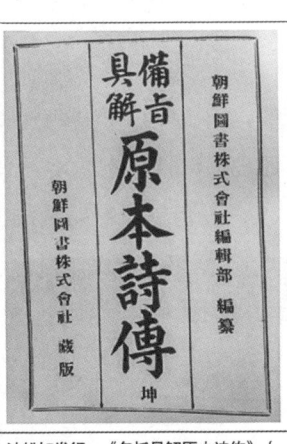

池松旭发行，《备旨具解原本诗传》（一名原本备旨诗传集注），朝鲜图书株式会社，1921年版。

儒教文化研究所，《（儒教经典翻译丛书四）诗经》，成均馆大学出版部，2008/2013年版。

第二章 《诗经》与韩国传统时期经筵

《诗》学作为儒家经典的组成部分,其所体现的教化思想被朝鲜半岛的统治阶层广泛接受。其接受情况在为君王教育设立的经筵制度中反映得尤为明显。经筵作为当时影响力极大的君王与著名学者的讨论场合,有意无意地表现出当时学术界对《诗》的普遍认识。与此同时,经筵中论《诗》还可以促进对《诗》的关注,如正祖朝经筵讲义中的《诗》论促成了丰硕的朝鲜《诗》学成果。为了了解其在韩国《诗经》学中的重要地位,我们介绍一下韩国传统时期在经筵中的论《诗》文化。

第一节 朝鲜时期以前

朝鲜半岛、日本等周边国家受中国文化的影响,为君王的研读经史特设过御前讲席。朝鲜半岛的三国时期,高句丽设立太学,百济有博士,新罗有花郎制度。新罗统一三国之后仍设太学①,但因没有明确的文献记载,我们还无法确知这段时期是否有教育君王的活动。仿照宋代经筵制度并以"经筵"命名的君王教育制度大约从高丽中期睿宗(讳俣,1105—1122年在位)开始。睿宗十一年

---

① "惠恭王"(765—780年在位)条云:"惠恭王立,讳乾运。……王即位时,年八岁,太后摄政,元年大赦,幸太学,命博士讲《尚书》义。"金富轼等撰,李丙焘校译《三国史记》(原文篇)卷九,《新罗本纪第九》,乙酉文化社,1977年,第95页。

(1116)设置宝文阁（初名为清燕阁）于宫廷，招学士讲论儒家经典。① 不过，因高丽时期崇尚佛教文化，以儒家经典为主的经筵制度难以扩展、巩固。再加上随后经过一百年的"武臣执权"时期、一百年的"元朝侵占"时期，以文臣为主的经筵制度几乎废止。直到"新兴士大夫"掌权，开始倡导儒家政治思想，经筵制度才得以恢复。② 据《高丽史》，经筵讲义中所用课本有《大学》《中庸》《诗》《书》《易》等儒家经典，也有《贞观政要》《通鉴》等史书，还见《老子》。③ 有关《诗》的讲义记录约六例，没有记载讲义内容，只记录讲义时间、场所、讲义篇名与讲义人。如睿宗十二年（1117）"甲午，御清燕阁，命翰林学士朴升中讲《诗·关雎》"④、睿宗十三年（1118）"三月壬戌，御清燕阁，命宝文阁待制金富佾讲《诗·鲁颂》"⑤，睿宗十五年（1120）"（十一月）癸亥，御清燕阁，命金富佾讲《诗·泮水》"⑥ 睿宗十六年（1121）"（十一月）辛卯，御清燕阁，命起居舍人林存讲《诗·云汉》"⑦，仁宗十二年（1134）"（六月）甲午，御寿乐堂命翰林学士郑沆讲《诗·七月》篇"⑧、恭让王二年（1390）"（八月）己巳，王谒文庙。令大司成宋文中讲《诗·七月》篇"⑨ 等。虽然在此所举之例仅限于论《诗》之部分，但仍可推知：第一，从睿宗时期出现较为活跃的经筵活动；第二，虽然具体讲义内容没有记载，而通过其讲义的诗篇可以得知，高丽朝的论《诗》经筵很可能主要

---

① 参见金宗瑞·郑麟趾等撰《高丽史》卷七十六，《志第三十·百官一》"宝文阁"条，《国故丛刊》第1篇《高丽史（中册）》，延禧大学校出版部，1955年，第669页。
② ［韩］权延雄：《高丽时代的经筵》，《庆北史学》第6辑，庆北史学会，1983年。
③ ［韩］姜泰训：《经筵与帝王教育》，载东文化社，1993年，第41—46页。
④ 金宗瑞·郑麟趾等撰《高丽史》卷十四，《世家第十四·睿宗三》，《国故丛刊》第1篇《高丽史（上册）》，延禧大学校出版部，1955年，第288页。
⑤ 金宗瑞·郑麟趾等撰《高丽史》卷十四，《世家第十四·睿宗三》，《国故丛刊》第1篇《高丽史（上册）》，延禧大学校出版部，1955年，第289页。
⑥ 金宗瑞·郑麟趾等撰《高丽史》卷十四，《世家第十四·睿宗三》，《国故丛刊》第1篇《高丽史（上册）》，延禧大学校出版部，1955年，第294页。
⑦ 金宗瑞·郑麟趾等撰《高丽史》卷十四，《世家第十四·睿宗三》，《国故丛刊》第1篇《高丽史（上册）》，延禧大学校出版部，1955年，第295页。
⑧ 金宗瑞·郑麟趾等撰《高丽史》卷十六，《世家第十六·仁宗二》，《国故丛刊》第1篇《高丽史（上册）》，延禧大学校出版部，1955年，第335页。
⑨ 金宗瑞·郑麟趾等撰《高丽史》卷四十五，《世家第四十五·恭让王一》，《国故丛刊》第1篇《高丽史（上册）》，延禧大学校出版部，1955年，第883页。

阐发《诗》在德政、王道教化等方面的意义。

第二节 朝鲜经筵制度的确立期——世宗、成宗朝

经筵制度虽然在高丽时期传到朝鲜半岛，但其得以活跃发展是在朝鲜时期。朝鲜朝各位君王经筵讲读的安排，似乎取决于当时的战乱等国家情况以及君王个人的学问爱好或健康、年龄等个人状况。朝鲜朝第一代君王太祖（讳成桂，1392—1398年在位）设立经筵官制①，但没有正式开设经筵。②从第二代君王定宗（讳曔，1398—1400年在位）起开始开设经筵，并有史官旁听、记录。③ 到第四代君王世宗（讳祹，1418—1450年在位）开始整备经筵制度，并通过将经筵与集贤殿机构紧密连接的方式，加强二者的互补功能。兼任经筵官职的集贤殿学士在世宗的极力支持下可以最先接触到新刊书籍，还可以赐假在读书堂（设于东湖或龙山等地）读书（称"赐假读书"）④，以增进知识。虽然集贤殿学士主要负责的是经筵，但也兼任其他职务，即对明朝外交文书的写作进行润色，兼任史官、试官和编撰书籍等。⑤ 世宗不仅陆续增加经筵官⑥，还设经筵厅，以便深入讨论进讲之际未及详尽的

---

① 太祖元年（1392）："经筵官：皆兼掌进讲经史。领事一，侍中已上；知事二，正二品；同知事二，从二品；参赞官五，正三品；讲读官四，从三品；检讨官二，正四品；副检讨官，正五品；书吏，七品去官。"《太祖实录》卷一，太祖元年（1392）七月，《朝鲜王朝实录》第1册，国史编撰委员会，1955年，第23页。
② 太祖元年（1392）："谏官请日开经筵。上曰：须鬓既白，不必会诸儒听讲。"；"谏官上疏曰…然而经筵之设，徒有其名而未闻进讲之时。"《太祖实录》卷二，太祖元年（1392）十一月，《朝鲜王朝实录》第1册，国史编撰委员会，1955年，第35页。
③ 《定宗实录》卷一，定宗元年（1399）一月，《朝鲜王朝实录》第1册，国史编撰委员会，1955年，第143页。
④ ［韩］崔承熙：《集贤殿研究（上）》，载《历史学报》，历史学会，1966年，第18、19页。
⑤ 同上书，第18—37页。
⑥ 世宗元年（1419）："加设经筵官，知经筵一人、同知经筵一人、侍讲官一人。"《世宗实录》卷一，世宗元年（1419）八月，《朝鲜王朝实录》第2册，国史编撰委员会，1955年，第261页。

内容。① 据学者统计,世宗在位期间开筵次数共达1898次,经筵书目有四书三经、《左传》《大学衍义》《性理大全》《资治通鉴》《资治通鉴续篇》《六典》《宋朝名臣言行录》《律吕新书》等二十二种。② 世宗朝的经筵不仅具有使君王习得"讲论治道"的功能,而且有学术讨论交流的功能。不过,世宗朝《实录》关于《诗》的经筵记录很少。如"始讲《诗》"③"讲《诗》毕"④ 等,主要记录其经筵中所读的书名与始终时间,也没有其他文献专门记录这期间的经筵内容。尽管如此,我们仍可从中窥见世宗在经筵中读《诗》的思路。其一,体现了为"致用"而穷经的读《诗》立场,尤其注重将书里的理论运用到当时的朝鲜社会当中。如看到《豳风七月图》,世宗要集贤殿学士调查朝鲜的农事,并仿《豳风七月图》作一个反映朝鲜农事风俗的"七月图"以宣传农事。⑤ 又如进讲《桧风·素冠》篇时,世宗谈论中国的丧制说:"中国丧制甚薄,虽君父之丧,日月之限甚少,似未可也。"⑥ 显然其论点不在于《素冠》篇本身,而是由此延伸出来的丧制问题。其二,可窥见世宗实事求是

---

① 世宗元年（1419）:"御经筵。同知经筵卓慎启曰:'近来经筵官分番进讲,皆任他务,故群书蕴奥,未暇讲论,进讲之际,未能详尽。愿自今合为一番进讲后,退于经筵厅,终日讨论。'上从之。"《世宗实录》卷一,世宗元年（1419）十二月,《朝鲜王朝实录》第2册,国史编撰委员会,1955年,第291页。以此为始,至世宗十年,兼任经筵或书筵的集贤殿学士从十名增加到三十名。其具体内容参见［韩］姜泰训:《经筵与帝王教育》,载东文化社,1993年,第59—61页。
② ［韩］南智大:《朝鲜初期的经筵制度》,《韩国史论》第6辑,首尔大学校历史学系,1980年,第163、164页。
③ 《世宗实录》卷二十五,世宗六年（1424）八月,《朝鲜王朝实录》第2册,国史编撰委员会,1955年,第618页。
④ 《世宗实录》卷二十六,世宗六年（1424）十一月,《朝鲜王朝实录》第2册,国史编撰委员会,1955年,第638页。
⑤ 世宗十五年（1433）,在进讲《性理大全》"盘盂器皿皆有戒"一句时,世宗说:"器皿之戒,接目警心,诚有益焉。予观《豳风七月图》,因此而省念稼穑之艰难。予则广112视听,稍知农事之为重,子孙生长深宫,不识耕耘之苦,是可叹已。古者虽宫中之妇女,皆读蚕农之书,欲仿《豳风》采我国风俗,图形赞诗,使上下贵贱皆知农务之重,传之后嗣,永世监观。惟尔集贤殿博采本国贡赋徭役农桑之事,图其形状,仍赞以诗歌,以成我国七月之诗。"《世宗实录》卷六十一,世宗十五年（1433）八月,《朝鲜王朝实录》第3册,国史编撰委员会,1955年,第499页。
⑥ 《世宗实录》卷七十八,世宗十九年（1437）七月,《朝鲜王朝实录》第4册,国史编撰委员会,1955年,第93页。

的读《诗》面貌。如在讲《诗·十月之交》时,对朱熹"日月之食,虽有常度,王者修德行政,当食不食"的观点提出疑问。世宗说:"此言诚然矣。虽然,予尝观《三国史略》,有新罗日食而不书百济,百济日食而不书新罗,安有日食新罗而不食百济乎?无乃史官所记有详略之不同欤!"① 虽然世宗同意朱熹所说的"人和"可以克服困难的积极意义,但还是认为有些自然现象不是人类所能逆转的。他以百济与新罗对日食的记载出现差异为其合理的依据,对古代天灾是由君王失德所造成的看法提出了疑问。他认为百济、新罗同时能看到的日食,却因记录者的不同意图或者粗细之别而产生了史书记载上的差异,但无论国家政治是否和谐,日食都会同时出现。既然这样,将日食看作君王治国不当而引起的灾异的观点自然是站不住脚的。世宗还强调过,祥瑞等说法是人的欲望所酿成的结果,是不可信的:"人君若尚祥瑞则祥瑞数出,肆予不尚之矣。"② 可见世宗治《诗》能比较科学地看待自然现象。其三,以读《诗》作为讨论政治的契机。例如,进讲《七月》时,世宗指出该诗篇"备言民之艰难,不言设施之方",以求得文臣救难民的良策③,而参加经筵的文臣也借此表达对地方官的恤民政策的评价。

  世宗时期经筵所涉及的课目并不局限于儒家经典与史书,还涉及古礼、音乐、地理、风水等方面。世宗朝经筵除了教育君王的主要目的之外,还与集贤殿等机构结合,发挥培养人才、振兴学术的功能。世宗时期经筵记录没有另编成书,而其经筵中君臣之间的学术交谈主要以各种文化整理事业以及科学发明成果等形式集成。

---

① 《世宗实录》卷二十六,世宗六年(1424)十一月,《朝鲜王朝实录》第 2 册,国史编撰委员会,1955 年,第 636 页。
② 《世宗实录》卷八十四,世宗二十一年(1439)二月,《朝鲜王朝实录》第 4 册,国史编撰委员会,1955 年,第 187 页。
③ 世宗元年(1418):"御经筵。上曰:'《七月》篇备言民之艰难,不言设施之方,将何术以为之乎?'卞季良对曰:'恤民之要,在于知人而任。知人善任,于为国乎何有?'郑招启曰:'各道监司褒贬守令不中,率以便捷办事为能,遂使实惠不及于民。愿自今守令新除者,殿下必亲引见,审察贤否,然后使之赴任,则守令得人,而民受实惠矣。'上然之。"《世宗实录》卷一,世宗一年(1418)一月,《朝鲜王朝实录》第 2 册,国史编撰委员会,1955 年,第 299 页。

十三岁登基的成宗（讳娎，1469—1494年在位），在真熹王后的摄政下接受经筵教育。其在位期间所受经筵达到八千多次①，成为在朝鲜朝经筵次数最多的君王。成宗朝的经筵有两大特点。其一，因其从年少开始参加经筵，故教材、经筵官等主要由文臣决定。其中在教材选择方面，除了为应对时政的需要增加了汉语会话（朱逢吉《童子习》）、外交文书（《吏文眷录》）、兵法（宋戴溪《将鉴博议》）等书之外，其他则主要遵循前代君王之先例。所选教材往往偏向于"正心修身"的性理学方面著作。经学比历史等其他课目更受重视，四书、《大学衍义》等性理学著作在经学中尤其受到重视。② 经筵的课目几乎不能反映成宗个人的读书喜好。如成宗想在经筵中读《庄子》等书，但遭到反对，至终未竟。③ 其二，经筵中的政论比重明显增加。经筵内容主要不是针对所阐释的经史本身，而是针对由文献阅读中引申出来的时政问题。成宗六年（1475）谈到《经筵日记》所涉时政"时史"性强，不便于公开④，可说明对敏感时政的谈论在经筵中所占的位置。

由于成宗朝的经筵论《诗》侧重于借《诗》阐发时政、教化，因此对《诗》本身的解释零星琐碎。尽管如此，我们还是可以从中窥见成宗朝经筵的论《诗》情况：其一，重视儒家德政教化方面的意义，即《诗》"善可为

---

① 有关统计参见南智大《朝鲜初期的经筵制度》，《韩国史论》第6辑，首尔大学校历史学系，1980年，第164—169页。
② 成宗十八年（1487）："御经筵。讲讫，持平郑锡坚启曰：'臣等闻经筵将讲《元史》。人君历览故事，监戒治乱，不为无益。然不如讲经书也。'献纳金浩曰：'讲古史，观治乱可矣。然不如讲《庸》、《学》正心修身切要之书也。'上曰：'当讲《论语》'。"《成宗实录》卷二百一，成宗十八年（1487）三月，《朝鲜王朝实录》第11册，国史编撰委员会，1956年，第196页。
③ 成宗十四年（1483）："承政院启曰：'殿下欲讲《庄子》等书，以观其非。臣等窃谓自祖宗朝经筵不讲此书。若于夜对下问未解处，则犹可也，经筵官进讲，则不可。'传曰：'若以见此书为非，则经书中引用《庄子》不一，其尽削去然后进讲耶？'"《成宗实录》卷一百五十，成宗十四年（1483）一月，《朝鲜王朝实录》第10册，国史编撰委员会，1956年，第428页。
④ 成宗六年（1475）："御昼讲。讲讫，司经安彭命启曰：'昨日传教，《经筵日记》毋得秘密。日记先书讲书颠末，次书上教及诸臣进言，每朝经筵官欲知讲书颠末，取而见之，日记虽非秘书，史官书之则为史笔。昔唐太宗欲见时史，史官不以进，人主不得见，况外人乎？请日记分两帙，一则专记时事而秘之，一则书进讲颠末，以备经筵官参考。'"《成宗实录》卷五十二，成宗六年（1475）二月，《朝鲜王朝实录》第9册，国史编撰委员会，1956年，第197页。

法，恶可为戒"①之义。如讲《大雅·荡》"虽无老成人，尚有典刑"句时，经筵官劝诫成宗不要"远老成用新进"或"变先王旧章"②；讲《大雅·抑》篇时，经筵官劝诫成宗自儆③；讲《大雅·云汉》时，强调"敬天勤民"④、以民为本的德政等。而其对《诗》的章句、训诂之义，则不甚重视。其二，经筵中解《诗》以朱熹《诗》解为主，以胡广《诗传大全》等发明朱熹《诗集传》之注解为辅。如成宗十四年（1483），参与经筵的文臣金秀光在谈论当时的宗庙位置时，以朱熹对《周颂·清庙》"于穆清庙"中"穆"字的解释为依据。⑤可见朝鲜经筵中朱熹《诗》说所占的权威地位。而《四书五经大全》从世宗元年（1419）⑥传入朝鲜，其中《诗传大全》至成宗已几次翻刻，便于参考。如检讨官成倪论《王风·中谷有蓷》时所引范处义说，很可

---

① 成宗三年（1472）："御经筵。讲讫，检讨官成倪启曰：'《诗》者，善可为法，恶可为戒，圣人所以垂劝惩于后世者也。帝王之学，不特章句之末，又当远稽诸古，以矫当时之弊。愿殿下留心焉。'"《成宗实录》卷二十二，成宗三年（1472）九月，《朝鲜王朝实录》第8册，国史编撰委员会，1956年，第685页。
② 成宗四年（1473）："御经筵。讲《诗》至'虽无老成人，尚有典刑'，同知事李承召启曰：'人主当太平无事时，远老成用新进，更变先王旧章者多矣，此人主所当戒也。'上嘉纳。"《成宗实录》卷二十八，成宗四年（1473）三月，《朝鲜王朝实录》第9册，国史编撰委员会，1956年，第13页。
③ 成宗四年（1473）："御昼讲。讲至《诗·抑》篇，同知事李承召启曰：'凡人年老，则志气衰而儆戒怠，武公年九十有五，而犹求箴儆，在舆、位宁、居寝、倚几，无处不箴，存养省察之功，无时而息，此所以称睿圣也。请留心焉。'"《成宗实录》卷二十八，成宗四年（1473）三月，《朝鲜王朝实录》第9册，国史编撰委员会，1956年，第13页。
④ 成宗四年（1473）："御夕讲。讲《诗》至《云汉》篇，侍讲官朴始亨启曰：'宣王遇灾，警惧如此，所以成中兴之业也。人君之道，莫大于敬天勤民，敬天勤民，初非二道，勤民乃所以敬天也。'"《成宗实录》卷三十二，成宗四年（1473）七月，《朝鲜王朝实录》第9册，国史编撰委员会，1956年，第35页。
⑤ 成宗十四年（1483）："执义金秀光启曰：……《诗》云：'于穆清庙'。穆者，深远之意。今宗庙无深远之势，又南墙门路，绝主山来脉，甚不可也。"《成宗实录》卷一百五十，成宗十四年（1483）一月，《朝鲜王朝实录》第10册，国史编撰委员会，1956年，第430页。
⑥ 世宗元年（1419年）："敬宁君裶、赞成郑易、刑曹参判洪汝方等回自北京。皇帝……特赐御制序新修《性理大全》《四书五经大全》……以宠异之。"《世宗实录》卷六，世宗一年（1419）十二月，《朝鲜王朝实录》第2册，国史编撰委员会，1955年，第348页。

能引自《诗传大全》。① 就不易得到汉籍的当时的朝鲜情况而言,《诗传大全》无疑给朝鲜学者接触更多与朱熹《诗集传》可以互相发明的解说提供很大方便。另外,本文推测经筵官准备讲义时很有可能参考其他能够阐发朱熹《诗》说的注解。如成宗三年(1472)的经筵中,领事金国光说:"讲《杕杜》篇,言人君好贤之诚也;《采苓》篇,言人君去谗之方也。为君之道,不过好贤、去谗二者而已。愿上潜心焉。"② 虽然其所云"人君好贤之诚""人君去谗之方"与朱熹所云"此人好贤而恐不足以致之""此刺听谗之诗"之间,看似无甚差异,但仍有经过一番斟酌雕琢的痕迹:将"人君好贤"的态度与心性修养之"诚"字联系在一起,酷似于宋代李樗、黄櫄"惟君子之中心有好贤之诚,何但饮食而已乎?"③ 的解释,又将"刺"诗之负面之义改为"去谗之方"的正面之义,与辅广"不特刺听谗,而又告之以止谗之方也"④的论述也相似,而此二者皆不收于《诗传大全》。这很有可能反映了经筵官准备讲义时参考中国宋代《诗》注解,以求既合乎为君王提供道德修养方面的教育,又合乎朱说。

另外,由成宗迎接明使臣时对《诗》的引用,更可以看出成宗朝读《诗》以致用的特点,可以和经筵读《诗》重政治功用的特点参看。如成宗二十三年(1492)从到太平馆迎接明使臣至夜宴结束,期间成宗与两位使臣的谈话中依次引了《小雅》之《南山有台》《楚茨》《湛露》《宾之初筵》《鹿鸣》《隰桑》及

---

① 成宗三年(1472):"御经筵。讲讫,检讨官成倪启曰:'《诗·葛藟》篇曰:终远兄弟,谓他人父。谓他人父,亦莫我顾。此言百姓困穷而流离失所也。《中谷有蓷》篇,范氏之言曰:世治则室家相保者,上之所养也;世乱则室家相弃者,上之所残也。其使民也勤,取民也厚,则夫妇日以衰薄,而凶年不免于离散矣。'"《成宗实录》卷二十二,成宗三年(1472)九月,《朝鲜王朝实录》第 8 册,国史编撰委员会,1956 年,第 685 页。
② 《成宗实录》卷二十二,成宗三年(1472)九月,《朝鲜王朝实录》第 8 册,国史编撰委员会,1956 年,第 687 页。
③ 李樗、黄櫄:《毛诗集解》卷十二,《唐风·有杕之杜》条:"惟君子之中心有好贤之诚,何但饮食而已乎?苟能求贤以自辅,则贤者悦而愿仕于朝矣。"
④ 该文为辅广对《诗序》"《采苓》刺晋献公也。献公好听谗焉"的小注。辅广《童子问》卷首,《诗经要籍集成》第 8 册(影印《四库全书》本),学苑出版社,2002 年,第 270 页。

《菁菁者莪》共七篇诗。① 这因袭了春秋战国时期以来在宴享场合上已成套话的诗篇意义，若不熟谙诗旨，就会无法应对。可见赋诗言志仍是朝鲜朝君臣与中国使臣之间在外交政治、宴享聚会中表示其儒家修养水平的一个标志。因此成宗在经筵读《诗》无疑注重《诗》在这一方面的作用。

第三节　朝鲜经筵制度的坎坷期
——宣祖、孝宗、肃宗朝

宣祖（讳昖，1567—1608 年在位）时期由原本远离中央政治势力的儒林"士林派"学士主持经筵。与前代君王相比，更为偏向于程朱理学思想的士林派学士增加了经筵中性理学的比重。朝鲜中期的经筵大体上按照李珥于宣祖八年（1575）编纂的《圣学辑要》中所建立的"立志、修圣学、任贤能"的框架进行。② 经筵课目以四书为中心，《诗》《书》占的比重明显下降。③ 有

---

① 成宗二十三年（1492）："上幸太平馆，两使出迎中门外曰：……上曰：'《诗》云："南山有台，北山有莱，乐只君子，邦家之基。"今见两大人，其喜庸有极乎？'正使亦诵其诗……及宴上行酒未几，正使就上前欲行回杯，上辞以礼未完，正使曰：'《诗》云："既醉以酒，既饱以德。"又云："厌厌夜饮，不醉无归。"今日酒既醉，夜又深，非特我辈困倦，贤王亦劳动，所以欲行谢杯。'上从之。及副使行酒讫，正使就上前曰：'《诗》云："三爵不识，矧敢多！"又今日我两人所饮不止三爵，请罢宴。'上曰：'此诗乃戒酒也。大人以德将之，固无酒失，请俟礼完。'……正使曰：'"我有旨酒，嘉宾式燕以敖。"我两人既醉饱，已领贤王盛意，请罢宴。'上曰：'"心乎爱矣，遐不谓矣，中心藏之，何日忘之。"两大人道德，寡人何日忘之？请更进一杯。'正使欣然再诵其诗曰：'贤王之心，暗合古人，我两人不敢当。《诗》云："泛泛杨舟，载沉载浮。"贤王"中心藏之"之言，当服膺勿失。'"《成宗实录》卷二百六十五，成宗二十三年（1492）五月，《朝鲜王朝实录》第12 册，国史编撰委员会，1956 年，第 186 页。
② ［韩］郑在熏：《朝鲜中期的经筵与帝王学——以光海君至显宗朝为中心》，《历史学报》第 184 辑，历史学会，2004 年，第 133 页。
③ 宣祖九年（1576）："上问：'经书中，《书》与《诗》熟好？'对曰：'《书》载帝王之事，固为治之大法；《诗》本人情该物理，所关尤切。'上曰：'《书》，辞艰深不平易。《诗》亦类此否？'《诗》之文辞，甚平易明白，有益于人。'上曰：'《诗》《书》与《论》《孟》，如何？'对曰：'《论》《孟》又切于《诗》《书》。朱子曰："《论》《孟》是熟饭，《诗》《书》是打禾为饭。"学问之方，四书极紧，《诗》《书》次之；治国平天下之道，《纲目》最紧，《大学衍义》次之。'"《宣祖实录》卷十，宣祖九年（1576）九月，《朝鲜王朝实录》第 21 册，国史编撰委员会，1957 年，第 343 页。

趣的是，宣祖服丧时，以《诗》"乃弦歌之辞"为由，改讲《春秋》①，又于壬辰战乱时，亦以国家遇难"不可咏诗"为由，不讲《诗》，而改读《周易》《东国通鉴》《高丽史节要》。② 宣祖朝经历了两次战乱（壬辰、丙子），而且频繁遇到天灾，故宣祖试图通过禁止咏诗听乐等方式节制谨慎。朝鲜中期对《诗》作为文学的认识超过其作为经学的意识，恰恰造成了朝鲜中期经筵几乎没有涉及《诗》的现象。因此虽然这一时期朝鲜经筵中几乎没有涉及《诗》，但我们可由此推知对《诗》的认识经历着转变。

孝宗（讳淏，1649—1659年在位）、显宗（讳棩，1659—1674年在位）朝的经筵也由士林派学者主持，所选课本更加偏重于四书与《孝经》《大学衍义》等性理学方面的著作③，从朱子性理学的角度解释儒家经典达到顶峰。物极必反，朝鲜性理学的高潮给经筵等学术交流带来的思想上的约束，恰恰促使了其后对性理学的批判学风。

至肃宗（讳焞，1674—1720年在位）初，经筵受到朋党之争的影响。例如在甲寅年（显宗十五年，1674）礼讼中宋时烈等西人朋党遭败之后，得势的南人朋党掌握政权，南人派的尹鑴（1617—1680）主持经筵时，提出朱熹《论语集注》不必读，建议直接读《论语》原文。尹鑴还建议不拘于谚解断句，而肃宗也不顾他人的反对，支持尹鑴的看法。④ 由此可见，朝鲜中期经

---

① 宣祖十一年（1578）："弘文馆启曰：'《诗传》乃弦歌之辞，自上方在服中，进讲未安，请以《春秋》进讲，姑停《诗传》。'传曰：'此言过矣。不须改之。'再启，允之。"《宣祖实录》卷十二，宣祖十一年（1578）三月，《朝鲜王朝实录》第21册，国史编撰委员会，1957年，第351页。
② 宣祖二十七年（1594）："弘文馆，以领事（原注：柳成龙）意启曰：'经筵为之事，传教矣。前日视事时朝，昼讲则《诗传》，夕讲则《纲目》进讲，而《纲目》编秩浩繁，多事之时，似未易究览。《唐鉴》一书，先贤以为三代以下，无此议论。且卷编简便，姑为进讲，《诗传》则依前进讲宜当。敢禀。'传曰：'今不可咏诗。朝讲欲讲《周易》，夕讲欲讲《东国通鉴》《高丽史节要》中一书。言于领事。'"《宣祖实录》卷五十六，宣祖二十七年（1594）十月，《朝鲜王朝实录》第22册，国史编撰委员会，1957年，第381页。
③ ［韩］郑在熏：《朝鲜中期的经筵与帝王学——以光海君至显宗朝为中心》，载《历史学报》第184辑，历史学会，2004年，第116、117、128页。
④ 肃宗一年（1675）："御昼讲。鑴请上勿依《谚解》句绝。侍读官权愈、特进官李弘渊曰：'祖宗朝刊行之谚解，不可猝变。'上依鑴言读之。"《肃宗实录》卷三，肃宗一年（1675）三月，《朝鲜王朝实录》第38册，国史编撰委员会，1957年，第255页。

筵对注释的选择与君王对特定政治势力的偏好有密切的关系。朝鲜初期由"勋旧"势力（称"勋旧派"）掌握中央政权，至朝鲜中期随着地方学士（称"士林派"或"山林派"）对中央政治的介入，政治形势转变，"勋旧"与"士林"之间、"士林"与"士林"之间出现频繁激烈的党争。党争的互相残杀，使朝廷流失许多人才，这种政治情况也可能反映在经学上。李瀷《诗经疾书》以"求贤"作为中心诗旨的解释倾向，也许与此有一定的关系。

第四节　朝鲜经筵制度的成熟期——英祖朝

朝鲜后期因距今不远，现存有关经筵内容的文献记载比朝鲜中期多。除了《实录》之外，还有《承政院日记》《日省录》等朝廷记录有不少内容涉及君臣论《诗》。其中，《承政院日记》因遭壬辰乱被烧毁，只留存了自仁祖元年（1623）至纯宗四年（1910）的部分。其中的经筵内容记载远比《实录》详细。《承政院日记》所记几千字的经筵内容，《实录》中只记录"行昼讲""行夕讲"，其例比比皆是。单举英祖十年（1734）六月十日于昼讲论《诗》，《承政院日记》所记录文字多达三千字；而当日昼讲经筵的《实录》记录，只有"行昼讲"三字。① 由此可见《承政院日记》对经筵读《诗》的研究价值。《承政院日记》的记录风格，仁祖、肃宗朝与英祖、正祖朝之间有明显的变化。仁、肃宗朝的经筵记录只限于参与人名、始终时间、篇章名等事项，不大涉及具体内容，而英、正祖朝经筵虽亦谈及时政、时务，但解《诗》的内容极为具体。这有助于了解朝鲜后期经筵读《诗》的具体面貌。另外，以正祖在"世孙"时的私人日记为基础而加以增益的《日省录》，记载内容自英祖三十六年（1760）持续至纯宗四年（1910），共一百五十年，亦有助于了解朝鲜后期的"经史讲义"活动。

---

① 《英祖实录》卷三十八，英祖十年（1734）六月，《朝鲜王朝实录》第 42 册，国史编撰委员会，1957 年，第 441 页。

英祖（讳昑，1724—1776年在位）在位五十二年，经筵读《诗》共有四段：英祖十年（1734）至英祖十二年、英祖二十二年、英祖三十年至三十二年还有英祖四十年至四十二年。① 除了晚年为怡情养性而读《诗》之外，其余三次的经筵方式与内容大同小异。其经筵读《诗》的程序与前代无甚差异，但英祖朝记录经筵读《诗》的篇目和讨论的问题明显比前代更加具体。首次读《诗》时，先读《诗集传·序》，之后商量朗诵方式及讲述范围（包括篇题、章下注、诗原文、大旨、六义）等问题。英祖经筵读《诗》大致由三个步骤来组成：第一，由经筵官诵读所定部分。基本包括经文与朱熹《诗集传》注文，有时还包括《诗传大全》小注。第二，由英祖亲自重读（称"受音"）。而至其晚年经筵，常命其他经筵官来重读。第三，经筵官讲"文义"，英祖对此提问，可多次重复。

英祖朝经筵读《诗》与历代君王的相同点在于：其一，注重阐发《诗》对修己、德行涵养的功效。其解《诗》常提到《风》《雅》中的正变之别，强调"观其正与变，则可以感发善心，鉴戒得失"② 之义。其二，注重借《诗》义劝导君王务于德政。如《桧风·隰有苌楚》，经筵中金若鲁借朱熹"政烦赋重，人不堪其苦，叹其不如草木之无知而无忧"之诗旨劝导君王眷顾当时民生的疾苦，说："以今日论之，《苌楚》之歌诚未知有几人矣。反复观察，务尽救恤之策，何如？"③ 其三，经筵中谈论时政仍具有重要作用，因此借《诗》发挥己意之事仍很多见。如解释《邶风·谷风》"我有旨蓄，亦以御冬"句，有人引借出"聚财而后，凡事可以有为"之义④，实与诗义丝

---

① 据统计，英祖朝经筵读《诗》次数共一百二十一次。其统计数字参看［韩］权延雄《朝鲜英祖代的经筵》，载《东亚研究》第17辑，西江大学校东亚研究所，1989年，第377页。而其统计却遗漏了英祖二十二年（1744）六月至十月的十多条。据此，对其具体统计需要进一步考察。
② 《承政院日记》第790册，英祖十年（1734）十一月二十三日，奎章阁韩国学研究院所藏本，第136页。本书所引《承政院日记》原文的册数与页面数均据奎章阁韩国学研究院所提供的馆藏本书影信息（http://kyudb.snu.ac.kr/pf01/renderImg.do）。该信息亦可见于国史编撰委员会《承政院日记》原文、翻译数据库（http://sjw.history.go.kr/main.do）里。
③ 《承政院日记》第785册，英祖十年（1734）九月二十六日，奎章阁韩国学研究院所藏本，第104页。
④ 《承政院日记》第781册，英祖十年（1734）六月十一日，奎章阁韩国学研究院所藏本，第96页。

毫无关。可窥见经筵官借《诗》以谈时政的借题发挥。其四，英祖关注《左传》等儒家经典引诗用诗的情况。英祖据《论语》"诵诗三百，授之以政"与《礼记·坊记》多引诗之事，认为："古人断章取义，可谓善用之矣。"①其云："见《左传》，则应对他国则皆用《诗传》，其言奇特。其时人大抵诵诗甚熟而然矣。"又云："《论》《孟》及《庸》《学》，皆多引诗，此去未远而然矣。"② 可见朝鲜后期经筵继其中期仍将先秦引诗用诗之例作为熟练《诗》之后才能够达到一定学问修养之证明。

据《承政院日记》，英祖朝经筵读《诗》的内容大致可归纳为以下几种：

其一，对诗篇"文义"的解释。其对"文义"、诗旨的解释主要按照朱熹《诗集传》，其中为强调德治教化而解诗义之处不少。阐发文义时，往往采取宋代读《诗》以一字、一词点明章旨的方式。如《陈风·宛丘》以"汤（荡）"作为全篇的"起刺处"③，或如俞健基将《豳风·七月》篇旨意归于"不出于'豫'之一字"④、将《豳风·东山》篇旨意归于"一个公字"。⑤ 亦有从辞语、文势的角度鉴赏诗的。如检讨官尹汇贞评《小雅·白驹》谓："其辞婉而不迫，由浅入深，不必逐句陈达，而言外之旨，有可见矣。"⑥ 除此之外，还采取了引用其他经典互证《诗》义的方式。如《春秋》闵公二年魏懿公败亡之事与《鄘风·载驰》许穆夫人之诗⑦、《左传》石碏使其子石厚

---

① 《承政院日记》第783册，英祖十年（1734）七月九日，奎章阁韩国学研究院所藏本，第72页。
② 《承政院日记》第894册，英祖十五年（1739）七月二日，奎章阁韩国学研究院所藏本，第8页。
③ 《承政院日记》第787册，英祖十年（1734）九月十八日，奎章阁韩国学研究院所藏本，第30页。
④ 《承政院日记》第789册，英祖十年（1734）十月十七日，奎章阁韩国学研究院所藏本，第15页。其说转引自《诗传大全》严粲之小注。
⑤ 《承政院日记》第789册，英祖十年（1734）十月十八日，奎章阁韩国学研究院所藏本，第91页。
⑥ 《承政院日记》第800册，英祖十一年（1735）闰四月十八日，奎章阁韩国学研究院所藏本，第17页。
⑦ 英祖十年（1734）六月二十六日："（李）宗城曰：郑伯与公宴章，子家之赋《载驰》，盖取于'控于大邦，谁因谁极'之义也。其临乱求助之意，实为衬着。诵诗三百，足以专对云者，正谓此也。上曰，季文子、子家之互相引诗于宴饮之际者，其气像如可见矣。古人则居常诵诗，故随处引谕，辄当其义，而近来则制述之人，不习《诗》《书》，经工之士，徒事口读，予甚慨然，而今日入侍承旨，每于陈奏之际，引《诗》《书》为言，其习熟经文可知矣。"《承政院日记》第782册，英祖十年（1734）六月二十六日，奎章阁韩国学研究院所藏本，第99页。

伐州吁之事与《邶风·燕燕》庄姜送戴妫大归之诗①、《尚书》"祈天永命"与《周颂·我将》之义②以及《小雅·鹿鸣》与《泰卦》之义③等,皆属其例。另外,解释诗义时,关注《诗》的语言特点,尤其关注诗篇中字词、章句重复出现的情况。如英祖通过《小雅·大东》"冬日烈烈,飘风发发"与《小雅·蓼莪》"南山烈烈,飘风发发","只'冬日'二字有异",以寻求两者之间的意义之类似性④,还有谈到"文字多有相同处"⑤是由于《诗》在古代"列于乐府"的关系。亦见采用俚谚理解《诗》的方式。如讲《小雅·四月》"匪鹑匪鸢,翰飞戾天,匪鳣匪鲔,潜逃于渊"之义,尹汇贞引"俗言'上天乎?入地乎?'"解释此句。英祖认为此谚语正得其义,谓:"俚谚所谓'上天乎?入地乎?'者,盖言穷极无往之状矣。此诗之匪鹑、匪鳣,即此意也。"⑥

其二,关注赋比兴在《诗》中的运用。经筵诵《诗》,一般包括朱熹《诗集传》注文。即使英祖晚年不诵读朱《传》文时,仍认为"《诗》之六义体重"不可阙⑦,因此仍读朱熹有关赋比兴的标注部分。英祖朝经筵重视比

---

① 英祖十年(1734)六月十日:"宗城曰:《燕燕》诗,千载之下,可想其情理。进讲《左传》时,已鉴本事,而古人以为石碏使石厚因陈而求朝者。戴妫是陈人,陈人自有切齿腐心之怨,必当执厚而逞怨,故石碏以此指挥云,此言得当矣。上曰:其先儒谁也?宗城曰:是明时人而虽非鸿儒硕士,辨论诗传,甚详矣。若鲁曰:以《燕燕》诗观之,戴妫之景象可想矣。"《承政院日记》第781册,英祖十年(1734)六月十日,奎章阁韩国学研究院所藏本,第84页。
② 《承政院日记》第825册,英祖十二年(1734)五月十二日,奎章阁韩国学研究院所藏本,第86页。
③ 英祖云:"故先儒以此章,比于《泰卦》,小往大来,上下交泰之义。"《承政院日记》第790册,英祖十年(1734)十一月二十三日,奎章阁韩国学研究院所藏本,第136页。
④ 《承政院日记》第800册,英祖十一年(1735)闰四月二十日,奎章阁韩国学研究院所藏本,第126页。
⑤ 《承政院日记》第784册,英祖十年(1734)八月二十七日,奎章阁韩国学研究院所藏本,第92页。同处,"上又曰:当时诗谣列于乐府,而文字多有相同处,此则偶然相符耶?其时乐官,聚而同之耶?宗城曰,其时闾巷歌谣,皆如许故耳。'彼其之子''悠悠我思'等文几处皆有之。至于《雅》《颂》,则往往有全文相同者,盖其歌诗节奏,亦如此矣。"
⑥ 《承政院日记》第800册,英祖十一年(1735)闰四月二十九日,奎章阁韩国学研究院所藏本,第126页。
⑦ 《承政院日记》第1227册,英祖四十年(1764)二月二十四日,奎章阁韩国学研究院所藏本,第106页。又于英祖四十年(1764)二月二十日,复位读《诗》的讲规时,英祖云:"大旨及编题除之,而只讲六义好矣。"《承政院日记》第1227册,英祖四十年(1764)二月二十日,奎章阁韩国学研究院所藏本,第96页。

兴，盖因为"诗三百篇，皆有比兴，皆有言外义"①，而其"言外义"皆为感发人心。经筵官对比兴的理解主要依从朱熹之说。如朱熹注"赋而兴又比"，《诗》中只见于《小雅·频弁》三章。知事金在鲁解此谓"'茑（与女）萝'以后为比，而托兴于上段矣"。②即从兴在先、比在后的位置来解释。其解释虽然没有像《诗传大全》所引辅广《诗童子问》解释得详细，却将其先兴后比的叙述方式说得简单明了。不过，朱熹标注"兴"之处，经筵也往往认为应作"兴中有比"。如《小雅·四牡》"翩翩者鵻"，朱熹标"兴"，而英祖认为"似比而兴"，知事尹淳认为："此则安其所集，可谓兴中有比。"③《小雅·采芑》第四章"鴥彼飞隼，其飞戾天，亦集爰止……"，朱熹标"兴"，而侍讲官吴瑗说："飞隼戾集，兴中有比。"④皆属其例。

其三，关注朱熹淫诗说。此为朝鲜学者之间争论的朱熹诗说之一。不少学者对朱熹所定的淫诗《风雨》《扬之水》《出其东门》等篇，认为"本非淫奔之诗，而或贤者不得志，兄弟不相得，或世道混浊，君子不相容而作此诗"。⑤经筵时对朱熹淫诗说提出意见的理由往往是朱熹前后说不同，或者朱熹说内部存在可疑之处。如对朱熹将《风雨》篇列为淫诗，指出"宋元明诸儒，率不宗其说"⑥，主要是因为朱熹此篇中"君子"的解释，与其他

---

① 《承政院日记》第820册，英祖十二年（1736）二月二十六日，奎章阁韩国学研究院所藏本，第106页。
② 《承政院日记》第805册，英祖十一年（1735）七月二十四日，奎章阁韩国学研究院所藏本，第40页。
③ 《承政院日记》第790册，英祖十年（1734）十一月二十三日，奎章阁韩国学研究院所藏本，第136页。
④ 《承政院日记》第798册，英祖十一年（1735）四月十九日，奎章阁韩国学研究院所藏本，第117页。
⑤ 英祖十年（1734）八月二十七日："宗城曰……此篇（《郑风·褰裳》），朱子并断之以淫奔之诗，而古注则如《风雨》《扬之水》《出其东门》等章本非淫奔之诗，而或贤者不得志，兄弟不相得，或世道混浊，君子不相容而作此诗云。所譬于文义则其说不爽矣。圣经贤传，虽不敢妄论，而古注所论如此，故敢达。金若鲁曰：《青青子衿》章亦然而意好矣。宗城曰：风雨凄凄，鸡鸣喈喈，此文体决非淫奔者所可作矣。赵尚䌖曰：《扬之水》则实未知近于淫奔矣。"《承政院日记》第784册，英祖十年（1734）八月二十七日，奎章阁韩国学研究院所藏本，第92页。
⑥ 王鸿绪等：《钦定诗经传说汇纂》卷五，《诗经要籍集成》第24册，学苑出版社，2002年，第357页。

《诗》篇不同。朱熹在《风雨》篇将"君子"解释为"所期之男子",而《召南·草虫》的"君子"虽然出现在与《风雨》篇同样的句式里,却解释为行役在外的丈夫①,有为迎合淫诗论而牵强之嫌。② 因此侍读官具㢠特意指出此篇与其他淫诗之不同,谓:"《狡童》《子衿》等章,皆是淫奔之诗也……《风雨》章亦是淫诗,而古之人以'鸡鸣不已'比之君子矣。"③ 再如《扬之水》的"兄弟不相得"之义出于《吕氏家塾读诗记》所载朱熹旧说。④ 其与朱熹后说不同。虽然侍读官们对部分淫诗说提出看法,但并不意味着朱熹指出的淫诗得到翻案。因为经筵对这些淫诗仍然有所忌讳,常略过"淫诗"不读,不仅英祖自身不读,其世孙(正祖)书筵读《诗》时,也命其不可读"《鄘风·墙有茨》《鹑之奔奔》"。⑤

英祖朝经筵读《诗》,初期只是吸收《诗集传》《诗传大全》之义来理解诗篇大旨,后期则深入地辨别朱熹诗说之间、《诗传大全》小注与朱熹诗说之间所存在的异同。关于朱熹淫诗说与比兴论的辩论可谓其深入探讨朱熹《诗集传》的表现之一。而经筵读《诗》不仅谈及有关《诗》的争论问题,还探讨《诗集传》的具体叙述。如《小雅·白驹》"尔公尔侯,逸乐无期"句,朱熹认为其"犹言横来大者王小者侯",而知事金在鲁认为"尔公尔侯"与《史记·田横列传》"大者王,小者乃侯"之语,文势互不相同,还不如与《易·中孚》卦之文相比,谓:"古之人君,欲与贤者,共天位治天职。

---

① 朱熹云:"南国被文王之化,诸侯大夫行役在外,其妻独居,感时物之变,而思其君子如此。"朱熹《诗集传》卷一,《召南·草虫》,《朱子全书》第 1 册,朱杰人、严佐之、刘永翔主编,上海古籍出版社、安徽教育出版社,2002 年,第 413 页。

② 关于朱熹淫诗说内部所存在的问题,参看李再薰《朱熹诗经学研究》,首尔大学博士论文,1994 年,第 314、315 页。

③ 《承政院日记》第 1235 册,英祖四十年(1764)十月十四日,奎章阁韩国学研究院所藏本,第 86 页。

④ 吕祖谦云:"朱氏曰兄弟既不相容,所与亲者二人而已。"吕祖谦《吕氏家塾读诗记》卷八,《诗经要籍集成》第 7 册,学苑出版社,2002 年,第 44 页。

⑤ 《承政院日记》第 1246 册,英祖四十一年(1765)八月十七日,奎章阁韩国学研究院所藏本,第 75 页。

《易》曰：'鸣鹤在阴，其子和之。''尔公尔侯'是'好爵吾与尔縻之'。"①可见英祖朝经筵解《诗》虽然将朱熹《诗集传》与《诗》经文一同学习，但已经在一定程度上脱离对朱熹诗说的逐字式理解，而是对《诗集传》文本有所批判。在这个转变过程中，《诗传大全》很可能为文献极其缺乏的朝鲜学士提供了可补朱说的便利，起到重要的促进作用。英祖朝经筵虽然以朱熹《诗集传》、胡广《诗传大全》为主，但是也间或参考新接触的文献，以弥补以往诗说中的不足之处，如检讨官赵明谦参考《韩诗外传》论及"商声之异于列国，而商人之尚声者，此足可验矣"。②或蔡济恭引王守仁说谈及《郑》《卫》与"淫诗"问题③等。还有据英祖四十一年（1765）刑曹参判徐命膺引用《钦定书经传说汇纂》之事④，亦可推知这个时候经筵官很可能开始接触到《钦定书经传说汇纂》。

经筵的进行方式主要是君王提问，经筵官回答。而对英祖的疑问，经筵官往往无法给出满意的答案。这不仅反映了英祖朝所要摸索的解《诗》方向，也反映了朝鲜后期解《诗》所要解决的问题。首先，对名物、典制的考证方面显得十分薄弱。如讲《秦风·驷驖》"六辔在手"句，英祖问："'六辔在手'则马几何？"而有人根据朱熹《诗集传》认为"似是四马"，有人则根据绳索之数认为"似是六马"，没有合理的考证。又如讲《商颂·玄鸟》时，英祖问："武丁谁也？"校理洪梓回答："高宗也。"英祖再问："高宗距汤几代，而契之于汤亦几代耶？"此时，"诸臣曰：未能详知也"。经筵官的

---

① 《承政院日记》第800册，英祖十一年（1735）闰四月十八日，奎章阁韩国学研究院所藏本，第17页。
② 《承政院日记》第826册，英祖十二年（1736）五月二十七日，奎章阁韩国学研究院所藏本，第111页。
③ 《承政院日记》第册，英祖三十年（1754）六月十一日："蔡济恭曰……王守仁曰：孔子拔郑、卫诗，而后人追录云。其人好新，且其学术为吾儒所排摈，其言虽不可取，而亦不无所见矣。"《承政院日记》第1108册，英祖三十年（1754）六月十一日，奎章阁韩国学研究院所藏本，第62页。
④ 英祖四十一年（1765）三月二十日："徐命膺曰：……而《书经汇纂》，即康熙时所成册子，而其中林之奇说，以蔡注为非矣。"《承政院日记》第1241册，奎章阁韩国学研究院所藏本，第67页。

回答仍没有满足英祖的疑问，英祖当场让注书带进《史记》随即查询。① 又如英祖向经筵官提问《小雅·鹿鸣》"芩"为何物时，俞健基回答："未知何草，而药名黄芩之芩字矣。"英祖还不太明白，再问："似葱乎？"李淳说："异于葱矣。以陆氏注观之，生泽中，多生于堤堰之物也。"而英祖再问："《本草》应有之。此是我国所无之物乎？"此时经筵官改话题，说："经筵讲体，先论其一章之首尾大体，次则推衍语义。"② 以避回答。英祖又问"苞杞""雏"等之物，对此经筵官回答为"似是家养鸠类""谚解似有之"。③ 这些记载反映了经筵官的知识面已经无法满足英祖的求知面。尽管经筵官在读《诗》须"多识于鸟兽草木之名"上达成共识④，但其读《诗》的理念与实际读《诗》情况终究有相当的距离。英祖的提问也许使文臣更为清楚地认识到他们解《诗》的局限。英祖读《诗》时的问题意识无疑对只靠《诗集传》《诗传大全》小注解《诗》的狭隘态度带来很大冲击，这很可能驱使文臣从多方面引证《诗》文以解《诗》。

其次，音韵方面亦十分薄弱。从朝鲜的当地语音体会到《诗》中古代音韵的运用之例，几乎是不可能的。官纂本《诗经谚解》注音尽量要反映《诗》韵，故而难免出现种种错误，此后因袭其误，不易改正。如《大雅·抑》"远犹辰告"的"告"字本属觉部，与职部"则"字合韵。《诗经谚解》注音按当时韩音误注为"고"［ko］音。侍读官尹彦周发现其问题，说"'告'字，《谚解》虽以本音刊之，而以其反切及悬韵见之，则似是入声矣。"⑤ 而英祖对此问题不感兴趣，仍从《谚解》之音。又如《周颂·载芟》

---

① 《承政院日记》第1136册，英祖三十二年（1756）九月二十三日，奎章阁韩国学研究院所藏本，第86页。
② 《承政院日记》第790册，英祖十年（1734）十一月二十三日，奎章阁韩国学研究院所藏本，第136页。
③ 同上。
④ 英祖十一年（1735）四月十九日："知事金在鲁曰：……凡读《诗》之法，多识于鸟兽草木之名，犹且有益，况此等车服制度，尤宜细观矣。"《承政院日记》第798册，英祖十一年（1735）四月十九日，奎章阁韩国学研究院所藏本，第117页。
⑤ 《承政院日记》第821册，英祖十二年（1736）三月十二日，奎章阁韩国学研究院所藏本，第76页。

"匪且有且，匪今斯今，振古如兹"章，朱熹谓"无韵，未详"。对此至今似乎仍有一些讨论。① 参赞官徐宗玉则认为应该押韵，谓"臣虽僭妄，'且'与'兹'通韵云矣"。② 而其意见既没有提出确凿的依据，亦没有引出诸臣的兴趣。英祖至其晚年似乎比初期关注押韵的问题。如《小雅·蓼莪》"南山烈烈，飘风发发，民莫不穀，我独何害"章"害"字本属月部，与月部"烈""发"字押韵。而用韩音"해"［hɛ］读"害"字 时很难体会到这三字之间的押韵效果。因此英祖问："《毛诗》皆押韵，而'我独何害'之'害'字，亦押韵乎？"对此问题特进官徐命膺只依朱熹《诗集传》说："叶韵矣。"③ 此可表明朝鲜后期解《诗》在音韵方面的薄弱情况。

再次，经筵读《诗》对朱熹《诗集传》与胡广《诗传大全》解《诗》之义在理解与辨别上仍有疏忽之处。因此有时出现明明朱熹提到而经筵官却忽略的解说情况。如在论及《邶风·燕燕》《日月》《终风》的篇次时，朱熹《诗集传》明明注云：《日月》"当在《燕燕》之前，下篇放此"，已提到篇次的问题，而有的经筵官却发言谓"朱子作《诗传》序文，而无编次之事矣"。④ 另外，朱熹《诗》说本身有前后不同，而且《诗传大全》小注有时与朱熹《传》说不同。经筵官遇到这种情况时，都难以辨别、抉择，引起烦琐的争论。如围绕《关雎》作者的问题所展开的讨论，副校理尹光绍对《关雎》之作者提出疑问："以《诗传》见之，'钟鼓乐之''琴瑟友之'，似是诗

---

① 向熹虽然说"该三句诸家均以为无韵"，而在标注时，将"且"字归"鱼"部，将"兹"归"之"部，看作"鱼之合韵"的押韵形式。有关内容参看向熹《诗经词典》，四川人民出版社，1997年，第1086页；王力《诗经韵读》，中国人民大学出版社，2004年，第366页。
② 《承政院日记》第826册，英祖十二年（1736）五月二十五日，奎章阁韩国学研究院所藏本，第85页。
③ 《承政院日记》第1306册，英祖四十六年（1770）六月二十二日，奎章阁韩国学研究院所藏本，第126页。
④ 《承政院日记》第781册，英祖十年（1734）六月十日，奎章阁韩国学研究院所藏本，第88页。于同处，"宗城曰：此二篇（指《邶风·燕燕》与《终风》二篇），庄姜所作，而庄公在时所作也；《燕燕》诗，庄公薨后所作也。此诗当在于《燕燕》章之前，而其中又为编次则《终风》章居前、《日月》章居后，宜矣。洪尚宾曰：朱子作《诗传》序文，而无编次之事矣。上曰：编次则因古之所为矣。宗城曰：三百篇，岂非夫子所编定，而后必有换易之弊矣。李廷济曰：竹简故，似相换易矣。"

人之谓,以小注观之,明是文王之意。朱子所见,初、晚亦异。"① 几日后,英祖对此问题又征求经筵官的意见,此时还引用朝鲜学者的看法:"金昌翕所见,专以宫人看得矣。"② 刑曹判书李宗城说:"金昌翕亦别无他见,以辑注③而言也。臣亦观辑注,则两意相同。"④ 这时,英祖似乎在接触金昌翕(1653—1722)《三渊集》有关《关雎》的言论之后,才发现朱熹《诗集传》所认为的《关雎》作者不是文王,而是宫人。英祖对自己以前没有注意到此,感到十分意外,三番五次地向文臣求意见。⑤ 但最终英祖没有得到满意的答案,遂批评参加经筵的文臣说:"弟子比之于其师弱矣。赵明履若在此,则必大段争之矣。赵云逵见《三渊集》,自初以宫人为言,吴彦儒则中间有变,尹光绍则至今不变,而亦以《集注》为难矣。"⑥ 对此诸臣解释各异,不能归一,论争持续了几天。英祖到晚年仍对此怀有疑问:"《关雎》章,或称文王作,或称宫人作,或称诗人作,未详熟是矣。"⑦ 英祖历经共三期的经筵探讨《关雎》作者的问题,而最终仍留下疑问,无法辨析各异说所产生的缘由。这种意见不一,与英祖朝学者对特定文献的阅读深度以及所接触的文献资料广度的增加有着一定的关系。对特定文献阅读的次数多了,所接触的有关文献多了,所看到的不同说法也随之增加,此时光按照朱熹《诗集传》解

---

① 《承政院日记》第1005册,英祖二十二年(1746)六月二十日,奎章阁韩国学研究院所藏本,第75页。
② 《承政院日记》第1005册,英祖二十二年(1746)六月三十日,奎章阁韩国学研究院所藏本,第101页。金昌翕的看法见于《三渊集》:"《关雎》解分明言宫人于淑女未得则寤寐反侧,既得则有琴瑟钟鼓之乐。至于'尊奉'二字,尤非可施于文王也。"金昌翕《三渊集》卷三五,《日录庚子》,《韩国文集丛刊》第166册,景仁文化社,1996年,第159页。
③ 不知"辑注"所指何本,恐指朱熹《诗集传》。
④ 《承政院日记》第1005册,英祖二十二年(1746)六月三十日,奎章阁韩国学研究院所藏本,第101页。
⑤ 《承政院日记》第1007册,英祖二十二年(1746)八月三日,奎章阁韩国学研究院所藏本,第19页。
⑥ 《承政院日记》第1007册,英祖二十二年(1746)八月四日,奎章阁韩国学研究院所藏本,第26页。
⑦ 《承政院日记》第1296册,英祖四十五年(1769)九月二十八日,奎章阁韩国学研究院所藏本,第148页。

《诗》不再行得通。如何辨析异说，选择合理的答案，这些问题正成为下一代正祖朝所要面临的一个挑战。

朝鲜君臣通过经筵的方式充分发掘了《诗》修己、治国的功效，运用朱熹《诗集传》、胡广《诗传大全》深入理解朱熹《诗》说亦达到了极点。可有关《诗》本身的问题亦随之而生。经筵读《诗》不仅有助于准确地理解《诗》，同时亦产生了许多对《诗》的疑问。他们发现其中很多问题光靠有限的文献依据无法解决，只能阙疑。而当阙疑积累得过多时，也会反过来影响读《诗》修己、治国的功效。我们认为英祖后的正祖朝正是对积累的问题积极摸索解决的时期。

第五节　朝鲜经筵制度的顶峰、变用期
——正祖朝的经史讲义

正祖（讳祘，1776—1800年在位）八岁（英祖三十五年，1759）册封为王世孙，开始接受专为世子设置的书筵教育，其学习课程由英祖安排、监督。① 英祖有时还让正祖参加经筵，并询问其对《诗》的看法。例如英祖四十一年（1765）经筵中，英祖特命正祖进诵《诗传·竹竿》四章，问及第二章"泉源在左"与第三章"泉源在右"不同的原因，当时十四岁的正祖回答："互言也，为押韵也。"几次答问后，英祖称赞正祖"读声洪畅，善对文义，可谓纯通矣"②，由此可见正祖读《诗》的水平。正祖从小通过书筵已熟

---

① 英祖四十四年（1768）五月十一日："致仁曰：王世孙书筵所讲《诗传》，方将垂毕矣。以次序言，则似当讲《周易》，而考之旧例，辄皆舍《周易》，而重讲四书。今番则何以为之乎？上曰：《周易》则姑似径先，四书重讲好矣。"《承政院日记》第1280册，英祖四十四年（1768）五月十一日，奎章阁韩国学研究院所藏本，第64页。
② 《承政院日记》第1249册，英祖四十一年（1765）十一月十二日，奎章阁韩国学研究院所藏本，第31页。

悉《诗》，并于十七岁（1768）在书筵读完《诗》①；十九岁（1770）至二十岁时重读《诗》②，并且通过参加英祖的经筵感受到了经筵读《诗》的方式与学习氛围。我们认为这对其后读《诗》的方向有一定的影响。

正祖参考了先朝经筵对《诗》的讲解，并对之进行梳理与归纳。如讲《论语》"《关雎》乐而不淫，哀而不伤"时，正祖谓："先朝经筵，亦多《关雎》章讲说，而林泳则以为宫人所作。此则从朱熹所谓外人做不到之说而言也。李喜朝则以为：太姒未至之前有何妾媵先知文王思服之意耶？此说亦似然矣。寤寐辗转，虽指文王而言，未为不可，而盖文王之德化及于宫人，宫人亦能为文王思求贤配，至发于吟咏之间，尤可见文王德化之深矣。宫人所作之说，当为正论矣。"③ 正祖认识到前朝对部分诗篇各持一家之说的问题，就此进行了深入的推理思考，试图统一异说，择善而从。

正祖的知识修养已经超过了当时经筵官的水平，经筵已经不能满足正祖的求知欲。这就必然需要另一方式来提高君臣的学术水平，因此正祖将君臣之间的学术交流转换为"抄启文臣"的进讲方式。

正祖朝的经筵不再能够有效发挥其本该发挥的功能。君臣之间的学术互动，需要进行一些改革。这样的情况类似于中国康熙朝的经筵，"由针对帝王的教育，变成了面对群臣的'君臣交儆'的训话"。④ 康熙通过在经筵中亲自讲经或者加入天文学、几何学、西方哲学等经筵课目⑤的方式来改变传统

---

① 英祖四十四年（1768）七月二十八日："严璘以侍讲院言启曰：王世孙《诗传》，今已毕讲。因传教以《孟子》重讲之意，敢启。"《承政院日记》第1282册，英祖四十四年（1768）七月二十八日，奎章阁韩国学研究院所藏本，第150页。
② 英祖四十六年（1770）闰五月十六日："李万恢，以侍讲院言启曰：王世孙重讲《书传》，今已毕讲，依传教以《诗传》继讲之意，敢启。"《承政院日记》第1305册，英祖四十六年（1770）闰五月十六日，奎章阁韩国学研究院所藏本，第107页；英祖四十七年（1771）三月二日："李在简，以侍讲（院）言启曰：王世孙重讲《诗传》，今已毕讲，依传教以《大学衍义》继讲之意，敢启。"《承政院日记》第1315册，英祖四十七年（1771）三月二日，奎章阁韩国学研究院所藏本，第5页。
③ 《承政院日记》第1412册，正祖二年（1778）一月二十二日，奎章阁韩国学研究院所藏本，第50页。
④ 陈东：《清代经筵制度研究》，山东大学博士学位论文，2006年，第20页。
⑤ 同上书。

经筵，而正祖则通过强化"抄启文臣"制度积极培养能够互相进行学术交流的文臣，以求提高君臣学术交流的整体水平。

正祖与抄启文臣之间的"经史讲义"活动，主要涉及"经""史"方面的典籍。其中涉及《诗经》的有《诗经讲义》与《总经讲义》，其内容收录于《弘斋全书》里。其中正祖发问的"条问"多达八百条，而"条对"被采录的学者共达五十八人。参与此活动的学者中有不少另编自己的"条对"或编撰有关《诗经》的专著、撰述，丰富了朝鲜后期的《诗经》学。

从高丽时期开始介绍到朝鲜半岛的经筵制度与相关的人才培养、选拔制度，对提高朝鲜统治阶层读《诗》水平起到了一定的作用。如正祖朝的"经史讲义"活动与朝鲜王朝的经筵有着密切的关系。通过梳理朝鲜朝经筵读《诗》的经过，我们不仅可以了解朝鲜时期统治阶层对《诗》的接受情况，还可以考察明清图书的传入促发正祖与抄启文臣"诗经讲义"活动的现象，亦可以发现历代经筵读《诗》存在承前启后的迹象。

第三章　韩国传统时期对《诗经》的运用

《诗经》在韩国传统文学理论及创作方面影响甚大。通过考察韩国传统时期文人运用《诗经》的特点，我们不仅可以了解韩国汉文学将《诗经》字词、意象内在化的情况，还可以把握其中反映的《诗经》运用者的思维，进而可以探讨韩国汉文学如何运用儒家经典来打造自己的风格。

韩国传统诗歌对《诗经》的运用，不仅数量繁多，而且方式及类型也是多样化的。其运用范围不限于汉文诗歌类，还可以扩大到文章、韩文歌辞①、音乐上。不仅传统时代，而且在现代电影、电视剧等艺术作品里也会发现运用《诗经》的情况。这里介绍一下具有韩国特色的《诗经》运用情况。

柳成龙《惩毖录》引自〈周颂·小毖〉篇"予其惩而毖后患"

电视剧《惩毖录》（第十二话）中吟诵《周颂·桓》的场面

电影《宫女》（2007）中抄写《卫风·木瓜》篇的场面

---

① 例如徐莲花《朝鲜朝歌辞用典研究——以中国古代人名·诗句为中心》，延边大学硕士学位论文，2013年。该文从朝鲜108篇歌辞中举出运用《诗经》的5篇，并指出其中引用最多的《诗经》作品为《关雎》篇。

第一节 《皇华集》对《诗经》篇名、诗句、词语、意象的援用

就体裁而言,赋诗文化外交中的《诗经》运用也受到一定的关注。韩国在朝鲜王朝时期与中国、日本进行的外交活动极为频繁,朝鲜王朝定期派遣使节出使到中国(明、清两朝)以及日本。中国(明、清两朝)与日本也常派使臣到朝鲜。在这些外交活动中,往往少不了不同国家文人、学者之间的唱酬笔谈。

如《皇华集》便是收录明使臣与朝鲜远接使(或称接伴使)之间唱酬的诗文汇集。《皇华集》的名称是从《诗经》篇名而来,即取了《诗经·小雅·皇皇者华》篇所描写的使臣意象。① 其实,在朝鲜王朝之前,高丽朝亦用"皇华"来称呼从中国来的使臣。② 可见朝鲜半岛早已将"皇华"当作使

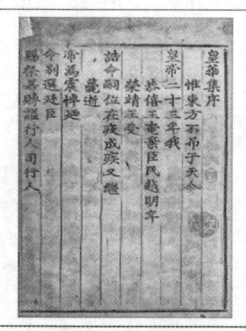

《皇华集》金属活字本(甲寅字)仁宗命撰本

(韩国国立中央图书馆藏,藏书编号:b23641—15)

---

① [韩]申太永:《〈皇华集〉研究—明使臣如何看待朝鲜》,(韩)다운샘,2005年版,第43—46页;杜慧月,《明代文臣出使朝鲜与〈皇华集〉》,人民出版社,2010年,第71页。
② 例如《高丽史》卷三,《世家三·成宗四年》(982年):"(乙酉)四年夏五月,宋遣太常卿王著、秘书监吕文仲,来加册王诏曰:朕居域中之大以天下为家……是宜均洒泽以畴庸,遣皇华而锡命。"《高丽史》卷十五,《世家十五·仁宗六年》(1128年):"甲戌,遣礼部侍郎尹彦颐如宋,上表曰:……臣属室家焚荡之余,当军国扰攘之际,愧未遑于庆礼,辱先遣于皇华。"《高丽史》里"皇华"共见六次,皆指中国派遣来高丽的使臣。

臣之义。《皇华集》的编集本身以及其中收录的诗文唱酬活动在一定程度上是以先秦编《诗》及"外交赋诗"作为模式的。

一、《皇华集》对《诗经》体式的运用

《皇华集》作品中所运用的《诗经》体裁，最近引起研究者的关注。《〈皇华集〉的文学价值》一文在谈《皇华集》作品所运用的体裁时，提及《诗经》体："薛廷宠的《瞻彼东方》《江水》是仿《诗经》体而作，苏世让次韵而和。"① 《明代文臣出使朝鲜与〈皇华集〉》一文则从《皇华集》中的《诗经》体作品中择选四首并介绍其表述内容与句式特点。②

据笔者调查，《皇华集》中全篇采用《诗经》体创作的作品共十篇。③虽然数量不多，但足以体现《皇华集》中诗经体的特点。这些作品不仅采用《诗经》的句式，还采用《毛诗》的编辑形式：除了两首对《诗经》体作品的次韵诗和题文后所附的《帝怀》一首以外，其他七首诗经体作品，皆附加"诗序"，并采用"《篇名》〇章。〇章章〇句"的体例。由此可窥见，《皇华集》的编撰者在收录《诗经》体唱酬诗篇时有意识地关注了其收载形式，在一定程度上将用《毛诗》编撰者的形式体例反映在《皇华集》中诗经体诗篇的收录当中。

《皇华集》中的《诗经》体作品，有借《诗经》体突出创作主题的，也有仅借《诗经》体加强抒情或描写情景的效果的。

如1567年正使许国在看了《高皇帝御制诗卷》之后，运用《诗经》体叙述其感怀。这是在句式及诗旨方面皆与《诗经》密切相关的作品。

帝怀之子，和鸣锵锵，维圭维璋，维东国之光。
帝怀之子，锡以好音，维训维经，维东国之祯。

---

① 王克平，载《辽东学院学报（社会科学版）》第13卷第2期，2011年4月。
② 杜慧月：《明代文臣出使朝鲜与〈皇华集〉》，人民出版社，2010年，第141—145页。
③ 据杜慧月统计，"《皇华集》中《诗经》体作品共9篇"（同上书，第142页），有待商榷。

帝怀之子，女游广陌，女珍女绮，推予衣食，之子稽首，荷帝之德。

帝怀之子，匪予女私，光天之下，至于海隅，维风声是树，于时绎思。①

这篇所表述的是许国对中华文明惠泽四方的赞叹和骄傲。其内容类似于《雅》《颂》中颂德的诗篇风格，适合采用诗经体。其运用"帝怀之子"句的重章叠句，来加强明皇帝关怀朝鲜之意。而"维圭维璋""维训维经"等"维X维X"句式，扩张单音节词形成四言的《诗经》体特点。且各章句数从一章四句到一章六句不等，并每章更换押韵，体现了其《诗经》体句式的特点。可以说，这首诗借用《诗经》体，达到了加强其诗旨的效果。

另外，《皇华集》中还有仅取《诗经》句式而不取《诗经》诗篇之义的作品。这种作品可属于《诗经》句式的化用。这类《诗经》体作品，常常引用《诗经》句子，但其引用之意往往与《诗经》背景中的意思无关，倾向于只援用其字面意义。如1537年来使朝鲜的正使龚用卿，在游览嘉山岭时，看到"怪石棱棱欹欲坠"的景象，便创作《维石》三章。

嘉山岭下，怪石蹲立于旁无数，作维石三章

维石岩岩，如虎斯雄，虎斯雄，不我从，胡为乎泥中？

维石岩岩，有趯如兔，趯如兔，不我顾，胡为乎中路？

维石鉴鉴，可以为错，东人取之，爰究爰度，彼美石兮，东方之石兮。

维石三章二章章五句一章六句。②

---

① 许国《恭题高皇帝御制诗卷后》，《皇华集》第四册卷三十，韩国国学资料院影印本，1993年，第516—517页。
② 龚用卿《维石》，《皇华集》第三册卷十八，韩国国学资料院影印本，1993年，第139页。

篇名取自诗篇开头的"维石"两字，即仿照了《诗经》编撰者取篇名的方式。龚用卿在描写嘉山岭的怪石，不仅借用了《小雅·节南山》篇"节彼南山，维石岩岩"、《小雅·鹤鸣》篇"他山之石，可以为错"等《诗经》中与石头有关的句子来描写嘉山岭石头的壮观，还援用了《邶风·式微》篇"胡为乎中路？"和《邶风·日月》篇"胡能有定，宁不我顾"等句。其中，"胡为乎中路？"原来带着诗人怨恨、责问的口气，"胡能有定，宁不我顾"也是带着沉痛的情调。《维石》的作者不取其句在《诗经》中的含义，只取其字面意义，将嘉山岭的石头拟人化。最后，诗人还援用《邶风·简兮》篇"彼美人兮，西方之人兮"之句，将"人"换成"石"，以赞美嘉山岭之石。可见《维石》即集《诗经》之句来描写嘉山岭的怪石，侧重于借《诗经》诗句的字面意义来作为己用。

二、《皇华集》对《诗经》诗篇意象的援用

《皇华集》不仅采用《诗经》的体式，还采用《诗经》诗篇的意象。《诗经》中产生的典型意象被丰富地运用在《皇华集》不同作品体裁中。

有关使行与燕飨的《诗经》意象：朝鲜—明之间的外交唱酬中，最常见的《诗经》意象就是《鹿鸣》《四牡》《皇皇者华》的诗篇意象。《诗经·小雅》开头的这三篇是春秋时期用于燕飨典礼的乐歌[1]，"《鹿鸣》之三是周文王时诗，周公治礼作乐时所定。使后世使臣皆法文臣，故于聘、享、燕、射之时都歌之"[2]。在先秦诗、乐、舞不分家的时代，它们以诗乐的形式用于燕飨仪式。写宴宾的《鹿鸣》、写征夫思妇的《四牡》以及写君遣使臣的《皇皇者华》，通过配音乐的过程，含有其"嘉寡君""劳使臣""君遣使臣"之象征意义。而进入诗乐分家的时代，《诗经》的意象不再依靠音乐，从而体

---

[1] 《仪礼·乡饮酒礼》云："设席于堂廉……工入，升自西阶，北面坐。相者东面坐，遂授瑟，乃降。工歌《鹿鸣》《四牡》《皇皇者华》。卒歌，主人献工。"朱熹《仪礼经传通解》卷七，《朱子全书》第 2 册，朱杰人、严佐之、刘永翔主编，上海古籍出版社、安徽教育出版社，2002 年，第 280—281 页。
[2] 刘操南：《〈诗·小雅·鹿鸣〉三篇阐义》，载《杭州师范学院学报》1991 年第 2 期，1991 年 3 月。

现了其独立性。获得其独立性的《诗经》意象贯穿历史,发挥着其生命力。《小雅》前三篇即属于其代表性例子。

《皇华集》中所运用的《四牡》《皇皇者华》的意象主要用来描写使臣之劳,如张宁《渡大同江》"清尊且莫频相劝,四牡东风路渺茫"①,张珹《入平壤》"四牡日趋驰,骎骎抵平壤"②,王梦尹《太平馆旧有张芳洲六十韵归途次之》"皇华分得双旌宠,王事惭无四牡功"③等。除了引用篇名来表示使臣之劳的意象,还常见引用诗篇中的诗句或词汇的情况,如"每怀靡及""载驰载驱""王事靡盬""驰驱原隰"④等属于其例。《皇华集》引用《四牡》《皇皇者华》篇的意象,不管是引用篇名,还是引用部分诗句,皆表示使臣之劳。

与《四牡》《皇皇者华》不同,《鹿鸣》篇的意象主要用于表示"宴乐有德的嘉宾"之义。如沈彦光《叨陪数日,属奉清尘。归辔将脂,不胜黯然。谨次张黄门登大平楼七言排律六十韵,呈两大人诗案,聊备行贶,伏希和教》"鹿鸣几侍瑶池宴,鹭序争瞻玉树业"⑤许琮《次〈题葱秀山〉韵》"知君才力真超常,早歌《鹿鸣》来帝乡"⑥等属于其例。除此之外,还有"式燕以敖"等《鹿鸣》篇中诗句来表示宴乐嘉宾之义的。⑦至于诗句"示我周行"的引用,是表示嘉宾接受对方的友善款待之后所指

---

① 《皇华集》第一册卷五,韩国国学资料院影印本,1993年,第236页。
② 《皇华集》第一册卷六,韩国国学资料院影印本,1993年,第329页。
③ 《皇华集》第六册卷四六,韩国国学资料院影印本,1993年,第256页。
④ 黄洪宪《百祥楼次韩太史韵(归途作)》:"缥缈祥云瞻魏阙,每怀靡及促宵行。"(《皇华集》第五册卷三六,韩国国学资料院影印本,1993年,第234页);朴楗《次〈过八渡河〉韵》:"咨访也应怀靡及,皇华重为使华歌。"(《皇华集》第一册卷六,韩国国学资料院影印本,1993年,第305页);金安老《皇华集序》"故自前诏使之来,驰驱原隰,触览兴怀。"(《皇华集》第三册卷十八,韩国国学资料院影印本,1993年,第106页);徐居正《白云》:"王事靡盬,有母不将。"(《皇华集》第一册卷八,韩国国学资料院影印本,1993年,第462页)
⑤ 《皇华集》第三册卷十九,韩国国学资料院影印本,1993年,第263页。
⑥ 《皇华集》第二册卷十二,韩国国学资料院影印本,1993年,第257页。此外,还见高闰《沿途承陪绮席,兹已将阑,偶成一律赏答》:"谁道《鹿鸣》歌有德,任他红粉倚流苏。"(《皇华集》第一册卷二,韩国国学资料院影印本,1993年,第135、136页)
⑦ 薛廷宠《燕庆会楼赋(回程到碧蹄馆制送于殿下)》:"式燕以敖,我心舒兮。观风听乐,余有思兮。"《皇华集》第四册卷二三,韩国国学资料院影印本,1993年,第19页。

示的大道。其用例见于倪谦《叠谢珠玉之惠，敬赋此以酬，幸勿哂言辞之觑陋也。即日谦再奉冬卿良相执事》"方感绮筵陪盛礼，累烦佳句示周行"①与徐居正《次〈大平馆登楼赋〉韵》"示我以周行兮，赠我以微言"②等句。

鱼世谦在《皇华集序》中云："臣尝读《诗》至'皇皇者华'，则知遣使之重；'四牡騑騑'，则知劳使之切。且孔圣以'使于四方，不辱君命'为士之才，……而两公使乎之才无让于《皇华》《四牡》之大夫矣。"③这表明《皇皇者华》《四牡》的意象在《皇华集》唱酬中成了"使臣之职"与"使臣之劳"。而《鹿鸣》的意象则在《皇华集》中用于表示宴享之义。由此可见，诗乐不分家的先秦时期《鹿鸣》之三篇，到了《皇华集》唱酬时期，主要以其诗篇的意义来运用。

有关"好贤"的《诗经》意象：朝鲜－明外交中还常见赞颂对方的文德，体现其"好贤"风格。其中常用的有关《诗经》意象有《郑风·缁衣》。《缁衣》篇在孔子"好贤如《缁衣》"④的言论之后，常作为"好贤"的象征。《皇华集》中可见于金安老，《皇华集序》"我殿下又能尚文爱礼，馨《缁衣》好贤之诚"⑤；郑士龙《昨承赠别之什，且喻和答，怀不自胜，谨步韵聊，叙下怀诗云乎哉》"行尘灭没天垂诸，谩挹缁衣歌好贤"⑥等作品中。《缁衣》篇好贤的意象主要通过"缁衣"篇名表现，有时与《缁衣》篇中诗句一起引用，如郑士龙《次〈重登风月楼〉韵》"缁衣今改敝，莲烛旧传嘉"⑦即属于其例。《缁衣》的意象，不仅表示好贤的美德，还表示临别贤人（指使臣或朝鲜文臣）时的伤感。如申光汉《奉别华亭副使大人》"秋鸿社燕难谋久，

---

① 《皇华集》第一册卷一，韩国国学资料院影印本，1993年，第25页。
② 《皇华集》第一册卷八，韩国国学资料院影印本，1993年，第444页。
③ 《皇华集》第二册卷十，韩国国学资料院影印本，1993年，第120、121页。
④ 孙希旦：《礼记集解》，中华书局，1998年，第1322页。
⑤ 《皇华集》第三册卷十八，韩国国学资料院影印本，1993年，第108页。
⑥ 《皇华集》第三册卷二十一，韩国国学资料院影印本，1993年，第415页。
⑦ 《皇华集》第三册卷二十一，韩国国学资料院影印本，1993年，第383、384页。

欲赋《缁衣》泪满巾"①之句，借用《缁衣》来表达惜别副使张承宪之情。但《皇华集》中所引用的《缁衣》诗篇意象主要集中在表现"好贤"的意义上。

若说陈述惜别贤人之情，《白驹》的诗篇意象更为常用。其例有柳根《次〈西坷老丈图示孤山隐居之胜，为赋长歌，兼致别意，开祀和教，以慰离怀〉韵》"东民争欲留白驹，愿公旋斾少迟迟"②；沈连源《次〈馆下望广远楼设祖燕有作，次旧韵奉馆伴饯慰廉察三大人都监二君子同览存〉韵》"白驹明日知难絷，为尽清尊作夜游"③等。除此之外，《皇华集》中还用《白驹》篇中诗句来表示"惜别之情"之例，如倪谦《辱赋古辞为别，辄步严韵奉答》"素书可将兮毋金玉，尔音白驹杳渺兮多遐心"④与权擘《次韵》"别后知相忆，毋金玉尔音"⑤等，援用了《白驹》第四章"毋金玉尔音，而有遐心"之句。但离别的对象就是骑着或牵着白驹的贤人，所以有时也用"白驹"表示"贤才"之义，如许国赞许洪司译时，就引"白驹"描写其人，其云："青云失壮年，白驹局辕下。终当出鸡群，岂是悠悠者。"⑥

《缁衣》与《白驹》篇的"好贤""想留住贤人"的意思，在《皇华集》中常常并用，如苏世让《次〈登大平楼赋〉韵》"适子馆而授子粲兮，想望其风流与文彩。何此欢之不可恃兮，驹皎皎而将去"⑦；任权《次〈重登大平楼次韵紫阳先生六绝〉韵》"渭树想依依，客窗吟梦归。白驹苦难絷，只可赋《缁衣》"⑧；郑惟吉《次韵》"授粲空教适子馆，絷驹何以挽行旌"⑨等。笔者认为这两篇并用，就是在外交场合上的见面与惜别之间自然形成的意象结合的结果。

---

① 《皇华集》第四册卷二十八，韩国国学资料院影印本，1993年，第427、428页。
② 《皇华集》第五册卷四十一，韩国国学资料院影印本，1993年，第584页。
③ 《皇华集》第四册卷二十八，韩国国学资料院影印本，1993年，第388页。
④ 《皇华集》第一册卷一，韩国国学资料院影印本，1993年，第83、84页。
⑤ 《皇华集》第一册卷五，韩国国学资料院影印本，1993年，第255页
⑥ 《皇华集》，第四册卷三十，韩国国学资料院影印本，1993年，第538页。
⑦ 《皇华集》第四册卷二十三，韩国国学资料院影印本，1993年，第10页。
⑧ 《皇华集》第四册卷二十九，韩国国学资料院影印本，1993年，第474页。
⑨ 《皇华集》第五册卷三十四，韩国国学资料院影印本，1993年，第117页。

对多种《诗经》意象的连用:《皇华集》唱酬作品援用《诗经》意象,往往有多种诗篇意象连接出现的情况。如1537年正使龚用卿《登大平楼赋》:"余乃揽皇华于原隰兮,驾四牡之骈骈。遵大路以逍遥兮,循周道之倭迟。"①此四句全由《诗经》中的言语组成:《皇皇者华》篇"皇皇者华,于彼原隰",《四牡》篇"四牡骈骈,周道倭迟",《遵大路》篇"遵大路兮,掺执子之袪兮"。其中,前两种属于在借用诗句的同时援用其在《诗经》中所反映的意义,后一种则属于仅用《诗经》诗语的字面意义,与《诗经》意象没有紧密关系。1539年副使苏世让对华察《登大平楼赋》的次韵诗云:"……噫!普天莫非王土兮,任蓬转而萍浮。广咨询而怀靡及兮,匪从事于遨游,向北风而披襟兮,酌绿醽而忘忧。戏文墨于余事兮,散唾珠于青丘。兹乃皇恩之溥博兮,仁一视于五服。伊我邦世被渐化兮,谨事天而翼翼。皇览揆余之忠尽兮,申晋锡之宠光。是以吾东有此衮衣锡,荷隆私于包荒。謇余陪侍乎杖屦兮,怳相接于宵寐。适子馆而授子粲兮,想望其风流与文彩。何此欢之不可恃兮,驹皎皎而将去……"②该赋的下一段就援用了《北山》"莫非王土",《皇皇者华》"每怀靡及"与"周爱咨诹",《蓼萧》"既见君子,为龙为光",《缁衣》"适子之馆兮,还予授子之粲兮",《白驹》"皎皎白驹,食我场苗"五首《诗经》诗篇,以表达个别诗篇所象征的含义。可以说,这正是《皇华集》外交诗赋话语中典型化了的《诗经》意象。换言之,《皇华集》所运用的《诗经》体式及句子在其内容上有着鲜明的倾向性,即使节活动、歌颂贤人、赞颂治平、礼物赠答等于外交场合上频繁出现的主题,倾向于借用《诗经》中的诗篇意象来表达。

需要补充的是,在朝鲜通信使与日本学者之间唱酬笔谈中频繁出现的赠答意象"木瓜""琼玖"③,在《皇华集》中却明显出现得较少。而其出

---

① 龚用卿:《登大平楼赋》,《皇华集》第三册卷十八,韩国国学资料院影印本,1993年,第112页。
② 苏世让:《次〈登大平楼赋〉韵》,《皇华集》第四册卷二十三,韩国国学资料院影印本,1993年,第13、14页。
③ 相关内容参见拙稿《通信使行笔谈、唱和中的引诗、论诗研究》,《韩民族语文学》第59辑,汉民族语文学会,2011年12月。

现也集中在己亥年（1539）《皇华集》里薛廷宠与苏世让之间的唱酬作品中：苏世让《次韵》"木瓜谩费酬琼玖，曹桧何心较楚邦"。① 薛廷宠《瞻彼东方》"君子觏止，既夷既愉，遗我乎琼琚。君子觏止，式燕且久，遗我乎琼玖"。② 苏世让《次〈瞻彼东方〉韵》"我有嘉宾，我心则愉，贻我以珮琚。我有嘉宾，既敬且久，贻我以珮玖。何以报之，报之以椒兰"。③ 除此之外，在其他处出现的"琼玖"，大多属于不具有明显赠答之义的用例。对于朝鲜时期在"明－朝鲜"外交与"朝鲜－日本"外交中运用赠答意象的用例次数悬差的原因，我们认为，朝鲜通信使与日本学者之间的唱酬并不是正式规定的外交程序，大多由日本学者以个人身份向朝鲜通信使请求唱和或笔谈，故文中与赠答有关的《诗经》意象出现得多。与此相比，朝鲜远接使与明使臣之间的唱酬笔谈由朝廷安排，一般采取明使臣作诗，朝鲜文臣对此作唱和的形式。在唱酬已经成了固定形式的唱和下，使用赠答的意象来表示唱酬之感怀的情况就显得较少。因此本章节中没有另设小节对《皇华集》中有关赠答意象的援用进行分析，而只以补充形式附加在章节结尾。

第二节　朝鲜礼乐对《诗经》的援用④

《诗》在周代至春秋时期往往以诗乐舞合一的形式呈现。至春秋末礼崩乐坏之后，其音乐作用逐渐式微。后来人们主要关注《诗》意义的阐发及修辞表现。然而对《诗》音乐性的认识并未完全消失，而以不同角度、不同形式呈现出人们对《诗》音乐性的关注，并将《诗》运用到礼乐制度上。

---

① 《皇华集》第四册卷二十四，韩国国学资料院影印本，1993年，第81页。
② 《皇华集》第四册卷二十七，韩国国学资料院影印本，1993年，第321页。
③ 《皇华集》第四册卷二十七，韩国国学资料院影印本，1993年，第322页。
④ 本小节在拙稿《韩国朝鲜时期外交礼仪与〈诗经〉》(《诗礼文化研究》第1辑，中西书局，2019年）的第二章的基础上整理而成。

一、中国的《诗经》乐谱

《汉书·艺文志》收录《周诗曲折》(《周诗乐谱》),可见汉代尚存《诗经》乐谱。然而它早已失传,如今无法考证它的原貌。这种情形一直延续到隋唐时期。现传最早的《诗经》乐谱为朱熹在《仪礼经传通解》里收录的《风雅十二谱》。据朱熹讲述,此乐谱来自赵彦肃,而照他的话,此乐谱曾于唐开元年间乡饮酒礼上使用过。《风雅十二谱》由《小雅》的《鹿鸣》《四牡》《皇皇者华》《鱼丽》《南有嘉鱼》《南山有台》六篇,《周南》的《关雎》《葛覃》《卷耳》三篇,《召南》的《鹊巢》《采蘩》《采苹》三篇组成。其中引用《关雎》篇乐谱的一部分如下:

(歌词)关关雎鸠 在河之洲 窈窕淑女 君子好逑
(谱字)黄南林南 黄姑太黄 林南黄姑 黄林南黄

后来,《风雅十二谱》转载于朱鉴《诗传遗说》、熊朋来《瑟谱》、倪复《钟律通考》、陈澧《声律通考》等文献里。在元代熊朋来的《瑟谱》里则收录了两种乐谱:一种是引自《风雅十二谱》的"诗旧谱";另一种是包含二十篇自作诗的"诗新谱",提供了律吕谱字与工尺谱字。[①]

收录于《乐律全书》的明代朱载堉的《乡饮诗乐谱》记载了用于乡饮酒礼与乡射礼的诗乐。乐谱里还记录了所用乐器。其中所用的音阶、宫调不同于《风雅十二诗谱》与《瑟谱·诗新谱》。朱载堉的《诗乐谱》对后来影响甚大。李之藻的《判官礼乐疏·乡射礼谱》、张宣猷等所编撰的《乐书内篇·乡饮酒礼》也承袭了朱载堉的《诗乐谱》。

撰于清代乾隆五十三年(1788)的《诗经乐谱》收录了《诗经》全三百一十一首乐谱。《诗经乐谱》作为清代新编撰的乐谱,在律制、音高谱字、

---

① 参看[韩]郑花顺:《〈风雅十二诗谱〉所载诗乐研究》,《东洋艺术》第7辑,韩国东洋艺术学会,2003年,第289—341页。

宫调以及乐器等方面反映了清代音乐的特点。《诗经乐谱》被批评为清朝炫耀统治权力的产物，但就文化层面运用《诗经》的这一方面而言，确实具有一定的文化价值。

二、朝鲜礼乐中的《诗经》乐谱

朝鲜王朝在整顿礼制体系时参用了中国礼制，因此宾礼中所用音乐亦参照了中国的朝会音乐体制。朝鲜王朝礼制音乐参用中国音乐的最直接根源可追溯到高丽朝。高丽朝接受宋徽宗赠送的大晟乐及乐器，并据此编制了朝廷礼乐。北宋徽宗崇宁四年（1105）大晟府所定宫廷雅乐大晟乐于高丽睿宗十一年（1116）传入朝鲜半岛。睿宗虽然积极接受并广泛运用大晟乐，但是《高丽史》等文献仅记录了祭仪的程序与所用乐曲，却没有记录宴享的具体程序，因此无法得知宾礼用乐的具体情况。宾礼的程序与用乐到了朝鲜初期得以整顿并明文化。换言之，朝鲜王朝的雅乐受到高丽朝的影响，而高丽朝的雅乐主要受到宋朝的影响。而宋代雅乐在其乐曲的内容上，可分为神化统治阶级的郊庙、朝会典礼的乐曲，官吏阿谀奉承皇帝的《瑞曲》类乐曲，《诗经》等传说中远古的模拟《诗乐》类歌曲等三类。① 虽然第三类乐章是根据统治阶级的美学标准伪造而成的，但因其仍与《诗》有着紧密的联系，故其传入朝鲜半岛后，无论是在礼制方面，抑或在儒家对《诗》的理解方面，都产生了举足轻重的影响。

朝鲜太宗二年（1402）礼曹与仪礼详定所互相商榷并论定朝会宴享所用乐调。其中所用音乐、乐舞（朝鲜称之为"呈才"）最多者为"国王宴使臣乐"（共十八道程序，用十六种乐［舞］）与"国王宴宗亲兄弟乐"（共十四道程序，用十四种乐［舞］），其次为"议政府宴朝廷使臣乐"（共十二道程序，用十二种乐［舞］）。可见朝鲜十分重视外交礼仪上所用的音乐、乐舞。朝鲜时期自一开始便将国家礼制中宾礼的主要性质规定为事大交邻之礼，极

---

① 杨荫浏：《中国古代音乐史稿》（上），人民音乐出版社，1951/2004 年，第 382—383 页。

为重视外交礼仪。兹将与外交礼仪有关的国王宴使臣乐、议政府宴朝廷使臣乐的程序与所用乐［舞］以图表形式整理如下①：

太宗朝朝廷宴享使臣时所用乐舞

	国王宴使臣乐			议政府宴朝廷使臣乐	
1	进茶	唐乐［贺圣朝令］			
2	进初盏及进俎	歌《鹿鸣》［中腔调］	1	进初盏及进俎	歌《鹿鸣》
3	献花	歌《皇皇者华》［转花枝调］	2	献花及进二盏	歌《皇皇者华》
4	进二盏及进初度汤	歌《四牡》［金殿乐调］	3	初度汤	歌《四牡》
5	进三盏	《五羊仙》呈才	4	进三盏	《莲花台》呈才
6	进二度汤	歌《鱼丽》［夏云峰调］	5	进二度汤	歌《南有嘉鱼》
7	进四盏	《莲花台》呈才	6	进四盏	《牙伯》呈才
8	进三度汤	《水龙吟》	7	三度汤	歌《鱼丽》
9	进五盏	《抛毬乐》呈才	8	进五盏	《舞鼓》呈才
10	进四度汤	《金盏子》	9	四度汤	歌《南山有台》
11	进六盏	《牙伯》呈才	10	进六盏	三弦
12	进五度汤	《忆吹箫》	11	五度汤及进七盏	《文德曲》
13	进七盏	《舞鼓》呈才			
14	进六度汤	歌《臣工》［水龙吟调］			
15	进八盏	歌《鹿鸣》	12	大肉，进八盏	《松山操》［洛阳春调］
16	进七度汤及九盏	歌《皇皇者华》			
17	进八度汤及十盏	歌《南有嘉鱼》［洛阳春调］			
18	进九度汤及十一盏	歌《南山有台》［风入松调或洛阳春调］			

---

① 《太宗实录》卷三，太宗二年（1402）六月五日，《朝鲜王朝实录》第 1 册，国史编撰委员会，1955 年，第 235 页。

在"国王宴使臣乐"礼节的十八道程序中,以《诗经》命名的音乐共出现九次,分为七种,而"议政府宴朝廷使臣乐"礼节的十二道程序中则为六次六种,各占全部乐舞的一半。音乐中所用乐调,如中腔调、转花枝调、金殿乐调、水龙吟调、风入松等皆为俗乐,可见太宗朝宴使臣乐,是将《诗经》篇名与歌词套在了俗乐的乐调里。①

至世宗朝,朝鲜不仅创制本国文字,研制新的记谱法,并在考察历代典籍的基础上建立了新制雅乐。尽管新制雅乐反映了中国雅乐体制,但仍具有朝鲜特色,因此有的学者将之命名为朝鲜雅乐。世宗朝制定礼乐时所参考的中国文献有《周礼》《通典》《乐书》(陈旸)、《仪礼经传通解》(朱熹)、《律吕新书》(蔡元定)等。其中,朱熹《仪礼经传通解》收录的《风雅十二诗谱》与《诗经》诗篇联系在一起,成为典型的"模拟《诗》乐",而且朱熹注解谓:"至唐开元,《乡饮酒礼》其所奏乐乃有此十二篇之目。……此谱乃赵彦肃所传,云即唐开元遗声也。"② 故其到朝鲜之后,影响颇深。《世宗实录》卷137《乐谱》里还直接抄录了《风雅十二诗谱》乐谱。由此可见朝鲜初期整备礼乐制度时积极参考了中国雅乐。朝鲜礼乐在"《鹿鸣》《四牡》《皇皇者华》,本天子燕群臣嘉宾、遣劳使臣之乐歌,而用之于燕礼乡饮酒。《文王》《大明》《绵》,本天子朝会之乐歌,而通为两君相见之乐"的同时,还创制"《龙飞御天歌》《与民乐》《致和平》《醉丰亨》等,于公私燕享并许通用"。③ 特别是世宗朝的《龙飞御天歌》与《月印千江之曲》等作品,被称为超越以往袭用乐章体裁,并使朝鲜朝乐章的固有性得以充分体现④的乐章。

朝鲜世宗朝雅乐在承袭中国雅乐的过程中运用到中国"模拟《诗》乐"。但并不全是照搬式的模仿,而是经过取舍或进行部分调整的模仿。李惠求指

---

① [韩]李在淑等:《朝鲜朝宫中仪礼与音乐》,首尔大学出版部,1998年,第134—135页。
② 朱熹:《仪礼经传通解》卷十四,《朱子全书》第1册,朱杰人、严佐之、刘永翔主编,上海古籍出版社、安徽教育出版社,2002年,第526页。
③ 《世宗实录》卷一百十六,世宗二十九年(1447)六月四日,《朝鲜王朝实录》第5册,国史编撰委员会,1956年,第25页。
④ [韩]曹圭益:《朝鲜朝乐章的文艺美学研究》,民俗苑,2005年,第31页。

出：在调式上，世宗朝制定朝会音乐从《风雅十二诗谱》中仅采取用黄钟清宫的小雅六篇：《鹿鸣》《四牡》《皇皇者华》《鱼丽》《南有嘉鱼》《南山有台》，而不选用无射清商的国风六篇（《关雎》《葛覃》《卷耳》《鹊巢》《采蘩》《采苹》），并将小雅六篇之清声改为正声。① 这些改动正好体现世宗朝制定雅乐的一个特点。据郑花顺分析：之所以《十二诗谱》中仅选《小雅》六篇，首先是因为《小雅》属于雅乐而《国风》则属于乡乐，第二原因则在于《国风》六篇的无射清商与尊君意识背道而驰。② 且根据熊朋来《瑟谱》的"清商以瑟，有清弦清调，或曰非古也。止书六律五声可也"③ 的注解以及郑麟趾《雅乐谱序》中"《仪礼》注解，朱子论其清声起调非古法，而此不之及，是固可疑也"④ 等说法，可以推测世宗朝将"清声"改为"正声"的方式，反映了追求古法、古制的向往。

世宗朝宴使臣使用新制定的雅乐，这是世宗朝的特点。我们将宋芳松整理的世宗朝在会礼雅乐中所使用的曲名介绍如下："隆安之乐"（南汲、朴堧创制）取自《鱼丽》第四、五、六章，"休安之乐"取（南汲、朴堧创制）自《南山有台》第一章，"受宝箓之乐"（程道传创制）取自《鹿鸣》第一章，"文明之曲"（南汲、朴堧创制）取自《皇皇者华》第一、二章，"勤天廷之乐"（河崙创制）取自《南山有台》第一章，"荷皇恩之乐"（南汲、朴堧创制）取自《南山有台》第一章，"受明命之乐"取自《南山有台》第一章，"武烈之曲"取自《皇皇者华》第二章。⑤

朝鲜朝的礼乐，不仅参用了中国雅乐，还采用了朝鲜俗乐。对此，朴堧（1378—1458）借《国风》作为土俗音乐收载于《诗经》的情况，来说明将俗

---

① ［韩］李惠求：《从现代史的角度重新认识世宗音乐文化》，《韩国音乐论集》，世光音乐出版社，1985年，第206页。
② ［韩］郑花顺：《朝鲜世宗朝朝会雅乐研究》，民俗苑，2006年，第79页。
③ 熊朋来：《瑟谱》卷二，《影印文渊阁四库全书》第212册，台湾商务印书馆，1986年，第60页。
④ 《世宗实录》卷五十，世宗十二年（1430）闰十二月一日，《朝鲜王朝实录》第3册，国史编撰委员会，1955年，第281页。
⑤ ［韩］宋芳松：《朝鲜朝音乐史研究》，民俗苑，2001年，第203页；吴志武：《中国古代四种〈诗经〉乐谱及其东传韩日研究》，载《文化艺术研究》第3卷第5期，2010年，第134、135页。

乐加入宫廷音乐的缘由:"俗乐作于土俗,如《雅》《颂》之有《国风》。《关雎》《葛覃》既为上下通用之乐,则我国俗乐,亦不可不厘正,而用之朝廷。"① 世宗朝参考《风雅十二诗谱》制定雅乐,有时调整乐调使用②,有时仅取乐调并将之套在新创制的乐章上使用,以探索适用于朝鲜朝廷的礼乐模式。且世宗朝的乐制,如雅乐纯用宫调等模式,被成宗朝完成的《国朝五礼仪》《乐学轨范》③ 如实沿承,成为朝鲜雅乐的特点。

朝鲜时期在设置外交礼乐时,不仅重视本国乡乐及中原雅乐,而且重视其他交邻国的乡乐。例如太宗时,蒙古乐音颓坠,故曾"令惯习都监并肄习之,以备交邻"④,可见在外交礼乐方面,不仅关注本国音乐,还重视交邻国的音乐,充分体现了朝鲜朝外交礼乐以《诗经》的编撰模式、文化精神为主要典范的面貌。

而在外交场合上使用朝鲜俗乐时,还需考虑到外国使臣能否接受的问题。于1533、1537、1541年出使中国的鱼叔权,曾向朝廷提议:宴享中国使臣时,尽量选择接近于中国风的音乐。其云:"东方之乐与中国大异,声音既不同,听者不喜,理固然也。况中国之乐,又所难同。然叔权屡使朝明,而预正朝之礼。正殿奏乐,酷似本国与民乐,心记之。嘉靖年,明使龚用卿来。叔权告远接使郑士龙曰:'本国之乐,华使必不能晓。惟《与民乐》一曲,与中国会乐相似,沿道宴享,常用此乐可也。'郑如其言。"⑤

---

① [韩] 国立国乐院《译注增补文献备考》(上),民俗苑,1994年,第40页。
② 世宗十四年(1432)九月八日:"礼曹启:'会礼乐内,《隆安》、《休安》等乐章,取《南山有台》音节,用六句成一章;文武二舞乐章,取《皇皇者华》音节,四句成一章,二舞各制二章。'从之。"《世宗实录》卷五十,世宗十四年(1432)九月八日,《朝鲜王朝实录》第3册,国史编撰委员会,1955年,第415页。
③ [韩] 郑花顺:《朝鲜世宗朝会雅乐研究》,民俗苑,2006年,第99页。
④ 太宗十一年(1411)闰十二月二日:"礼曹启请习蒙学。启曰:'司译院,职在事大交邻。今蒙学训导者才二人,习者又少,宜择五部学中聪慧者三十人,以习其语。其乐音又将废坠,令惯习都监并肄习之,以备交邻。'"《太宗实录》卷二十二,太宗十一年(1411)闰十二月二日,《朝鲜王朝实录》第1册,国史编撰委员会,1955年,第616页。
⑤ [韩] 国立国乐院《译注增补文献备考》(上),民俗苑,1994年,第41页。

虽然朝鲜初期如此极力试图建立正统雅乐。但音乐本身随着时代、地区以及所用乐器的不同千变万化，加之对音乐的嗜好因人而异，就很难长期沿用同样的音乐、音律。"世宗朝宴使臣时所用的雅乐，到世祖朝，由唐乐、乡乐取而代之。"① 我们可以发现在中宗朝于慕华馆接待使臣时，用本土自制的乐章来代替"模拟《诗》乐"的记事："政院以三公意启曰：'《鹿鸣》《四牡》等乐歌，好则好矣，今不用之。乐府付《受明命》《荷皇恩》等词，五六调甚好。妓生等方学而唱之，以此用之何如？'传曰：用此当矣。"② 然而中宗朝在实际使用本国的《受明命》《荷皇恩》等乐歌来接待明使时，对直呼自制乐名还是有些犹豫。承政院对此所采取的应对措施，竟然是瞒天过海之法。例如，掌乐院都提调（金谨思）意："启曰：'《定大业》《莲花台》《梦金尺》《献仙桃》等乐，近于杂戏，似不可用，而《受明命》《荷皇恩》《贺圣明》等乐，今方学习，故用之。天使幸问其乐名，既以《皇皇者华》《鹿鸣》《天保》《四牡》假名而答之何如？传曰：如启。"可见在用"模拟《诗》乐"宴享使臣时，出现名不副实、仅求名分的现象。

至朝鲜后期，徐命膺奉正祖之命编撰了《诗乐和声》。其卷六"乐经均调"条里列举了"国风角调""小雅徵调""大雅宫调""周颂羽调"中的个别一例，并将每个乐曲配合十二地支区分出十二种音调。乐曲的使用分类主要遵守《仪礼》的内容，例如《小雅》则运用于乡饮酒礼，《大雅》则运用于朝会。细看《关雎》的乐曲，酷似朱载堉的《乡饮诗乐谱·关雎》第一章，可见徐氏《诗乐和声》参考了朱载堉乐谱。

《诗经》不仅在制作宫中雅乐中备受重视，在民间也因为推行德化教育而受到重视。朝鲜后期性理学家柳重教（1832—1893）关注诗乐在教育教化上的作用，并积极将《诗经》音乐推广到民间乡校、书社里。他在《弦歌轨范》里介绍《开元乐谱风雅十二篇》，并以此为乐章的标准。他认为在无法

---

① ［韩］李在淑等：《朝鲜朝宫中仪礼与音乐》，首尔大学出版部，1998年，第137页。
② 《中宗实录》卷八十四，中宗三十二年（1537）三月十日，《朝鲜王朝实录》第18册，国史编撰委员会，1956年，第37页。

稽考周代《诗》乐的情况之下，朱熹在《仪礼经传通解》所收录的《开元乐谱风雅十二篇》最为可靠。此外，柳重教在其《家典》中具体介绍了歌唱《诗经》的形式以及用谚解与解释将其推广到妇女阶层的方法。

　　男少者二人，就堂南端，北面歌《诗》，鼓琴以为节，或间歌或合歌，歌二《南》诸篇及《豳·七月》《郑·女曰鸡鸣》之类。（诸诗合入乐章者，别抄为一卷，译以谚书，附以解说，令妇女乘间省阅，略晓大意，歌时亦用谚语讽诵之①）

柳重教的《诗经》歌唱，通过附加谚解、解释的方式，试图推进《诗经》音乐在民间的普及。他对《诗经》音乐性的关注，在《诗经》的运用上有一定的文化意义。

总之，《诗经》音乐，或以燕飨、祭礼音乐的形式，或以民间教化音乐的形式，运用在朝鲜半岛上。尽管现传的《诗经》乐谱已经脱离了《诗经》音乐的原型，但我们认为其仍具有《诗经》在文化运用层面上的价值。

第三节　外交礼谈中的赋《诗》式发话：
以中国与朝鲜之间外交为中心②

春秋之际，行飨燕之礼，歌诗是必备的仪式，而且其歌诗仪式有一定的程序与篇目。③ 对其性质，顾颉刚云："赋《诗》是交换情意的一件事，他们在宴会中，各人拣了一首合意的乐诗叫乐工唱，使得自己对于对方的情意在

---

① 柳重教：《省斋先生文集》卷四十五，《柯下散笔·柳氏家典》"事亲第三"，《韩国文集丛刊》第324册，景仁文化社，2004年，第436页。
② 本小节在拙稿《韩国朝鲜时期外交礼仪与〈诗经〉》（《诗礼文化研究》第1辑，中西书局，2019年）的第三章的基础上整理而成。
③ 杨向时：《左传赋诗引诗》，（台湾）中华丛书编审委员会，1972年，第1—2页。

诗里表出；对方也是这等的回答。"① 指出赋诗活动可以有效起到渲染友好情感的作用。其作用在春秋时期外交场合中尤为突出，故出现强调其在外交场合中功用的"外交赋诗"一词。外交赋诗，指"运用选赋《诗》中某诗或某诗之某章，委婉地表述己意，或请求、或威胁，以间接、暗示的方式，进行外交与沟通的一种方式"。② 春秋时期的赋《诗》外交仅维持了一百多年，在襄公、昭公时期达到鼎盛，之后走下坡路，而后来出现的赋诗唱和取而代之，发挥类似的功能，成为重要的文化交际话语模式。虽然外交赋诗本来针对《诗》而言，但后来赋诗往往指作诗唱和，因此为了避免概念混淆，本文将"赋《诗》"与"赋诗"加以区分使用。

朝鲜接伴使与明使之间、燕行使与清朝文人之间，或朝鲜通信使与日本文人之间赋诗唱和的记录十分丰富。其中由国家主管的《皇华集》编撰，就明使的立场而言，主要标榜采诗、观风的作用，而就朝鲜的立场而言，是显示良好国风、优秀文化的机会。朝鲜通信使与日本文人之间的唱和集，主要由日本书商或私人出版。无论是《皇华集》还是朝日之间的唱和集，皆明确具有"诗可以观"的功效。

朝鲜朝之前，高丽朝与宋朝之间的文化交往也十分密切，如宋朝使臣徐兢（1091—1153）留下的《高丽图经》反映出对邻国文化、制度的关注。而徐兢指出高丽朝王室贵族主要信奉佛教，重视文采，取人才"考诗赋论三体，而不策问时政……大抵以声律为尚，而于经学未甚工，视其文章，仿佛唐之余弊云"③，以描写高丽朝注重文艺，反而导致经学未工的情况。从《东文选》里收录若干高丽朝外交诗的情况④来看，可推知当时外交礼谈中亦存在赋诗唱和活动。至于外交礼谈中是否赋《诗》的问题，因资料有限，难以考察。

---

① 顾颉刚：《诗经在春秋战国国间的地位》，《古史辨》第 3 册，上海古籍出版社，1982 年，第 328 页。
② 陈志宏：《语用学与〈左传〉外交赋诗》，万卷楼，2000 年，第 99 页。
③ 徐兢著，[韩] 赵东元等：《宣和奉使高丽图经》，金牛座出版社，2005 年，第 473 页。
④ [韩] 严庆钦：《外交诗的范畴与分类：以东文选所载作品为中心》，《石堂论丛》44，东亚大学附设石堂传统文化研究院，2009 年，第 31—52 页。

到了朝鲜朝，在外交上尤其与明朝长期保持友好关系。《朝鲜经国典》遣使一项明示了出使明朝的使者选拔标准，乃"学问之富、辞命之善，足以专对命而扬国美者"。① 朝鲜建国以来虽然标榜性理学，注重经学，但为了应对外交，也不能忽视文学。朝廷不仅在君臣宴会、聚会上时常鼓励大臣赋诗，并且定期考核文官赋诗（春等、秋等两次）。春、秋赋诗之法被认为是"所以储养人才，收用于异日者也"。② 而这项措施在国际外交礼谈上促进文化交流的同时，也给朝廷文官带来一定的负担。例如在《太宗实录》中有太宗考虑到本府官吏公务繁忙，允许免除春、秋等赋诗的记录③，而赋诗考核到了世宗朝却更为频繁。春、秋两次考核文官赋诗成为常例。对文臣赋诗的考核结果由艺文馆负责报告。④

太宗朝至世宗朝在朝廷层面大力促进赋诗活动，使得更多的文臣在外交场合中赋诗能够得心应手。在世宗之前的《实录》记录中，如权近一般因其赋诗应对如流而得赞许的文臣为数极少。然而自世宗朝后期（1450）开始，能应对明使赋诗唱和的文臣逐渐增多⑤，其人数之多、活动之频繁，以致可以辑成《皇华集》。关于《皇华集》等外交唱和赋诗与《诗》之间

---

① 郑道传：《朝鲜经国典》，载《朝鲜王朝法典集》（1），民族文化，1982年，第26页。
② 世宗十二年（1430）八月二十二日："春秋赋诗之法，所以储养人才，收用于异日者也。今年逾五六十者，亦与于赋诗，实有愧于储养之意也。"《世宗实录》卷四十九，世宗十二年（1430）八月二十二日，《朝鲜王朝实录》第3册，国史编撰委员会，1955年，第255页。
③ 太宗十七年（1417）三月三十日："司宪府请本府官不与春秋制述之例，从之。以事务烦剧也。赵末生仍启曰：今春等赋诗朝士，因公务之紧，不赋者居多。上曰：春秋等赋诗，罢之亦可矣。"《太宗实录》卷三十三，太宗十七年（1417）三月三十日，《朝鲜王朝实录》第2册，国史编撰委员会，1955年，第155页。
④ 世宗五年（1423）七月三十日："艺文馆启：今癸卯年春等赋诗文臣科次姓名。"《世宗实录》卷四十九，世宗十二年（1430）八月二十二日，《朝鲜王朝实录》第2册，国史编撰委员会，1955年，第551页。
⑤ 世宗三十二年（1450）闰一月三日："倪谦赋诗一篇，赠郑麟趾，麟趾即次韵。自是与麟趾、三问、叔舟倡和无虚日。"《世宗实录》卷百二十七，世宗三十二年（1450）闰一月三日，《朝鲜王朝实录》第5册，国史编撰委员会，1956年，第165页。

的相关性,以往研究多有涉及。① 这里介绍一下朝鲜外交话语中所见的赋《诗》之例。

《朝鲜王朝实录》不仅记录了朝鲜君王、世子与使臣之间礼谈的程序,也记录了礼谈的内容。其中几处出现赋《诗》式对话,整理如下。②

《实录》所载君王与使臣之间赋《诗》式对话③

时间	人物	君王	发话方向	使臣	篇名
1460.3.9	世祖6—明使(正使张宁:礼科给事中)			(张)宁辞云:三爵不识,矧敢多?又不敢再饮。	宾之初筵
1476.2.21	成宗7—明使(正使祁顺:户部郎中)	上曰:诗云:<u>德音孔昭</u>。正谓大人。	⇐	正使行回酒,言曰:诗云:<u>既醉以酒,既饱以德</u>。殿下恩礼不可尽说。	隰桑

---

① 其中关于外交唱和引《诗》方面的研究有:[韩]金秀炅《通信使行笔谈、唱和中的引〈诗〉与论〈诗〉》,载《韩民族语文学》(59),韩民族语文学会,2011年,第119—141页;[韩]金秀炅《朝鲜—明"赋诗外交"中的用〈诗〉:以〈皇华集〉为中心》,载《中国学论丛》(42),高丽大学中国学研究所,2013年,第195—213页。
② 有关先行研究有:[韩]郑元皓《〈朝鲜王朝实录〉对〈诗经〉运用例研究》,釜山大学博士论文,2013年,第109—113页;[韩]郑元皓《对朝鲜时期运用于对中国外交的〈诗经〉作用的考察》,载《中国学》(49),大韩中国学会,2014年,第135—164页。在二文中,郑元皓调查了外交文书与接待使臣时的现场外交两方面引《诗》的情况,总结出其中所反映的事大主义倾向以及《诗经》在外交上所起的重要作用。该研究有助于我们了解《朝鲜王朝实录》中的引《诗》情况。而该文将其着重探讨点放在《实录》引《诗》的情况,试图分析引《诗》所表达的政治外交内容或意图层面。所以在具体分析上,尚有斟酌之处。例如,该文将外交文书中的引《诗》与外交话语中的赋《诗》,放在外交层面上进行分析,而没有将引《诗》与赋《诗》的性质明确加以区分,也没有指出朝鲜初期赋《诗》现象与先秦赋《诗》之间的异同以及初期与后期赋《诗》的不同面貌等。故本章节对此部分进行补充说明。
③ 本文的图表内容在郑元皓调查的基础上,再补上世宗朝的一例,并将发话者分为两方,以便分清发话者的身份。个别引《诗》的标记内容、范围、种类稍有出入,不另注明。至于使臣的姓名及出使时官职参考了杜慧月《明代文臣出使朝鲜与皇华集》,人民出版社,2010年,第185—186页。

续表

时间	人物	君王	发话方向	使臣	篇名
1492.5.28	成宗23—明使（正使艾璞:户部郎中）（上幸太平馆）	上曰：诗云：南山有臺，北山有莱，乐只君子，邦家之基。今见两大人，其喜庸有极乎！	⇒	正使亦诵其诗。	南山有臺
				正使曰：诗云：既醉以酒，既饱以德。又云：厌厌夜饮，不醉无归。今日酒既醉，夜又深，非特我辈困倦，贤王亦劳动，所以欲行谢杯。	既醉；湛露
				正使就上前曰：诗云：三爵不识，矧敢多？又今日我两人所饮不止三爵，请罢宴。	宾之初筵
		上曰：心乎爱矣，遐不谓矣，中心藏之，何日忘之。两大人道德，寡人何日忘之？请更进一杯。	⇐	正使曰：我有旨酒，嘉宾式燕以敖，我两人既醉饱，已领贤王盛意，请罢宴。	隰桑；鹿鸣
			⇓	正使欣然再诵其诗曰：贤王之心，暗合古人，我两人不敢当。诗云：泛泛杨舟，载沈载浮。贤王中心藏之之言，当服膺勿失……	菁菁者莪
1521.12.10	中宗16—明使正使唐皋（翰林院修撰）（饯别宴）	（上）又曰：诗云：淑人君子，其仪不忒。今见两大人令仪，正是淑人君子也。	⇐	正使曰：诗经云：追琢其章，金玉其相。比是赞说文王也。今见贤王盛仪，正如此诗之云也。	鸤鸠；棫朴

第三章 韩国传统时期对《诗经》的运用　79

续表

时间	人物	君王	发话方向	使臣	篇名
1537.3.10	中宗32－明使 正使龚用卿（翰林院修撰）；副使吴希孟（户科给事中）（太平馆下马宴）	（上）曰：诗云：乐只君子，邦家之光。今日陪侍大人，若非圣帝恩命，何缘得见？皇恩罔极。	⇒	副使曰：之屏之翰，百辟为宪。今日得见殿下威仪，真贤王也。	南山有臺；桑扈
		上答曰：厌厌夜饮，不醉无归。今日初陪两大人，心欲从容以话，愿大人姑待礼完。	⇒	正使曰：既见君子，云何不乐！多谢多谢。	湛露
			⇒	副使曰：诗云：恺悌君子，莫不令仪。又云：既醉而出，并受其福。三爵不识，矧敢多又。	隰桑；湛露；宾之初筵
		答曰：我有旨酒，嘉宾式燕以敖。多谢多谢。	⇓		鹿鸣
		上答曰：诗云：心乎爱矣，何不谓矣。中心藏之，何日忘之？'			隰桑
				正使曰：瓠叶兔首，可酬王公，况今日盛宴乎？	瓠叶
				副使曰：殿下之酒，旨且多，既又过饮，又请行酒，多谢多谢。	鱼丽
				正使曰：诗云：既见君子，锡我百朋。殿下之诚至此，有醇之酒，不觉至醉。	菁菁者莪
1537.3.11	中宗32－明使（翌日宴）	上曰：不是圣帝恩命，何以得见两大人清仪乎？眞所谓恺悌君子也。		副使曰：乐只君子，民之父母。贤王正是民之父母也。一国之庆，何可胜言？	湛露；[岂弟]南山有台

续表

时间	人物	君王	发话方向	使臣	篇名
1537.3.16	中宗32－明使（饯别宴）			上使曰：诗云：心乎爱矣，何不谓矣？中心藏之，何日忘之？又云：既见君子，乐且有仪，何敢忘殿下乎？	隰桑；菁菁者莪
				副使执杯而进曰：右之右之，无不右。左之左之，无不左。君子万年，保其家邦，岂不谓如殿下之君臣乎？	裳裳者华；瞻彼洛矣
1539.3.10	中宗34－明使副使薛廷宠（工科左给事中）（宴会）	上曰：抑抑威仪，维德之隅。见两大人威仪，可知德之积于中矣。			抑
		上曰：诗云：有兔斯首，炮之燔之。君子有酒，酌言献之。今日不腆之礼，正是敬朝廷敬大人之诚。	⇒	副使曰：厌厌夜饮，不醉无归。俺等既醉既饱，请止之。	瓠叶；湛露
1539.4.13	中宗34－明使正使华察（翰林院侍读）	（上）仍劝酒曰：诗经云：虽无旨酒，式饮庶几。今日薄礼，皆是敬朝廷、敬大人之礼也。礼微诚存，愿大人毕爵。	⇒	正使曰：既醉以酒，既饱以德。醉饱已极。殿下诚意至此，敢不依命？	车舝；既醉
1539.4.15	中宗34－明使（于庆会楼）			正使曰：心乎爱矣，何不谓矣？中心藏之，何日忘之？俺等一别之后，虽一日，安敢忘于怀耶？	隰桑

续表

时间	人物	君王	发话方向	使臣	篇名
1593. 闰11.12	宣祖 26（迎勅书）	上曰……诗云：戎狄是膺。伐叛诛暴……			閟宫
1597. 10.24	宣祖 30（慕华馆迎皇勅）			守备曰：既醉以酒，又饱以羞，请已。	既醉
1784. 12.3	正祖 8—清使（上接见勅使于殿内）			勅使曰：诗云：既醉以酒，既饱以德，此之谓也。	既醉

根据上表，相对而言，朝鲜君王与明使之间的赋《诗》式对话在成宗、中宗朝多次出现，而细看赋《诗》用例，则除了在中宗朝出现多种断章取义之外，其他赋《诗》几乎属于普遍通用的习惯用语。如《既醉》章"既醉以酒，既饱以德"等句，不仅在外交宴飨礼中常用，在各种君臣宴会场合中亦常用。其用例从世宗与文臣宴会礼谈之中开始直至朝鲜后期频繁出现。至于宣祖二十六年（1593）外交对谈中宣祖所引《閟宫》篇"戎狄是膺"一句，与其说具有赋《诗》的性质，不如说具有引《诗》为证的性质。

中宗三十二年（1537）赋《诗》式发话频繁出现，使得发话氛围显得格外殷勤。中宗推翻燕山君政权之后上位，此事件被称为"中宗反正"（1506）。之后朝廷出现"士林"与"勋旧"势力对峙的局面。就朝鲜内部政局而言，朝廷需要稳定局势。中宗十六年（1521），明使唐皋出使朝鲜，告知嘉靖帝登基。再过十六年之后，于中宗三十二年，明朝再派遣翰林院修撰龚用卿，颁发皇子诞生诏。其出使名目前所未有。加之之前明使来访朝鲜与此次相隔年数已久，其意义可谓非同一般。龚用卿也认识到这一点，回国后写下《使朝鲜录》。朝鲜也看重此次使行，招待格外殷勤，试图展示朝鲜文化与明文化之间的亲缘性。朝鲜在礼节上处处谨慎，准备周全。例如《实录》中提及中宗对之前外交礼谈中译者误传《诗经》"德音孔昭"之句等事表示担忧，并为了避免误传，中宗要提前草拟问答之语，而草拟时还"间以《诗》语"。

可见中宗在外交谈话时，连措辞细节都十分慎重。

可以说，朝鲜时期外交礼谈中引《诗》频繁的阶段处在社会稳定、整顿礼乐的基础上，与明朝保持友好关系，以谋求内外安定的时期。

第四章　权近《诗浅见录》研究

权近（1352—1409），字可远，号阳村，朝鲜时代著名学者，著作有《阳村集》《五经浅见录》《四书五经口诀》《入学图说》《东贤事略》《霜台别曲》等。

权近是朱子学在朝鲜的重要传播者，其《诗浅见录》阐发《诗集传》，宣扬义理，强调《诗经》之垂戒功用。

第一节　尊崇并阐发《诗集传》

权近尊崇朱熹《诗集传》，其《诗浅见录》大多是对《诗集传》的阐发。如《周南》，《诗集传》解释云：

> 武王崩，子成王诵立。周公相之，制作礼乐，乃采文王之世风化所及民俗之诗，被之筦弦，以为房中之乐，而又推之以及于乡党邦国，所以著明先王风俗之盛，而使天下后世之修身齐家治国平天下者，皆得以取法焉。① 至于《桃夭》《兔罝》《芣苢》，则家齐而国治之效。《汉广》《汝坟》，则以南国之诗附焉，而见天下已有可平之渐矣。若《麟之趾》，则又王者之瑞。②

---

① 朱熹：《诗集传》，上海古籍出版社，1958年，第1页。
② 同上书，第8页。

朱熹认为《周南》诸诗包含了修身、齐家、治国、平天下的道理，并将《桃夭》《汉广》《麟之趾》等诗作为齐家而后国治，天下呈现祥瑞的代表。权近亦从这一思路解释云：

> 《周南》十一篇，当以家、国、天下，分为三节而看。《关雎》，正家之始。《葛覃》《卷耳》《樛木》，宜家之事。《螽斯》，家齐之极，致福庆及于子孙矣。《桃夭》，国治之事。《兔罝》，国已治而贤材多也。《芣苢》，国治之极。家室和平，妇人无事，相与歌其所事，以形容其胸中之乐，无一毫赞美之辞，益可见文王德化之大。所谓王者之民，皞皞而不知为之者也。《汉广》《汝坟》，以南国之诗附焉，天下已有可平之渐。若《麟之趾》，则王者之瑞应焉。齐、治、平之极效，无以复加矣！①

以上权近所言是将朱熹所言之"修身齐家治国平天下"具体到《周南》中的每一首诗，是对《诗集传》的详细复述。

再如《召南·驺虞》，朱熹云："南国诸侯承文王之化，修身齐家以治其国，而其仁民之余恩，又有以及于庶类。故其春田之际，草木之茂，禽兽之多，至于如此。而诗人述其事以美之，且叹之曰：'此其仁心自然，不由勉强。是即真所谓驺虞矣。'"② 权近云：

> 《驺虞》之诗，言春田之际，见其禽兽草木之繁育，美其仁之及物，是犹驺虞之性，仁厚而不杀也。③

权近的解释大多移用朱熹释义，可见其《诗经》研究以阐发《诗集传》

---

① [韩]权近：《诗浅见录》，《韩国经学资料集成》第71册，韩国成均馆大学出版部，1995年，第5页。
② 朱熹：《诗集传》，上海古籍出版社，1958年，第14页。
③ [韩]权近：《诗浅见录》，《韩国经学资料集成》第71册，韩国成均馆大学出版部，1995年，第11—12页。

为主要特征。

第二节 以"理"解《诗》

朱熹将宋代理学中有关性情、天理、人伦的哲学思考与智慧投注到《诗集传》中。权近深受《诗集传》的影响,也以性情、天理等理学概念来解释《诗经》。

如《关雎》,《诗序》云:"是以《关雎》乐得淑女以配君子,忧在进贤,不淫其色。哀窈窕,思贤才,而无伤善之心焉,是《关雎》之义也。"①《诗序》的"关注点在'进贤''思贤'上,实际上是以《关雎》为'求贤'之诗"。②《诗集传》与《诗序》相异,其云:"周之文王生有圣德,又得圣女姒氏以为之配。宫中之人,于其始至,见其幽闲贞静之德,故作是诗。"③ 认为《关雎》是宫中之人歌颂太姒幽闲贞静之德,并以性情之正来赞美"后妃性情之正"④ 与"诗人性情之正"。⑤ 权近赞同《诗集传》的解释云:"《关雎》可见宫中妾御之人,性情之正。"⑥ 他在《诗集传》"后妃""诗人"性情之正外,以性情之正来赞扬宫中妾御之人。

再如《周南·汝坟》,《诗集传》云:"汝旁之国,亦先被文王之化者,故妇人喜其君子行役而归,因记其未归之时,思望之情如此,而追赋之也。"⑦ 朱熹并未从性情的层面解释此诗。权近亦以性情之正解释诗中的妇人云:"若夫《汝坟》,妇人远在南方之国,久被殷政之虐,发于忧思之余,而

---

① 孔颖达:《毛诗正义》,北京大学出版社,1999年,第21页。
② 刘毓庆:《〈毛诗〉派兴起原因之探讨》,《文艺研究》2009年第2期,第65页。
③ 朱熹:《诗集传》,上海古籍出版社,1958年,第1页。
④ 同上书,第2页。
⑤ 同上书,第2页。
⑥ [韩]权近:《诗浅见录》,《韩国经学资料集成》第71册,韩国成均馆大学出版部,1995年,第6页。
⑦ 朱熹:《诗集传》,上海古籍出版社,1958年,第7页。

止乎礼义之中。……以妇人而处逆境，其心何顺而其言忠厚，非唯得性情之正，抑能知文王之心！二南之化，斯其所以为至也。"① 再如关于《诗经》之编集，权氏云："编《诗》但取性情之正，辞气之和。"② 此皆是从性情的层面研究诗篇。

权近运用天理与人伦等理学观念来解释《诗经》。如他将是否遵循天理人伦作为评判"二南"与十三国风的重要区别，他说：

> 此诗（《关雎》）者，不唯不妒，惟欲得淑德以配君子而成其内治。其哀其乐皆为淑女，而无一毫自私之心，故哀虽切，而不至于伤；乐虽深，而不至于淫。是皆天理人伦之极也。③

权氏认为《关雎》诗期待淑女以配文王，所呈现出的"乐而不淫，哀而不伤"包蕴了天理与人伦的极致，而变风的产生正是由于天理人伦的丧失，他说：

> 《卫》诗首尾皆与《周南》相反，可观其变之验。……《黍离》以降，天下不复有雅矣！至若男女之伦乱，而《郑风》变；鸟兽之行作，而《齐风》变；国政贫残，臣民叛去，而《魏风》变矣。《唐风》之变，则弑君篡国，赂王请命，而三家分晋之端兆矣；《秦风》之变，则歼良用殉，擅杀不忌，戎翟之俗，作俑于中国，而焚坑之祸萌矣；《陈风》之变，则宣淫、杀谏、君弑、国亡，夷狄入于中国，而变风终矣。要而言之，则夫妇之道变于《卫》，父子君臣之义失于《王》，男女之伦乱于《郑》，鸟兽之行作于《齐》，君民之道乖于《魏》，篡弑之乱成于《唐》，

---

① ［韩］权近：《诗浅见录》，《韩国经学资料集成》第71册，韩国成均馆大学出版部，1995年，第6—7页。
② 同上书，第9页。
③ 同上书，第4页。

  戎翟之俗用于《秦》，而弑逆夷狄之祸极于《陈》矣。然后系以《桧》《曹》思治之诗，而终以周公之《豳》，以言乱之可治，变之可正也。此变风十三国之次也。呜呼！夫妇，人伦之本；朝廷，风化之源。《柏舟》变而卫国以灭，《黍离》降而王室以微。至于列国之风，则人伦之大变、天下之大乱，极矣！①

  至读《二子乘舟》，则骨肉相残，人道陷于禽兽，而天理灭矣。②

  权近认为十三国风除了《桧风》《曹风》《豳风》之外，陈述的都是"人伦之大变，天下之大乱"的景象。此是以理学思想解《诗》，也传递了权氏对君臣、夫妇、父子、男女之正常人伦秩序的维护。

第三节 宣扬教化

  权近运用性情、天理、人伦等理学概念来解释《诗经》，其目的是构建和谐的社会统治秩序。权氏将《诗经》作为政治教科书，重视教化与垂戒，他说：

  圣人伤之，甚惧之，深录其善以感发其善心，著其恶以惩创其逸志，遏人欲于横流，存天理于既灭。虽甚坏乱之极，而必示循环之理，使知变之可以复正也。故于《邶》《鄘》之后而系以《淇澳》，以武公望一国也；列国之终而系以《豳风》，以周公望天下也。非如周公之元圣，岂能复正乎？不唯此也，《风》以周公终，《雅》以召公终矣。昔周之初，周公为政于内，召公宣化于外。为政者有如周公，则朝廷之风化

---

① ［韩］权近：《诗浅见录》，《韩国经学资料集成》第 71 册，韩国成均馆大学出版部，1995 年，第 16—18 页。
② 同上书，第 15 页。

美，而变风可正矣；宣化者有如召公，则国之蹙者日辟，而大雅复作矣。此仲尼删诗以周召始二南而终风雅，望天下与后世之深意也。呜呼，微矣！①

权近认为《诗经》凝结了孔子感发善心惩创逸志的良苦用心，并指出《诗经》的编排与顺序均包含了孔子对治世之教化、乱世之惩戒以及变乱世为治世的期待。如《郑风》多男女恋情之诗，权近将这些诗篇理解为具有惩戒意味的诗，他说：

郑卫之风皆为淫声，而郑声之淫有甚于卫。……夫子独以郑声为戒者。卫诗犹多讥刺惩创之意，观者尚知亡国之由而自省矣。郑诗荡然无复羞愧悔悟之萌，则听其音者，其心缓肆，駸駸入于其中，不知其终至于必亡也，故夫子必使放之。以郑之不亡而无所惩，故尤必戒之也。然则不删而著于国风者，又何欤？为邦当用礼乐之正诗，则观俗尚之美恶而垂监戒也。后世观者必贱恶而丑言之，惩创之心油然而生矣。②

权近认为《郑风》使听之者"不知其终至于必亡也"，具有亡国的危害，还指出孔子独言"放郑声"的旨意也在于强调《郑风》之警戒意义。

---

① [韩]权近：《诗浅见录》，《韩国经学资料集成》第71册，韩国成均馆大学出版部，1995年，第18—19页。
② 同上书，第22—23页。

第五章　林泳《读书劄录——诗传》研究

林泳（1649—1696），字德涵，号沧溪，祖籍罗州，官至副提学大司宪。著有《沧溪集》。《读书劄录——诗传》（下文简称《诗传》）汇集的是林泳有关《诗经》的见解与思考。

《诗传》以《诗传大全》为解释对象。《诗传大全》又名《诗集传大全》，为明代胡广等编撰，是永乐中所修《五经大全》之一。《四库全书总目》叙《诗传大全》之成书云："自宋以后，言《诗》者皆宗朱子《集传》，其荟集众说，以相阐发者，毋虑数十种，往往得失互见，学者旁参博考亦不能专主一家。至明成祖始命儒臣辑为《大全》，以集其成。……然其书实本元安成刘瑾所著《诗传通释》而稍损益之。……然当时颁布学宫，凡士子之习举子业者，必以此为准则，乃一代定制所在。"① 《诗传通释》专宗《诗集传》，博采众家之说以释《集传》。② 《诗传大全》据《诗传通释》而来，亦汇集诸家释义以解释《诗集传》。该书在明代被定为科举考试的参考书，功令所在，影响极大。

明朝政府多次将《诗传大全》赐予朝鲜李氏王朝。《诗传大全》在朝鲜世宗（1419—1449 年在位）年间颁布于国中，成为科举考试的标准，是朝鲜时代最重要的《诗经》读本。③ 林泳根据《诗传大全》探究了《诗经》中的五十八首诗，呈现了以《诗集传》为主的解《诗》特征。此外，林泳还评价

---

① 纪昀：《四库全书总目》，中华书局，1997 年，第 202 页。
② 洪湛侯：《诗经学史》，中华书局，2002 年，第 413 页。
③ ［韩］沈庆昊：《朝鲜时代汉文学与诗经论》，一志社，1999 年，第 436—438 页。

《诗传大全》中的诸家释义,并校勘朝鲜刊刻的《诗传大全》,兹论述如下。

第一节 对《诗集传》的阐扬与怀疑

《诗传》主要通过阐释《诗集传》来表达《诗经》学观点,其对《诗集传》的解释以赞同者居多,也时有怀疑之处。

一、阐扬《诗集传》

《诗传》赞同并阐释《诗集传》者,如《王风·兔爰》,《诗集传》云:

> 周室衰微,诸侯背叛,君子不乐其生,而作此诗。言张罗本以取兔,今兔狡得脱,而雉以耿介,反离于罗,以比小人致乱,而以巧计幸免,君子无辜,而以忠直受祸也。①

《诗传大全》云:

> 东莱吕氏曰:"此因所见为比也。兔之大,以比诸侯;雉之小,以自比也。言诸侯之背叛者,恣睢自如,而周人反受其祸也。"②

吕祖谦的关于"兔"与"雉"的解释与《诗集传》相异,林泳评价二家之说云:

> 吕氏"兔"以比诸侯,"雉"以自比之说,可疑。雉以自比,则几矣。兔则安知其必指诸侯而言也?《集传》以君子、小人为言者,其义

---

① 朱熹:《诗集传》,上海古籍出版社,1958年,第45页。
② 胡广:《诗传大全》,文渊阁《四库全书》本,卷四。

至矣。①

《兔爰》诗之"兔"与"雉",林泳认为吕祖谦的释义缺乏依据,他赞同《诗集传》,并以"其义至矣"作评。

再如《郑风·羔裘》首章云:"羔裘如濡,洵直且侯。彼其之子,舍命不渝。"《诗集传》云:"言此羔裘润泽,毛顺而美,彼服此者当生死之际,又能以身居其所受之理而不可夺。"② 林泳赞同《诗集传》,其云:"舍命不渝命,《集传》以所受之理言之,其义甚精。"③ "其义甚精"传达出林泳对《诗集传》的高度赞扬。

再如《召南·鹊巢》末章"维鹊有巢,维鸠盈之",《诗集传》云:"盈,满也。谓众媵侄娣之多。"④ 林泳云:

> 《注》(《诗集传》)"盈","谓媵侄娣之多"。"谓"字当活看,盖有譬言之意,若直说"盈"字为媵妾之多,则非诗意也。⑤

林泳认为《诗集传》以"盈"来解释媵妾之多,并因此认为《诗集传》之"谓"具有譬如之意,此也是林泳对《诗集传》的阐扬之处。

二、怀疑《诗集传》

林泳对《诗集传》也时有怀疑。如《召南·江有汜》:

---

① 林泳:《读书劄录——诗传》,《韩国经学资料集成》第71册,韩国成均馆大学出版部,1995年,第170页。
② 朱熹:《诗集传》,上海古籍出版社,1958年,第50页。
③ 林泳:《读书劄录——诗传》,《韩国经学资料集成》第71册,韩国成均馆大学出版部,1995年,第173页。
④ 朱熹:《诗集传》,上海古籍出版社,1958年,第8页。
⑤ 林泳:《读书劄录——诗传》,《韩国经学资料集成》第71册,韩国成均馆大学出版部,1995年,第157页。

> 江有汜，之子归，不我以。不我以，其后也悔。
> 江有渚，之子归，不我与。不我与，其后也处。
> 江有沱，之子归，不我过。不我过，其啸也歌。

此诗，《诗集传》承续《诗序》的解释云："是时汜水之旁，媵有待年于国，而嫡不与之偕行者，其后嫡被后妃夫人之化，乃能自悔而迎之。"① 朱熹解释第一章云："故媵见江水之有汜而因以起兴，言江犹有汜，而之子之归，乃不我以，然其后也亦悔矣。"② 朱熹认为"不我以，其后也悔"是对嫡妻即"之子"后悔前与后悔时两种状态的描写，并按照此思路释末章云：

> 沱，江之别者。过，谓过我而与俱也。啸，蹙口出声以舒愤懑之气，言其悔时也。歌，则得其所处而乐矣。③

可见，《诗集传》亦将末章"不我过，其啸也歌"解释为嫡妻后悔前与后悔时的两种样态，认为"其啸也歌"的发出者是嫡妻，发生的时间是嫡妻后悔之时。林泳对此表示怀疑，其云：

> "其啸也歌"，《传》（《诗集传》）谓："言其悔时也。"前"啸"后"歌"，自是一人。若曰悔时啸，则悔是"之子"，非诗人，与得处所而乐者不成一人。且悔时，亦何有舒愤懑之事？恐"悔"字上有"未"字，盖言未悔之时，诗人之忧如此。然臆说无稽，姑存之以俟更思。④

---

① 朱熹：《诗集传》，上海古籍出版社，1958年，第12页。《江有汜》，《诗序》云："美媵也。勤而无怨，嫡能悔过也。"孔颖达：《毛诗正义》，北京大学出版社，1999年，第97页。
② 朱熹：《诗集传》，上海古籍出版社，1958年，第12页。
③ 同上。
④ 林泳：《读书劄录——诗传》，《韩国经学资料集成》第71册，韩国成均馆大学出版部，1995年，第159页。

林泳指出《诗集传》以"悔时"来解释"其啸也歌"不确。他认为"其啸也歌"的抒发者是诗人,而非诗中的"之子"(嫡妻)。"其啸也歌"是诗人在"之子"未后悔之时以"啸"与"歌"的方式来抒发内心的忧愁。关于"其啸也歌"的发出者,《郑笺》与《诗集传》均认为是嫡妻,清儒马瑞辰认为是媵妾①,林泳于此处不局限于《诗集传》的释义与思考方式,提出诗人说,可供参考。

再如,《王风·君子阳阳》次于《君子于役》之后,朱熹根据《君子于役》②来推导《君子阳阳》之释义云:"此诗疑亦前篇妇人所作。盖其夫既归,不以行役为劳,而安于贫贱以自乐,其家人又识其意而深叹美之,皆可谓贤矣。岂非先王之泽哉。或曰:《序》说亦通,宜更详之。"③ 林泳认为《诗集传》仅从诗篇前后相连从而断定诗旨相类的做法欠缺谨慎,他说:

> 《集传》以为前篇(《君子于役》)妇人之作……但其(《君子阳阳》)必为"前篇妇人之作",亦无明据,只章首二字相同耳,似亦未易质言也。但其为室家赞美其君子之事,则恐不可易。④

林泳认为《诗集传》以《君子于役》与《君子阳阳》前后相连,且章首为"君子"始遂判断二诗为同一妇人所作,是缺乏证据的推断,因此他在此二诗的作者上不同意《诗集传》的说法。此则怀疑体现了林泳《诗经》研究重视以证据立论的研究态度。

---

① "其啸也歌",《郑笺》云:"嫡有所思而为之,既觉自悔而歌。歌者,言其悔过,以自解说也。"孔颖达《毛诗正义》,页98。《郑笺》与《诗集传》相同皆认为嫡妻是此一动作的发出者,清代学者马瑞辰则认为是媵妾,其云:"上二章'其后也悔''其后也处',皆指嫡言。此章'其啸也歌',则当为媵自指,谓其感德而啸歌也。……《笺》以啸为蹙口出声,又以指嫡,失其义矣。"林泳认为是诗人。马瑞辰撰、陈金生点校《毛诗传笺通释》,中华书局,1989年,第96页。
② 《君子于役》,《诗集传》云:"大夫久役于外,其室家思而赋之曰:'君子行役,不知其还反之期,且亦何所至哉。'"朱熹《诗集传》,上海古籍出版社,1958年,第43页。
③ 朱熹:《诗集传》,上海古籍出版社,1958年,第43页。
④ 林泳:《读书劄录——诗传》,《韩国经学资料集成》第71册,韩国成均馆大学出版部,1995年,第168—169页。

第二节　辨析《诗传大全》

林泳辨析《诗传大全》中解释《诗集传》的诸家释义。如《周南·葛覃》首章云：

> 葛之覃兮，施于中谷，维叶萋萋。黄鸟于飞，集于灌木，其鸣喈喈。

《诗集传》云：

> 赋者，敷陈其事而直言之者也。盖后妃既成絺绤而赋其事，追叙初夏之时，葛叶方盛，而有黄鸟鸣于其上也。后凡言赋者放此。①

《诗集传》释《葛覃》首章为"赋"，认为是后妃在成絺绤之后，追叙初夏葛叶茂盛，鸟鸣于其上的情景。《诗传大全》解释《诗集传》云：

> 丰城朱氏曰："黄鸟飞鸣，乃夏初之时，葛方盛而未可刈也。虽后妃追叙其事，然此时已可见其动女工之思而又念念不忘之意矣。"②

《诗传大全》引朱氏之语解释《诗集传》，朱氏认为《葛覃》首章言葛叶茂盛，但还不是"是刈是濩"之时，葛叶方茂是后妃的追叙，旨在表达后妃贤惠不忘女工之事。林泳认为朱氏的解释并非诗句本意，他说：

---

① 朱熹：《诗集传》，上海古籍出版社，1958年，第3页。
② 胡广：《诗传大全》，文渊阁《四库全书》本，卷一。

  《葛覃》首章只叙葛叶方盛,黄鸟飞鸣,更不说入实事。小注丰城朱氏以为动女工之思而有念念不忘之意,庶乎近之。但味诗语,似是直叙所见之词,岂初夏葛叶未及盛之时,亦尝亲到中谷而见其景物之如此欤?是又勤之勤者,直叙其事,而意可见矣。但虽上古后妃,似无亲至中谷之事,但下章有"是刈是获",刈,非亲至莫能也。且园囿之大,亦岂无中谷之可刈葛处哉?若只如朱氏说谓动女工之思而已,则葛覃、鸟鸣皆为想象之物色,似非诗意也。①

  林泳否定朱氏以后妃想象葛叶之茂盛来表达不忘女工之事的解释,他认为《葛覃》首章是对采撷葛叶的如实描叙,而非想象之辞。

  再如《小雅·雨无正》,《诗序》云:"大夫刺幽王也。"②《诗集传》认为此说"亦未有所考也"③,又云:"或曰:疑此亦东迁后诗也。"④《诗传大全》引录刘瑾释义云:"《诗》言周宗既灭,似亦道已然之事,而非虑其将然之辞,似果作于东迁之后也。"⑤刘瑾根据诗句"周宗既灭"断定此诗为东迁后之诗,林泳对此表示怀疑,其云:

  章下《注》安城刘氏言,此数诗皆作于东迁后之意,甚力矣。所谓罔或耆寿,俊在厥服,本是说幽王时事。如《十月之交》"不慭遗一老"者,亦此意也。今以"正大夫离居"为东迁之作,既未必然。所谓王都,亦安知其果为东都,而非西都耶?《正月》之"褒姒灭之"不曰"既灭",无以证东迁之前后。《节南山》之"国既卒斩",则其言又微,尤不足为证。朱

---

① 林泳:《读书劄录——诗传》,《韩国经学资料集成》第71册,韩国成均馆大学出版部,1995年,第148—149页。
② 孔颖达:《毛诗正义》,北京大学出版社,1999年,第730页。
③ 朱熹:《诗集传》,上海古籍出版社,1958年,第136页。
④ 同上书,第134页。
⑤ 胡广:《诗传大全》,文渊阁《四库全书》本,卷十一。

子以此只备一说,辑注或反以此为主,愚未知其果然也。①

　　林泳不赞同刘瑾将《诗集传》中的只备一说的解释作为此诗的唯一解释,并认为《诗集传》所言之"正大夫离居"与诗句"周宗既灭"均不能证明此诗为东迁后之诗。林泳赞同《诗序》之说,以此诗为幽王时诗,但是他没有提出有力的证据。现代学者朱东润的考证可以补充林泳的说法。朱东润云:"然必执褒姒灭周之语为内证,以此诗为非西周之诗,则亦未当。何则?镐京虽陷,西周尚未灭亡也。《鲁语》:'幽灭于戏。'今陕西临潼县有戏亭,其地在镐京东,盖西戎陷镐之后,幽王转徙兵间,及其死于戏下,而西周真灭矣。虽书阙有间,不能知其转徙兵间者若干时,然去《史记·周本纪》所谓'西夷、犬戎攻幽王,幽王举燧火征兵,兵莫至,遂杀幽王骊山下'者,必有相当时期。"② 朱东润认为《节南山》《正月》《十月之交》《雨无正》《召旻》等诗是作于镐京灭亡幽王骊山被杀的时间段,而非作于东迁之后。③ 林泳在尊《诗集传》的学术氛围中,赞同《诗序》,认为《雨无正》乃西周之诗,学术眼光敏锐。

　　此外,林泳还指出《诗传大全》中的诸家释义各异的情况,如《召南·草虫》篇之"言采其薇"之"薇",《诗集传》解释云:"似蕨而差大,有芒而味苦,山间人食之,谓之迷蕨。胡氏曰:'疑即庄子所谓迷阳者。'"④《诗传大全》引录他注云:"致堂胡氏曰:'荆楚之间,有草丛生,修条四时,发颖春夏之交,花亦繁丽,条之腴者,大如巨擘,剥而食之,甘美。野人呼为迷阳,疑庄子所谓迷阳。迷阳无伤吾行,即此蕨也。'山阴陆氏曰:'薇亦山菜,茎叶皆似小豆,蔓生。其味亦似小豆。今官园种之,以供宗庙祭祀。'"⑤

---

① 林泳:《读书劄录——诗传》,《韩国经学资料集成》第71册,韩国成均馆大学出版部,1995年,第191—192页。
② 朱东润:《诗三百篇探故》,云南人民出版社,2007年,第59—60页。
③ 同上书,第59—62页。
④ 朱熹:《诗集传》,上海古籍出版社,1958年,第9页。
⑤ 胡广:《诗传大全》,文渊阁《四库全书》本,卷一。

对于"薇",朱熹释为迷蕨,致堂胡氏释为迷阳,陆玑释为山菜。林泳称朱熹之外的注为"小注",他对关于"薇"的不同注释,作出评论云:"'薇'字训诂,小注说各异,未委的是何物?"① 指出诸家对"薇"的解释不同,表达出对确切训释的期待。

第三节 校勘《诗传大全》

林泳对朝鲜刻本的《诗传大全》作了文献校勘。如《周南·桃夭》,林泳云:

> 首章小注,庆源辅氏说"二家之人","二"当作"一"。②

林泳指出朝鲜刻本的《诗传大全》将辅广"一家之人"之"一"误刻为"二"。但林泳的校勘没有举出校勘依据,考《四库全书》本《诗传大全》云:"庆源辅氏曰:'妇人之贤,莫大于宜家,使一家之人相与和顺,而无一毫乖戾之心,始可谓之宜矣。'"③ 可见林泳的校勘正确。

再如《郑风》,林泳云:

> 篇题小注郑氏说"武王"之"王",恐是"公"字。④

"篇题"指的是《诗集传》对《郑风》的解释,《诗集传》云:"郑,邑

---

① 林泳:《读书劄录——诗传》,《韩国经学资料集成》第 71 册,韩国成均馆大学出版部,1995 年,第 157 页。
② 同上书,第 153 页。
③ 胡广:《诗传大全》,文渊阁《四库全书》本,卷一。
④ 林泳:《读书劄录——诗传》,《韩国经学资料集成》第 71 册,韩国成均馆大学出版部,1995 年,第 173 页。

名,本在西都畿内咸林之地。宣王以封其弟友为采地。后为幽王司徒,而死于犬戎之难,是为桓公。其子武公掘突,定平王于东都,亦为司徒,又得号桧之地。"① 林泳所云"小注"是《诗传大全》对《诗集传》的解释。此处小注据《四库全书》本《诗传大全》云:"郑氏曰:'武公取号桧。'"② 可知林泳校勘朝鲜刻本"武王"之"王"为"公"字之讹误是正确的。

林泳还以己意校勘,所以时有错误之处。如《周南·兔罝》,《诗传大全》于《兔罝》"三章章四句"之后引辅广之说,林泳对此进行校勘,他说:

章下辅氏注,"戡黎之后","后"恐当作"役"。③

林泳认为"戡黎之后"之"后"为"役"之误。《四库全书》本《诗传大全》云:"文王之时,固多贤者。此诗特言武夫者,见其无所不备也,且文王于武事尚矣。观此及《棫朴》,所谓'六师及之'者,亦可见当时俗尚之万一。夫三分天下有其二,虽是德化之盛,而天下归之,然遏密侵阮,伐崇戡黎之后,其于武事大略可观矣。"④ 据此记载并结合上下文之意,可知"伐崇戡黎之后"之"后"不误,林泳将"后"改为"役"是以己意所作的错误的校勘。再如《小雅·巷伯》,林泳云:"五章,小注辅氏说扶持下恐落'全'字。"⑤ 参考《四库全书》本《诗传大全》"扶持"之下并无"全"字⑥,可证林泳的校勘错误。

---

① 朱熹:《诗集传》,上海古籍出版社,1958年,第47页。
② 胡广:《诗传大全》,文渊阁《四库全书》本,卷四。
③ 林泳:《读书劄录——诗传》,《韩国经学资料集成》第71册,韩国成均馆大学出版部,1995年,第153页。
④ 胡广:《诗传大全》,文渊阁《四库全书》本,卷一。
⑤ 林泳:《读书劄录——诗传》,《韩国经学资料集成》第71册,韩国成均馆大学出版部,1995年,第198页。
⑥ 胡广:《诗传大全》,文渊阁《四库全书》本,卷十二。

第六章　朴文镐《诗集传详说》研究

朴文镐（1846—1918），字景模，号壶山，宁海人，著作有《壶山集》《壶山续集》《枫山记闻录》《七书注详说》《七书谚解札疑》《经注同异考》《四礼集仪》《续集仪》《集学语集》《东国史》《女小学》《考亭人物性考》《古诗类考》等。其学术研究主要是阐释朱子学，如《七书注详说》（《周易本义详说》《书集传详说》《论语集注详说》《孟子集注详说》《大学章句详说》《中庸章句详说》《诗集传详说》）除《书集传详说》之外，都是对朱熹《周易本义》《四书章句集注》与《诗集传》的解释。本文拟以《诗集传详说》（下简称《详说》）来展现朴文镐之《诗经》研究。

第一节　解释《诗集传》

《诗集传详说》从注音、释义、指明出处、分析文法、补充修正五个方面来解释《诗集传》，兹列举说明。

一、注音

《详说》以"某某反""音某""平上去声"等方式注音《诗集传》中的部分传文。

"某某反"。如《周南》，《诗集传》云："十三国为变风，则亦领在乐官，以时存肄，备观省而垂监戒耳。"① 朴文镐于"省"字下音："悉井反。"② 再如《周南·关雎》首章之："关关雎鸠。"《诗集传》云："雎鸠，水鸟。一名王雎，状类凫鹥。"③ "鹥"，朴文镐云："于鸡反。"④

"音某"。如《周南·卷耳》之"采采卷耳"，《诗集传》云："卷耳，枲耳。"⑤ "枲"，朴文镐云："音洗。"⑥ 《小雅·车攻》，《诗集传》云："周公相成王，营洛邑，为东都以朝诸侯。"⑦ "朝"字，朴文镐云："音潮。"⑧ 《小雅·黍苗》："我任我辇。"《诗集传》云："辇，人挽车也。"⑨ "挽"字，朴文镐云："音晚。"⑩ 《大雅·文王》，《诗集传》云："于乎不显了，文王之德之纯。"⑪ "于"，朴文镐云："音乌。"⑫ "乎"，朴文镐云："音呼。"⑬

"平声"。《邶风·新台》，《诗集传》云："旧说以为卫宣公为其子伋娶于齐，而闻其美，欲自娶之，乃作新台于河上而要之。"⑭ "要"，朴文镐云："平声。"⑮

"上声"。《周南·葛覃》篇末，《诗集传》云："此诗后妃所自作，故无赞美之词。然于此可以见其已贵而能勤，已富而能俭，已长而敬不弛于师傅。"⑯ "长"，朴文镐云："上声。"⑰

---

① 朱熹：《诗集传》，上海古籍出版社，1958年，第1页。
② 朴文镐：《诗集传详说》，《韩国经学资料集成》第84册，韩国成均馆大学出版部，1995年，第42页。
③ 朱熹：《诗集传》，上海古籍出版社，1958年，第1页。
④ 朴文镐：《诗集传详说》，《韩国经学资料集成》第84册，韩国成均馆大学出版部，1995年，第46页。
⑤ 朱熹：《诗集传》，上海古籍出版社，1958年，第3页。
⑥ 朴文镐：《诗集传详说》，《韩国经学资料集成》第84册，韩国成均馆大学出版部，1995年，第59页。
⑦ 朱熹：《诗集传》，上海古籍出版社，1958年，第117页。
⑧ 朴文镐：《诗集传详说》，《韩国经学资料集成》第84册，韩国成均馆大学出版部，1995年，第563页。
⑨ 朱熹：《诗集传》，上海古籍出版社，1958年，第170页。
⑩ 朴文镐：《诗集传详说》，《韩国经学资料集成》第84册，韩国成均馆大学出版部，1995年，第812页。
⑪ 朱熹：《诗集传》，上海古籍出版社，1999年，第177页。
⑫ 朴文镐：《诗集传详说》，《韩国经学资料集成》第85册，韩国成均馆大学出版部，1995年，第13页。
⑬ 同上。
⑭ 朱熹：《诗集传》，上海古籍出版社，1958年，第26页。
⑮ 朴文镐：《诗集传详说》，《韩国经学资料集成》第84册，韩国成均馆大学出版部，1995年，第166页。
⑯ 朱熹：《诗集传》，上海古籍出版社，1958年，第3页。
⑰ 朴文镐：《诗集传详说》，《韩国经学资料集成》第84册，韩国成均馆大学出版部，1995年，第58页。

"去声"。《邶风·新台》,《诗集传》云:"国人恶之,而作此诗以刺之。"①"恶""好",朴文镐均云:"去声。"②再如《大雅·公刘》"笃公刘,于胥斯原"之"胥",《诗集传》云:"相也。""相"字,朴文镐云:"去声。"③

朴文镐还对一些《诗集传》没有注音的文字加以注音。如《小雅·我行其野》"尔不我畜"之"畜",《诗集传》未注音,只解释云:"畜,养也。"④朴氏在《诗集传》"畜"字下注音云:"许六反。"⑤朴文镐在《诗集传》的传文中对该字注音,而不在《诗经》经文中注音,此是与《诗集传》的注音相区别,也是避免引起《诗集传》注音系统的混乱。

二、释义

朴文镐援引严粲《诗缉》、辅广《诗童子问》、刘瑾《诗集传通释》等来解释《诗集传》。如《周南·葛覃》第二章:"是刈是濩,为絺为绤,服之无斁。"《诗集传》云:"此言盛夏之时,葛既成矣,于是治以为布,而服之无厌。盖亲执其劳,而知其成之不易,所以心诚爱之,虽极垢弊而不忍厌弃也。"⑥《详说》云:"华谷严氏曰:'味服之无斁一语,可见后妃之德性。'"⑦严粲对"服之无斁"句的解释道出了《诗集传》具体叙述的目的,即呈示后妃之德性。朴氏引录严粲语是对释义上解释《诗集传》。

如《召南·何彼襛矣》:"平王之孙,齐侯之子。"《诗集传》释云:"旧说,平,正也。武王女,文王孙。"⑧朴文镐云:"安城刘瑾曰:'《棫朴》称

---

① 朱熹:《诗集传》,上海古籍出版社,1958年,第26页。
② 朴文镐:《诗集传详说》,《韩国经学资料集成》第84册,韩国成均馆大学出版部,1995年,第166页。
③ 朴文镐:《诗集传详说》,《韩国经学资料集成》第85册,韩国成均馆大学出版部,1995年,第117页。
④ 朱熹:《诗集传》,上海古籍出版社,1958年,第124页。
⑤ 朴文镐:《诗集传详说》,《韩国经学资料集成》第84册,韩国成均馆大学出版部,1995年,第593页。
⑥ 朱熹:《诗集传》,上海古籍出版社,1958年,第3页。
⑦ 朴文镐:《诗集传详说》,《韩国经学资料集成》第84册,韩国成均馆大学出版部,1995年,第56页。
⑧ 朱熹:《诗集传》,上海古籍出版社,1958年,第13页。

文王为辟王，《文王有声》称王后，《江汉》称文人，初不拘于谥也。"① 刘瑾认为西周初年不严格按照谥号来称呼国君，如关于文王的称谓在大雅诸诗中就不确定，《棫朴》《文王有声》《江汉》分别称文王为辟王、王后和文人。刘瑾此处是证明《何彼襛矣》中的"平王"指的是文王，而非东周的平王，是对《诗集传》所录旧说的解释。朴氏引用刘瑾语来解释《诗集传》。

再如《唐风·葛生》，《诗集传》云："郑氏曰：'言此者，妇人专一，义之至，情之尽。'苏氏曰：'思之深而无异心，此唐风之厚也。'"②《详说》云："庆源辅氏曰：'前三章，人情之常也。后二章，唐风之厚也。'"③ 辅广从内容上具体指出朱熹所录的二家的指向，是对《诗集传》的解释。朴氏录辅广语释《诗集传》。

《详说》除征引解释《诗集传》的著作之外，还引用其他古籍来释《集传》。如《周南·关雎》，《诗集传》引匡衡语云："此纲纪之首，王教之端也。"④ 朴文镐引用《白虎通》解释"纲纪"云："《白虎通》曰：三纲，君臣、父子、夫妇；六纪，诸父、兄弟、族人、诸舅、师长、朋友。"⑤

朴文镐还以己意解释《诗集传》，他将《诗集传》中抽象的、不易理解的语词具体化、通俗化地解释，其间透露的是他对诗篇及《诗集传》的理解，其解释有与原意相乖戾的。

如《邶风·泉水》，《诗集传》云："卫女嫁于诸侯，父母终，思归宁而不得，故作此诗。"⑥ 又谓："既不敢归，然其思卫地不能忘也，安得出游于彼而写其忧哉。"⑦《诗集传》此处"其"指的是"卫女"。《详说》释"其"

---

① 朴文镐：《诗集传详说》，《韩国经学资料集成》第84册，韩国成均馆大学出版部，1995年，第104页。
② 朱熹：《诗集传》，上海古籍出版社，1958年，第73页。
③ 朴文镐：《诗集传详说》，《韩国经学资料集成》第84册，韩国成均馆大学出版部，1995年，第351页。
④ 朱熹：《诗集传》，上海古籍出版社，1958年，第2页。
⑤ 朴文镐：《诗集传详说》，《韩国经学资料集成》第84册，韩国成均馆大学出版部，1995年，第49页。
⑥ 朱熹：《诗集传》，上海古籍出版社，1958年，第24页。
⑦ 同上书，第25页。

云:"我。"① 此一解释透露出文镐对《诗集传》的理解,即以此诗为卫女所自作,但是《诗集传》并未有此意。

再如《卫风·伯兮》,《诗集传》云:"范氏曰:'居而相离则思,期而不至则忧,此人之情也。……是以治世之诗,则言其君上闵恤之情,乱世之诗则录其室家怨思之苦。以为人情不出乎此也。'"② "此"指的是"君上闵恤之情"与"室家怨思之苦",朴文镐释云:"此字,指室家男女。"③ 他缩小了"此"所指涉的范围,与《诗集传》原意有差异。

三、指明出处

《详说》指出《诗集传》语句的出处。《邶风·凯风》,《诗集传》云:

> 诸子自责。言寒泉在浚之下,犹能有所滋益于浚,而有子七人,反不能事母,而使母至于劳苦乎。于是乃若微指其事,而痛自刻责,以感动其母心也。母以淫风流行,不能自守,而诸子自责,但以不能事母,使母劳苦为词。婉词几谏,不显其亲之恶,可谓孝矣。④

《论语·里仁》云:"子曰:事父母几谏,见志不从,又敬不违,劳而不怨。"⑤ 朱熹对《凯风》的理解与对此诗行文风格以"婉词几谏"的评价均是以"事父母几谏"为核心进行的。朴文镐看出《诗集传》解释之源出于《论语》,其于《诗集传》"几谏"下云:"二字出《论语·里仁》。"⑥

---

① 朴文镐:《诗集传详说》,《韩国经学资料集成》第84册,韩国成均馆大学出版部,1995年,第158页。
② 朱熹:《诗集传》,上海古籍出版社,1958年,第40页。
③ 朴文镐:《诗集传详说》,《韩国经学资料集成》第84册,韩国成均馆大学出版部,1995年,第229页。
④ 朱熹:《诗集传》,上海古籍出版社,1958年,第19页。
⑤ 刑昺:《论语注疏》,北京大学出版社,1999年,第52页。
⑥ 朴文镐:《诗集传详说》,《韩国经学资料集成》第84册,韩国成均馆大学出版部,1995年,第133页。

再如《邶风·谷风》，《诗集传》云："妇人自陈其治家勤劳之事，言我随事尽其心力而为之。"① 又《孟子·梁惠王》："殆有甚焉。缘木求鱼，虽不得鱼，无后灾。以若所为，求若所欲，尽心力而为之，后必有灾。"② 《诗集传》中的"尽其心力而为之"与《孟子》中"尽心力而为之"相近，《详说》对此认为《诗集传》之说"见《孟子·梁惠王》"。③

《详说》指出《诗集传》语句的出处，对于探析《诗集传》与《论语》《孟子》之关系深有帮助。此外，《详说》还指出《诗集传》解释出于他书的情况，如《唐风·山有枢》，《诗集传》云："君子无故琴瑟不离于侧。"④《详说》云："见《礼记·曲礼》。"⑤ 再如《大雅·皇矣》，《诗集传》云："《春秋传》曰：'文王伐崇，三旬不降。'"⑥ 朴氏于"春秋传"下云："左僖九年。"⑦ 再如《大雅·行苇》末章之"黄耇台背"，《诗集传》云："台，鲐也。大老则背有鲐文。"⑧《详说》于"大老"下云："出《毛传》。"⑨ 于"有鲐文"下云："出《郑笺》。"⑩

四、分析文法

《诗集传》疏解《诗经》之文法，如《小雅·巧言》第五章："奕奕寝庙，君子作之，秩秩大猷，圣人莫之。他人有心，予忖度之，跃跃毚兔，遇

---

① 朱熹：《诗集传》，上海古籍出版社，1958年，第22页。
② 孙奭：《孟子注疏》，北京大学出版社，1999年，第22页。
③ 朴文镐：《诗集传详说》，《韩国经学资料集成》第84册，韩国成均馆大学出版部，1995年，第144页。
④ 朱熹：《诗集传》，上海古籍出版社，1958年，第69页。
⑤ 朴文镐：《诗集传详说》，《韩国经学资料集成》第84册，韩国成均馆大学出版部，1995年，第335页。
⑥ 朱熹：《诗集传》，上海古籍出版社，1958年，第168页。
⑦ 朴文镐：《诗集传详说》，《韩国经学资料集成》第85册，韩国成均馆大学出版部，1995年，第67页。
⑧ 朱熹：《诗集传》，上海古籍出版社，1958年，第193页。
⑨ 朴文镐：《诗集传详说》，《韩国经学资料集成》第85册，韩国成均馆大学出版部，1995年，第102页。
⑩ 同上。

犬获之。"《诗集传》云:"兴而比也。……奕奕寝庙,则君子作之。秩秩大猷,则圣人莫之。以兴他人有心,则予得而忖度之。而又以跃跃毚兔,遇犬获之比焉。反复兴比,以见谗人之心,我皆得之,不能隐其情也。"① 朱熹以"兴而比"作为诗句内部勾连的关键点,并以此分析诗人如此组织诗句的用心。朴文镐在《诗集传》的浸染之下,也分析《诗集传》之文法,以探求朱熹注《诗》之心。

如《大雅·荡》首章:"荡荡上帝,下民之辟。疾威上帝,其命多辟。"该句有两"辟"字,《诗集传》云:"辟,君也。疾威,犹暴虐也。多辟,多邪僻也。"② 朴氏看出《集传》分释二字又加以区别的苦心云:"二'辟'字,恐其相混,故各训音与义。"③

再如《大雅·皇矣》:"依其在京,侵自阮疆,陟我高冈。"《诗集传》云:"言文王安然在周之京,而所整之兵既遏密人,遂从阮疆而出以侵密。"④ 朴文镐评价《诗集传》云:"倒释以便文。"⑤

---

① 朱熹:《诗集传》,上海古籍出版社,1958年,第142页。
② 同上书,第203页。
③ 朴文镐:《诗集传详说》,《韩国经学资料集成》第85册,韩国成均馆大学出版部,1995年,第147页。
④ 朱熹:《诗集传》,上海古籍出版社,1958年,第185页。
⑤ 朴文镐:《诗集传详说》,《韩国经学资料集成》第85册,韩国成均馆大学出版部,1995年,第63页。按:"依其在京,侵自阮疆,陟我高冈",《毛传》与《郑笺》相异。《毛传》云:"京,大阜也。"孔颖达云:"《毛》以为,上既言兴师伐密,遂天下之心,此又本密人不义来侵,周人恕无之意。言密人之来也,依止其在我周之京丘大阜之傍,其侵自阮地址疆为始,乃升我阮地址高冈。"孔颖达《毛诗正义》,北京大学出版社,1999年,第1031页。《郑笺》云:"京,周地名。……文王但发其依居京地之众,以往侵阮国之疆。"孔颖达《毛诗正义》,北京大学出版社,1999年,第1031页。《毛传》与《郑笺》解释相异的关键是对"依其在京"之"京"字的解释不同,《毛传》释"京"为"大阜",《郑笺》释"京"为"周地名"。《诗集传》释"京"为"周京"。《诗集传》的解释与《郑笺》的解释均与"周"有关,以周的领土为解释的基础,《毛传》将"京"释为"大阜",只是大的山冈,与周无关,根据诗句解释为密人侵略大阜,而非文王在"京"。且《小雅·甫田》之"曾孙之庾,如坻如京"之"京",《毛传》释为"高丘",见孔颖达《毛诗正义》,北京大学出版社,1999年,第844页。《诗集传》与《毛传》相同,释"高丘",见《诗集传》,第157页。本文认为关于《皇矣》诗的解释,《毛传》的解释更符合诗意。

五、补充修正《诗集传》

《详说》还对《诗集传》进行补充与修正。如《郑风·褰裳》第二章"子不我思,岂无他士"之"士",《诗集传》云:"士,未娶者之称。"①《诗集传》以未娶妻的男子来解释"岂无他士"之"士"。又《郑风·女曰鸡鸣》"女曰鸡鸣,士曰昧旦"之"士",《诗集传》释为已婚男子。②朴文镐结合《集传》对二诗的解释云:"士,女本未嫁娶者之称,而亦可通释于已嫁娶者,'士曰昧旦'之类是也。"此是对《诗集传》的补充。

再如《小雅·伐木》:"陈馈八簋。"《诗集传》云:"八簋,器之盛也。"③《诗集传》解释的不是"八簋",而是"簋"。《详说》补充云:"毛氏曰:天子八簋。"④ 其解释添加了礼仪的意义。此是对《诗集传》的修正。

第二节 《诗集传详说》之特征

一、启蒙教育的特征

《详说》对《诗集传》的解释,呈现出启蒙教育的特征。如《详说》解释《诗集传》之书名云:"'诗'者,经文也。'集传'者,注名也。"⑤ 此条解释是针对《诗集传》之初学者而言的。再如《邶风·北门》之"王事适我",《诗集传》云:"王事,王命使为之事也。"⑥ 朴文镐于"王"下云:"周

---

① 朱熹:《诗集传》,上海古籍出版社,1958年,第53页。
② 《郑风·女曰鸡鸣》,《诗集传》云:"此诗人述贤夫妇相警戒之词。"同上书,第51页。
③ 同上书,第104页。
④ 朴文镐:《诗集传详说》,《韩国经学资料集成》第84册,韩国成均馆大学出版部,1995年,第498页。
⑤ 同上书,第17页。
⑥ 朱熹:《诗集传》,上海古籍出版社,1958年,第25页。

王。"① 旨在明确告诉初学者《集传》所指的王为周王。再如《郑风·丰》："子之丰兮，俟我乎巷兮，悔予不送兮。"《诗集传》云："妇人所期之男子已俟乎巷，而妇人以有异志不从，既则悔之，而作是诗也。"② 朴文镐于"已俟乎巷"之下云："妇人之巷。"③ 于"有异志"之下云："他从之志。"④ 于"既则悔之"之下云："既失于此，又失于彼。"⑤ 这些解释呈现出启蒙教育的特征。

二、兼采诸家释义的特征

《详说》广泛征引他书解释《诗集传》，所引用的《诗经》汉学的著作有《诗序》《毛传》《郑笺》《毛诗正义》，《诗经》宋学的著作有严粲《诗缉》、辅广《诗童子问》、刘瑾《诗传大全》、王安石《诗经新义》、吕祖谦《吕氏家塾读诗记》等，此外他还引用了《周易》《尚书》《论语》《孟子》《尔雅》《汉书》陆德明《经典释文》等书。《详说》兼采诸家释义来解释《诗集传》，使《详说》包含了更为丰富的学术信息。

如《周南·螽斯》："螽斯羽，诜诜兮，宜尔子孙，振振兮。"孔颖达云："此言螽斯，《七月》云斯螽，文虽颠倒，其实一也。"⑥ 孔疏认为此诗的"螽斯"与《七月》之"斯螽""莎鸡"为同一物。《螽斯》，《诗集传》云："螽斯，蝗属，长而青，长角长股，能以股相切作声，一生九十九子。"⑦ 又《七月》："五月斯螽动股，六月莎鸡振羽。七月在野，八月在宇，九月在户，十月蟋蟀入我床下。"《诗集传》云："斯螽、莎鸡、蟋蟀，一物随时变化而异

---

① 朴文镐：《诗集传详说》，《韩国经学资料集成》第 84 册，韩国成均馆大学出版部，1995 年，第 160 页。
② 朱熹：《诗集传》，上海古籍出版社，1958 年，第 53 页。
③ 朴文镐：《诗集传详说》，《韩国经学资料集成》第 84 册，韩国成均馆大学出版部，1995 年，第 279 页。
④ 同上。
⑤ 同上。
⑥ 孔颖达：《毛诗正义》，北京大学出版社，1999 年，第 44 页。
⑦ 朱熹：《诗集传》，上海古籍出版社，1958 年，第 4 页。

其名。"① 可知《诗集传》认为《螽斯》之"螽斯"与《七月》之"斯螽"非一物,其解释与孔疏相异。《详说》在《螽斯》篇《诗集传》的解释之下云:"孔氏曰:'《七月》斯螽,文虽倒,实一也。'"② 此是引用孔疏来补充《诗集传》,体现《详说》出兼采二家释义的特征。

第三节 《诗集传详说》之不足

《诗集传详说》之不足主要表现在两个方面:一是存在对《诗集传》的误读;二是对《诗集传》之精妙义理未能作深入的阐释。

一、对《诗集传》的误读

《详说》对《诗集传》存在误读的地方。如《关雎》篇末,《诗集传》云:"独其声气之和,有不可得而闻者,虽若可恨,然学者姑即其词而玩其理以养心焉,则亦可以得学诗之本矣。"③ 《诗集传》意谓通过体味《关雎》声气相合的词句以达到义理上的体悟。朴文镐释《诗集传》"玩其理"之"理"为"乐之理"④,此是对《诗集传》的误读。

再如《邶风·匏有苦叶》:"匏有苦叶,济有深涉。深则厉,浅则揭。"《诗集传》云:"匏,瓠也。匏之苦者不可食,特可佩以渡水而已。然今尚有叶,则亦未可用之时也。济,渡处也。行渡水曰涉。以衣而涉曰厉。"⑤ 朴文

---

① 朱熹:《诗集传》,上海古籍出版社,1958年,第92页。
② 朴文镐:《诗集传详说》,《韩国经学资料集成》第84册,韩国成均馆大学出版部,1995年,第63页。
③ 朱熹:《诗集传》,上海古籍出版社,1958年,第2页。
④ 朴文镐:《诗集传详说》,《韩国经学资料集成》第84册,韩国成均馆大学出版部,1995年,第54页。
⑤ 朱熹:《诗集传》,上海古籍出版社,1958年,第20页。

镐解释《诗集传》云:"尤庵曰:深涉者,恐有水害,故别著单衣以备之。"①"尤庵"乃朝鲜学者宋时烈(号尤庵,1607—1689),他以有水害推测《诗集传》的解释,这是没有根据的说法。朴文镐对尤庵的解释缺乏判断,反引申其解释云"'厉'犹害也,以衣盖备厉也"。②"厉",《诗集传》本是指穿着衣服涉水的状态,而非朴文镐所解释的"害",此也是对《诗集传》的误读。

二、对《诗集传》之精妙义理未能作深入阐释

朴文镐只是从字句上解释《诗集传》,并未对《诗集传》中的精妙义理作深入的阐释。如《大雅·抑》:"视尔友君子,辑柔尔颜,不遐有愆。相在尔室,尚不愧于屋漏。无曰不显,莫予云觏。神之格思,不可度思,矧可射思!"《诗集传》云:"言视尔友于君子之时,和柔尔之颜色,其戒惧之意,常若自省曰:岂不至于有过乎。盖常人之情,其修于显者,无不如此。然视尔独居于室之时,亦当庶几不愧于屋漏,然后可尔。无曰此非显明之处,而莫予见也。当知鬼神之妙,无物不体,其至于是,有不可得而测者。不显亦临,犹惧有失,况可厌射而不敬乎。此言不但修之于外,又当戒谨恐惧乎其所不睹不闻也。"③ 此处,朱熹在《诗经》的解释中融入个体人生内在修养的道理,遗憾的是朴文镐未能体悟到朱熹的深意,而只是从文法、注音上加以解释。④

---

① 朴文镐:《诗集传详说》,《韩国经学资料集成》第 84 册,韩国成均馆大学出版部,1995 年,第 136 页。
② 同上。
③ 朱熹:《诗集传》,上海古籍出版社,1958 年,第 206 页。
④ 朴文镐在《诗集传》"君子之时"下云:"承上章朋友。"于"省"下云:"悉井反。"于"其修于显者,无不如此"下云:"添二句。"朴文镐《诗集传详说》,《韩国经学资料集成》第 85 册,韩国成均馆大学出版部,1995 年,第 161 页。

第七章　朴文镐《枫山纪闻录·毛诗》研究

《枫山纪闻录》是朴文镐的论学言论,由内篇与外篇构成,内篇包括论学、天地、心性理气、经说、礼说、圣贤,外篇包括论史、时事、杂事、诗文、异端等内容。本文主要讨论《枫山纪闻录》"经说"部分的"毛诗"。

《枫山纪闻录·毛诗》(以下简称《纪闻录·毛诗》)为朴文镐的论《诗》言论。篇首冠以《诗经》总论三十条,次是朴氏关于诗篇的见解或与弟子的问答。这些言论按照《诗经》的顺序逐次编排①,不注明所系诗篇之篇名,并于条末以双排小字注记录者之名,如书"泳河""丰求""显喆"等,有些同时注记录者与记录时间,如书"显喆戊戌"。② 《纪闻录·毛诗》记录者与记录次数:韩相弼200次、朴洵衡191次、林显喆178次、李丰求105次、韩相范92次、闵泳河26次、朴凤秀与朴洵焕各1次。

---

① 按:朴文镐论《诗经》并不以诗篇的顺序进行,如韩相范丙申年(1896)记载《小雅·无羊》的言论在时间上要早于朴凤秀戊申(1908)年记载的《周南·汉广》条言论。《纪闻录·毛诗·无羊》云:"《小雅》中往往有如风诗者,岂以其音而不以其事欤?如《无羊》其事本不足言,但《雅》中多有为君颂祷之诗,而占梦之事不害为颂祷一事,故在于《雅》耳。""相范丙申",以双行小字注明于末尾。朴文镐《枫山纪闻录·毛诗》,《韩国经学资料集成》第85册,韩国成均馆大学出版部,1995年,第669页。《纪闻录·毛诗·汉广》云:"'于归',指嫁也,《诗》中屡言之。今人遂以嫁行,谓之于礼,则殊不成语。盖归乃嫁也,于,非嫁也。于如诞生之诞,今去归而举于,去生而举诞,可乎?"末尾以双行小字注明"凤秀戊申"。朴文镐《枫山纪闻录·毛诗》,《韩国经学资料集成》第85册,韩国成均馆大学出版部,1995年,第524页。
② 同上书,第503页。

朴文镐之《诗集传详说》与《纪闻录·毛诗》总体上都遵循朱熹《诗集传》,因此存在一些相同的观点。①《纪闻录·毛诗》与《诗集传详说》相较,其尊崇《诗集传》的程度较弱,对《诗经》自由把握的程度较高,学术的气息更浓厚,包含了更为丰富的《诗经》学思想,是对《详说》的重要补充。

《纪闻录·毛诗》之《诗经》学特色主要有四个方面:解释、补充与怀疑《诗集传》,关注《诗经》之语言艺术,讲述《诗经》之研习与道学家的《诗经》研究气息。

第一节 对《诗集传》的解释、补充与怀疑

朴文镐《诗经》研究以《诗集传》为主,因此《纪闻录·毛诗》中记载了诸多朴氏对《诗集传》的解释、补充与怀疑。

《纪闻录·毛诗》解释《诗集传》。如《周南·卷耳》,《诗集传》云:"赋也。……后妃以君子不在而思念之,故赋此诗,托言方采卷耳。"②《纪闻录·毛诗》曰:

> 问:"托言,非直言也,亦谓之赋,何也?"
> 曰:"既不是兴,又不是比,则自当为赋。盖以其事与文义,则断

---

① 《纪闻录·毛诗》中存在与《诗集传详说》相同之处,如《周南·关雎》篇,《纪闻录·毛诗》云:"而哀乐二字,主宫中人作诗者而言,非指文王与后妃也。世俗以'琴瑟'二字用于夫妇者,是取《女曰鸡鸣》之'琴瑟'耳,非取于此章之'琴瑟'也。"朴文镐《枫山纪闻录·毛诗》,韩国成均馆大学出版部,1995年,第514页。《诗集传详说》于《诗集传》"此窈窕之淑女既得之则当亲爱而娱乐之矣"之下云:"此所谓乐而不淫也,是妻媵乐之也,非谓文王乐之也。今人以琴瑟比夫妇者,盖出于《女曰鸡鸣》,非出于此也。"朴文镐《枫山纪闻录·毛诗》,韩国成均馆大学出版部,1995年,第52页。
② 朱熹:《诗集传》,上海古籍出版社,1958年,第3页。

之为托言；以其文体，则又成之为直言也。"（泳河）①

此条是闵泳河所记载的朴文镐与弟子的问答。弟子以《诗集传》解释《卷耳》为赋，又解之为托言之辞，感到不解而提问。朴氏对此进行回答，他认为将采卷耳一事置于诗中，则是假托之言，而从文体角度来看则属于"直言"，即与"赋者，敷陈其事而直言之者也"② 相契合。朴氏的解释是按照《诗集传》对《卷耳》诗的理解与对"赋"的界定而展开的。

再如《召南·羔羊》诗："羔羊之皮，素丝五紽。退食自公，委蛇委蛇。"《诗集传》解释云："小曰羔，大曰羊。皮，所以为裘，大夫燕居之服。素，白也。紽，未详，盖以丝饰裘之名也。退食，退朝而食于家也。自公，从公门而出也。委蛇，自得之貌。南国化文王之政，在位皆节俭正直，故诗人美其衣服有常，而从容自得如此也。"③《纪闻录·毛诗》云：

"节俭"指素丝而言，"正直"指委蛇而言。（丰求）④

"节俭正直"是本文言外意思也，盖衣服有常之中间有节俭意，从容自得之中见有正直。（泳河）⑤

以上两条分别是朴文镐对《诗集传》"在位皆节俭正直""故诗人美其衣服有常，而从容自得如此也"的解释。第一条将"节俭正直"具体指《羔羊》诗之"素丝"与"委蛇"。第二条将"节俭正直"解释为平常衣服中透露出的节俭、委蛇从容中传达出的正直。朴文镐的解释是按照《诗集传》的内

---

① 朴文镐：《枫山纪闻录·毛诗》，《韩国经学资料集成》第85册，韩国成均馆大学出版部，1995年，第519页。
② 朱熹：《诗集传》，上海古籍出版社，1958年，第3页。
③ 同上书，第11页。
④ 朴文镐：《枫山纪闻录·毛诗》，《韩国经学资料集成》第85册，韩国成均馆大学出版部，1995年，第532页。
⑤ 同上书，第533页。

在思路进行的。①

《纪闻录·毛诗》补充《诗集传》。如《邶风·柏舟》,《诗集传》云:

> 今考其辞气卑顺柔弱,且居变风之首,而与下篇相类,岂亦庄姜之诗也欤。②

《诗集传》推测《柏舟》诗为庄姜所作,但不能肯定。朴文镐在《诗集传》的基础上解释云:

> 妇人之辞气必卑顺柔弱,此其一证也;正风多妇人之诗,则其承此而居变风之首者,亦当为妇人之诗,此其二证也;至于与下篇相类,则其证非但如《列女传》泛称妇人之诗而已。以此三证而可以成之为庄姜之作矣。③

朴氏对《诗集传》中简洁的话语加以连贯补充,使《诗集传》中推测性的结论更加有说服力,此是朴氏对《诗集传》的补充。

再如《召南·何彼禯矣》:"平王之孙,齐侯之子。"《诗集传》云:"旧说,平,正也。武王女,文王孙,适齐侯之子。或曰:平王,即平王宜

---

① 按:《羔羊》,《诗集传》涵盖了《诗序》《毛传》《郑笺》之意,具体表现在诗旨上取《诗序》"节俭正直","羔羊之皮,素丝五紽"的解释上取《毛传》"古者素丝以英裘,不失其制",以释衣服有常,即节俭也。而"退食自公,委蛇委蛇"则取《郑笺》"委蛇,委屈自得之貌,节俭而顺,心志定,故可自得也"。即委蛇表现出仪态上的从容自得。《郑笺》与《毛传》关于"退食自公,委蛇委蛇"的解释不同,孔颖达《毛诗正义》指出:"毛(《毛传》)以为召南大夫皆正直节俭,言用羔羊之德,故退朝而食,从公门入私门,布德施行,皆委蛇然,动而有法,可使人踪迹而效之。……郑(《郑笺》)唯以下二句为异,言大夫减退膳食,顺从于事,心志自得委蛇然。"《诗集传》舍《毛传》释"委蛇"为形迹可为效法的解释,而取《郑笺》以心志自得释委蛇。孔颖达《毛诗正义》,北京大学出版社,1999年,第83—84页。
② 朱熹:《诗集传》,上海古籍出版社,1958年,第15页。
③ 朴文镐:《枫山纪闻录·毛诗》,《韩国经学资料集成》第85册,韩国成均馆大学出版部,1995年,第542—543页。

曰。"①《诗集传》对"平王"的两种解释以"未知孰是"②作解,《纪闻录·毛诗》云:

  《大雅》"成王"有不为成王诵者,此诗之平王,亦何必为平王宜臼乎?作此诗之时,岂知有平王宜臼哉?或说恐不可从。③

  《大雅·下武》"永言配命,成王之孚"之"成王",《诗集传》释云:"故能成王者之信于天下也。"④朴氏据此处《诗集传》的解释,认为《诗经》中称"平王"者也不必一定为东周之平王,认为此诗为西周之诗,从而否定《诗集传·何彼襛矣》中的"或说"。

  《纪闻录·毛诗》对《诗集传》也有怀疑之处,如《郑风·叔于田》,《诗集传》云:"或疑此亦民间男女相悦之词也。"⑤《纪闻录·毛诗》云:"上《叔于田》若作民间男女相悦之词,则下篇'献于公所',为说不去矣。"⑥朴氏认为《郑风》中的《叔于田》与《大叔于田》在意义上有关联,若将《叔于田》定为男女相悦之词,这与下篇《大叔于田》之诗句"襢裼暴虎,献于公所"不相称。此是对《诗集传》的怀疑。

第二节 关注《诗经》之语言艺术

  《纪闻录·毛诗》关注《诗经》之语言艺术。如朴文镐论《诗经》之

---

① 朱熹:《诗集传》,上海古籍出版社,1958年,第13页。
② 同上。
③ 朴文镐:《枫山纪闻录·毛诗》,《韩国经学资料集成》第85册,韩国成均馆大学出版部,1995年,第538页。
④ 朱熹:《诗集传》,上海古籍出版社,1958年,第187页。
⑤ 同上书,第48页。
⑥ 朴文镐:《枫山纪闻录·毛诗》,《韩国经学资料集成》第85册,韩国成均馆大学出版部,1995年,第589页。

"迭语"云：

> 《诗》中多用迭语，如"关关""萋萋""莫莫"皆是也，而音节之间，咏叹之余，其妙用多在迭语云。①

朴氏关注《诗经》中的迭语，认为迭语既可以在歌唱的时候从音节上起调和作用，又可以使讽诵充满余音缭绕的音乐美。此是对《诗经》语言艺术的探讨。

朴氏还讨论《诗经》之用韵，如《周南·葛覃》，他说：

> 凡《诗》之为韵，或隔二三句而为韵，此章之"谷""木"二字是也。或与下章之字相望为韵，此诗之上下二"谷"字，是也。是皆韵法之一例也。②

朴文镐从用韵的角度来思考《诗经》重章叠句中变化的字词。此是从诗歌创造的角度来研究诗篇用词，眼光独到，且在朝鲜时代的《诗经》研究中甚为罕见，值得重视。

朴文镐还从行文的角度讨论《诗经》语言。如《王风·中谷有蓷》首章云："中谷有蓷，暵其干矣。有女仳离，慨其叹矣。慨其叹矣，遇人之艰难矣！"《纪闻录·毛诗》云：

> 以文势，则"慨其叹矣"，常例也，如"凄其以风"之类，是也。"暵其干矣"，则罕例也。③

---

① 朴文镐：《枫山纪闻录·毛诗》，《韩国经学资料集成》第85册，韩国成均馆大学出版部，1995年，第516—517页。
② 同上书，第517页。
③ 朴文镐：《枫山纪闻录·毛诗》，《韩国经学资料集成》第85册，韩国成均馆大学出版部，1995年，第585页。

朴氏认为此诗"叹其干矣"这样的行文表达在《诗经》中比较少见,他将此类行文称为"罕例"。其解释不一定很有说服力,但是传达了对《诗经》语言结构的重视。

再如《陈风·月出》,朴文镐分析该诗之用韵及语势云:"《月出》三章,其韵相近,是诗之罕例,而最难背诵,故《小注》吕氏以为聱牙,而疑其方言者,以此耳。"①

此外,《纪闻录·毛诗》还讨论《诗经》之语言辞气。如《小雅·白华》,朴氏云:

> 《白华》与《绿衣》等诸篇词气相类,妇人柔婉之意溢于言表,皆其为自作无疑矣。②

朴文镐通过比较、体悟《白华》与《绿衣》之语言辞气,得出此二诗为妇人自作遣怀之作。《白华》与《绿衣》,《诗集传》解释为申后与庄姜所作③,可见朴氏的结论不算新颖,但是从辞气方面思考得出与《诗集传》相同的结论,是对《集传》的补充解释,也呈现了自己的研《诗》方法。

第三节 讲述《诗经》之研习

《纪闻录·毛诗》还记载了朴文镐指导弟子研习《诗经》的话语。朴

---

① 朴文镐:《枫山纪闻录·毛诗》,《韩国经学资料集成》第85册,韩国成均馆大学出版部,1995年,第622页。
② 同上书,第725页。
③ 《邶风·绿衣》,《诗集传》云:"庄公惑于嬖妾,夫人庄姜贤而失位,故作此诗。"朱熹:《诗集传》,第16页。《小雅·白华》,《诗集传》云:"幽王娶申女以为后,又得褒姒而黜申后,故申后作此诗。"朱熹:《诗集传》,上海古籍出版社,1958年,第171页。

氏教授弟子研《诗》主要强调两个方面的内容：一是重视《诗经》之名物训诂及制度，二是读《诗经》要结合自己的感情，即"以意逆志，是为得之"。①

《诗经》蕴含丰富的名物，孔子云读《诗》可以"多识于鸟兽草木之名"。② 由于年代遥远，加之古今名物之异名，制度沿革之变化，使得在《诗经》产生的时代并无异议的名物制度，给后世读《诗》者带来了很大的障碍，所以通晓名物制度是研《诗》者的第一要务。

如《秦风·小戎》，是美秦襄公伐西戎之诗。该诗每章前六句写戎车、战马、兵器等名物，后四句写思妇之情，是《诗经》中刚柔兼具的佳作。如首章云："小戎俴收，五楘梁辀。游环胁驱，阴靷鋈续。文茵畅毂，驾我骐馵。言念君子，温其如玉。在其板屋，乱我心曲。"此诗之难解处在于前六句，即如陈子展所云"矜其君子服用之物，古奥直质"。③前六句铺写兵车及车制，成为研究先秦车制的重要诗篇，但是由于"《小戎》写车，多半用名词，而名词兼了动词，兼了形容词，然后以气、以韵，结构成一对一对打不散的句式，笔墨便俭省到无一字可增减。但时过境迁，古制不存，名词之义既晦，便只有剩下古奥"。④ 可见了解先秦车制是解决此诗的关键，朴文镐也敏感地认识到这个问题，他说：

> 《小戎》，初学者，多以为难读，然若详其车制与物名，则可易通矣。⑤

朴氏道出了初学者读此诗的难点，并告知以通晓车制及名物作为解决

---

① 朱熹：《四书章句集注》，中华书局，1983年，第306页。
② 同上书，第178页。
③ 陈子展：《诗经直解》，复旦大学出版社，1985年，第382页。
④ 扬之水：《诗经名物新证》，北京古籍出版社，2000年，第252—253页。
⑤ 朴文镐：《枫山纪闻录·毛诗》，《韩国经学资料集成》第85册，韩国成均馆大学出版部，1995年，第613—614页。

的途径。其语言简单直接,对学习者具有指明途径的作用。

朴文镐除重视通过书本了解名物制度之外,还注重自身实践对《诗经》中所涉制度的把握。以祭祀之礼为例,如《小雅·楚茨》是"周王祭祀祖先的乐歌"①,诗中有大量的祭祀描写,这也是此诗的难解处,朴氏亦认识到这一点,他说:

> 《诗》中多言祭祀之礼,而其始终次第之节,莫如《楚茨》之详且备,然礼有古今之异,故初学者甚以为难晓,自行时祭以后,乃见其仿佛云。②

朴文镐以自身的读《诗》经验为例,讲述自己在未进行祭祀之礼前对此诗的理解有隔膜,而在亲自参与祭祀之礼后,对此诗的理解稍稍可以推进一层。他讲述自己对《诗经》由浅入深的理解,劝告学习者结合生活阅历来体悟《诗经》。

朴文镐读《诗经》重视以己意逆诗人之志的情感体验,并将自己在读《诗经》中所获得的切身感受告诉弟子。如《豳风·东山》,《诗序》云:"周公东征也。周公东征,三年而归,劳归士,大夫美之,故作是诗也。"③《东山》诗首章言征夫归途中思家之可悲,二章想象家园荒芜之可畏,三章想象初归到家之情景,四章想象室家重聚之欣幸。④ 此诗诗笔真实细腻,如二章之"果裸之实,亦施于宇。伊威在室,蟏蛸在户。町畽鹿场,熠耀宵行。不可畏也,伊可怀也"讲述征人久不归家,家园荒废,果裸之实蔓延于宇下,鼠妇蜘蛛盈室,庭院变成鹿场,夜晚飞舞着忽明忽暗的萤火虫,但是征人并不因此感到畏惧而放弃归家的思念,征人的心里始终充满

---

① 程俊英:《诗经译注》,上海古籍出版社,1985年,第428页。
② 朴文镐:《枫山纪闻录·毛诗》,《韩国经学资料集成》第85册,韩国成均馆大学出版部,1995年,第706页。
③ 孔颖达:《毛诗正义》,北京大学出版社,1999年,第523页。
④ 陈子展:《诗经直解》,复旦大学出版社,1983年,第492—496页。

了怀念家园的感情。诗句字字都落实到最细微的地方，让后世读诗者久久回味。朴文镐对此诗也深有感触，他说：

> 余平生读《诗》，于《国风》中最好《东山》诗。盖此诗字字句句无一不切实，而就其中"有敦瓜苦"四句，此于言外尤有含蓄未尽之意，非圣人不能如是言之矣！自念少时多作客，动至半年乃归家，故特知此四句之为逼切人情也。①

朴氏细致品味《东山》诗语，结合自身作客他乡归来时的个人经历，认为《东山》诗"字字句句，无一不切实"，并认为"有敦瓜苦"是此诗最逼切人情之处。"有敦瓜苦，烝在栗薪。自我不见，于今三年"，描述的是征夫出行已久，归来看到庭院中平常的苦瓜，仍旧安然系于栗薪之上，寓意家园如故，心里充满了喜悦与感慨。朴文镐体会到了诗人笔墨所及的真情，所以最喜欢这最是平常的一句"有敦瓜苦"。

第四节　道学家的《诗经》研究气息

朴文镐私淑朝鲜朱子学李珥学派之嫡传弟子韩元震（1682—1751），因此他对朱熹之性理哲学深为熟悉。朴文镐在《纪闻录·毛诗》中也以"道"论《诗》，表现出道学家的《诗经》研究特点。

如《大雅·文王》，《诗集传》界定此诗诗旨为："周公追述文王之德，明周家所以受命而代商者，皆由于此，以戒成王。"②诗篇之末，《诗集传》又以附注的形式继续申述云：

---

① 朴文镐：《枫山纪闻录·毛诗》，《韩国经学资料集成》第85册，韩国成均馆大学出版部，1995年，第638页。
② 朱熹：《诗集传》，上海古籍出版社，1958年，第175页。

> 然此诗之首章言文王之昭于天,而不言其所以昭;次章言其令闻不已,而不言其所以闻。至于四章,然后所以昭明而不已者乃可得而见焉。然亦多咏叹之言,而语其所以为德之实,则不越乎"敬"之一字而已。①

朱熹认为此诗言文王之德重心在"敬"字上,朴文镐对此进行评价云:

> 与天同德之为始终,"敬"一字之为纲领。此朱子所以善说《诗》也,皆从道学中出来矣。②

"敬"是程朱理学思想的重要范畴,如程颐云:"涵养须用敬。"③ 朱熹云:"学者工夫,唯在居敬、穷理二事。"④ 朴氏指出《诗集传》以"敬"为纲领释《文王》是出于道学理念,这样的理解合乎朱熹原意。朴氏所云"此朱子所以善说《诗》也,皆从道学中出来矣",此是对朱熹从道学理念释诗的肯定,也传达出朴氏从"道"学角度来理解《诗经》与《诗集传》的研究倾向。

《荀子·大略》云:"《国风》之好色也。"⑤ 最先指出《诗经》国风中存在一些情诗恋歌。至宋代,朱熹将这些情诗定为"淫诗",并从"心性"的关系上来阐释:

> 性是未动,情是已动,心包得已动未动。盖心志未动则为性,已

---

① 朱熹:《诗集传》,上海古籍出版社,1958年,第177页。
② 朴文镐:《枫山纪闻录·毛诗》,《韩国经学资料集成》第85册,韩国成均馆大学出版部,1995年,第731页。
③ 朱熹:《朱子语类》,朱杰人等:《朱子全书》,上海古籍出版社、安徽教育出版社,2002年,第14册,第299页。
④ 同上书,第301页。
⑤ 王先谦:《荀子集解》,中华书局,1988年,第511页。

动则为情,所谓"心,统性情"也。欲是情发出来底。心如水,性犹水之静,情则水之流,欲则水之波澜,但波澜有好底,有不好底。欲之好底,如"我欲仁"之类;不好底则一向奔驰出去,若波涛翻浪;大段不好底欲则灭却天理,如水之壅决,无所不害。《孟子》谓情可以为善,是说那情之正,从性中流出来者,元无不好也。①

朱子意谓心统摄性与情,心未变为性,心变为情。欲由情而生,欲有善恶,对于恶的欲望,即恶情,是需要摒弃的。朱熹将《国风》中描写男女之情的诗歌定为恶欲下的感情表达,是为"淫诗"。如《卫风·氓》,《诗集传》云:"此淫妇为人所弃。"②《王风·大车》,《诗集传》云:"周衰,大夫犹有能以刑政治其私邑者,故淫奔者畏而歌之如此。"③《丘中有麻》,《诗集传》云:"妇人望其所与私者而不来,故疑丘中有麻之处,复有与之私而留之者,今安得其施施然而来乎?"④《诗集传》将这些诗篇释为"淫诗",目的是警诫并劝告人们消除恶的欲望。深谙朱子哲学的朴文镐也从道学的立场来解《诗》。如以上三诗,朴文镐云:

《谷风》之女稍近正,《氓》之女则妖而已。⑤
二南之化有耻且格也,《大车》之政,则免而无耻也。⑥
桑中、丘中均之为无耻,而此之一女望二男者,视彼之一男期三

---

① 朱熹:《朱子语类》,朱杰人等:《朱子全书》第14册,上海古籍出版社、安徽教育出版社,2002年,第229页。
② 朱熹:《诗集传》,上海古籍出版社,1958年,第37页。
③ 同上书,第46页。
④ 同上书,第47页。
⑤ 朴文镐:《枫山纪闻录·毛诗》,《韩国经学资料集成》第85册,韩国成均馆大学出版部,1995年,第555页。按:《邶风·谷风》,《诗集传》释为夫妇之诗,并云:"妇人为夫所弃,故作此诗,以叙其悲怨之情。"朱熹《诗集传》,上海古籍出版社,1958年,第25页。所以朴文镐认为《谷风》诗中的女子之感情要比《氓》正。
⑥ 同上书,第586页。

女,为尤甚矣。①

朴文镐释《氓》《大车》《丘中有麻》与《诗集传》如出一辙,将诗中的爱情表达视为妖冶、无耻,透露出道学家的《诗经》阐释特征。

---

① 朴文镐:《枫山纪闻录·毛诗》,《韩国经学资料集成》第85册,韩国成均馆大学出版部,1995年,第587页。

第八章　朴世堂《诗思辨录》研究

朴世堂（1629—1703），字季肯，少号潜叟，晚号西溪樵叟，潘南世家朴氏的后代。朴世堂少时颖悟绝人，"未及淹博诸书，文理未甚融贯，而发解义趣，时能透得他人见不到处"。① 显宗元年（1660），例授成均馆典籍，官至吏曹判书。肃宗二十八年（1702），朴世堂为已故臣相李景奭撰《碑文》，直言峻斥宋时烈，指出宋时烈对李景奭横加凌辱的一些罪状，引来了党宋之人及当时馆学儒生的攻击，他们以朴世堂所作的《四书思辨录》改易朱子章句，质疑朱子学说为据，诋毁朴世堂为"侮圣丑正"。其中鱼有凤《代太学儒生请罪朴世堂疏》就是其中的代表，他说：

> 窃惟天下之所不容者，莫大于侮圣。王法之所必讨者，莫急于丑正。……（朴世堂）拗戾之性，偏滞之见，挟其恬退之一节，矜其文字之小技，聚徒教授，敢以师道自居。而其所以说经解义者，必以务胜前人为能，闻其于朱夫子《四书章句集注》，多所疑乱改易，著为成说，积有年所。而近又因撰出故相臣李景奭碑文，诬辱先正臣文正公宋时烈，不遗余力。②

肃宗二十九年（1703），七十五岁的朴世堂被削夺官爵，因门生故旧

---

① 李坦：《（西溪先生）年谱》，《西溪集》卷二十二，韩国民族文化推进会编《韩国文集丛刊》第134册，景仁文化社，1996年，第435页。
② 鱼有凤：《杞园集》，《韩国文集丛刊》第184册，景仁文化社，1996年，第8页。

求情,加之年事已高,才免于流放素称病乡的玉果,同年八月二十一日,朴世堂卒于石泉。

朴世堂潜心于儒家与道家的典籍,五十二岁(1680)开始撰著《大学思辨录》。其著作先后有《大学思辨录》《南华经注解删补》《中庸思辨录》《论语思辨录》《孟子思辨录》《尚书思辨录》《毛诗思辨录》(下文简称《诗思辨录》)。名之为"思辨录","盖取慎思明辨之义也"。①《诗思辨录》是朴世堂六十五岁时撰著的,李坦《(西溪先生)年谱》癸酉年(1693)记载道:

> 是后十年之间,连有疾故。《诗思辨录》录至《小雅·采绿》篇而止。竟未卒业。先生尝曰:"孰谓解《书》难于《诗》,《书》虽简奥,然仔细寻绎,则解亦不难。《诗》则本不著其所为而作,后人有推其词而得题者,又有反复其词而终莫得其何为而作者,所以解之为尤难。"②

可见,朴世堂之所以选择最后解释《诗经》,是因为他认为诸经之训释,以《诗经》为最难。《诗思辨录》倾注了他十年的心血,他将自己一生的思考都投注在对《诗经》的训释中,可以说代表了他经学成就的最高峰。

作为实学启蒙时期代表人物的朴世堂③,其《诗经》研究与同时代专主《诗集传》的研究旨趣迥然相异,他试图打破《诗集传》独尊的研究格局,并将关注现实的思想感情投注在《诗思辨录》中,其解《诗》方法主要有四:一是毛与三家,兼收并取;二是汉宋兼采,唯是之求;三是涵咏本文,以情解诗;四是关注现实,向往圣治。朴世堂运用这些解《诗》方法纠正了

---

① 崔锡恒:《(西溪先生)谥状》,《西溪集》卷二十一,《韩国文集丛刊》第134册,景仁文化社,1996年,第431页。
② 李坦:《(西溪先生)年谱》,《西溪集》卷二十二,《韩国文集丛刊》第134册,景仁文化社,1996年,第446页。
③ 韩国哲学会编《韩国哲学史》,社会科学文献出版社,1996年,第90页。

汉唐考据的一些错误，对《诗集传》也有很多补正。对于汉宋《诗经》学的一些弊病，朴世堂有非常清醒的认识，他说"《（诗）序》说出于附会，而毛、郑从而为穿凿之辞"①，"今《传》疑于疏"②。他指出《诗序》附会，《毛传》《郑笺》穿凿，而《诗集传》空疏，认识到《诗经》汉学与宋学的不足之处。值得注意的是，朴世堂的这些认识与同时代的中国学者姚际恒异域同调③，姚际恒说："汉人之失在于固，宋人之失在于妄……明人说《诗》之失在于凿。"④ 姚际恒反对汉宋门户之见，主张独立思考，对《诗序》《诗集传》都有激烈的批评，他的这种研究方法又影响到了方玉润、崔述等人，后世学者将这一学派命名为"独立思考派"，并且认为他们"开拓了《诗经》研究的一种新的学风"。⑤ 朴世堂《诗思辨录》也给朝鲜《诗经》研究带来了新的学风。

第一节 《诗思辨录》之解《诗》方法

一、毛与三家，兼收并取

汉代《诗经》学分齐、鲁、韩、毛四家。《齐诗》《鲁诗》《韩诗》在西汉均被列为学官，盛极一时，但由于三家诗具有与政治紧密联系，以谶纬解

---

① 朴世堂：《诗思辨录》，韩国成均馆大学校大东文化研究院主编《韩国经学资料集成》第72册，成均馆大学校出版部，1995年，第224页。
② 同上书，第604页。朴世堂《诗思辨录》中所云的"今《传》"是指明胡广窃元代刘瑾《诗传通释》而成的《诗传大全》，该书羽翼朱熹《诗集传》，是对朱熹《诗集传》的笺注。
③ 朴世堂与清儒姚际恒海天悬隔，生前从未晤面，也不可能看到彼此的著作，因为朴世堂1693年始著《诗思辨录》，至死（1703）尚未完成，刊刻时间更晚。姚际恒1696年始著《九经通论》（含《诗经通论》），1710年完成，此时朴世堂已离开人世七年。可见，两人的《诗经》学观点趋同，是《诗经》研究发展的必然趋势，姚际恒和朴世堂是17世纪末18世纪初中国和韩国《诗经》研究中高举反叛旗帜的代表，他们从《诗经》文本出发，以历代《诗经》研究的成果作为吸收和批评的对象，是汉宋《诗经》学在世纪之交自我反思的必然结果。
④ 姚际恒：《诗经通论·自序》，中华书局，1958年，第8页。
⑤ 夏传才：《诗经研究史概要》，清华大学出版社，2007年，第156页。

《诗》等特点,最终与汉王朝一同走向衰落。《毛诗》在汉代未被列为学官,仅在民间流传。自东汉末郑玄笺释《毛诗》,加之《毛诗》自身所具有的学术品格,使得《毛诗》不断发展,并在唐代被确定为《诗经》研究之定本,治《诗经》者几乎都奉《毛诗》为圭臬。朴世堂《诗思辨录》以《毛诗》为主,同时,他还兼采三家诗之《韩诗》。朴世堂是朝鲜半岛最先关注三家诗的学者,为后来申绰等吸收三家诗研究《诗经》起了先导的作用,其《诗经》研究的眼光与态度难能可贵。

朴世堂重视《韩诗》,运用《韩诗》的异文来分析了《韩诗》与《毛诗》的文本差异。如《卫风·考盘》首章"考盘在涧,硕人之宽"之"涧"字,《诗思辨录》云:"《韩诗》'涧'作'干',云磽埆也。"① 朴世堂简单列出《韩诗》之异文及其释义,没有作进一步的阐释,是其不足之处。但是朴世堂引《韩诗》传达出"涧"与"干"只是文字差异,意思相通的学术判断却是正确的,如《小雅·斯干》"秩秩斯干"之"干"《毛传》云:"干,涧也。"② 再如,《卫风·考盘》"考盘在涧"之"涧",王先谦云:"《韩》'涧'作'干',云磽埆之处也者。……《传》:'山夹水曰涧。'……胡承珙云:'《小雅》秩秩斯干,《传》:干,涧也。二字通。《易》鸿渐于干,《释文》引荀、王并云:干,山间涧水也。虞注:小水从山流下称干。翟注云:山厓也。此皆谓干即涧也。'陈乔枞云:'《韩》云磽埆之处者,干为山涧厓岸之地,故以磽埆言之,谓土地瘠薄者也。《丘中有麻·传》谓丘中为磽埆之处,与此同义。'"③

再如《小雅·小宛》第五章"哀我填寡,宜岸宜狱"之"填",《毛传》云:"尽。"④ 朴世堂云:"《韩诗》填作疹,苦也。"⑤ 参之王先谦《诗三家义

---

① 朴世堂:《诗思辨录》,《韩国经学资料集成》第72册,韩国成均馆大学出版部,1995年,第177页。
② 孔颖达:《毛诗正义》,北京大学出版社,1999年,第681页。
③ 王先谦:《诗三家义集疏》,中华书局,1987年,第274—275页。
④ 孔颖达:《毛诗正义》,北京大学出版社,1999年,第746页。
⑤ 朴世堂:《诗思辨录》,《韩国经学资料集成》第72册,韩国成均馆大学出版部,1995年,第535页。

集疏》可知"《韩诗》'疹苦'之训,其义当为穷苦,犹毛诗'填尽'之训,其义亦为穷尽"。① 可见"填"与"疹"二字亦通。王先谦等三家诗学者的研究表明,这些异文是由《毛诗》好用假借字,三家诗多用本字所致,文字虽别,意则相通。当然,通过这些异文可以看出,《毛诗》和三家诗是同源而异流的,不应该独尊《毛诗》而鄙夷三家诗。

朴世堂解释《诗经》,在经文上列举《韩诗》与《毛诗》在文本上的一些异文,体现了不专主《毛诗》,兼采三家诗的研究特点。另外,朴世堂在一些诗句的训释上,认为《韩诗》优于《毛诗》。如《邶风·新台》"新台有洒,河水浼浼"之"洒",《毛传》云:"洒,高峻也。浼浼,平地也。"② 朴世堂曰:"《韩诗》云:'洒'作'漼',鲜貌。'浼'作'浘',盛貌。"③ 朴世堂认为:"恐当以《韩诗》训为得也。"④ 这个推测也可以在王先谦的论述中得到印证:

> 段玉裁云:"此必首章'新台有泚,河水弥弥'之异文。漼、浘字与泚、弥同部,与洒、浼不同部。"……马瑞辰云:"洒、洗双声,古通用。《白虎通》:'洗者,鲜也。'《吕览》高注:'洗,新也。'……《毛》训高峻,不若《韩》训鲜貌为确。"⑤

此外,朴世堂在训释诗句时,还同时录用《韩诗》与《毛诗》相左或相

---

① 王先谦云:"《韩》'填'作'疹',疹,苦也。……胡承珙云:'古从真,从参之字互相假借,《毛》训'填'为'尽',盖以'填'为'疹'之借字。《瞻卬诗》'邦国殄瘁',《传》云'殄,尽也'。'《韩》作疹'者,'疹',乃籀文'胗'字。胗,唇伤也。非其义。《韩》盖以'疹'为'瘨'之借字。《说文》:'瘨,病也。'《云汉》《召旻》笺并云:'瘨,病也。'《云汉》《释文》:'瘨,《韩诗》亦作疹。'陈乔枞云:'古以病、苦互训。……然则《韩诗》疹苦之训,其义当为穷苦,犹毛诗填尽之训,其义亦为穷尽。'"王先谦《诗三家义集疏》,中华书局,1987年,第695—696页。
② 孔颖达:《毛诗正义》,北京大学出版社,1999年,第177页。
③ 朴世堂:《诗思辨录》,《韩国经学资料集成》第72册,成均馆大学出版部,1995年,第148页。
④ 同上。
⑤ 王先谦:《诗三家义集疏》,中华书局,1987年,第211页。

近的解释，互相参考而不作是非评价。如《邶风·北门》之"王事敦我"之"敦"，朴世堂云："《毛传》，敦，厚。……《韩诗》云：敦，迫。"① 再如《邶风·谷风》之"有洸有溃"，朴世堂云："《毛传》溃溃，怒也。……《韩诗》溃溃，不善之貌。"②

朴世堂在《诗思辨录》中利用《韩诗》来补充《毛诗》，虽然数量不是很多，但意义较大，体现了兼收并取的《诗》学研究。

二、汉宋兼采，唯是之求

《诗经》汉学和宋学之学术取径不同，致力方向迥异，争斗非常激烈，大有此消彼长之势。汉唐是汉学昌明的时代，尤其唐代《毛诗正义》的颁布，确立了《诗经》汉学的权威地位，终唐之世，罕有非议之声。宋代是"经学变古时代"③，欧阳修、郑樵等开始怀疑《毛传》《郑笺》，朱熹《诗集传》问世，成为宋代《诗经》学的集大成之作。元代科举考试，将《诗集传》悬为令甲。明代，胡广等所编《诗传大全》，专宗朱熹《诗集传》。至此宋学压倒汉学，成为学术主潮，《诗集传》风行天下，而《毛诗正义》则寂寂无闻。清代汉学复兴，尊汉学者又起来攻击宋学，争斗不休，势同水火。当然，不同学术派别之间的正常论争可以深化对问题的认识，促进学术的进步。但是，汉学和宋学之间的论争，有时羼杂了一些非学术的因素，这对于学术研究无益，所以四库馆臣说："攻汉学者，意不尽在于经义，务胜汉儒而已；伸汉学者，意亦不尽在于经义，愤宋儒之诋汉儒而已。"④ 四库馆臣也呼吁消除畛域，一准至公，但是四库馆是汉学家的大本营，虽然他们意识到汉宋之争的危害性，但是在具体的操作过程中，又难免回护汉学而批评

---

① 朴世堂：《诗思辨录》，《韩国经学资料集成》第72册，成均馆大学出版部，1995年，第143—144页。
② 同上书，第133页。《诗三家义集疏》引陈乔枞云："《传》'溃溃，怒也'，怒亦不善貌，义与《韩》同。"王先谦《诗三家义集疏》，中华书局，1987年，第179页。
③ 皮锡瑞：《经学历史》，中华书局，2008年，第220页。
④ 纪昀等：《四库全书总目（整理本）》，中华书局，1997年，第186页。

宋学。

在朴世堂所处的时代，朝鲜学者尊奉朱熹《诗集传》，众口一词，少有不同之见。朴世堂的《诗经》研究，在汲取《诗集传》释义的同时，对《诗集传》也有不少驳正，这不是说朴世堂反对《诗集传》，而是说朴世堂在尊《诗集传》的同时，又客观地接受了汉唐考据学的成果，朦胧地意识到《诗经》研究应该汉宋兼采，不能存在独尊一家的偏见。对于汉学和宋学都无法解决的问题，朴世堂本人一时也难以找到答案者，遂都以"阙疑"等标识，这种谨慎的态度也应予以表彰。

《诗序》是《诗经》学史上聚讼纷纭的话题，《诗序》解释符合诗旨者很多，但牵强附会者亦不在少数。《毛诗正义》几乎全采《诗序》，朱熹《诗集传》则反对《诗序》，以至于有废序之举，朱熹的做法稍显武断。朴世堂训释《诗经》时，斟酌文本，考察史实，他对《诗序》的解释也多加以采用。

如《邶风·击鼓》，《诗序》云："《击鼓》，怨州吁也。卫州吁用兵暴乱，使公孙文仲将而平陈与宋，国人怨其勇而无礼也。"① 对于《诗序》，朱熹将信将疑，所以他说："旧说以此为春秋隐公四年，州吁自立之时，宋卫陈蔡伐郑之事，恐或然也。"② 朱熹以"恐或然也"志其谨慎，朴世堂对于此诗的诗旨完全抄录《诗序》，其云："此诗，《序》当为得其实也。"③

再如《王风·君子阳阳》，《诗序》云："闵周也。君子遭乱，相招为禄仕，全身远害而已。"④《诗集传》云："此诗疑亦前篇妇人所作。盖其夫既归，不以行役为劳，而安于贫贱以自乐，其家人又识其意而深叹美之，皆可谓贤矣。岂非先王之泽哉。或曰：《序》说亦通。宜更详之。"⑤ 朴世堂认为：

---

① 孔颖达：《毛诗正义》，北京大学出版社，1999年，第128页。
② 朱熹：《诗集传》，上海古籍出版社，1958年，第18页。
③ 朴世堂：《诗思辨录》，《韩国经学资料集成》第72册，成均馆大学出版部，1995年，第119页。
④ 孔颖达：《毛诗正义》，北京大学出版社，1999年，第256页。
⑤ 朱熹：《诗集传》，上海古籍出版社，1958年，第43页。

"此诗之义,旧说如此,理趣似长,当从之。"① 因此朴世堂录《诗序》《毛传》《郑笺》《毛诗正义》的解释,不录《诗集传》模棱两可的解释。

同时,对于汉学的迂拘芜杂之弊②,朴世堂也能根据朱熹《诗集传》的观点予以修正。如《召南·草虫》,朴世堂云:"此篇旧说甚穿凿,大失本旨,今《传》正之,是矣。"③

再如《王风·君子于役》,《诗序》云:"刺平王也。君子行役无期度,大夫思其危难以风焉。"④ 朱熹《诗集传》云:

> 大夫久役于外,其室家思而赋之曰:君子行役,不知其还反之期,且今亦何所至哉。鸡则栖于埘矣,日则夕矣,牛羊则下来矣。是则畜产出入,尚有旦暮之节,而行役之君子乃无休息之时,使我如何而不思也哉。⑤

朴世堂云:"《序》谓君子行役无期度,大夫思其危难。今《传》正其谬者,得之。"⑥ 朴世堂取《诗集传》而不从《诗序》。

此外,朴世堂对于一些暂时得不到确解,但又认为各家的解释都有合理之处的诗篇,他就采取了兼采共存的态度。如《郑风·山有扶苏》,朴世堂云:"此诗之义,亦当以今《传》为近,然《序》说又未可以遽断其

---

① 朴世堂:《诗思辨录》,《韩国经学资料集成》第72册,成均馆大学出版部,1995年,第205页。
② 《四库全书总目·经部总叙》云:"自汉京以后,垂二千年,儒者沿波,学凡六变:其初专门授受,递禀师承,非惟诂训相传,莫敢同异,即篇章字句,亦恪守所闻,其学笃实谨严,及其弊端也拘。王弼、王肃稍持异议,流风所扇,或信或疑,越孔、贾、啖、赵以及北宋孙复、刘敞等,各自论说,不相统摄,及其弊也杂。"纪昀等《四库全书总目(整理本)》,中华书局,1997年,第1页。
③ 朴世堂:《诗思辨录》,《韩国经学资料集成》第72册,成均馆大学出版部,1995年,第85页。
④ 孔颖达:《毛诗正义》,北京大学出版社,1999年,第256页。
⑤ 朱熹:《诗集传》,上海古籍出版社,1958年,第43页。
⑥ 朴世堂:《诗思辨录》,《韩国经学资料集成》第72册,成均馆大学出版部,1995年,第203—204页。

必不然也。"①

朴世堂对一些难以理解的诗句,采取了阙疑的态度。如《小雅·甫田》第三章之"曾孙",他说:"曾孙之为王侯、为公卿,皆无可指明者,则宜解释阙疑矣。"②再如《鄘风·干旄》,诗中的"良马五之""良马六之",朴世堂解释云:

> 今、旧诸说皆不同,《毛》以为骖马四马之辔数,《郑》以为就见之数,朱《传》以为车马之盛。夫上章既言四马,则二章又不当侈其文而损其实,此《毛》之失也。就见之数,不当直系之于良马之下,若尔者,殆不成语,此《郑》之失也。五马始于汉世,而六马乃天子所备,卫之大夫所不得僭,虽欲夸车马之盛,岂应若是,此朱《传》之失也。此三说者皆求其义而不得强为之辞耳,义终难详,不如阙之。③

朴世堂仔细斟酌《毛传》《郑笺》《诗集传》的解释,指出他们的不妥当之处,但是他自己也提不出更好的解释来,就以阙疑示之,体现了他实事求是的治《诗》态度。

三、涵咏本文,以情解诗

《诗经》是先民生活情感的表达,不是无情之物。《诗经》在汉代被列为

---

① 朴世堂:《诗思辨录》,《韩国经学资料集成》第72册,成均馆大学出版部,1995年,第224页。《郑风·山有扶苏》,《诗序》云:"刺忽也。"孔颖达《毛诗正义》,北京大学出版社,1999年,第299页。《郑笺》云:"以兴忽好善不任用贤者,反任用小人。"孔颖达《毛诗正义》,北京大学出版社,1999年,第300页。朱熹《诗集传》云:"淫女戏其所私者。"朱熹《诗集传》,上海古籍出版社,1958年,第61页。此外再如《邶风·北风》末章,朴世堂云:"愚谓旧说如此,今亦未见其为必不然,宜两存之,不可独废也。"朴世堂《诗思辨录》,《韩国经学资料集成》第72册,成均馆大学出版部,1995年,第146页。《郑风·子衿》,朴世堂云:"此章之义,今旧说不同,亦当两存之。"朴世堂:《诗思辨录》,《韩国经学资料集成》第72册,成均馆大学出版部,1995年,第231页。
② 同上书,第647页。
③ 同上书,第169—170页。

官学，与政治的关系密切，学者更强调《诗经》的政治教化功能，反而对其抒情性有所忽略。宋代《诗经》学出现了一股疑古思潮，反思汉唐《诗经》研究的诸种弊端，对于《诗经》的言情功能有了新的认识与发掘。朱熹《诗集传》就是这种思潮的代表，虽然《诗集传》在《周南·关雎》篇末云："然学者姑即其词而玩其理以养心焉，则亦可以得学诗之本矣。"① 但是通观整部《诗集传》，"玩理"只是少数，"言情"较多，这正如朱熹本人所言："大抵古人作诗，与今人作诗一般，其间亦自有感物道情，吟咏情性，几时尽是讥刺？"② 可惜朱熹之后，许多《诗经》学著作又回到了诗教的故辙上来，并且又加入了很多性理学的阐释，《诗经》的抒情性又隐晦不彰了。朱子理学思想在朝鲜时代具有崇高的地位，以"理"解《诗》的现象在朝鲜也是非常普遍③，朴世堂则与这种流行的做法不同，他从《诗经》文本出发，以情解《诗》，发扬了《诗经》研究的抒情传统，识见高出同时学者很多。

朴世堂把现实人生感情投注于《诗经》训释中，品味诗人所传达的感情。如《周南·汝坟》第二章云："遵彼汝坟，伐其条肆。既见君子，不我遐弃。"《诗思辨录》云："未见则心困，而不堪其忧思悬望之切。既见则又自深幸，而若得其不遗出于意望之外也。此见人情之至也。"④ 朴世堂认为此诗传达了夫妇离别的相思。

再如《召南·草虫》，《诗序》云："《草虫》，大夫妻能以礼自防也。"⑤《诗序》解释此诗的着眼点在夫妇之礼，教化意味十足。《诗集传》云："南国被文王之化，诸侯大夫行役在外，其妻独居，感时物之变，而思其君子如

---

① 朱熹：《诗集传》，上海古籍出版社，1958年，第2页。
② 朱熹：《朱子语类》卷八十，中华书局，1986年，第2076页。
③ 许穆：(1595—1682)《诗说》云："故论《诗》，本之性情，达之声音。先王有以厚人伦、重礼仪，使读之者感发其良心，惩创其逸志。"见《韩国经学资料集成》第71册，页84。白凤来(1717—1799)《三经通义·诗传》云："性情为《三百篇》之体用耶。……《诗》以正变，以理性情，则弥纶天地之道者。"见《韩国经学资料集成》第71册，成均馆大学出版部，1995年，第441—444页。
④ 朴世堂：《诗思辨录》，《韩国经学资料集成》第72册，成均馆大学出版部，1995年，第78页。
⑤ 孔颖达：《毛诗正义》，北京大学出版社，1999年，第69页。

此。"① 朱熹不同意《诗序》的教化说,而主张言情说,以为该诗是妻子思念行役的丈夫,与礼乐教化无涉。朴世堂云:

> 以为诸侯之夫人,以为大夫之妻,无所不可,又安从而明其为何人而遽断之也?只当阙所难明,论所可知。此篇之所可知者,丈夫在外,经时未归,而妇人思念之情耳,其他皆非所详,又何必强为说云云也。②

朴世堂反对《诗序》的礼乐之防,赞成朱熹的夫妇思念之情,不过朴世堂对于朱熹的观点也不是完全接受,他认为朱熹的解释缩小了该诗所指的言情范围,将诗中夫妇仅界定为诸侯与大夫夫妇,显然过于拘谨,他认为该诗的言情范围远非诸侯、大夫夫妇之一端,诗中所言之情带有普遍性,涵盖了普天之下妻子对外出丈夫的思念。朴世堂的观点通达合理。

朴世堂还注意《诗经》中所蕴含的父母、兄弟之情。如《小雅·小明》前三章均有"念彼共人",《郑笺》云:"靖共尔位以待贤者之君。"③ 孔颖达《疏》云:"念彼明德供具贤者爵位之人君。"④《诗集传》云:"共人,僚友之处者也。"⑤ 朴世堂不赞同以上诸说,其针对该诗第三章"昔我往矣,日月方奥。曷云其还,政事愈蹙?岁聿云莫,采萧获菽。心之忧矣,自诒伊戚。念彼共人,兴言出宿。岂不怀归,畏此反复",解释云:

> 愚谓"反复"言,恐小人反复其间,为谮构也。已上三章所称"共人",详味诗意,恐是指其父母,而思念之切,至于涕零如雨,寝不能安也。其情之恳恻如此,即可推知矣。尝见他书亦引此语为念亲之辞

---

① 朱熹:《诗集传》,上海古籍出版社,1958年,第9页。
② 朴世堂:《诗思辨录》,《韩国经学资料集成》第72册,成均馆大学出版部,1995年,第85—86页。
③ 孔颖达:《毛诗正义》,北京大学出版社,1999年,第800页。
④ 同上。
⑤ 朱熹:《诗集传》,上海古籍出版社,1958年,第151页。

者，但记之不能详耳。若旧说以为是靖共尔位之明君，今《传》以为僚友之处者，皆据下两章所言"靖共尔位"而为之说，但所取以为义者，各不同焉。抑此文有偶同耳。诗人之意，未必然也。旧说近于凿，今《传》疑于疏。念之而泣涕，怀归夜不安寝者，拟之二说，俱不甚合。①

朴世堂认为《郑笺》等思念明君之说失于穿凿，而《诗集传》思念僚友的解释疏漏而不实，他将"共人"解释为父母，认为此诗抒发的是思念父母之情。朴世堂的解释贴近诗义，可备一说。

再如《唐风·杕杜》，《诗序》云："刺时也。君不能亲其宗族，骨肉离散，独居而无兄弟，将无沃所并尔。"②《诗集传》云："此无兄弟者自伤其孤特而求助于人之词。"③ 此诗首章云："有杕之杜，其叶湑湑。独行踽踽，岂无他人？不如我同父。嗟行之人，胡不比焉？人无兄弟，胡不佽焉？"朴世堂解释云：

"岂无他人"，言所与行者非无他人，但不如我之兄弟，故自叹其独行而踽踽然，似乎无与共行也。"比"，亲也。使行路之人皆相亲比，又怜其孤特而见助，则何至自伤之如此，言至于是，情甚慽矣。④

朴世堂与《诗集传》相同，以兄弟之情来解释此诗，明显胜过《诗序》的"刺时"说。

朴世堂除了以情解诗之外，还注意到了"诗可以怨"的传统。如《鄘风·载驰》，朴世堂云："此诗盖夫人将归卫以唁兄弟，既在途矣，而许之大

---

① 朴世堂：《诗思辨录》，《韩国经学资料集成》第72册，成均馆大学出版部，1995年，第604—605页。
② 孔颖达：《毛诗正义》，北京大学出版社，1999年，第391页。
③ 朱熹：《诗集传》，上海古籍出版社，1958年，第71页。
④ 朴世堂：《诗思辨录》，《韩国经学资料集成》第72册，成均馆大学出版部，1995年，第264页。

夫追及而止其行，故述己之意，以纾其忧愦也。"①

四、关注现实，向往圣治

朴世堂是朝鲜实学启蒙时期的代表人物，他关注社会民生，并提出了很多兴利除弊的措施，崔锡恒《（西溪先生）谥状》记载云：

> 丁未夏（1667），以修撰召还时，上悯旱，有求言之教，公应旨陈疏。首以立圣志为刻励图治、转衰为盛之本。次论视事稀阔之失，仍及大臣厌事之弊，请自今廓然奋发，日御法殿，召接臣僚，责励大臣，以尽其职。又言邻族侵征之怨，军制变通之宜，缕缕五六千言，无非明白切实，痛中时病。②

虽然朴世堂的这些建议都没有得到国王的采纳，无法见诸实践，但是朴世堂将实学家积极入世、经世致用的热情融于著作中，如《诗思辨录》中融汇了他关注现实社会、向往圣明政治的苦心。

如《王风·丘中有麻》，《诗序》云："思贤也。庄王不明，贤人放逐，国人思之，而作是诗也。"③ 朱熹《诗集传》云："妇人望其所与私者而不来，故疑丘中有麻之处，复有与之私而留之者，今安得其施施然而来乎。"④ 朴世堂不同意朱熹将此诗解释为恋诗，是因为《诗序》思贤的主旨使他产生了共鸣，他继续申释《诗序》说：

> 丘，犹言山也。留，犹言住也。将，期望之意。施施，委迟貌。此篇见贤人之隐遁者多。末章至曰"彼留之子"，则虽不言其名，而盖不

---

① 朴世堂：《诗思辨录》，《韩国经学资料集成》第72册，成均馆大学出版部，1995年，第171页。
② 崔锡恒：《（西溪先生）谥状》，《西溪集》卷二十一，《韩国文集丛刊》，第134册，景仁文化社，1996年，第425页。
③ 孔颖达：《毛诗正义》，北京大学出版社，1999年，第270页。
④ 朱熹：《诗集传》，上海古籍出版社，1958年，第47页。

止上所称二人而已。主昏国乱，贤人隐处，而其慕之之深，望之之切如此。则诗人悯世惜贤之意，又可见矣。①

朴世堂以饱含感情的笔墨诠释了诗人的悯世惜贤之意，大有借《诗经》训释抒发个人情怀的意味。

再如《郑风·萚兮》，《诗序》云："刺忽也。君弱臣强，不倡而和也。"②《诗集传》云："此淫女之词。"③朴世堂云：

此诗之义，《（毛诗）序》说出于附会而毛郑从而为穿凿之辞。……愚谓此诗有惧夫时过而事不及，欲早谋之之意。若非如《唐风》"今我不乐，日月其除"之指，则必是大夫忧国之危而祸之将及，欲与诸大夫同心共力以早图之也。④

朴世堂在《萚兮》飞逝的落花中，诠释出的是国家祸乱将至、大夫思治的急切心理。他把自己忧虑社稷民生的感情投入注《诗》之中，所以产生这样独创的解释。

《诗思辨录》还传达了朴世堂对社稷民生的忧虑。如《小雅·十月之交》，此诗末章云："悠悠我里，亦孔之痗。四方有羡，我独居忧。民莫不逸，我独不敢休。天命不彻，我不敢效我友自逸。"朴世堂解释云：

愚谓此章言人皆饶乐，而我独忧，"民莫不逸，我不敢休"，所以病之甚，而其忧之悠悠也。然天命既不均，则逸者自逸耳，我又岂可效彼

---

① 朴世堂：《诗思辨录》，《韩国经学资料集成》第 72 册，成均馆大学出版部，1995 年，第 213—214 页。
② 孔颖达：《毛诗正义》，北京大学出版社，1999 年，第 303 页。
③ 朱熹：《诗集传》，上海古籍出版社，1958 年，第 52 页。
④ 朴世堂：《诗思辨录》，《韩国经学资料集成》第 72 册，成均馆大学出版部，1995 年，第 224—225 页。

也?"黾勉从事"而"不敢告劳"者,为此故也。①

朴世堂的注释有他对民生不倦的关怀。再如《小雅·采菽》第四章云:"维柞之枝,其叶蓬蓬。乐只君子,殿天子之邦。乐只君子,万福攸同。平平左右,亦是率从。"朴世堂云:

> 愚谓此章之意,盖以"柞"喻天子,"枝"以喻诸侯,"叶之蓬蓬"喻诸侯之功劳茂盛,所以能殿天子之邦,而为之后,其宣力王室如此,故万福于是而聚归之,所与从行左右之臣,又皆为平平辨治之贤才也。②

朴世堂的解释传递出对社稷民生的忧虑,对明君贤臣政治的向往。《诗思辨录》还凸显出朴世堂生于乱世,仍然加强自我修养的操守。如《魏风·伐檀》,朴世堂云:

> 此诗之指,盖伤君子之不遇时,而又美其能修身蓄德,不以其不见用而或自沮也。"坎坎伐檀",喻孜孜于为善修行也。"寘之河干,河水清涟",喻才不遇时而无所施也。"不稼不狩,胡取胡瞻",喻苟不能勤修天爵,将无以使人爵而至,君子之不肯无事而食,如此深叹贤者遭无道之世,能不变其守也。③

再如《小雅·白驹》,朴世堂云:

---

① 朴世堂:《诗思辨录》,《韩国经学资料集成》第72册,成均馆大学出版部,1995年,第508—509页。
② 同上书,第713页。
③ 同上书,第254页。

愚谓彼贤者终去，而不可复留矣，则又叹其能洁身不污于乱世，为不可及。然国必待贤人而昌，扶世救民，我之所望者，深矣。毋自爱重其身而有退远之心。盖犹冀其反复审度，谓不当果于忘世而决之一行也。①

朴世堂表露了君子不因外在的纷乱而改变内在修养的情操，赞扬贤人不因不遇而沮丧的心智，从而也隐隐传达出自己不易操守的执着。

第二节　《诗思辨录》对汉唐《诗经》学的批评

朴世堂《诗思辨录》在采撷汉唐《诗经》学成果的同时还认识到其不足之处，他说："《序》出于附会，而毛、郑从而为穿凿之辞。"② 道出了汉唐《诗经》学研究的弊端，并对这些弊端作了一些纠正。

首先，对于一些诗篇的诗旨，朴世堂不满意《诗序》《毛传》《郑笺》《毛诗正义》等旧说的解释。其中较为突出的例子是，朴世堂反对《诗序》以文王、后妃等附会《诗》意。他认为《诗序》将《周南·关雎》系之文王、太姒是"非有明据，亦皆出于意度。故旧说则又以此为美后妃之不妒忌而作，至朱子始正其失"。③ 他认为《关雎》之作"盖喜其君得贤女为之匹配，以助其内治，因述其事而咏歌之"。④ 再如《周南·葛覃》，《诗序》云："后妃之本也。后妃在父母家，则志在于女功之事，躬俭节用，服澣濯之衣，尊敬师傅，则可以归安父母，化天下以妇道也。"⑤朴世堂认为《诗序》的训

---

① 朴世堂：《诗思辨录》，《韩国经学资料集成》第 72 册，成均馆大学校出版部，1995 年，第 448 页。
② 同上书，第 224 页。
③ 同上书，第 66 页。
④ 同上书，第 65—66 页。
⑤ 孔颖达：《毛诗正义》，北京大学出版社，1999 年，第 30 页。

释是"无可以指据"①。此外,《诗思辨录》还指出《诗序》对一些诗篇的解释不准确。兹举例如下,如《邶风·柏舟》,朴世堂解释云:

> 此章之指,今旧说俱失,孔、郑则失上二句之义。朱《传》则其曰既曰又者,亦失于分上下为两义也。②

《邶风·终风》,朴世堂解释云:

> 毛、郑皆失,为《序》所误故耳。③

《邶风·雄雉》,朴世堂解释云:

> 旧说从《小序》,故牵强乖舛。④

《卫风·竹竿》,朴世堂解释云:

> 此篇旧说穿凿,当从今《传》。⑤

《王风·大车》,朴世堂解释云:

> 《序》:"刺周大夫也。礼义陵迟,男女淫奔,故陈古以刺今大夫不能听男女之讼焉。"《毛传》以下皆用《序》说,解经者失之,当从今

---

① 朴世堂:《诗思辨录》,《韩国经学资料集成》第 72 册,成均馆大学出版部,1995 年,第 69 页。
② 同上书,第 105 页。
③ 同上书,第 117 页。
④ 同上书,第 122 页。
⑤ 同上书,第 189 页。

《传》为是。旧说解第三章尤穿凿。①

《郑风·有女同车》,朴世堂解释云:

> 旧说牵合舛辟,今《传》不从者,是。然又不见其为淫奔之诗。……若此诗者,宜姑阙之也。②

《郑风·扬之水》,朴世堂解释云:

> 愚谓此诗之义,今旧说皆未可指据,而信其为然者,恐只是朋友亲戚之素有恩者,为人所间,中更乖疏,故伤怨之而作也。扬者,水之盛也,而不能流漂一束楚之轻,则实非平昔之所意也。夫以素亲有恩之人,而不能通达其情私,亦岂是平昔之所自意者也。此其托兴之端欤?③

另外,朴世堂在《召南·鹊巢》《召南·行露》《齐风·载驱》《郑风·女曰鸡鸣》《魏风·伐檀》《陈风·泽陂》《豳风·伐柯》《小雅·杕杜》等诗的诗旨上也都表达了自己不同于汉唐的解释。

其次,朴世堂在一些字词的训释上,也不同于汉唐诸家。朴世堂纠正《毛传》,如《邶风·击鼓》第四章之"死生契阔,与子成说。执子之手,与子偕老"之"契阔"。朴世堂说:"《毛传》'契阔,勤苦也'。郑云:'相与处勤苦之中。'今《传》:'契阔,隔远之意。'恐皆失之。'契阔',犹曰离合。契者,契合;阔者,离阔。谓于平日与其室家尝成誓言,期以死生离合不相背弃也。若云死生隔远,亦不成语耳。"④

---

① 朴世堂:《诗思辨录》,《韩国经学资料集成》第72册,成均馆大学出版部,1995年,第212页。
② 同上书,第223页。
③ 同上书,第232—233页。
④ 朴世堂:《诗思辨录》,《韩国经学资料集成》第72册,成均馆大学出版部,1995年,第118—119页。

朴世堂还指出孔颖达《毛诗正义》在释义上的不妥,如《邶风·匏有苦叶》第二章"有弥济盈,有鷕雉鸣。济盈不濡轨,雉鸣求其牡"。朴世堂云:"愚谓'济之弥盈',喻礼之甚严。'雉之鷕鸣',喻女之思淫不濡轨,喻其谓犯礼而无伤也。'求其牡',喻所求者非其匹。孔氏直以济为渡水,失之矣。"① 朴世堂反对《毛诗正义》以渡水来解释"济"字。

再如《王风·采葛》之"一日不见,如三秋兮"。朴世堂认为三秋应为三岁,而非孔颖达《毛诗正义》以九个月来解释三秋。②

朴世堂在部分《诗经》诗旨和字词的释义上对汉唐《诗经》学作了质疑。对这些问题,他或抛弃前说,提出己见,或在朱《传》的启发下另有深发,对一些暂时不能解决的问题,则以阙疑示之读者。虽然朴世堂的释义也存在一些问题,但是作为异域学者,能够指出汉唐考据之失,也足以反映朴世堂对《诗经》的思考,他所纠正的不妥之处,也有助于《诗经》研究的深入。

第三节 对朱熹《诗集传》的批评

朴世堂批评朱熹《诗集传》云"今《传》疑于疏",大胆地指出了《诗集传》疏漏之弊。在朱子学独尊的朝鲜时代,能提出这样的观点,需要有很大的学术勇气,这也反映了朴世堂独立思考、敢于怀疑的治学精神。朴世堂反对朱熹"淫诗"说,并指出《诗集传》对《诗序》的沿袭之处。另外,《诗集传》的长处在于从文学、义理的层面解释《诗经》,但是在考据训诂方面较为薄弱。朴世堂在训释《诗经》时,就注意到了朱熹的这个不足之处,于是借助汉唐《诗经》研究的考据成果来补足《诗集传》。再者,作为实学思潮代表人物的朴世堂,不满意朱子性理之学,他借助汉唐《诗经》学纠正

---

① 朴世堂:《诗思辨录》,《韩国经学资料集成》第72册,成均馆大学出版部,1995年,第125页。
② 同上书,第211页。

朱熹之失，也起到了消解朱子学在朝鲜独尊地位的客观作用。

一、反对朱熹"淫诗"说

　　《诗集传》是宋代《诗经》学的集大成之作，强调涵咏诗篇，以情解诗。一定程度上摆脱了汉代诗教传统，把一些诗篇的诗旨从教化说更正为恋情说，认识到《诗经》的抒情性，将一些诗篇界定为男女爱情诗，这是朱熹的进步之处。不过，作为理学家的朱熹由于对《诗经》抒情性的认识还不够彻底，于是将一些爱情诗贬抑为"淫诗"。对于朱熹所认定的二十四首淫诗，朴世堂认同朱熹解释为"淫诗"的诗篇只有《郑风·出其东门》《陈风·月出》两首。朴世堂认为《诗集传》关于《郑风·遵大路》《山有扶苏》《褰裳》《子衿》《陈风·东门之杨》五首诗的解释可与《诗序》并存。另外，对于《郑风·丰》诗，朴世堂难以判断《诗序》和朱《传》的解释孰得孰失。对于《邶风·静女》《墉风·桑中》《卫风·木瓜》《王风·采葛》《丘中有麻》《郑风·将仲子》《有女同车》《萚兮》《狡童》《东门之墠》《风雨》《扬之水》《野有蔓草》《溱洧》《陈风·东门之枌》《东门之池》，朴世堂认为《诗集传》的解释均不合理。

　　如《卫风·木瓜》，《诗集传》云："疑亦男女相赠答之词。"① 朴世堂反对《诗集传》的解释，其云："今《传》以此诗为疑亦男女相赠答之词，如《静女》之类。愚谓此诗意深而指远，是识道理者所作，恐非男女一时相诱说之辞。"②

　　再如《郑风·将仲子》，《诗集传》认为是淫奔之辞。③ 朴世堂云："此淫奔者之辞，又未免为诬。唯新安胡氏谓有所畏而不轻身以从，其所怀亦庶几止乎礼义者近之。"④

---

① 朱熹：《诗集传》，上海古籍出版社，1958年，第41页。
② 朴世堂：《诗思辨录》，《韩国经学资料集成》第72册，成均馆大学出版部，1995年，第198页。
③ 朱熹：《诗集传》，上海古籍出版社，1958年，第48页。
④ 朴世堂：《诗思辨录》，《韩国经学资料集成》第72册，成均馆大学出版部，1995年，第218页。

又如《郑风·有女同车》,《诗集传》云:"此疑亦淫奔之诗。"① 朴世堂云:"不见其为淫奔之诗。且'有女同车',安知非谓二女之同车,而必为男与女同也。若此诗者宜姑阙之也。"②

二、指出《诗集传》对《诗序》的沿袭之处

《诗集传》反对《诗序》,但是又在解《诗》中屡屡沿用《诗序》的解释,据向熹先生的统计,"《诗集传》所释305篇诗旨,有161篇完全采用或基本采用《诗序》"。③ 朴世堂指出《诗集传》的一些解释不脱《诗序》藩篱,没有把《诗序》的附会之处——更正过来。比如《周南·葛覃》,朴世堂云:

《周南·葛覃》三章,《注》(《诗集传》):"此诗后妃所自作。"上文亦云:"后妃既成絺绤而赋其事。"此亦沿《小序》旧说耳。然此等诗皆无可以指据,知此必为王者之后妃,而不为诸侯之夫人,知彼必为诸侯之夫人,而不为大夫之妻矣,犹复云云者,不过为臆测而已,无足取也。朱子尝力攻《小序》之谬,而终亦不能无循袭。如此则向之攻之者,亦五十步之类也。愚窃以为非有显据,可以无失者,则不如只就见文高下其义,以存阙疑之意,为能谨笃而无凿空之病也。④

朴世堂认为《诗序》关于《葛覃》的解释缺乏证据,而力主攻击《诗序》附会之弊的《诗集传》在此诗诗旨上仍然遵循《诗序》。朴世堂不赞同《诗集传》的做法,他认为对于诗旨难以考证又缺乏证据的诗篇,如《葛覃》篇者,应该以阙疑的方式来处理,而不可作穿凿附会的解释。

再如《周南·卷耳》,《诗序》云:"后妃之志也,又当辅佐君子,求贤

---

① 朱熹:《诗集传》,上海古籍出版社,1958年,第52页。
② 朴世堂:《诗思辨录》,《韩国经学资料集成》第72册,成均馆大学出版部,1995年,第223页。
③ 向熹:《〈诗经〉语文论集》,四川民族出版社,2002年,第335页。
④ 朴世堂:《诗思辨录》,《韩国经学资料集成》第72册,成均馆大学出版部,1995年,第68—69页。

审官，知臣下之勤劳。内有进贤之志，而无险诐私谒之心，朝夕思念，至于忧勤也。"①《诗集传》云："后妃以君子不在而思念之，故赋此诗。托言方采卷耳，未满顷筐，而心适念其君子，故不能复采，而寘之大道之旁也。"② 朴世堂云：

  此章《小序》极舛谬。朱子既深斥之，犹守其后妃之说而不能改，至曰："岂当文王朝会征伐之时，羑里拘幽之日而作欤？然不可考矣。"既无以考，则又何以知此必为太姒之所作也。当时诸侯之夫人，皆不可以有此作乎？是未可知也。抑所深惑者，当文王朝会征伐及拘幽之时，太姒岂宜遽据后妃之尊也？③

朴世堂指出朱熹怀疑《诗序》不彻底，此诗创作时间既然难以确考，朱熹却认定是太姒所作，显然是出于臆断，无据可言。对于此诗诗旨，朴世堂认为与其轻信《诗序》，毋宁存疑。

此外，朱熹在《周南·樛木》《芣苢》《召南·羔羊》等诗的诗旨界定上，也未完全摆脱《诗序》的影响，朴世堂都一一指出，并为之辩证。

三、用汉唐《诗经》学补正《诗集传》之失

在诗旨的界定上，朴世堂驳正朱熹者很多。同时，朴世堂还重视诗篇章句字词的训诂，他大量采用《诗序》《毛传》《郑笺》《毛诗正义》来补正《诗集传》。

朴世堂还指出《诗集传》在一些诗篇诗旨的把握上，不及《诗序》合理，如《邶风·击鼓》，《诗序》云："怨州吁也。卫州吁用兵暴乱，使公孙

---

① 孔颖达：《毛诗正义》，北京大学出版社，1999年，第36页。
② 朱熹：《诗集传》，上海古籍出版社，1958年，第3页。
③ 朴世堂：《诗思辨录》，《韩国经学资料集成》第72册，成均馆大学出版部，1995年，第70—71页。

文仲将而平陈与宋，国人怨其勇而无礼也。"① 朱熹云："卫人从军者自言其所为，因言卫国之民或役土功于国，或筑城于漕，而我独南行，有锋镝死亡之忧，危苦尤甚也。"② 朴世堂认为："此诗《序》当为得其实也。"③

再如《小雅·南山有台》，朱熹《诗集传》云："此亦燕飨通用之乐。"④《诗序》云："乐得贤也。得贤则能为邦家立太平之基矣。"⑤ 朴世堂不赞同《诗集传》仅以燕飨解释此诗，他更赞同《诗序》与国家政治状况相联系的解释，其云："愚谓此诗，虽为燕宾所用之歌，而其意实主于美国家之得贤而祝其寿耆，则当以《序》说为是，恐不可但以为燕飨通用祈祝之辞而已也。"⑥

朴世堂用《毛传》补充《诗集传》，如《召南·摽有梅》首章"摽有梅，其实七兮"之"其实七兮"，《诗集传》疏导大意曰："梅落而在树者少，以见时过而太晚矣。"⑦ 没有具体的训释，朴世堂采用《毛传》的解释以资补充，他说："《毛传》释'其实七'云：在树者七。释'今'云急辞也。释'谓'之云不待备礼也。三十之男，二十之女，礼未备则不待礼会而行之者，所以蕃育人民也。"⑧

朴世堂还采用《郑笺》的说法，如《鄘风·定之方中》"定之方中，作于楚宫。揆之以日，作于楚室"之"宫"与"室"，《毛传》云："楚丘之宫也。仲梁子曰：'初立楚宫也。'……室犹宫也。"⑨《诗集传》的解释与《毛传》相同，《诗集传》云："楚宫，楚丘之宫也。……楚室，犹楚宫，互文以协韵耳。"⑩《郑笺》与《毛传》的解释相异，其云："楚宫，谓宗庙也。……

---

① 孔颖达：《毛诗正义》，北京大学出版社，1999年，第128页。
② 朱熹：《诗集传》，上海古籍出版社，1958年，第18页。
③ 朴世堂：《诗思辨录》，《韩国经学资料集成》第72册，成均馆大学出版部，1995年，第119页。
④ 朱熹：《诗集传》，上海古籍出版社，1958年，第111页。
⑤ 孔颖达：《毛诗正义》，北京大学出版社，1999年，第614页。
⑥ 朴世堂：《诗思辨录》，《韩国经学资料集成》第72册，成均馆大学出版部，1995年，第402页。
⑦ 朱熹：《诗集传》，上海古籍出版社，1958年，第11页。
⑧ 朴世堂：《诗思辨录》，《韩国经学资料集成》第72册，成均馆大学出版部，1995年，第92页。
⑨ 孔颖达：《毛诗正义》，北京大学出版社，1999年，第196页。
⑩ 朱熹：《诗集传》，上海古籍出版社，1958年，第31页。

楚室，居室也。君子将营宫室，宗庙为先，厩库为次，居室为后。"①朴世堂赞同《郑笺》的解释，他在《诗思辨录》中遍引《毛传》《郑笺》《诗集传》后说："愚谓宫室之义，《毛传》与今《传》同，独郑氏为异，然恐当以郑为长。"② 参考诸家对于"楚宫"与"楚室"的解释，《郑笺》的解释较之《毛传》为优，其更为细致地体现了古代宫室建筑先建宫庙，后建居室的先后顺序是对祖先神灵的尊重。朴世堂的取舍是有独到眼光的。

第四节　结语

通过上文论述，可以看出《诗思辨录》之解诗方法及其价值约有四点，此处略作总结：

一曰毛与三家，兼收并取。《诗》分四家，《毛诗》独盛，治《诗》者往往奉《毛诗》为圭臬，三家诗少有人问津，朴世堂却不存此是彼非的偏见，对于四家诗兼收并取，尤其是多次征引《韩诗》，订补了《毛诗》之不足，学术胸怀较为开阔。

二曰汉宋兼采，唯是之求。传统《诗经》学汉宋分途，各家持一不相下之心，负气相争，势同水火。朴世堂则无意轩轾汉宋，而主持平之论，著中不乏以汉学补宋学空疏处，也有以宋学纠汉学拘迂处。汉宋两家均无确解，亦不解处，朴世堂则以阙疑识其谨慎。

三曰涵咏本文，以情解诗。历代《诗》学家之疏解，有得其本旨，解释明通合理者，亦有牵强附会，愈解愈晦者。朴世堂力破前人解《诗》之迷障，一以文本为主，反复涵咏，以意逆志，多能度越考据与义理而直透本旨。此种解《诗》方法，与姚际恒之《诗经通论》有不谋而合处，异域同调，值得玩味。

---

① 孔颖达：《毛诗正义》，北京大学出版社，1999年，第196页。
② 朴世堂：《诗思辨录》，《韩国经学资料集成》第72册，成均馆大学出版部，1995年，第160页。

四曰关注现实,向往圣治。朴世堂生当壬辰倭乱与丙子胡乱之后,朝鲜国势日颓,民生艰难,他目睹国难,关注民生,尝犯颜直谏,未被国君采纳。朴世堂在《诗思辨录》中再陈斯旨,关注社会现实,向往圣明政治,故《诗思辨录》有经世致用之特色。

朴世堂尝言:"《序》出于附会,而《毛》从而为穿凿之辞。""今《传》疑于疏。"故他对汉宋《诗经》学之不足有所补正。尤可注意者,《诗集传》乃朝鲜时代奉为楷模之著作,朴氏敢于指摘朱子之阙失,并进而纠正之,非具极大之学术勇气而不能,其补正亦有助于破除时人对《集传》之迷信,开启了朝鲜《诗经》研究的新风气。当然,《诗思辨录》也存在一些缺点,如不能脱离《诗序》之藩篱,教化阐释过多。对于一些诗篇的训释流于情绪化,以意逆志法运用过当,以一己之情,失之客观。对《诗集传》的一些批评,有时也过于草率。但是瑕不掩瑜,《诗思辨录》有较大的学术价值,是朝鲜《诗经》学史上一部重要的著作,应该引起研究者的重视。

第九章　李瀷《诗经疾书》研究

李瀷（1681—1763），字子新，号星湖，祖籍骊州，朝鲜著名实学思想家。李瀷出生于父亲的贬谪之地云山，次年其父辞世，他随母亲回到故乡广州瞻星的星湖庄。肃宗三十一年（1705），李瀷应试增广文科，因不符合录取的规定，被取消复试资格。翌年，其仲兄李潜上书忤旨，遭杖杀之祸。李瀷痛感于父兄在仕途中的遭遇，弃举子业，绝意仕途，在星湖庄读书治学，终身未曾离开。

李瀷幼年丧父，在兄长的指导下学习。学习的书是其父于肃宗四年（1678）作为燕行使出使清朝时所购买的数千卷汉文书籍。李瀷最初研习性理之学，蔡济恭叙李瀷师承云："退溪（李滉），我东夫子也，以其道而传寒冈（郑逑），寒冈以其道而传眉叟（许穆）。先生私淑于眉叟者，学眉叟而接夫退溪之绪。"① 李瀷尝云："退溪（1501—1570），吾师也。"② 并为李滉编辑《四七新编》《李先生（滉）礼说》。

李瀷所处的时代，朝鲜王朝政治腐败，社会经济萧条，民生艰难。他继承退溪学说，也发现退溪之学无法拯救现实社会人生，因此李瀷在退溪学说之外，还研习李珥、柳馨远等所倡导的实学思想。他为衰败破落的社会现状感到焦虑，涉足天文、地理、算律、阴阳、医药等经世之学的研究，以探求挽救与改变民不聊生的社会状况的方法，培育了蔡济恭、安鼎福、尹东奎、

---

① 蔡济恭：《星湖先生墓碣铭》，李瀷《星湖全集》附录，《韩国文集丛刊》第200册，景仁文化社，1996年，第195页。
② 同上书，第193页。

李秉休、权哲身等学者,建立了以经世致用为核心的星湖学派,成为朝鲜实学派鼎盛期的重要代表。①

生处于草野之间的李瀷将全部的生命投注到读书治学、讨论经传之中,著作有《星湖文集》《星湖僿说》《孟子疾书》《大学疾书》《论语疾书》《中庸疾书》《近思录疾书》《心经疾书》《周易疾书》《尚书疾书》《诗经疾书》《家礼疾书》等。《诗经疾书》是李瀷的《诗经》学著作。何以谓之"疾书",李瀷云:"'疾书'者,取《横渠画像赞》'妙契疾书'之义也。"② 又云:"'妙契',则吾岂敢,疾其书之义,则吾窃有取焉。"③ 其侄李秉休解释云:"先生之学不喜依样,要以自得。经文注说之间,有疑必思,思而得之,则疾书之,不得,则反复思之,必得乃已。故《疾书》中概多前儒未发之旨。"④ 可见"诗经疾书"指的是快速记录有关《诗经》的观点与思考。《诗经疾书》不录诗篇全文,只标注诗篇篇名。重点探讨诗旨,不逐一解释字词章句,只对其认为有必要解释的字词作疏解。《诗经疾书》之译注本有崔锡起《诗经疾书译注》⑤ 白承锡《诗经疾书校注》。⑥

韩国学者关于《诗经疾书》的研究已经有不少成果:金兴圭《朝鲜后期诗经论与诗意识》从"诗教"的角度出发,认为《诗经疾书》虽反对朱熹"淫诗"说,但总体仍表现出以义理为主的解释特征。⑦ 沈庆昊《朝鲜时代汉

---

① 李丙焘:《韩国儒学史略》云:"就朝鲜朝历代经世论者举之,初期有三峰郑道传,其后有静庵赵光祖,又其后有栗谷李珥,其后有磻溪柳馨远,又其后有星湖李瀷也。"首尔亚细亚文史社,1986年,第247页。按:董光璧《实学与科学》云:"实学源于中国,后传播到韩国和日本等邻国。实学在这两个国家的发展也大体走的是从理性实学到功利实学再到实证实学的进路。……在朝鲜朝中期,功利实学思潮伴随社会危机而兴。17世纪有李晬光、柳馨远、朴世堂和李瀷等主张黄宗羲式的'经世致用'。"中国实学研究会编《中韩实学史研究》,中国人民大学出版社,1998年,第157—158页。
② 李秉休:《(星湖先生)家状》,《韩国文集丛刊》第200册,景仁文化社,1996年,第180页。
③ 尹东奎:《(星湖先生)行状》,《韩国文集丛刊》第200册,景仁文化社,1996年,第189页。
④ 李秉休:《(星湖先生)家状》,《韩国文集丛刊》第200册,景仁文化社,1996年,第180页。
⑤ [韩]崔锡起《诗经疾书译注》,韩国蜗牛出版社,1996年。
⑥ [韩]白承锡《诗经疾书校注》,江苏教育出版社,1999年。
⑦ [韩]金兴圭《朝鲜后期诗经论与诗意识》,高丽大学校民族文化研究所,1995年,第100—101页。

文学与诗经论》探讨《诗经疾书》中反对"淫诗"说、赞成笙诗有辞而亡说等具体的《诗经》学观点。崔锡起《星湖李瀷的诗经学》认为《诗经疾书》摆脱了朱熹《诗集传》为主的研究潮流,独自展开了对《诗经》的重新解释,表现出经世致用的释诗特征,是朝鲜实学派经学研究的代表。崔锡起从诗旨上比较《诗经疾书》与《诗序》《诗集传》之异同,得出《诗经疾书》从《诗序》的诗篇有六十八篇,从《诗集传》的诗篇有一百零二篇,自创诗旨的有一百五十二篇。在数据统计的基础上得出《诗经疾书》突破了《诗序》与《诗集传》的解释,重新提出了符合于其所处时代的《诗经》学思想,表现出反驳朱熹淫诗说、凸现求贤治民的意识。崔文还论及一些《诗经疾书》中的具体诗说,如指出李瀷反对孔子删诗说,以"诗之用"的角度解释"六义"问题等。① 金秀炅《韩国朝鲜时期诗经学研究》在以上学者的研究基础上继续对《诗经疾书》作了深入的研究。研究从两个方面展开:一是李瀷《诗》说,具体从二雅之区分、赋比兴、字义新见展开论述。二是李瀷治《诗》特点,主要从解说《诗》义注重体验、注重科学实证、以先秦文献互证《诗》义、从文学方面对《诗》进行评点、重视"经世致用"的治经态度。韩国学者对于《诗经疾书》的研究主要体现在该书之《诗经》学贡献与特色上,且研究成果已相当完备,但是《诗经疾书》在成就与贡献之外,还有一些不足与错误之处,遗憾的是以上诸家并未加以指出。本文从怀疑与实证并行的《诗经》学特色、经世致用的《诗经》学特征、《诗经》训诂新见、《诗经疾书》之不足四个方面续作阐发。

第一节　怀疑与实证的研究方法

李瀷之《诗经》研究强调怀疑与实证的研究方法,主要表现在对《诗集传》的怀疑与否定上。李瀷反对朱熹《诗》说主要体现在否定"淫诗"上,

---

① [韩]崔锡起《星湖李瀷的诗经学》,成均馆大学 1993 年博士学位论文。

他将被《诗集传》定为"淫诗"的诗篇转换为托言男女以叙君臣际遇、思慕明君、追求贤人、警戒世风等具有现实意义的诗。

如《邶风·静女》,《诗集传》云:"此淫奔期会之诗也。"① 朱熹将此诗解释为男女幽会之诗,李瀷不从,他说:"'爱而不见'者,非一人也,我既不行,而所思非一人,则非君相求贤,而何哉?乃托言男女之际,赠遗导达之情,以见相求之切。"② 李瀷以"爱而不见"非指一人来否定朱熹期会之说,并将此诗解释为国君、大臣求贤的诗。他对"爱而不见"的理解没有根据,属于就己意以解《诗》的情况,有牵强附会之意,但是传达出他敢于怀疑《诗集传》,提出新见的学术勇气。

再如《郑风·狡童》,《诗集传》云:"此亦淫女见绝而戏其人之词。言悦己者众,子虽见绝,未至于使我不能餐也。"③ 将此诗理解为女子失恋后的感情表达。李瀷不赞同此说,自立新说云:"此贞臣疾恶之词。疾之之甚,宁欲不食不息而死也。"④ 他以贞臣效忠国君解释此诗,是对明君重用并爱护贞臣的渴望,传达出对现世君臣关系的关注。

李瀷还把一些诗篇解释为贤人思慕明君之诗,如《王风·采葛》,《诗集传》云:"盖淫奔者托以行也。"⑤ 李瀷云:

> 似是男悦女之作,或彼废之臣托言其怀君耶?《采葛》之类亦比辞也。至萧、艾其物益贱,有悯之之意。一废一起之间,所进用有如此者,故云尔。……富弼引此云:"臣下惧谗。一日不见君,如三年也。"⑥

---

① 朱熹:《诗集传》,上海古籍出版社,1958年,第26页。
② 李瀷:《诗经疾书》,《韩国经学资料集成》第73册,成均馆大学出版部,1995年,第81—82页。
③ 朱熹:《诗集传》,上海古籍出版社,1958年,第53页。
④ 李瀷:《诗经疾书》,《韩国经学资料集成》第73册,成均馆大学出版部,1995年,第150页。
⑤ 朱熹:《诗集传》,上海古籍出版社,1958年,第46页。
⑥ 李瀷:《诗经疾书》,《韩国经学资料集成》第73册,成均馆大学出版部,1995年,第134—135页。

此外，李瀷还将《郑风·遵大路》①《褰裳》②《子衿》③《陈风·东门之杨》④ 等释为贤人对明君的渴望。

李瀷从警戒世风、忧虑社稷等层面来消解朱熹之"淫诗"说。如以警戒世风来解释《王风·大车》⑤《郑风·将仲子》⑥ 等诗，希望国之大夫坚守职责，运用刑罚来维护社会秩序，以道德、礼教与刑罚相结合来塑造百姓"有耻且格"的人格。他还以忧虑社稷之情来解释《郑风·风雨》等诗。⑦ 对于这些诗篇，李瀷不赞同朱熹"淫诗"说，他将关注现实的情怀投注在解释之中，其解释虽有附会之意，但是传达了其独特的解《诗》特征。

李瀷以实证的方法研究《诗经》，如《周南·汝坟》之"鲂鱼赪尾，王室如毁"，《诗集传》云："鱼劳则赤尾。"⑧ 李瀷否定《诗集传》云："鱼劳尾赤，验之不然。"⑨ 他将实际观察与《诗经》研究相结合，并据此指出《诗集

---

① 李瀷云："此篇疑亦是直道见黜者，托女为喻也。其曰'遵大路'者，所行光明无愧，如《羔裘》之洵直也。意者二篇即一人事。既有《羔裘》之忠，而非罪弃废，故以大路自况而诉其衷也。如屈原、贾谊之徒，始信际遇之盛，秉直尽忠，卒被放逐，其此之谓欤？"李瀷《诗经疾书》，《韩国经学资料集成》第73册，成均馆大学出版部，1995年，第147页。
② 《郑风·褰裳》，李瀷云："此诗怨其不遇之作也。子指君也，乃托男女而言，子若不弃，当不惮而远涉从之，不然则将去之他国。虽狂而又狂者，未必不逾于居此而无思也。其人之贤否不足言，上之不能善处，而失群下之心则可戒，故圣人取之。"同上书，第151页。
③ 《郑风·子衿》，李瀷云："此亦思君之作，托民士之交际而言。"同上书，第154页。
④ 《陈风·东门之杨》，李瀷云："昏以为期者，如《离骚》之黄昏为期，恐是抚时怀君之语。"同上书，第218页。
⑤ 李瀷云："此虽有淫奔之语，所取不在乎此。国之法纲不泯，大夫能正其平服，守其职任，巡路而警众，使闾里昏淫有以节其欲而不敢肆，则亦不可没也。此读《诗》之正法，天下善者常小，不善者常多。政刑所以佐治之具，若专靠德礼，而不以刑临之，是车脱輗、马骀衔，而鸣和鸾以救之也。为此诗者，其知要乎？"同上书，第135—136页。
⑥ 李瀷云："此诗与《大车》相似。不独邦大夫持宪申令，内畏父母诸兄，外畏人言，亦能禁抑淫佚有所不敢。比之于士，虽无迁善之实，亦畏威寡罪之倖欤？是以有耻而且格，德礼之化也；小人之革面，刑政之效也。君子于是乎知辅治之有其具，故诗人托言床笫之言以为戒。"李瀷《诗经疾书》，《韩国经学资料集成》第73册，成均馆大学出版部，1995年，第139—140页。
⑦ 李瀷云："此诗其有忧思者乎？风雨如此，则夜之浅深，无星月之可占，非晦而如晦也。……君子，乃救世之材具也。……古之引诗者，莫非君子忧时之作也。如此看自好，何必因郑诗之故，归之鄘卫之谣？每读此篇，声节殷勤激昂，不觉感叹。以此益信上数篇，未必皆淫女之作。"同上书，第152—153页。
⑧ 朱熹：《诗集传》，上海古籍出版社，1958年，第7页。
⑨ 李瀷：《诗经疾书》，《韩国经学资料集成》第73册，成均馆大学出版部，1995年，第26页。

传》的错误。李瀷的观察结果是否正确尚需作进一步的探究，但是其解释体现出重视实证的研究精神。

李瀷敢于怀疑，不尊奉《诗集传》之《诗经》学权威，体现了怀疑与实证并行的《诗经》研究方法。

第二节　经世致用的《诗经》学特征

《诗经疾书》传达了李瀷经世致用的著书目的，同时也表现出李瀷经世致用的《诗经》学特征。此一特征向外表达了求贤治国的政治主张，向内指导士君子之立身处世，安顿乱世中漂泊不遇的士君子灵魂。

一、求贤治国

李瀷将《诗经》中的一些诗篇释为求贤之诗①，表达求贤治国的政治愿望。李瀷强调贤人的重要性，他说："忠贤之有益于国大矣，君虽无道，任使得其人，则国犹可以维持也。"②又云："国不崇仁义，尊贤臣未必亡。"③但贤人"困于草泽也"④，不为朝廷所容。李瀷在《诗经疾书》中表达了寻觅贤人的艰难与阻碍。如《周南·卷耳》，《诗序》云："后妃之志也，又当辅佐君子，求贤审官，知臣下之勤劳。"⑤ 李瀷云：

---

① 如《周南·芣苢》，李瀷云："采采之方，各有其宜，尽心尽力，惟恐不得。君子于是知及时求贤。"同上书，第23页。《周南·汉广》，李瀷云："以'白驹'推之，亦似有求贤之义。"同上书，第25页。《召南·草虫》，李瀷云："与《左传》《春官》想照，亦似乎急贤人之义。此又读诗之例也。"同上书，第30页。《郑风·丰》，李瀷云："其忘己而急贤，有足尚也。"同上书，第152页。《秦风·车邻》，李瀷云："故《蒹葭》《终南》《晨风》皆求贤之作。"李瀷《诗经疾书》，《韩国经学资料集成》第73册，成均馆大学出版部，1995年，第200页。《小雅·南山有台》，李瀷云："八种草树，言求贤之广。"同上书，第279页。
② 李瀷：《诗经疾书》，《韩国经学资料集成》第73册，成均馆大学出版部，1995年，第78页。
③ 同上书，第131—132页。
④ 同上书，第237页。
⑤ 孔颖达：《毛诗正义》，北京大学出版社，1999年，第36页。

《卷耳》，或谓求贤之作者近是，非后妃之作也。卷耳生于道旁，宜若易求犹不能多得，况贤人在远者耶？"崔嵬"，高之极，望之愈远，陟必愈高。大罍、小觥，皆待宾之具，望远人而不至，忧心忡忡，先酌而候远。言姑则其望之也不休，既不可得，则又陟冈、陟砠，思其次也。马病、仆痡，则群下之不能进贤也。[1]

《诗序》旨在表彰后妃辅佐君王之德。李瀷的解释与后妃无关，仅存求贤之意。他以卷耳之近且易采，尚不可多得，以显示追求尚在远方的贤人的困难；将诗中的"金罍""兕觥"释为款待贤人的器具，然贤人不至；求之者仍"陟彼高冈""陟彼砠矣"执着追求，但由于"马病""仆痡"的阻碍而导致求贤失败。李瀷的解释是一段有关求贤过程的想象与叙述。在表达求贤的艰难之外，他还设想了一个执着追求贤人的追求者形象，这个人是李瀷理想中的君王，也是渗透李瀷个人情愫的化身。

李瀷将求贤治国的理想寄托于国君，通过赞颂古代君王之任用贤臣以启发与感染现世君王。如《郑风·有女同车》：

有女同车，颜如舜华。将翱将翔，佩玉琼琚。彼美孟姜，洵美且都。

有女同行，颜如舜英。将翱将翔，佩玉将将。彼美孟姜，德音不忘。

此诗，《诗序》释为讽刺郑忽的政治之诗[2]，《诗集传》释为言男女私情

---

[1] 李瀷：《诗经疾书》，《韩国经学资料集成》第73册，成均馆大学出版部，1995年，第17页。
[2] 《诗序》云："刺忽也。郑人刺忽之不昏于齐。太子忽尝有功于齐，齐侯请妻之。齐女贤而不取，卒以无大国之助，助于见逐，故国人刺之。"孔颖达《毛诗正义》，北京大学出版社，1999年，第296—297页。

的淫奔之诗①,李瀷不取《诗序》与《诗集传》的释义,他说:

> 凡诗或悦或怨,而每多君臣之际,托讽之词也。此篇即君悦臣之作。当时郑亦多贤,如子皮、子产之属。此恐是君得贤佐,却以男女托言者也。如二雅亦多天子答臣民之诗,何以异例?②

李瀷解释此诗是郑国国君得贤人辅佐,托言男女之词以言喜悦之情。并认为此诗与《小雅》《大雅》中天子赠答臣民之诗相类。此外,李瀷还将《周南·兔罝》《召南·摽有梅》等诗解释为古之国君求贤事国之诗。③

李瀷还将一些诗篇解释为国君听信馋人之言而疏远贤人的诗。如《邶风·谷风》,《诗序》④与《诗集传》⑤都释为夫妇离弃的诗,并为现代《诗经》研究者认可⑥,李瀷却将此诗中的夫妇比君臣,他说:

> 此诗君臣恩绝者,亦可以取义也。其始也上下相孚,不惮勤劳,富其国,恤其民。既有成绩,为谗人离间,以至于威怒弃斥,故述其平日之事而怨慕之也。⑦

---

① 《诗集传》云:"此疑亦淫奔之诗。"朱熹《诗集传》,上海古籍出版社,1958年,第52页。
② 李瀷:《诗经疾书》,《韩国经学资料集成》第73册,成均馆大学出版部,1995年,第149页。
③ 《周南·兔罝》,李瀷云:"颂美文王之立贤。"李瀷:《诗经疾书》,第22页。《召南·摽有梅》,李瀷云:"一说君臣相求之词。……人主宜知人情之如此,及时而求贤也。"同上书,第41页。《郑风·缁衣》,李瀷云:"恐指人主之尊贤也。"同上书,第138页。《小雅·车舝》,李瀷云:"人情之至到莫有如男女昏因,故人主之求贤,必以此为喻。"同上书,第380页。《小雅·裳裳者华》,李瀷云:"然则此诗,乃人君得贤佐而悦乐之作也欤?"同上书,第373—374页。
④ 《诗序》云:"刺夫妇失道也。卫人化其上,淫于新昏而弃其旧室,夫妇离绝,国俗伤败焉。"孔颖达《毛诗正义》,北京大学出版社,1999年,第144页。
⑤ 《诗集传》云:"妇人为夫所弃,故作此诗,以叙其悲怨之情。"朱熹《诗集传》,上海古籍出版社,1958年,第21页。
⑥ 陈子展综合二家释义云:"为夫妇失道,弃旧怜新,弃妇诉苦,有血有泪之杰作。"陈子展《诗经直解》,复旦大学出版社,1983年,第108页。
⑦ 李瀷:《诗经疾书》,《韩国经学资料集成》第73册,成均馆大学出版部,1995年,第66页。李瀷此处主要解释的诗句是:"昔育恐欲鞠,及尔颠覆","燕尔新婚,以我御穷。有洸有溃,既诒我肄。"

李瀷所云"此诗君臣恩绝者,亦可以取义也"之"亦"字表明他认为此诗可以在传统夫妇解释之外比拟君臣恩义断绝,他沿用屈原所开创的以夫妇隐喻君臣的象征传统,将诗中丈夫离弃妻子转化为国君离弃贤臣。其解释是对现世政治中国君离弃贤臣的告诫,也是对国君礼遇贤臣共同营造繁荣家国气象的向往。

二、指导士君子立身处事

李瀷在《诗经疾书》中安慰处于困境中不遇的心灵。如《邶风·绿衣》:

> 绿兮衣兮,绿衣黄裏。心之忧矣,曷维其已。
> 绿兮衣兮,绿衣黄裳。心之忧矣,曷维其亡。
> 绿兮丝兮,女所治兮。我思古人,俾无訧兮。
> 絺兮绤兮,凄其以风。我思古人,实获我心。

《诗序》云:"卫庄姜伤己也。妾上僭,夫人失位而作是诗也。"① 李瀷赞同《诗序》的解释,以庄姜之不遇作为解释的基调,将关注的重心转移到解释庄姜如何疏导不遇的情绪,以第二章、第三章之"我思古人"为中心进行阐释,他说:

> 子曰:"贫与贱,是人之所恶,不以其道得之,则不去也。"此谓不当得而得者,庄姜是也。庄姜善得其方,故必思古人。君子取之,则凡有不安处,以圣贤为准。思孔子之不得位,则天下之贱士可以安矣;颜渊之屡空,则天下之贫士可以安矣。庄姜可谓百世师。②

"我思古人",《郑笺》云:"古之圣人制礼者,使夫妇有道,妻妾贵贱各

---

① 孔颖达:《毛诗正义》,北京大学出版社,1999年,第117页。
② 李瀷:《诗经疾书》,《韩国经学资料集成》第73册,成均馆大学出版部,1995年,第57—58页。

有次序。"①《郑笺》释"古人"为制礼之人，使妻妾贵贱有次序，使妾不得上僭于嫡夫人。李瀷与《郑笺》不同，他认为庄姜思古人重在寻求精神支柱，即庄姜所思之"古人"是同样处于不遇境地的古代圣贤君子，古之君子处困境而不易节操，以从容的态度坚守"穷"的状态给庄姜以鼓励与安慰。李瀷的解释有想象与比附的成分，但不难看出其要旨之处是为乱世中不遇的士人君子寻求战胜困厄现实的强大精神支撑，是为了安顿贫贱中的士人心灵。

《诗经疾书》还具体指导士君子之立身处世。如《小雅·小明》，李瀷云：

> 以天理言，则善者宜福，不善者宜祸。故不善者之吉，莫非幸而免也。其善而凶者，亦不当得而得者也。世衰道丧，事多乖反，不善者得志，善者偏祸，亦未如何也。祸福之来，非智巧可免，在君子惟自守而已。②

李瀷劝告处于祸福相乖反的社会里的君子以"自守"来保全自身人格。又《小雅·雨无正》，李瀷云：

> 士之处乱世，无所措其手足，惟敬身为守之之法。③

此诗是"饥馑之后，群臣离散，其不去者，作诗以责去者"④之诗。此诗第三章之"凡百君子，各敬尔身。胡不相畏，不畏于天"，是警告群臣之言，李瀷断章取义，将"各敬尔身"释为君子保身之法则。此外如《王风·

---

① 孔颖达：《毛诗正义》，北京大学出版社，1999年，第120页。
② 李瀷：《诗经疾书》，《韩国经学资料集成》第73册，成均馆大学出版部，1995年，第359页。
③ 同上书，第323页。
④ 朱熹：《诗集传》，上海古籍出版社，1958年，第134页。

君子阳阳》,李瀷认为此诗表达的是士君子处困境之中要有乐观的精神与强大的韧性,强调君子处事的节度与抱怨叹息、终身愁悒者迥异。[①]

第三节 《诗经》训诂新见

李瀷生活的时代处于清朝康熙二十年至乾隆二十八年的时间段里,这一时期朴学兴起,重视经典之名物训诂的研究。海东李瀷在《诗经疾书》中传达了与清朝学风相呼应的学术品格。《诗经疾书》注重《诗经》训诂的研究,并时有新见。兹举两例。

《召南·鹊巢》,《诗序》云:"夫人之德。国君积行累功以致爵位,夫人起家而居有之,德如鸤鸠,乃可以配焉。"[②]"维鹊有巢,维鸠居之"之"鸠"字,《毛传》云:"'鸠',鸤鸠,秸鞠也。鸤鸠不自为巢,居鹊之成巢。"[③]朱熹《诗集传》云:"鹊善为巢,其巢最为完固。鸠性拙不能为巢,或有居鹊之成巢者。"[④]李瀷的解释与《毛传》《诗集传》相异,他说:

鹊巢鸠居,未可晓。鹊无与鸠同居之理。鹊去而鸠居,义尤无当。鸠巢上露,亦能自作,与彼判别。况其性淫媒,断非取比之物。鹊则贞洁之禽,人不见其孽尾,即雎鸠之类耳。按《书》注:"鸠,聚也。"聚者,群类也,恐是群类同居也。以字义求之,《兔罝》云"好仇",仇者,逑之本字。字从九,九者,纠也,故纠合亦作九合也。九而从人为

[①] 《君子阳阳》,李瀷云:"《序》说云:'闵周也。君子遭乱,相招为禄仕,全身远害而已。'君子处乎世,无往而不自得焉。贱为乐工,可耻之甚也。然既不遇于时,躯命无以保也。内自商量,宁辞尊居卑,优游卒岁之为可则,于是断然行之。乐亦在其中,与得意者无别。此贫士之节度也,与世之叹老嗟卑、愁悒以终身者有别。"李瀷《诗经疾书》,《韩国经学资料集成》第73册,成均馆大学出版部,1995年,第128—129页。
[②] 孔颖达:《毛诗正义》,北京大学出版社,1999年,第62页。
[③] 同上书,第62—63页。
[④] 朱熹:《诗集传》,上海古籍出版社,1958年,第8页。

仇，则九而从鸟非鸠乎？然则鸠者，乃鹊之好仇，与《关雎》之好逑恰同。维鸠居之者，维与仇同居也。①

李瀷认为鸠鸟能自作巢，非居鹊之巢，此是否定《毛传》与《诗集传》的解释，同时还以鸠"性淫媟"否定《诗序》以鸠鸟比喻夫人之德。李瀷根据蔡沈《尚书集注》释《尧典》"方鸠僝功"之"鸠"为聚之义②，认为《鹊巢》诗中的"鸠"具有"群类同居"之意。他又从字形的角度分析，认为《兔罝》中"好仇"之"仇"是"人"从"九"，"鸠"字是"九"从"鸟"，得出"鸠"是鹊的好仇（逑）。李瀷从文字的结构出发，给《鹊巢》诗之"鸠"提供了一个新鲜的解释，体现了其富于想象的训诂研究方式。但是需要指出的是李瀷的解释与《鹊巢》诗中"鸠"作为鸟的属性不符。

再如《召南·羔羊》：

羔羊之皮，素丝五紽。退食自公，委蛇委蛇。
羔羊之革，素丝五緎。委蛇委蛇，自公退食。
羔羊之缝，素丝五总。委蛇委蛇，退食自公。

此诗，《诗序》云："《鹊巢》之功致也。召南之国，化文王之政，在位皆节俭正直，德如羔羊也。"③《诗序》之解释重点在美大夫之德如羔羊。《诗集传》云："南国化文王之政，在位皆节俭正直，故诗人美其衣服有常，而从容自得如此也。"④《诗集传》重点以大夫之衣服来表现从容之态。李瀷重在解释此诗之"紽""緎""总"，他说：

---

① 李瀷：《诗经疾书》，《韩国经学资料集成》第73册，成均馆大学出版部，1995年，第27页。
② 《尚书·尧典》："共工方鸠僝功。"之"鸠"，蔡沈《尚书集注》云："鸠，聚。"钱宗武、钱忠弼整理《书集传》，凤凰出版社，2010年，第5页。
③ 孔颖达：《毛诗正义》，北京大学出版社，1999年，第83页。
④ 朱熹：《诗集传》，上海古籍出版社，1958年，第11页。

《尔雅·释训》:"'緎',羔裘之缝也。"陆佃云:"五丝为纑,倍纑为升,倍升为緎,倍緎为纪,倍纪为总,倍总为襚。"不言"紽"之为何物,意者"紽"是"緎""总"之总名也。"緎"者,二十丝也。"总"者,八十丝也。如今布帛有升数、广狭不同也。缝者何也?如深衣之有督缝,所谓负直是也。或言緎,或言总,非一人也。凡冠服度数皆有定制,如冠之梁旒,服之饰绣是也。当时朝祭之服,有緎、总之别,陛朝者莫敢违,井井可观,故诗人叹美之也。……尊卑可别,纲纪可立。礼乐刑政皆垂朕于此,乃圣人训诲,王佐之大规模,读者详之。①

下面以表格呈示《毛传》《诗集传》《诗经疾书》对"紽""緎""总"的解释:

	《毛传》	《诗集传》	《诗经疾书》
紽	数也。	未详。	"紽"是"緎""总"之总名也。
緎	缝也。	裘之缝界也。	"緎"者,二十丝也。
总	数也。	亦未详。	"总"者,八十丝也。

关于"緎"的解释,《尔雅·训释》释为"羔裘之缝",《毛传》《诗集传》对于"緎"大致相同,均为缝之意。但是关于"紽"与"总",《毛传》都释为"数也"②,《诗集传》则以"未详"③释之。李瀷根据陆佃所引《西京杂记》"五丝为纑,倍纑为升,倍升为緎,倍緎为纪,倍纪为总,倍总为襚"提出一种新的训诂,认为"紽"是"緎"与"总"之总名,以用丝之数量不同来解释并区分"緎""总"。

由于训诂的不同,关于此诗的诗旨,李瀷与《诗序》《诗集传》等相异,

---

① 李瀷:《诗经疾书》,《韩国经学资料集成》第73册,成均馆大学出版部,1995年,第36—37页。
② 孔颖达:《毛诗正义》,北京大学出版社,1999年,第87页。
③ 朱熹:《诗集传》,上海古籍出版社,1958年,第11页。

他认为此诗中不同的服饰规定，不仅仅是出于礼仪上的要求，还具有确立尊卑纲纪、凸显权力等级的重要作用。礼仪中的礼服和礼器在古代中国具有权力象征的作用，李瀷的解释可备一说。

第四节　《诗经疾书》之不足

《诗经疾书》之不足有三个方面：过分强调《诗经》之致用目的、对诗篇章句的错误解释，去背景化的《诗经》解释。

一、过分强调《诗经》之致用目的

李瀷怀抱经世致用的目的解释《诗经》，过分强调《诗经》在政教治国上的作用与意义，导致曲解诗义以就己意的解释倾向。如《卫风·氓》，此诗是弃妇伤其夫得新忘旧，始爱终弃之诗。[1] 李瀷却将此诗转化为士人事主不遇而遭弃之诗，他说：

> 此诗为垂戒而采之。居下之士或志急进取，从怀如流，不择可否，不虑后艰。托身匪人，终见疏斥而不复。[2]

李瀷从致用的态度将此诗解释为对急于进取的士人的警告，是从指导士人立身处世的立场上来解释《卫风·氓》的。

再如《陈风·泽陂》，是一首怀人的诗，"全篇写此一美妇之忧思悲伤，始而涕泗滂沱，继而中心悁悁，终乃辗转伏枕。忧愈深而人转静矣"。[3] 李瀷释此诗云：

---

[1] 陈子展：《诗经直解》，复旦大学出版社，1983年，第184页。
[2] 李瀷：《诗经疾书》，《韩国经学资料集成》第73册，成均馆大学出版部，1995年，第112页。
[3] 陈子展：《诗经直解》，复旦大学出版社，1983年，第434页。

"蕑",都梁香。生于水中,亦名兰草,见《荆州记》。《说苑》云:"比如污池,水潦注焉,菅蒲生之。"蒲,水草之贱者。而香美之物与之并生于污池之中,以喻贤者杂处于卑贱氓庶之间。思欲得君而行道,至于窹寐涕泗也。若但谓男女之词,则彼婵妍之人而谓之硕大且俨,语意不侔,美者非指颜貌也。①

李瀷以上所释《泽陂》诗句为:"彼泽之陂,有蒲与蕑。"他认为此诗以香美之"蕑"与低贱之"蒲"共生泽中以喻贤人处卑贱氓庶之间,表达的是对明君得贤人治国的期盼。

再如《陈风·东门之杨》,此诗是"写男女约会久候不至的诗"。② 李瀷将此诗释为期盼明君之诗,他说:"'昏以为期'者,如《离骚》之黄昏为期,恐是抚时怀君之语。"③ 李瀷过分强调《诗》之用,其解释有迂曲牵强之弊。

二、对诗篇章句的错误解释

《诗经疾书》还存在对诗篇章句错误解释的情况。如《邶风·凯风》,此诗是"儿子颂母亲并自责的诗"。④ 此诗末章云:"睍睆黄鸟,载好其音。有子七人,莫慰母心。"李瀷解释"睍睆"云:

"睍睆",明鲜貌。彼"牵牛有睆",其实可证。黄鸟惟有子之时,毛羽明鲜,及雏成,色变而无好音。此恐子母相求之意欤?⑤

---

① 李瀷:《诗经疾书》,《韩国经学资料集成》第 73 册,成均馆大学出版部,1995 年,第 222—223 页。
② 程俊英:《诗经译注》,上海古籍出版社,2004 年,第 243 页。
③ 李瀷:《诗经疾书》,《韩国经学资料集成》第 73 册,成均馆大学出版部,1995 年,第 218 页。
④ 程俊英:《诗经译注》,上海古籍出版社,2004 年,第 56 页。陈子展云:"《凯风》,自是出于歌谣,言七子之母之心,七子之孝。"陈子展《诗经直解》,复旦大学出版社,1983 年,第 97 页。
⑤ 李瀷:《诗经疾书》,《韩国经学资料集成》第 73 册,成均馆大学出版部,1995 年,第 63 页。

李瀷以上解释存在两个问题：首先，"睍睆"李瀷释为"明鲜貌"，并以《小雅·大东》篇"睆彼牵牛"之"睆"为证，意在寻求《诗经》内证来作解释，但是并未对《大东》诗之"睆"①与《凯风》诗之"睆"二者均为"明鲜貌"作出解释，显得证据不充分。其次，"睍睆黄鸟，载好其音"②，李瀷以黄鸟有子之时的毛羽明鲜来解释前句，以幼鸟长大后则不再有动听的声音解释后句，并将此诗释为母子相求之诗。其解释分裂诗句，属无据之谈。

再如《豳风·九罭》：

> 九罭之鱼，鳟鲂。我觏之子，衮衣绣裳。
> 鸿飞遵渚，公归无所，于女信处。
> 鸿飞遵陆，公归不复，于女信宿。
> 是以有衮衣兮，无以我公归兮，无使我心悲兮！

此诗，《诗集传》解释云："周公居东之时，东人喜得见之，而言九罭之网，则有鳟鲂矣，我觏之子之子，则见其衮衣绣裳之服矣。"③ 李瀷解释此诗首章与第二章云：

> "九罭"如今捕雀网，中施小网，为之裳。九罭，则九网也。网至于九罭，虽鳟鲂之美，亦为所罹。喻谗口之多，圣人不免也。④

---

① 《凯风》之"睍睆"，《毛传》云："好貌。"《郑笺》云："睍睆以兴颜色说也。"孔颖达《毛诗正义》，北京大学出版社，1999 年，第 134 页。《大东》诗之"睆"，《毛传》与《诗集传》均释为"明星貌"。孔颖达《毛诗正义》，北京大学出版社，1999 年，第 788 页。朱熹《诗集传》，上海古籍出版社，1958 年，第 172 页。
② 孔颖达疏此二句云："言黄鸟有睍睆之容貌，则又和好其音声，以兴孝子当和其颜色，顺其辞令也。今有子七人，皆莫能慰母之心。"孔颖达《毛诗正义》，北京大学出版社，1999 年，第 135 页。
③ 朱熹：《诗集传》，上海古籍出版社，1958 年，第 97 页。
④ 李瀷：《诗经疾书》，《韩国经学资料集成》第 73 册，成均馆大学出版部，1995 年，第 258 页。

李瀷以可获得鱄鲂之大鱼的"九罭"比喻谗言之多,即使是圣人也不能逃脱。观此诗句,诗中无此喻义。此诗以"九罭之鱼,鱄鲂"起兴,意在表明所见之人的不凡,没有谗言之意。李瀷的解释不准确。

再如,《邶风·静女》是"一首男女约会的诗"①,此首章云:

静女其姝,俟我于城隅。爱而不见,搔首踟蹰。

"爱而不见,搔首踟蹰"是对男子不见女子内心焦躁不安之状态的形象描写。李瀷解释此章云:"凡忧闷躁急,则气升而头痒,故不觉其自搔。"②李瀷以忧闷躁急可导致气血上升再导致头痒的生理角度来解释"搔首"。李瀷的解释缺乏文献依据,且缺乏内证,《诗经》中言及忧虑躁急之诗很多,如《王风·黍离》,言大夫哀闵周室之颠覆;《小雅·小弁》叙太子宜臼被废黜,不为父所信的哀悯;《大雅·云汉》述宣王仰天祈雨内心的焦躁忧虑,且均未有"搔首",可见李瀷的解释是想象之辞。

三、去背景化的《诗经》解释

李瀷将实证与科学的研究精神投注到《诗经疾书》中,在《诗经》学研究上,具有打破权威提出新见的意义。但是李瀷在运用客观知识解释《诗经》时存在去《诗经》所处之时代背景的问题,因此其得出的结论与《诗经》本身存在距离。兹举二例。

《小雅·十月之交》描写周幽王六年(前776年)的一次日食现象,是我国历史上有关日食的第一次记载。日月星辰的运行在古代中国是作为神灵意志的象征,"代表了神灵对人类行为的某种态度,其中最为明显的莫过于

---

① 程俊英:《诗经译注》,上海古籍出版社,2004年,第75页。
② 李瀷:《诗经疾书》,《韩国经学资料集成》第73册,成均馆大学出版部,1995年,第83页。

日食带给人们惊疑与恐惧"。① 此诗通过叙述日食之异常以致自然界雷电、风雨、地震的发生,旨在预示国家危亡在即,以提醒统治者修身治国。关于此诗的解释,《郑笺》云:

> 日月交会而日食,阴侵阳,臣侵君之象。日辰之义,日为君,辰为臣。……君臣失道,灾害将起。②

《诗集传》云:

> 日月相对,则月光正满而为望。晦朔而日月之合,东西同度,南北同道,则月掩日而日为之食。望而日月之对,同度同道,则月亢日而月为之食。是皆有常度矣。然王者修德行政,用贤去奸,能使阳盛足以胜阴,阴衰不能侵阳。则日月之行,虽或当食,而月常避日。故其迟速高下,必有参差而不正相合,不正相对者,所以当食而不食也。若国无政,不用善,使臣子背君父,妾妇乘其夫,小人陵君子,夷狄侵中国,则阴盛阳微,当食必食。③

《诗集传》认为日食是日月以常度运行可能发生的现象,此一可能转化为现实的关键在于世间王政之盛衰,具体言之则是,王者修德行政,"当食而不食",国若无政,"当食必食"。朱熹认为人事的善恶可以改变天象,主

---

① 陈来云:"天象是人类生存依赖的对象,也是人类心灵敬畏的对象。在文明早期的时代,亦即科技文明极不发达的时代,天象的变化必然和早期宗教观念结合,使处于生存困境中的人们感到疑惑,也很容易使得古代人把人事中的某些遭遇与天象的变化联系起来。人们还往往把天象的变化视为神灵的作为,体现了神灵对人类行为的某种态度。其中最为明显的莫过于日食带给人们惊疑与恐惧。"陈来《古代思想文化的世界》,三联书店,2009年,第55—56页。
② 孔颖达:《毛诗正义》,北京大学出版社,1999年,第719—720页。
③ 朱熹:《诗集传》,上海古籍出版社,1958年,第132页。

张"人事的祸福全在人道本身,这是人本主义的理性主义"。①

李瀷运用科学知识否定日食与人事灾难之必然关系,他说:

> 日月之食皆有常度。古云:"当食不食,不当食亦食。"皆非也。今之历法最密,何尝有如此?若或有迟速而避之,则分数必差,步天之术何以准信?盖日月食者,天运本有之常。灾虽非因人而有者,为灾则大于此,恐惧修省可以免矣。②

李瀷认为日食与月食皆是正常的天文现象,其发生与人的行为无关,又认为人为造就的灾难也会大于日月之食,希望人们以恐惧修省之心来避免人为灾难的发生。李瀷从科学的角度解释日食,祛除了日食在诗中的神秘色彩,对正确认识日食有帮助。但是李瀷将此诗中的日食单纯定义为天文现象却与诗义存在巨大的距离,其解释脱离了《诗经》的时代背景:《诗经》《国语》《左传》等先秦典籍中有关日月星辰的记载无不"认为星辰日月的位置变动与地上人事的祸福相对应"③,与君主道德、政治局面、国运走向密切关联。所以《十月之交》之日食是作为政治警诫的作用与背景出现的,李瀷以科学精神否定日食与人事的关系,其解释与诗篇之本义不符。

再如《小雅·小旻》,此诗是劝诫国君勿用邪谋的诗,《诗集传》云:"大夫以王惑于邪谋,不能断以从善,而作此诗。"④此诗第三章云:

> 我龟既厌,不我告犹。谋夫孔多,是用不集。发言盈庭,谁敢执其咎?如匪行迈谋,是用不得于道。

---

① 陈来:《古代思想文化的世界——春秋时代的宗教、伦理与社会思想》,生活·读书·新知三联书店,2009年,第59页。
② 李瀷:《诗经疾书》,《韩国经学资料集成》第73册,成均馆大学出版部,1995年,第318—319页。
③ 陈来:《古代思想文化的世界——春秋时代的宗教、伦理与社会思想》,生活·读书·新知三联书店,2009年,第39—40页。
④ 朱熹:《诗集传》,上海古籍出版社,1958年,第137页。

此诗之"我龟既厌,不我告犹"是有关龟卜的记载。龟卜是春秋时代的重要活动①,人们通过占卜的形式向上天探求未知事物的吉凶。《小旻》诗对龟卜的描写充满了神秘色彩与神圣的意味。李瀷以科学的精神解释此诗,他说:

> 鬼神又何能知其吉凶?一卜二卜厌而不告,非知而不告,其实鬼亦不知也。②

李瀷的解释与《诗经》时代重视龟卜的社会背景不符合,他所持的科学知识与远古时代之诗人在思想上不同,因此其解释也难以获得诗人之旨意。李瀷的诠释只是科普知识的呈现,却并未真正考虑科学与诗义之间所存在的张力与紧张关系。

---

① 据刘玉建统计《左传》中有关龟卜的记载达五十五次,参刘玉建《中国古代龟卜文化》,广西师范大学出版社,1992年,第358—381页。
② 李瀷:《诗经疾书》,《韩国经学资料集成》第73册,成均馆大学出版部,1995年,第327页。

第十章　丁若镛《诗经讲义》研究

第一节　引言

朝鲜时代儒者丁若镛（1762—1836），字美庸，号茶山，京畿道广州郡人，朝鲜时代后期著名的文学家、思想家。正祖七年（1783），进士及第，官至兵曹参议、刑曹参议。丁若镛为官清廉，获得正祖的信任与庇护，在正祖朝度过了九年平静的仕宦生活。在正祖逝世的第二年（纯祖元年，1801），丁若镛受到天主教教案的牵连，先后被流放到庆尚道长寅、全罗道康津地区。纯祖十八年（1818）返回故乡，潜心著述。丁若镛著作繁富，内容涵盖政治、经济、地理、医学、文学等诸多领域，后人将其著作汇编为《与犹堂全书》。

丁若镛《诗经讲义序》自述其成书经过云：

> 干隆辛亥之秋九月，试射内苑，臣镛以不中，罚直于北营，在耀金门外。既而内降《诗经》条问八百余章，令臣条对，限四十日。臣乞展限二十日，蒙允。既条陈，御批烜赫，天奖隆重，条条评品，悉踰涯涘。时有遭离，不获入阁躬受，唯泛引百家一段为李学士明渊所诵，兹用弁卷以当序引。呜呼！真游既邈，臣之流落如此，抚卷衔恩，不禁涕洟之交也。嘉庆戊辰春，臣谨书。①

---

① 丁若镛：《诗经讲义》，《韩国经学资料集成》第 79 册，成均馆大学出版部，1995 年，第 3—4 页。

正祖命丁若镛完成条对是以其学术上的见解卓识来弥补射艺技能的缺憾，可见正祖对丁若镛的爱惜之情，亦可见君臣对于《诗经》的极为重视与熟稔。纯祖元年（1801），丁若镛遭罪贬谪他乡，人生经历了巨大的波折，从正祖朝的朝堂重臣转变为纯祖朝流放在野的贬谪之臣。他"抚卷衔恩，不禁涕洟之交也"，开始着手条对的修改与删定工作，于纯祖八年（1808）完成条对的修订工作，并在各条对前冠以正祖的问题，命名为《诗经讲义》。《诗经讲义》成书于丁若镛"流落"之际，与回答正祖条问之时相隔十八年之久。

《诗经讲义》由正祖"御问"与丁若镛的"条对"组成。著述体例是，先标出正祖条问所系之《诗经》篇名，再以"御问"开始，并顶格列出正祖的问题，同一诗篇的正祖多个问题，仅首条标注"御问"，其他的以顶格书写加以标示。丁若镛的条对以"臣对曰"低一格书写。《诗经讲义》所涉及的诗篇：国风一百三十九篇，《雅》九十四篇，《颂》三十四篇。① 本文以《诗经讲义》为主论述丁若镛的《诗经》学思想。

丁若镛的《诗经》学成就主要体现在《诗经讲义》一书中，该书由正祖的《诗经》条问与丁若镛的条对组成，是君臣之间讨论《诗经》的学术论点汇编。《诗经讲义》中的君臣问答，透视了这一历史时期朝鲜官方学术对《诗经》的主流倾向，具体表现为研究视角从宗朱熹之说向发掘并承继汉代《诗经》学的转移。同时，君臣以书面问答探析《诗经》诸问题，也涵括了君臣关于政治教化、学术精神、考据方法、文学体悟等诸多层面的态度与旨趣。

---

① 按：丁若镛《诗经讲义》中没有进行条对的诗篇，国风有二十一篇：《鄘风·鹑之奔奔》《相鼠》；《卫风·芄兰》；《郑风·有女同车》《蘀兮》《丰》《野有蔓草》《齐风·东方之日》《卢令》《敝笱》；《唐风·椒聊》《杕杜》《羔裘》《有杕之杜》《秦风·终南》《晨风》；《陈风·东门之池》《东门之杨》《防有鹊巢》《株林》《泽陂》，《桧风·素冠》《隰有苌楚》《小雅》有八篇：《吉日》《黄鸟》《我行其野》《谷风》《无将大车》《信南山》《菀柳》《瓠叶》。《大雅》有三篇：《下武》《泂酌》《韩奕》。《颂》有六篇：《维天之命》《维清》《有瞽》《潜》《载见》《丝衣》。

第二节　皇权政治与汉代《诗经》学的承继

朝鲜时代后期的《诗经》研究，开始打破此前朱熹《诗集传》独尊的局面，呈现出汉学与宋学并兴的研究态势。正祖是朝鲜时期的有为之君，在条问之中，呈现出强烈的政治诉求。丁若镛深谙正祖之意，条对诸问时，比较注意采纳汉代《诗经》学的观点，着重阐发诗教传统，对于《诗序》的存废之争，《诗经》的美刺传统以及作为谏书的《诗经》等问题都有比较深入的探讨。

一、对《诗序》的遵从与质疑

《毛诗》在西汉末期立为官学，后经东汉大儒郑玄笺注，唐代孔颖达新疏，逐渐成为《诗经》研究的主要尊奉对象。宋代疑古思潮兴起，自欧阳修、王质、郑樵以降，至朱熹都先后对《毛诗序》（下简称《诗序》）发起了猛烈的攻击。朱子学自高丽末年传入朝鲜半岛，在朝鲜李氏王朝成为官方正统学说，故研究《诗经》者大多奉朱熹《诗集传》为圭臬，对《诗序》持否定态度者甚多。众所周知，《诗集传》《诗序》在诗旨的界定、诗意的阐释等方面，存在很多差异，这种差异也引起了正祖的关注，如《邶风·柏舟》，正祖提问云：

> 《孔丛子》所引"匹夫"之"夫"，有断之以"妇"字之误，则固为妇人之诗矣。虽妇人之诗，何以必知其为庄姜之诗欤？《列女传》以此诗为卫宣夫人之诗，而《集传》不取，何欤？东儒云："若以为庄姜诗，则'薄言往愬'，于事实不衬。"此说何如？[①]

[①] 丁若镛：《诗经讲义》，《韩国经学资料集成》第 79 册，成均馆大学出版部，1995 年，第 73—74 页。

正祖以《孔丛子》《列女传》《诗集传》都将《柏舟》诗定为妇人所作，不同的是《列女传》认为是卫宣夫人之诗①，《诗集传》以为是庄姜之诗②。正祖所云"东儒"指的是朝鲜学者金昌翕（1653—1722，字子益，号三渊），据金钟正《诗传劄录》所引金昌翕诗说云："《柏舟》，以为庄姜之诗，则薄言往诉，于事实不衬切矣。"③正祖以此为据指出《诗集传》以庄姜解释《柏舟》不妥，理由是庄姜贵为东宫太子之妹④，不太可能有"薄言往愬"的轻率举动，此与礼法身份不相称。丁若镛回答曰：

> 《孔丛子》"匹夫"之"夫"，恐非误字。此诗之第三章纯是"执志不易"之意，何必以"执志"二字让之于《鄘·柏舟》，而断之为"妇"字之误乎？后儒妄矣！且卫宣夫人及庄姜皆妇人也，不可当匹夫之目，而亦其事实有异于执志不易，则《小序》之云"仁人不遇"，恐非误解。至若康叔谏三监之说出于赝书，本不足辨。《集传》之必以为庄姜之诗者，恐以此章下接《绿衣》，而卫宣夫人之事又在庄、桓、州吁之后，则不当在《邶风》之首也。然东儒之说不为无见，且"靡我无酒""以敖以游"等句亦似非妇人之语矣。⑤

丁若镛首先指出《孔丛子》"匹夫"之"夫"不是误字，从而否定《诗集传》《列女传》将此诗定为女性之诗，继而引入《诗序》"言仁而不遇也。卫顷公之时，仁人不遇，小人在侧"⑥的解释。至于正祖所问《诗集传》为何不取《列女传》的解释，丁若镛从《卫风》诗篇的时间叙述角度来解释，

---

① 张敬：《列女传今注今译》，台湾商务印书馆，1994年，第135—136页。
② 朱熹《诗集传》云："今考其辞气卑顺柔弱，且居变风之首，而与下篇相类，岂亦庄姜之诗也欤？"朱熹《诗集传》，上海古籍出版社，1958年，第15页。
③ 金钟正：《诗传劄录》，《韩国经学资料集成》第71册，成均馆大学出版部，1995年，第682页。
④ 《卫风·硕人》这样描述庄姜的身份，云："齐侯之子，卫侯之妻，东宫之妹，刑侯之姨，谭公维私。"
⑤ 丁若镛：《诗经讲义》，《韩国经学资料集成》第81册，成均馆大学出版部，1995年，第74页。
⑥ 孔颖达：《毛诗正义》，北京大学出版社，1999年，第113页。

认为卫宣姜的事情在州吁之后,不能放在《邶风》之首,这是很有见地的观点。

再如《王风·丘中有麻》,正祖条问云:

《大车》,大夫只治其私邑,故刑禁之效未能遍于一国欤?①

正祖以《诗集传》对《丘中有麻》《大车》的解释而提问。《丘中有麻》,《诗集传》云:"妇人望其所与私者而不来,故疑丘中有麻之处,复有与之私而留之者,今安得施施然而来乎?"② 《大车》,《诗集传》云:"周衰,大夫犹有能以刑政治其私邑者,故淫奔者畏而歌之如此。"③ 正祖根据《诗集传》来理解《丘中有麻》诗,他认为《大车》之大夫治理私邑,禁止淫奔,但是效果却只局限于一邑,未能覆盖全国,而《丘中有麻》诗描写的则是大夫私邑以外的淫奔情形。对此,丁若镛答云:

《小序》以此为思贤之诗。盖谓贤者退处丘园之中,艺桑麻、树禾麦而不为经世之务也。麻中会淫,甘为犬彘之行者,不过为町隶之贱,安得字之曰"子嗟""子国",如学士大夫之为哉?其非淫诗矣。④

此诗,《诗序》与《诗集传》相异。《诗序》云:"思贤也。庄王不明,贤人放逐,国人思之,而作是诗也。"⑤ 毛传曰:"留,大夫氏。子嗟,子也。"丁若镛赞同《诗序》的解释。他对《诗集传》的否定主要是通过界定诗中所涉及的"子嗟""子国"之"子"在身份上应当是属于郑国的士大夫,而遵守礼法的士大夫是不太可能在桑麻之地与人野合的。

---

① 丁若镛:《诗经讲义》,《韩国经学资料集成》第 81 册,成均馆大学出版部,1995 年,第 144 页。
② 朱熹:《诗集传》,上海古籍出版社,1958 年,第 47 页。
③ 同上书,第 46 页。
④ 丁若镛:《诗经讲义》,《韩国经学资料集成》第 81 册,成均馆大学出版部,1995 年,第 144—145 页。
⑤ 孔颖达:《毛诗正义》,北京大学出版社,1999 年,第 270 页。

此外丁若镛对于《郑风·风雨》①《秦风·无衣》②《豳风·伐柯》③《小雅》总论条④也赞同《诗序》的解释。

丁若镛虽然时常赞同《诗序》之释义，但是并不迷信《诗序》，有时也对《诗序》的解释表示辩驳，如《郑风·狡童》，正祖根据《诗集传》的解释怀疑《诗序》云：

> 《诗序》以《狡童》为刺忽，而观于《山有扶苏》乃有"狡童"之文，则"狡童"岂非戏所私者欤？此似可以辨《诗序》之谬，未知如何？⑤

丁若镛答云：

> 上下四篇《小序》皆以为刺忽。然郑忽辞婚，恭而有礼，谨而有守，君子之论，宜与而不宜贬。若以不得齐援，而罪其愚朴，则是驵侩之言，非义理之揆也。特以《有女同车》有"孟姜""洵美"之语，故序诗者因以标题也。然孟姜未尝至郑，则郑人何以知其"洵美"？何以得云"德音"？又何云"同车""同行"乎？此《序》说之误也。虽然，

---

① 正祖问曰："《郑风·风雨》《序》以此为乱世思君子之诗，恐似非误，而朱子断以为淫诗，何也？"丁若镛答云："有志之士，每风雨潇洒，星月晦冥，独夜无眠，愁思撩乱，慷慨有忧世慕古之志，思与贤豪之士，开怀纵谈，以舒畅其壹郁，此风人之意也。若徒于此时此境，怀燕婉之乐，而垫昏冥之行，岂所谓'思无邪'哉？《左传》郑六卿之饯宣子，子游赋《风雨》，子旗赋《有女同车》，子柳赋《萚兮》，宣子喜曰：'郑其庶乎。'若使三诗也而为淫奔之词，则郑其殆乎，不当曰庶乎也。"丁若镛《诗经讲义》，《韩国经学资料集成》第81册，成均馆大学出版部，1995年，第157页。

② 正祖问曰："《秦风·无衣》呼天子为'子'，倨慢甚矣。变'七'言'六'，未必谦也，只是协韵耳。《集传》云'不敢当侯伯之命'，何欤？"丁若镛答曰："谓天子曰'子'，无是理也。旧《序》云：'晋大夫请命乎天子之使，而作是诗。'不可违也。"同上书，第183页。

③ 正祖问曰："《豳风·伐柯》此诗二章终始以婚姻为言，何欤？"丁若镛云："《小序》恐有理。盖周公之居东，人不知而不愠，未尝自献其身，如处子在室，只待媒妁之言，故曰：'匪媒不得。'及成王之迎归，有若醮牢之共飨，宗祀之相助，故曰'笾豆有践'也。"同上书，第225页。

④ 丁若镛云："诗之有变，以其政事之变也。政事变，故诗之体裁、声律亦不能无变，而其出于性情之正，则一也，故曰雅也。然则变雅者，正中之变也。"同上书，第230页。

⑤ 同上书，第155页。

《伊训》之云顽童,《麦秀》之云狡童,皆非男女相悦之词。则狡童、狂童未必为淫诗之断。案:臣谓此等处阙疑为善也。①

丁若镛赞同正祖对《狡童》诗的理解,否定《诗序》以"刺忽"解释《狡童》,其补充的证据有两条:一是郑忽以礼辞齐国婚姻,应该赞誉不该讽刺。二是指出《诗序》以"刺忽"释《郑风·有女同车》《山有扶苏》《萚兮》《狡童》② 四诗的不妥,并举《有女同车》为例来驳《诗序》。《有女同车》,《诗序》云:"刺忽也。郑人刺忽不昏于齐。太子忽尝有功于齐,齐侯请妻之。齐女贤而不取,卒以无大国之助,至于见逐,故国人刺。"③《诗序》以《有女同车》中的"孟姜"为齐女,丁若镛云:"孟姜未尝至郑,则郑人何以知其'洵美'?何以得云'德音'?又何云'同车''同行'乎?"对《诗序》加以否定。《狡童》诗,丁若镛在否定《诗序》的态度上与正祖一致,但是他否定《诗集传》的解释,认为不能以诗中有"狡童"二字就简单地断定该诗为淫奔之诗。但是丁若镛认为更合理的学术态度是以阙疑处之,反映出他比较谨慎的治学风格。

此外,丁若镛在《齐风·著》④《唐风·山有枢》⑤ 等诗的解释上也均否定《诗序》之说。

---

① 丁若镛:《诗经讲义》,《韩国经学资料集成》第 81 册,成均馆大学出版部,1995 年,第 155—156 页。
② 《郑风·有女同车》,《诗序》云:"刺忽也。郑人刺忽之不昏于齐。"孔颖达《毛诗正义》,北京大学出版社,1999 年,第 296 页。《山有扶苏》,《诗序》云:"刺忽也。所美非美然。"孔颖达《毛诗正义》,北京大学出版社,1999 年,第 299 页。《萚兮》,《诗序》云:"刺忽也。君弱臣强,不倡而和也。"孔颖达《毛诗正义》,北京大学出版社,1999 年,第 303 页。《狡童》,《诗序》云:"刺忽也。不能与贤人图事,权臣擅命也。"孔颖达《毛诗正义》,北京大学出版社,1999 年,第 304 页。
③ 同上书,第 296—297 页。
④ 丁若镛云:"(《齐风·着》)此诗之为刺不亲迎,本是《序》说,臣则未见其必然也。"丁若镛《诗经讲义》,《韩国经学资料集成》第 81 册,成均馆大学出版部,1995 年,第 166 页。
⑤ 正祖问曰:"《山有枢》是答《蟋蟀》非过于佚乐者,若以为真欲急荒者,恐近于高叟之固,未知如何?"丁若镛答云:"《孔丛子》曰:'于《蟋蟀》见陶唐俭德之盛。'班孟坚曰:'《蟋蟀》《山枢》之诗,思奢俭之中,念死生之虑。'古人评订皆如是也。至若旧《序》之说,全不成理,不可遵也。"同上书,第 179 页。

可见，在《诗序》之说的存废问题上，丁若镛不局限于《诗序》《诗集传》的学术权威与正祖的政治权威，依据具体诗篇情况进行独立思考，自由取舍，其不以存废论《诗序》的研究态度也是合理的。

二、美刺传统的异域传承

《诗序》界定《诗经》的社会功能是："故正得失，动天地，感鬼神，莫近于诗。先王以是经夫妇，成孝敬、厚人伦，美教化，移风俗。"① 又云："上以风化下，下以风刺上。主文而谲谏，言之者无罪，闻之者足以戒。"② 《诗序》以此为理论依据，以美刺论《诗》。作为儒家知识分子的丁若镛受《诗序》的影响，亦常以美刺论《诗》，透露出他对形而上的学问知识向政治领域转化的学术关注。

如正祖以《诗集传》释为"淫诗"的诗篇是否可以被之管弦提问③，丁若镛答云：

> 郑、卫之讼，前人之述备矣。然臣以为《乐记》以郑、卫为乱世之音，桑间濮上为亡国之音。今《桑中》载于卫诗，恶得与郑、卫有乱世亡国之别？即《桑中》之非"桑间"明甚。子曰"郑声淫"，又曰"放郑声"，何言郑而不言卫乎？既放之，又何以列于国风乎？即郑、卫之诗之非郑、卫之音，又明甚。又《史记·乐书》及应劭《风俗通》皆桑间与郑分而言之，可按而知也。大抵君臣也、夫妇也、朋友也，以义而合，事情相类，故君臣、朋友之间，托辞于男女者，诗家之本法也。故自《离骚》、汉、魏而下，皆慕效风诗。此体甚多。……夫善则美之，恶则刺之，此《诗》之所以作也。美之则劝，刺之则惩，此诗之所以采，而太史之所以被之管弦也。今若舍"美刺"二字而求《诗》之所以

---

① 孔颖达：《毛诗注疏》，北京大学出版社，1999年，第11—12页。
② 同上书，第16页。
③ 正祖问曰："然郑、卫之淫诗只当存之，以观民风之而已，似不合被之弦歌矣。乃犹领在乐官，以时存肄者，何欤？若不登之乐歌，则惩创鉴戒之意犹为未切而然欤？"丁若镛《诗经讲义》，《韩国经学资料集成》第81册，成均馆大学出版部，1995年，第15页。

为《诗》,则不几于舍"褒贬"二字而求《春秋》之所以为《春秋》也乎?世有刺淫之诗,而无淫诗被之管弦,靡不可也。①

丁若镛在表达《诗经》无淫诗之观点的同时,还对《诗序》之"美刺"功用进行阐扬。他认为"美刺"之于《诗经》如"褒贬"之于《春秋》,并将"美刺"作为《诗经》编集、被之管弦的最高目的。丁若镛以"君臣、朋友之间,托辞于男女",来转换郑、卫诗中以男女之情为书写对象的解释视角,认为这些诗在男女之情的背后都寄寓了君臣、朋友关系的理性思考。

丁若镛对"美刺"的阐扬主要表现在对《诗序》的解释与维护上。如《周南·卷耳》,正祖认为依据朱熹的解释②,此诗是对后妃登高乘马的写照,而这与后妃的身份德行不符,并就此提出条问。③丁若镛条对曰:

> 乘马、登山,诚非妇人之事。太姒有静淑之德,宜无是也。《序》说之言"求贤审官",必有所据。……求贤审官,诚为后妃之德,而国之所以废兴存亡,以是也。《诗》之为戒,不其渊矣乎!④

《诗序》释《卷耳》云:"后妃之志也,又当辅佐君子,求贤审官,知臣下之勤劳。内有进贤之志,而无险诐私谒之心,朝夕思念,至于忧勤也。"⑤表彰的是后妃辅佐君王,为君王求贤审官的政治功德,属于"美"的范畴。丁若镛赞同《诗序》的解释,其条对是对《诗序》的进一步阐释。

---

① 丁若镛:《诗经讲义》,《韩国经学资料集成》第81册,成均馆大学出版部,1995年,第16—18页。
② 朱熹云:"后妃以君子不在而思念之,故赋此诗,托言方采卷耳,未满顷筐,而心适念其君子,故不能复采,而寘之大道之旁也。"朱熹《诗集传》,上海古籍出版社,1958年,第4页。
③ 正祖问曰:"《卷耳》从朱子说,作后妃思文王之诗,则'陟彼崔嵬,我马虺隤',是后妃之登高望远也。或曰妇人乘马登山之毋亦有未可者欤?或曰仆马疲顿,为文王之躯驰历险,此说何如?焦氏《易林》云:'玄黄、虺隤,行者劳疲,役夫憔悴,逾时不归。'以仆夫疲顿为行役者之辞,厥惟久矣。"丁若镛《诗经讲义》,《韩国经学资料集成》第81册,成均馆大学出版部,1995年,第28页。
④ 同上书,第28—30页。
⑤ 孔颖达:《毛诗正义》,北京大学出版社,1999年,第36页。

《诗经》歌颂后妃美好德行,但很少与国家之政治直接联系,需要借助《诗序》《毛传》等解释才能发现其微言大义。但是,《诗经》中有很多关于后妃不德给国家带来灾害的沉痛书写。幽王之妻褒姒即一例。褒姒迷惑幽王,致使幽王荒废国政、抛弃贤人,终致命丧犬戎,西周灭亡。① 丁若镛重视后妃之德,并将其重要性提升到"国之所以废兴存亡"的高度,他对颂美之诗的极力表彰包含了对国家政治命运的深切关注,对社稷兴衰存废的深层忧思。

丁若镛也非常重视《诗经》中具有讽刺意义的诗篇。如《鄘风·君子偕老》,《诗序》云:"刺卫夫人也。夫人淫乱,失事君子之道,故陈人君之德,服饰之盛,宜与君子偕老也。"② 丁若镛云:

> 此所谓刺诗也。其辞婉,其旨微,其声韵清切激扬,千载之下,尚令人嗟咄而嫉恶之,此诗人之妙也。臣又谓此诗之遍举服饰容貌之盛,有三个意思:一芬芳馥郁,自以为美,而识者瞠之,其淫秽塞鼻也。一宣公既死,谁适为容,既寡而治,明征其淫也。一只举外貌之盛,而毫不举德行,则其极口赞扬,乃所以极口讥刺也。反复玩味,作文之妙,几可见矣。③

此诗,丁若镛也以《诗序》为基调进行阐释。丁若镛以美刺释诗,把《诗经》作为颂美与讽刺的谏书,通过条对传达自己对国家政治的关注,激发并调动君王对正言若反的讽谏作品的感受力,使其《诗经》阐释带上了浓郁的政教色彩。

---

① 《诗经》中有多篇讽刺褒姒的诗作,如《小雅·正月》云:"赫赫宗周,褒姒灭之。终其永怀,又窘阴雨。其车既载,乃弃尔辅。"《小雅·十月之交》云:"皇父卿士,番维司徒,家伯冢宰。仲允膳夫,棸子内史,蹶维趣马。楀维师氏,艳妻煽方处。"《大雅·瞻卬》:"哲夫成城,哲妇倾城。懿厥哲妇,为枭为鸱。妇有长舌,为厉之阶。乱匪降自天,生自妇人。"
② 孔颖达:《毛诗正义》,北京大学出版社,1999年,第182—183页。
③ 丁若镛:《诗经讲义》,《韩国经学资料集成》第81册,成均馆大学出版部,1995年,第115—116页。此条,正祖问曰:"此诗三章,辞皆甚婉,若非'子之不淑'一句,则几无以见其为讥刺矣,称道其衣服容貌之盛者,为讥刺欤?"丁若镛《诗经讲义》,《韩国经学资料集成》第81册,成均馆大学出版部,1995年,第115页。

三、作为谏书的《诗经》学

《诗经》在两汉之际属于伦理道德之书，常被庙堂之士作为进谏的主要文本依据，如《汉书·儒林传》载：

> 王式……为昌邑王师。昭帝崩，昌邑王嗣立，以行淫乱废，昌邑群臣皆下狱诛。唯中尉王吉、郎中令龚遂以数谏减死论。式系狱当死，治事使者责问曰："师何以亡谏书？"式对曰："臣以《诗》三百篇朝夕授王，至于忠臣孝子之篇，未尝不为王反复诵之也；至于危亡失道之君，未尝不流涕为王深陈之也。臣以三百五篇谏，是以亡谏书。"使者以闻，亦得减死论。①

丁若镛也将《诗经》作为谏书，具体表现在其《诗经》条对对国君德行的关注与规谏。如《小雅·苕之华》，《诗序》云："大夫闵时也。幽王之时，西戎、东夷交侵中国，师旅并起，因之以饥馑。君子闵周室之将亡，伤己逢之，故作是诗也。"②此诗末章云："牂羊坟首，三星在罶。人可以食，鲜可以饱。""三星在罶"，《诗集传》云："罶中无鱼而水静，但见三星之光而已。"③正祖以"三星在罶"发问④，他认为竭泽而渔固然是导致罶中无鱼的直接原因，但衰乱之世气运衰薄更是罶中无鱼的根本原因。对此，丁若镛云：

> 于物鱼跃，则岐周之旺气可见；三星在罶，则衰周之末运可验。此

---

① 班固：《汉书》，中华书局，1962年，第3610页。
② 孔颖达：《毛诗正义》，北京大学出版社，1999年，第945页。
③ 朱熹：《诗集传》，上海古籍出版社，1958年，第174页。
④ 正祖问曰："'三星在罶'，罶中无鱼，以竭泽而渔故欤？非必竭泽而渔，叔季运气衰薄，天地之产自然不富欤？"丁若镛《诗经讲义》，《韩国经学资料集成》第81册，成均馆大学出版部，1995年，第363页。

先儒所谓气数之说也。臣则以为，天地之间本无气数，盛衰兴亡，唯德所召。致中和，天地位焉，万物育焉。德之所孚，草木、鸟兽、鱼鳖咸若感应之。理捷于影响，岂可归之于气数乎？诚使衰周之君奋发振作，德化洋溢，则天地万物其不同归于位育之化乎？伏愿圣上深留意焉！①

正祖以气运之盛衰来论定物产之盛衰，认为衰世之人只能以无可奈何的消极态度处之。丁若镛反对正祖的悲观主义论调，主张气运之盛衰关键在于君王是否以"德"施政，强调国君奋发振作、以德化育万物对于国家命运的重要作用。一句"伏愿圣上深留意焉"，凝结的是丁若镛对国家社稷的关怀，对正祖的政治期待。

再如《小雅·节南山》，此诗"刺王用尹氏以致乱"。② 正祖将政乱国衰的原因归结于尹氏不亲自为政，任用小人，而致大乱。③ 正祖将国家衰乱归咎于大臣。就《节南山》所刺对象，丁若镛的回答与正祖针锋相对，他认为国君不修君道才是导致政治上出现"时维妇寺"④，妻党盛行、国家衰败的根本原因。他说：

> 臣于此篇知君道之不可自逸也。"弗躬不亲""不自为政"，虽指司尹而言，其实未敢言斥王躬而第督过于师尹也。元首起哉，股肱喜哉，君道奋发，而后臣道熙载，未有自暇自逸而庶绩其凝者也。"弗躬弗亲"，则妇寺用事，小人乘间，百度愆乖，民莫之信。诗人忧爱之诚，专在上躬，岂区区师尹之足惮哉？故卒章直书其名曰："家父作诵，以

---

① 丁若镛：《诗经讲义》，《韩国经学资料集成》第 81 册，成均馆大学出版部，1995 年，第 364 页。
② 朱熹：《诗集传》，上海古籍出版社，1958 年，第 127 页。
③ 正祖问曰："前章既言'弗躬不亲'，此又言'不自为政'，若使尹氏躬自为政，则庶免病国，而惟其所任用者小人，故致此大乱也欤？"丁若镛《诗经讲义》，《韩国经学资料集成》第 81 册，成均馆大学出版部，1995 年，第 290 页。
④ 《诗经·大雅·瞻卬》，孔颖达《毛诗正义》，北京大学出版社，1999 年，第 1259 页。

究王讻。"斯可验也。①

丁若镛此条明确言及国君所践行的为君之道与国家命运休戚相关。丁若镛认为《节南山》表面是刺大夫尹氏,其实质是对国君亵渎朝政、"不自为政""弗躬不亲"的讽谏,并以此条对来劝谏君王"永言配命,自求多福"。②

第三节　复归"思无邪"与批判"淫诗说"

丁若镛在一些诗篇的诗旨上赞同并采取朱熹《诗集传》与《朱子语类》的观点。兹举两例。

《郑风·女曰鸡鸣》,此诗是"叙一家弋人（猎鸟者）夫妇向晨问答有关家常生活之诗"。③《朱子语类》云:"《女曰鸡鸣》一诗,意思亦好。读之,真个有不知手之舞足之蹈者。"④ 正祖针对《朱子语类》而发问曰:

《女曰鸡鸣》是郑诗中开眼处,然朱子以为使人手舞足蹈,何欤?⑤

丁若镛答云:

此诗敬而不矫,和而不流,勤而不野,俭而不薄,数回讽诵,志气和畅,朱子之言不为过矣。⑥

---

① 丁若镛:《诗经讲义》,《韩国经学资料集成》第81册,成均馆大学出版部,1995年,第290—291页。
② 《诗经·大雅·文王》,孔颖达《毛诗正义》,北京大学出版社,1999年,第964页。
③ 陈子展:《诗经直解》,复旦大学出版社,1983年,第255页。
④ 朱熹:《朱子语类》卷八十,《朱子全书》第17册,上海古籍出版社,2002年,第2759页。
⑤ 丁若镛:《诗经讲义》,《韩国经学资料集成》第81册,成均馆大学出版部,1995年,第153页。
⑥ 同上书,第153—154页。

丁若镛从夫妇感情敬和，生活事务勤俭，以及此诗给读者带来的和悦畅达的审美体验上来疏解诗意。他从推导朱熹所言之缘由并结合自己的读诗经验与感受来分析《诗》，其对此诗的理解也是合理的。

再如《小雅·菁菁者莪》，《诗序》云："乐育材也。君子能长育人材，则天下喜乐之矣。"① 《诗集传》云："此亦燕饮宾客之诗。"② 《诗集传》与《诗序》的解释相异。丁若镛说：

> 此诗之为乐育人材，本之旧说，而后来遂为教育之诗，与《青衿》并行。……然《左传》郑穆公来朝，季平子赋《采菽》，穆公赋《菁菁者莪》，则只是宾主燕乐之意。朱子之不取教育之义者，恐得之矣。③

丁若镛赞同《诗集传》以此诗为燕饮之诗，并举《左传》穆公赋《菁菁者莪》所包含的燕饮之意作为证据。此外，丁若镛于《周南·樛木》④，《大雅·卷阿》⑤ 等诗的诗旨也赞同《诗集传》的解释。

《诗集传》释《诗》以义理见长，而在训诂上多袭用《毛传》《郑笺》的既有成果，在训诂方面的发明不多，但也有时有新见。丁若镛对《诗集传》所提出的训诂释义也加以采纳。

---

① 孔颖达：《毛诗正义》，北京大学出版社，1999年，第628页。
② 朱熹：《诗集传》，上海古籍出版社，1958年，第113—114页。
③ 丁若镛：《诗经讲义》，丁若镛《诗经讲义》，《韩国经学资料集成》第81册，成均馆大学出版部，1995年，第260—261页。此条，正祖问曰："《菁菁者莪》只是兴之，不取义者，而后世以为乐育英才之义，岂朱子前说尝作比义者如此欤？韩昌黎亦尝引之以喻人材之盛，是本于旧说欤？"丁若镛《诗经讲义》，《韩国经学资料集成》第81册，成均馆大学出版部，1995年，第260页。
④ 丁若镛认为《诗集传》对《樛木》诗的解释是可取的。《周南·樛木》，正祖问云："乐只，乐易也。《集传》云：'众妾乐其德而称愿'，则是可乐哉，君子也。语意有宾主之别？"丁若镛答曰："此与'岂弟君子''假乐君子'同为乐易之君子也。乐易之人，人亦乐之，则《集传》之义不相妨也。"同上书，第31页。
⑤ 丁若镛曰："《集传》之义渊永有味，不必疑也。"同上书，第415页。

如《邶风·旄丘》末章"琐兮尾兮,流离之子"之"流离",《毛传》云:"流离,鸟也,少好长丑,始而愉乐,终以微弱。"《郑笺》释《毛传》云:"卫之诸臣,初有小善,终无成功,似流离也。"① 《诗集传》与《毛传》《郑笺》的解释相异,其云:"流离,飘散也。"② 丁若镛赞同《诗集传》的训诂云:"'流离'之亦恐从《集传》说为得。"③

再如《王风·扬之水》末章"不流束蒲"之"蒲",《毛传》释为"草也"④,《郑笺》释为"蒲柳"。⑤《毛传》与《郑笺》相异,《诗集传》取《郑笺》的解释。丁若镛赞同《诗集传》的选择,他说:"楚荆,荆木也。薪亦匪斧不克,则木也。蒲若草也,则与薪楚异类,且非不流之物。《集传》之取郑,恐得之矣。"⑥

丁若镛赞同《诗集传》的释义,但不唯《诗集传》是尊,也时有批驳,最明显之处便是反对朱子"淫诗"说。如《郑风·叔于田》,《诗集传》云:"或疑此亦民间男女相悦之词也。"⑦ 丁若镛云:

> 《郑风》无淫诗,其有男女之说者,皆刺淫之诗也。"诗三百,一言以蔽之。曰思无邪。"则诗三百,一言以蔽之,曰贤人君子之作也。狭邪奸丑之徒,相悦相赠之词,岂可以被之管弦,奏之房中,奏之乡党哉?无是理也。《诗》之美刺,《春秋》之褒贬也。故曰"《诗》亡而春秋作"。若云淫诗可列圣经,则弑逆之臣可作《春秋》乎?奚但《叔于

---

① 孔颖达:《毛诗正义》,北京大学出版社,1999年,第158页。
② 朱熹:《诗集传》,上海古籍出版社,1958年,第23页。
③ 丁若镛:《诗经讲义》,《韩国经学资料集成》第81册,成均馆大学出版部,1995年,第99页。
④ 孔颖达:《毛诗正义》,北京大学出版社,1999年,第259页。
⑤ 同上。
⑥ 丁若镛:《诗经讲义》,《韩国经学资料集成》第81册,成均馆大学出版部,1995年,第141页。此条,正祖问曰:"蒲,毛氏以为草,郑氏以为蒲柳,《集传》取郑不取毛何欤?"丁若镛《诗经讲义》,《韩国经学资料集成》第81册,成均馆大学出版部,1995年,第141页。
⑦ 朱熹:《诗集传》,上海古籍出版社,1958年,第48页。

田》二篇耳,即《风雨》《褰裳》无一而可淫也。①

丁若镛认为《诗经》具有美刺的政治功能,因此《郑风》中的男女之辞系刺淫之诗,并从三个方面否定"淫诗"说:首先,孔子以"思无邪"评价《诗经》;其次,《诗经》的作者是贤人君子,不可能作淫诗;最后,《诗经》被之管弦,奏之房中,具有教化的功效,而不能奏淫诗以广教化。

再如《邶风·静女》,《诗集传》定为淫诗云:"此淫奔期会之诗也。"②丁若镛否定《诗集传》云:

此诗之出为"淫诗",盖以"俟我于城隅",有若期会于幽僻之处也。然按《周礼》"城隅",《注》:"城隅,角桴思也。"……后夫人女史之官,亦或俯伏于内殿之桴思也。大抵既曰静女而谓之淫奔,诚不可解也。③

丁若镛认为《诗集传》断此诗为"淫诗"的关键点是将"俟我于城隅"之"城隅"释为"幽僻之处"。④郑玄注《周礼·考工记·匠人》"城隅之制九雉"云:"城隅,谓角浮思也。"⑤"浮思,亦作'罘罳''罘思',在此是指古代设在宫墙四角的屏障,上有孔,形似网,用以守望和防御"⑥,丁若镛依据郑玄的注认为"城隅"非《诗集传》所释之期会幽僻之地,从而否定了《诗集传》的解释。此外丁若镛在《卫风·木瓜》《王风·大车》《郑风·将仲子》《山有扶苏》《褰裳》《风雨》《子衿》《出其东门》等诗中屡申《诗》

---

① 丁若镛:《诗经讲义》,《韩国经学资料集成》第81册,成均馆大学出版部,1995年,第148—149页。此条,正祖问曰:"谓此亦男女相悦之诗,而大旨以为爱共叔段之诗。盖以次篇是指共叔段,同是叔于田,不应一为男女相悦,一为爱共叔段,故与次篇则不可作男女相悦之诗欤?"丁若镛《诗经讲义》,《韩国经学资料集成》第81册,成均馆大学出版部,1995年,第148页。
② 朱熹:《诗集传》,上海古籍出版社,1958年,第26页。
③ 丁若镛:《诗经讲义》,《韩国经学资料集成》第81册,成均馆大学出版部,1995年,第109页。
④ 朱熹:《诗集传》,上海古籍出版社,1958年,第26页。
⑤ 贾公彦:《周礼注疏》,北京大学出版社,1999年,第1154页。
⑥ 杨天宇:《周礼译注》,上海古籍出版社,2004年,第670页。

无"淫诗"的观念，如下表所示：

出处 诗篇	朱熹《诗集传》	丁若镛《诗经讲义》
《卫风·木瓜》	疑亦男女相赠答之辞，如《静女》类。（第48页）	朱子答吕子约书亦从旧说，以为齐桓存卫之事，恐非男女相悦之诗也。（第137页）
《王风·大车》	妇人望其所与私者而不来。（第55页）	若以此诗为淫诗则恐不当。（第144页）
《郑风·将仲子》	莆田郑氏曰："此淫奔者之辞。"（第56页）	此乃刺淫之诗，非淫者所自作。（第147页）
《山有扶苏》	淫女戏其所私者。（第61页）	此诗必非淫诗，旧说颇有味也。（第154页）
《褰裳》	淫女语其所私者。（第62页）	此恐贤者之居异国者辞。（第156页）
《风雨》	淫奔之女，言当此之时，见其所期之人而心悦之也。（第63页）	有志之士，每风雨潇洒，星月晦冥，独夜无眠，愁思撩乱，慷慨有忧世慕古之志，思与贤豪之士，开怀纵谈，以舒畅其壹郁，此风人之意也。若徒于此时此境，怀燕婉之乐，而垫昏冥之行，岂所谓"思无邪"哉？《左传》郑六卿之饯宣子，子游赋《风雨》，子旗赋《有女同车》，子柳赋《萚兮》，宣子喜曰："郑其庶乎。"若使三诗也，而为淫奔之词，则郑其殆乎，不当曰庶乎也。（第157页）
《子衿》	此亦淫奔之诗。（第63页）	古来不以为淫诗也。（第159页）
《出其东门》	人见淫奔之女而作此诗。（第64页）	恐非淫奔之诗也。（第162页）

第四节　在学术与政治之间

丁若镛坚信道统高于治统,学术尊于政治,在《诗经》条对中并不畏惧正祖的君主权威,对正祖诗说作大胆的扬弃,在学术与政治之间自由畅谈。丁若镛时有赞同正祖诗说者,如《邶风·二子乘舟》,正祖问曰:

"养"字从水为瀁,养养即瀁瀁也。水之滉瀁,如人心之忧伤,摇摇靡所止泊也。此义何如?①

丁若镛直接以"圣谕至当矣"②来表示完全赞同正祖的解释。再如《小雅·皇皇者华》,正祖问曰:

《皇华》《鹿鸣》是一时之诗,何者鹿鸣之"示我周行",欲己之得助于贤也;《皇华》之"周爰咨诹",欲臣之求助于贤也,其辞意如出一人之口,岂非其验欤?③

丁若镛答云:"二诗之精神命脉专在求助二字,今奉圣训,不胜服膺矣。"④ 丁若镛在正祖的提问中提炼出《鹿鸣》诗"示我周行"与《皇皇者华》"周爰咨诹"的共同之处在于求贤,其回答传达出对正祖读诗体验的肯定。

丁若镛还对正祖不能确定的释义加以肯定,如《大雅·棫朴》,正祖条

---

① 丁若镛:《诗经讲义》,《韩国经学资料集成》第81册,成均馆大学出版部,1995年,第112页。
② 同上。
③ 同上书,第235页。
④ 同上。

对曰：

> 云汉长竟天，盖以为周王年寿之久，如云汉之长也。云汉长，故章于千年，寿久，故能作人，似非无取义者，未知如何？①

正祖所提问的诗句是《棫朴》诗之第四章："倬彼云汉，为章于天。周王寿考，遐不作人。"正祖认为用长可比于天的云汉来形容周王长寿，周王长寿故能"作人"。②丁若镛对正祖的释义加以肯定，其答云："诗之取兴苟得本意，无不精密如此，圣喻至当矣。"③此外，丁若镛于《小雅·斯干》④《大雅·假乐》⑤等诗中对正祖的解释也均表示赞同。

丁若镛还否定正祖诗说。如《小雅·六月》"整居焦获"之"整"，正祖问曰：

> "猃狁匪茹，整居焦获"之"整"字可疑，此诗方专言我师军容之盛，而却于彼寇之兵以整齐称之，何欤？⑥

正祖认为诗人以"整"来形容敌师军容整齐强大，不妥。丁若镛答曰：

---

① 丁若镛：《诗经讲义》，《韩国经学资料集成》第81册，成均馆大学出版部，1995年，第379页。
② 孔颖达：《疏》云："变旧造新之辞，故云变化纣之恶俗，近如新作人也。"孔颖达《毛诗正义》，北京大学出版社，1999年，第1000页。
③ 丁若镛：《诗经讲义》，《韩国经学资料集成》第81册，成均馆大学出版部，1995年，第379页。
④ 《小雅·斯干》，正祖条问曰："'载弄之璋'，固是尚其德，而亦能执圭秉璋，是男子有位者之事而然欤？"丁若镛答曰："圣喻至当矣。"同上书，第286页。
⑤ 《大雅·假乐》，正祖问曰："次章宜君宜王，与《斯干》之室家君王同意。'不愆不忘，率由旧章'，是言子孙之为天子诸侯者。三章、末章复为颂祝于今王，而朱子以此二章为皆称愿其子孙之辞，何欤？"丁若镛《诗经讲义》，第406—407页。丁若镛对曰："圣旨至当矣。《左传》鲁文公受享于晋，赋《嘉乐》。文三年，又齐侯、郑伯如晋，晋侯兼享之，赋《嘉乐》。襄廿六，并无戒子孙之意，即旧注亦以第三章以下为颂祝今王之辞也。"同上书，第407页。
⑥ 同上书，第266页。

> "整居"恐非军容之整齐也,盖焦获乃中国之地,非狁狁所得居,而今乃整居于是,则其蛇豕食国之计。可知既整居于是,而又复内侵,故所以十乘之先启,急欲驱除也。①

丁若镛认为"整"不是对敌军军容整齐的形容,此处"整"字是为了突出狁狁占据中国之地的贪婪之势。丁若镛从《诗经》文本出发得出来的解释也是正确的。

再如《大雅·云汉》,正祖问曰:

> 旧说以为美宣王。然今观其诗,盖仍叔代述悯旱之意,以为雩祷之词,如后世祈雨祭文也。遇灾修省,何暇为颂美之辞,如安乐无事之时耶?②

正祖认为《云汉》乃遇灾修省,祈雨之辞,并无颂美之意。丁若镛对此答曰:

> 有刺诗而若颂美者,《偕老》之刺宣姜,是也;有美诗而若箴警者,《云汉》之美宣王是也。帝王之美不在乎车服之盛,钟鼓之乐,遇灾修省,侧身恐惧,莫非颂美之事,则篇中虽无赞扬之语,不害其为美王之诗也。③

《云汉》记叙宣王祈雨,所包含的求雨目的原不涉对宣王心忧旱情、关心社稷苍生的赞颂,"大命近止,无弃尔成!何求为我,以戾庶正"④ 是对宣

---

① 丁若镛:《诗经讲义》,《韩国经学资料集成》第81册,成均馆大学出版部,1995年,第266—267页。
② 同上书,第428页。
③ 同上。
④ 《诗经·大雅·云汉》,孔颖达《毛诗正义》,北京大学出版社,1999年,第1204页。

王劝告大臣无弃国事，竭力精诚以定庶正的宣言。丁若镛从文辞修辞的角度感知诗篇文辞美刺之意，透过《云汉》祈雨的表面，体察宣王的王者仁心，从而确定此诗是颂美宣王之诗。

丁若镛释《诗经》，不主一家一说，故常有舍弃诸家释义，自创新说的情况。如《大雅·皇矣》"监观四方，求民之莫。维此二国，其政不获"之"二国"，《毛传》与《诗集传》等都释为"夏、商"[①]，《郑笺》释为"谓今殷纣及崇侯也"[②]，正祖认为"二国"应为商、周。[③] 丁若镛与诸家释义不同，其云：

> "二国"之解凡有三说：《毛传》以为夏、商，《郑笺》以为殷、崇，或说以为商、周，臣以为俱未稳当。夏之亡久矣，于周无当。《毛说》非也。殷、崇之并称，虽有《正义》之分疏，终是不伦，郑说非也。至于殷、周之说，尤恐误解，何则？四国，四方之国，而西顾亦四方之一也，然则将使一个西周既列于彼二国之中，又列于此四国之中，无是理也。且从《集传》以首章为太王之事，则太王之时曷尝有商、周之不相得乎？此又说不成也。臣谓"二国"，密与崇也。按《史记》西伯得专征之命，越二年，伐密须，又三年，伐崇侯虎而作丰邑，自岐下而徙。盖伐密、伐崇，即文王作都兴王之本，故此篇全叙是事。而首章先举与宅之命，中间二章特叙王季之德，以为毓庆之本也。据《左传》楚人灭江，秦伯为之降服，大夫谏公曰："吾自惧也。"君子引此《诗》曰："其秦穆之谓矣。"此以楚与江为二国，而非以秦与楚或秦与江为二国也。二国之非商、周，此亦可见矣。或曰首二章为太王之事，则"二

[①] 孔颖达：《毛诗正义》，北京大学出版社，1999年，第1018页；朱熹《诗集传》，上海古籍出版社，1958年，第214页。

[②] 孔颖达：《毛诗正义》，北京大学出版社，1999年，第1018页。

[③] 正祖问曰："'惟此二国'，《集传》曰：'夏、商也。'商政之不获，宜上天之究度。而若夏则远矣，或曰'二国'，商与周也。商之与周，其政不相得，故四方之国必审择其可与者，而皆无如周德。《书》所谓'惟尔多方'，罔堪顾之者也，乃始眷顾于西，而以岐山与宅，此说似为得之，未知如何？"丁若镛《诗经讲义》，《韩国经学资料集成》第81册，成均馆大学出版部，1995年，第382页。

国"不当为密、崇。臣曰：第三章明言"帝作邦作对，自太伯王季"，自太伯之"自"字当着眼看，夫既曰"自太伯王季"，则首二章之未尝言太王可知也。又按《天作》之诗曰："彼岨矣，岐有夷之行。"此承文王康之而言，非承太王荒之而言，若然此篇之第二章正征为文王之事也。故旧注亦以为文王之事。又《汉书·郊祀志》曰："乃眷西顾，此维与宅。"言天以文王之都为据，此居则此篇之首章又明征为文王之事也，夫首二章既为文王之事，则二国者，密也崇也。①

可见，丁若镛不赞同《毛传》《郑笺》与正祖的解释，他认为"二国"应为"密也崇也"。丁若镛的分析逻辑缜密，可为一家之言。

《诗经讲义》还呈现了正祖君臣追求学问精神的共同祈向，兹以名物制度考据为例。如《卫风·淇奥》"宽兮绰兮，猗重较兮"之"重较"，《毛传》云："卿士之车。"② 正祖问曰：

"重较"为卿士之车，朱子用毛、郑说，而我东先儒以为未然。其说曰："重者，厚重也；较者，博大也。"以其重厚博大，故虽戏谑而不至于轻佻。今以卿士车插于其间，脉理不贯，"猗"字亦无安顿，此说何如？③

正祖认为朝鲜学者以厚重博大，不至于轻佻释"重较"，要优于《毛传》的解释。丁若镛云：

"较"训博大，未知何据。较之音角，本取车上角立之意，若训博大不当音角。今"绰""较""谑""虐"四韵相叶，其为车上角立之较，

---

① 丁若镛：《诗经讲义》，《韩国经学资料集成》第81册，成均馆大学出版部，1995年，第382—385页。
② 孔颖达：《毛诗正义》，北京大学出版社，1999年，第219页。
③ 丁若镛：《诗经讲义》，《韩国经学资料集成》第81册，成均馆大学出版部，1995年，第127—128页。

无疑也。但其云"卿士之车"者,非也。盖古者车皆立乘,立则凭较,俯则凭轼,较在轼上,望之若重,故曰"重较",此自天子达于卿士同然也。二章之"充耳琇莹,会弁如星",言其在朝之德容也。此章之"宽兮绰兮,猗重较兮"言其登车之德容也。猗者,瞻望嗟叹之辞,恐不必别立异解也。①

丁若镛否定朝鲜学者的解释,理由是"较"音"角",不可训为"博大"。丁若镛也否定《毛传》以"卿士之车"笼统地解释"重较",理由是"重较"是天子与卿士车共同的特征,不可以卿士的等级来称此车。丁若镛认为"较"为"车上角立之较",明确"较"与车有关。丁若镛根据古代"车皆立乘"的乘车习惯云:"立则凭较,俯则凭轼。"意思是乘车需要依靠"较"与"轼",由于"较在轼上",观察登车之人凭依"轼"与"较"则是"望之若重"。因此丁若镛认为"猗重较兮"是对登车之人凭依"轼"与"较"的状态的描写。

但是现代学者扬之水根据出土文献确定"重较"为一物,扬之水云:"陕西陇县边家庄五号春秋墓、山西临猗程村春秋车马坑出土的车,车与四面除后边留出一个车门外,四周都有纵横交错的矮栏,车与左右外缘,却又各做出一道高扶手,边家庄车的扶手并且煨出一个弯曲的弧,这便是重较。重较也可以作成活动的铜把手,即《说文》所说'车上曲钩'者……较的样子,正如曲

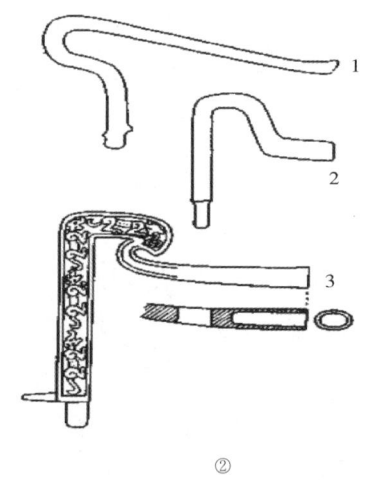
②

---

① 丁若镛:《诗经讲义》,《韩国经学资料集成》第 81 册,成均馆大学出版部,1995 年,第 128 页。
② 按:铜较。1. 濬县辛村出土。2. 淮阳马鞍冢出土。3. 侯马上马出土。转引自扬之水《诗经名物新证》,人民美术出版社,2016 年,第 362 页。

钩。直的一端有銎接木，可以插在车栏的短柱上，接木处有骨钉子横固于铜銎。"① 上图为扬之水先生所附的"铜较"图，分别由 1. 濬县辛村出土 2. 淮阳马鞍冢出土 3. 侯马上马儿出土。下图为装重较的车，在上者为陇县边家庄春秋墓出土，在下者为临猗程村春秋车马坑出土：

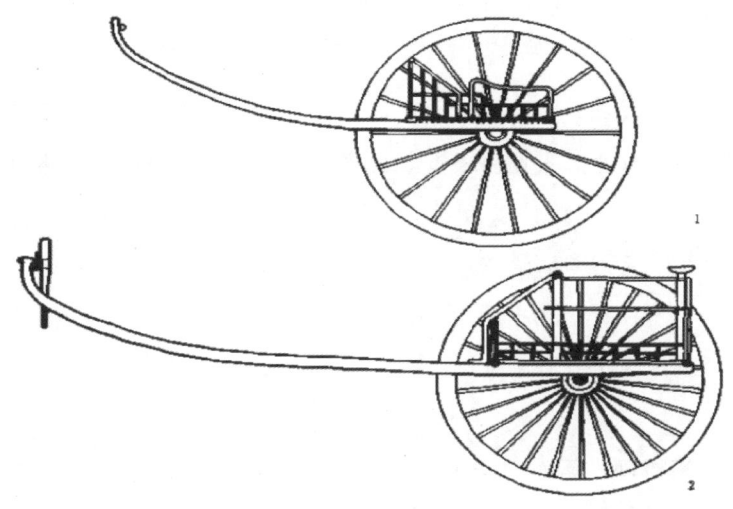

丁若镛以"重较"为"轼"与"较"，与"重较"为一物的解释有差异，但是其将"猗重较兮"作为乘车的状态却是不误的，并且结合"猗重较兮"所在的诗章"宽兮绰兮，猗重较兮。善戏谑兮，不为虐兮"，认为"猗重较兮"是对乘车之人德容的描写，这与此诗第二章"有匪君子，充耳琇莹，会弁如星。有匪君子，终不可谖兮"所形容的君子在朝之德容相呼应。这样的思路与扬之水不谋而合，如扬之水云："伏轼以示谨敬，超乘以见英武，而《淇奥》之'猗重较兮'，上承'宽兮绰兮'，下启'善戏谑兮，不为虐兮'，正由严肃敬谨、温纯深粹之外，别见一番神姿高朗的雅人深致。重较装饰了车，也装饰了人，但必要有诗中这实在却空灵的一'猗'，一切才都活起来，物与人才因此而有了永久的生命。"②

---

① 扬之水：《诗经名物新证》，北京古籍出版社，2000 年，第 447—448 页。
② 同上书，第 448 页。

再如《大雅·文王有声》云:"镐京辟廱,自西自东,自南自北,无不思服,皇王烝哉。""辟廱",《诗集传》云:"辟,璧通。廱,泽也。辟廱,天子之学,大射行礼之处也。水旋丘如璧,以节观者,故曰辟廱。"① 辟廱,是天子的学宫。正祖认为治理国家只要有财货与粮食,就可以让天下的百姓臣服,为何还需要在辟廱讲学、行礼呢②?丁若镛答曰:

> 辟雍之礼、大赉之政,皆足以服天下,则其先其后有不必论也。曾子于《祭仪篇》引此为孝道之极致,荀子于《王霸篇》引此为官人之大效,《孝经》引此诗以为孝悌之极致。孝者,太庙之事也;悌者,太学之事也。又刘向《说苑》曰:"圣王修礼文,设庠序,天子辟雍,诸侯泮宫,所以行德化也。"引此《诗》以证之,则先儒之说皆以辟雍之礼,为可以服天下也。③

丁若镛梳理古籍对《文王有声》诗的征引,证明古代存在"辟廱"之礼,并以此证明辟廱之礼可以化治天下。丁若镛运用古籍记载推证出辟廱是古代社会重要的礼制,但是没有具体考据辟廱之礼的具体形制与内容。现代学者杨宽先生在《西周大学(辟廱)的特点及其起源》中指出"辟廱"的三个特点,"第一个特点,建设在郊区,四周有水池环绕,中间高地建有厅堂式的草屋,附近有广大的园林。园林中有鸟兽集居,水池中有鱼鸟集居。……第二个特点,西周大学不仅是贵族子弟学习之处,同时是贵族成员集体行礼、集会、聚餐、练武、奏乐之处,兼有礼堂、会议室、俱乐部、运动场和学校的性质,实际上就是贵族公共活动的场所。……第三个特点,

---

① 《大雅·灵台》,朱熹《诗集传》,上海古籍出版社,1958年,第187页。
② 正祖问曰:"《武成》曰:'散鹿台之财,发巨桥之粟,大赉于四海而万姓悦服。'则天下之心服于此已见,何待辟雍之讲学、行礼,而后始皆心服欤?"丁若镛《诗经讲义》,《韩国经学资料集成》第81册,成均馆大学出版部,1995年,第394—395页。
③ 同上书,第395页。

西周大学的教学内容以礼乐和射为主"。① 可知,辟廱兼具的教育、宴飨、军事、行礼等功用,因此实行辟廱之礼是周王以礼治国的重要凭借。

丁若镛还在《诗经》条对中发明并补充正祖关于诗篇的文学性阐发,体现了君臣在文学修养上的同一趣味与归宿。如《齐风·鸡鸣》,是"妻催夫早起的诗"②,正祖问曰:

蝇声虫飞,夏夜也。我东先儒言夏夜苦短,而能自早兴为尤难。夏夜苦短,故尤恐其或晚欤?③

丁若镛答云:

夏夜之义,诚有味也。④

《鸡鸣》诗中并未明确言及发生时间,正祖根据诗篇中"苍蝇之声""虫飞薨薨"昆虫活跃的景象,认为此诗描述的是夏季的情景,认为短暂的夏夜更能凸显夙兴夜寐的警诫意义。丁若镛以"有味"赞赏正祖的解释,认为正祖强调夏夜的时间背景,于诗旨无龃龉之处,倒是给诗篇增添了更多的意蕴。

第五节 结语

丁若镛《诗经讲义》是朝鲜时代后期重要的《诗经》学著作,该书不为

---

① 杨宽:《先秦史十讲》,复旦大学出版社,2006年,第234—242页。
② 程俊英:《诗经译注》,中华书局,1985年,第168页。
③ 丁若镛:《诗经讲义》,《韩国经学资料集成》第81册,成均馆大学出版部,1995年,第164页。
④ 同上书,第165页。

君问臣对这种著述体例所限，而是发挥了君臣学术对话之长，呈现出不同凡俗的学术成就。朝鲜时代，程朱理学被奉为官学正统，在《诗经》研究领域，以尊朱熹《诗集传》为圭臬。在朱熹《诗经》学观点的笼罩下，对于《诗序》，多数学者持反对态度，因正祖所问内容的启发，丁若镛能坚持比较自由的学术态度，重新厘定《诗序》的学术价值，自觉继承阐扬《诗序》中蕴含的美刺传统，并从国君践行君道、修行君德对于国家盛衰的重要性方面更为理性地赋予了《诗经》以谏书的功能。同时，丁若镛主张道统高于政统，学术高于政治，并不畏惧正祖的君主权威，在条对中敢于直陈己见，在学术与政治之间自由驰骋，体现出以道抗势的儒者风范。对于部分问答，丁若镛在学术探讨中寄寓政治期待，在一些诗旨、训诂、名物制度考证、文学阐释方面又呈现出追求真理的学术精神，故《诗经讲义》呈现了丁若镛作为儒者、大臣双重身份下《诗经》学的态度与成就。

第十一章　成海应《诗经》学研究

成海应（1760—1839），字龙汝，号研经斋，祖籍昌宁。幼年时期在父亲成大中的教导下学习儒家典籍，二十九岁出任奎章阁检书官，之后历任通礼院引义、金井察访、阴城县监。成海应一生仕宦平凡，任职的均是六品以下低品职位。纯祖十五年（1815），五十六岁的成海应回归故里，潜心著述，著作有《研经斋集》，内容涉及经、史、子、集四部，显示出渊博的知识。

成海应之《诗经》学著作载于《研经斋集》之《本集》《外集》《别集》。《韩国经学资料集成》将《本集》中的"诗说"定名为《诗说Ⅰ》《外集》中的"诗说"与"诗类"分别定名为《诗说Ⅱ》与《诗类》，《别集》中的"诗说"定名为《诗说Ⅲ》。本文主要参考《韩国经学资料集成》所收录的成海应《诗经》学著作，并沿用其界定的称谓。

韩国学者对成海应《诗经》学的研究，主要有杨沅锡先生《研经斋成海应的诗经学研究》[①]、金秀炅女士《成海应〈诗〉学》。[②] 杨沅锡在对《诗说》与《诗类》总体介绍的基础上，从两个方面进行研究，一是研究成海应的《诗经》学态度与解释倾向，具体表现在研究成海应博学的治学态度、考证方法的运用、从《序》的解释倾向；二是研究成海应关于《诗经》学诸论的

---

① ［韩］杨沅锡：《研经斋成海应的诗经学研究》，高丽大学校大学院2000年硕士学位论文。
② ［韩］金秀炅：《韩国朝鲜时期〈诗经〉学研究》，北京大学中文系2010年博士学位论文。此外，对于成海应的研究，还有徐坰遥《对成海应经学思想的考察》（《大东文化研究》，第十五辑，成均馆大东文化研究院，1982年）、金文植《朝鲜后期经学思想研究：以正祖与京畿学人为中心》（首尔—潮阁出版社，1996年），但此二文主要是从社会思潮、交游的角度来研究成海应的经学思想，对于《诗经》学成就鲜有涉及。

见解，具体从否定孔子删诗说、《诗序》与《诗集传》并行、反淫诗说三个方面展开论述。金秀炅的论文在杨著的基础上主要论述两点：首先研究成海应的《诗》说观，并以"删诗""逸诗""以意逆志"为例；其次研究成海应的治《诗》特点，具体表现在注重《诗》学演变、主张汉宋兼采、强调版本校勘三个方面。杨著与金著对成海应的《诗经》学成就及主要《诗经》学观点已有了较为全面的研究，但对成海应《诗经》学所存在的问题较少提及。

成海应的《诗经》学著作有《诗说Ⅰ》《诗说Ⅱ》《诗说Ⅲ》《诗类》。其中《诗说Ⅰ》与《诗说Ⅱ》由诗说札记构成，属于《诗经》诸问题之学术札记；《诗类》属于《诗经》文献的钩稽与校勘，属于《诗经》文献学研究；《诗说Ⅲ》是对《诗经》各篇之系统阐释，属于《诗经》文本解读。本文主要从《诗经》札记、《诗经》文献、《诗经》解释三个方面来补充。

第一节 《诗说Ⅰ》《诗说Ⅱ》：《诗经》学术札记

一、成海应《诗经》札记概说

宋代陆游的《老学庵笔记》是以"札记"体记录学术思想的开山之作。清初，顾炎武以"采铜于山"的著述原则积累原始材料，"稽古有得，随时札记"[①]，所成之《日知录》是札记体学术著作的典型范例。梁启超在《清代学术概论》中也强调"札记"体在清代学术史上的意义，他说：

> 大抵当时好学之士，每人必置一"札记册子"，每读书有心得则记焉。盖清学祖顾炎武，而炎武精神传于后者在其《日知录》。其自述曰："所著《日知录》三十余卷，平生之志与业皆在其中。"（《亭林文集·与友人论门人书》）又曰："承问《日知录》又成几卷，而某自别一载，早

---

① 顾炎武著、黄汝成集释《日知录集释》，上海古籍出版社，2010年，第2页。

夜诵读，反复寻觅，仅得十余条。"（同《与人书》十）其成之难而视之重也如此。推原札记之性质，本非著书，不过储著书之资料，然清儒最戒轻率著书，非得有极满意之资料，不肯遽为定本，故往往有终其身在预备数据中者。①

札记是清儒积累材料和保存读书见解的重要读书治学方式，由此产生了许多学术巨著，如阎若璩《潜邱札记》、钱大昕《十驾斋养新录》、王引之《经义述闻》、陈澧《东塾读书记》。可见"札记实为治此学者所最必要，而欲知清儒治学次第及其得力处，固当于此求之"。②清代也涌现出很多札记体《诗经》研究著作，如戚学标《读诗或问》、夏味堂《诗疑笔记》、俞樾《达斋诗说》、夏炘《读诗札记》等。

成海应是朝鲜时代以札记体研究《诗经》并取得最大成就的学者，其《诗说Ⅰ》《诗说Ⅱ》与《诗类》均由学术札记构成。成海应早年供职于奎章阁，正祖朝初期编成的《奎章阁书目》已经著录了顾炎武《日知录》③，可知成海应应该看到了奎章阁收藏的《日知录》。成海应虽然没有明确说明受到《日知录》的影响，但是可以推测其众多的《诗经》札记是在《日知录》潜移默化的影响下进行的。

《诗说Ⅰ》《诗说Ⅱ》分别由二十一则、二十八则诗说札记组成，主要讨论《诗经》的基本问题，分析具体诗篇。现将成海应《诗说Ⅰ》二十一则札记与《诗说Ⅱ》二十八则札记列举论述如下：

---

① 梁启超：《清代学术概论》，上海古籍出版社，2000年，第62页。
② 同上书，第63页。
③ 张伯伟：《朝鲜时代书目丛刊》载奎章阁藏"日知录八本"，其著录提要云："明，东吴顾炎武着，潘耒序。曰：'顾宁人先生，少负绝异之资，潜心古学。九经诸史略能背诵，尤留心当世之故实、录奏，报手自抄，节经世要务，反复讲求。当明末，奋欲有所自树，而迄不得试，穷约以老。所著《日知录》稽古有得，随时札记，久而成帙。经义史学、官方吏治、财赋典礼、舆地艺文之属，一一疏通其源流，考正其谬误。学博而识精，理到而事达。明三百年始未有也。'"张伯伟编《朝鲜时代书目丛刊》，中华书局，2004年，第252—253页。

(一)《诗说I》二十一则札记概要

1. 诗周、召分圣贤说

郑玄、孔颖达将《周南》与《召南》的区别界定在得圣人之化与得贤人之化的不同上,成海应不同意这种区分方法,他认为《周南》与《召南》都是采自文王恩泽教化之下的周地、召地,并未有任何区别。他认为周南、召南是根据所采之诗的地点来命名的。①

2. 毛、许异训说

《毛传》与许慎《说文》在《诗经》文字、音义的解释上存在差异,成海应对此加以举例说明。②

3. 郑笺注释异义说

《郑笺》与《毛传》在《诗经》释义上存在差异,成海应认为此种差异是《郑笺》"虽善毛,盖亦杂取三家"③ 所致。

4. 四家说

齐、鲁、韩、毛四家诗都源于孔门,因此成海应提出正确的读《诗》方法应该是发挥孔子"兴观群怨",即:"以兴观群怨之旨,通于人情物理,得以究诗人之旨,则圣人之所以删者所以存者,亦有以测其万一云。"④

5. 分陕说

分陕,指的是周公与召公分陕而治,周公主东,召公主西。此条诗说讨论"分陕"的时间,成海应将分陕的时间定在武王时,并对司马迁所主之成王时、郑玄所主之文王时均加以否定。

---

① 成海应云:"谓之周、召者,表其所采之地也。考作诗之时,则文王未离:乎诸侯,不可为颂。考编诗之时,则文王已追尊为王,不可为风,故分属于周、召。"成海应《诗说I》,《韩国经学资料集成》第 78 册,成均馆大学出版部,1995 年,第 4 页。
② 成海应云:"许氏之学发于毛,然以今《毛传》证之,《关雎》'在河之洲',许氏作'州',而释之曰:'水中可居曰州。'是字异而音与义俱同也。'终风且暴'之'暴',许氏作'瀑',而释之曰:'疾雨也。'是音同而字与义俱不同也。《新台》之'戚施',许氏作'戚籧',而释之曰'詹诸也',是字与音义俱异也。若是者,不胜其繁。岂许氏虽学毛,而取三家之粹者,非一途欤?抑毛氏古本与今本不同欤?无或后之傅会者多而遂晦其旧欤?且若《郑笺》以前固多窜乱欤?此吾所以恨三家之本不传,无以考是非真伪之迹也。"同上书,第 7—8 页。
③ 同上书,第 11 页。
④ 同上书,第 14 页。

6. 笙诗说

《诗序》以"有其义而亡其辞"① 解释笙诗，郑玄、吕东莱等人释"亡"为亡佚之"亡"，主张笙诗"有辞而亡"，刘敞、郑樵等释"亡"为"无"，主张笙诗本无辞。朱熹《诗集传》认为笙诗"有声无词"。② 成海应根据《六月》之《诗序》，认为笙诗应该是"有辞而亡"。

7. 柏舟说

《邶风·柏舟》，《诗序》云："言仁而不遇也。"③《诗集传》云："妇人不得于其夫，故以柏舟自比。"④ 成海应赞同并申述《诗序》的解释，并认为此诗是贤人不得其位，与箕子、屈原之不遇相类似。

8. 匏有苦叶说

《邶风·匏有苦叶》，《诗序》云："刺宣公也。公寓夫人并为淫乱。"⑤ 成海应认为郑玄释"夫人"为"夷姜"不确，应为"宣姜"。⑥ 并指出《郑笺》、孔疏对此诗"深则厉，浅则揭"的解释与《毛传》相异。

9. 谷风说

《邶风·谷风》，《诗序》云："刺夫妇失道也。"⑦《诗集传》云："妇人为夫所弃，故作此诗，以叙其悲怨之情。"⑧ 成海应在诗旨上赞同《诗集传》的解释，并讨论了两条训诂：一是"采葑采菲"之"葑菲"，《郑笺》与《坊记》注相异。一是"不我能慉"之"慉"，成海应认为《郑笺》释之为"骄"不如《毛传》释为"养"准确。

10. 彤管说

成海应列出《毛传》与《左传·定公九年》之杜预注关于"彤管"的解

---

① 孔颖达：《毛诗正义》，北京大学出版社，1999年，第609页。
② 朱熹：《诗集传》，上海古籍出版社，1958年，第109页。
③ 孔颖达：《毛诗正义》，北京大学出版社，1999年，第113页。
④ 朱熹：《诗集传》，上海古籍出版社，1958年，第15页。
⑤ 孔颖达：《毛诗正义》，北京大学出版社，1999年，第137页。
⑥ 成海应：《诗说I》，《韩国经学资料集成》第78册，成均馆大学出版部，1995年，第22—23页。
⑦ 孔颖达：《毛诗正义》，北京大学出版社，1999年，第144页。
⑧ 朱熹：《诗集传》，上海古籍出版社，1958年，第21页。

释，指出二家的解释互异。成海应综合二家的释义，并强调"彤管"具有警戒的意义。

11. 玄王解

《商颂·长发》云："帝立子生商，玄王桓拨。"《毛传》释"帝"为上帝，"玄王"为"契"。《郑笺》用纬书易、《毛传》以"帝"为黑帝，契承黑帝而立，所以称为玄王。成海应认为"玄"具有幽远之意，非《郑笺》所谓黑光，并反对《郑笺》以纬书释《诗经》。①

12. 《毛传》用《孟子》说

举例说明《毛传》中存在有用《孟子》解《诗》的情况。②

13. 楚无风说

楚地无风是由于楚国僭越周室，所以采诗者不采楚地之诗。

14. 太王翦商说

《鲁颂·閟宫》云："后稷之孙，实维大王。居岐之阳，实始翦商。"成海应纠正先儒"以为王业始著，盖有翦商之渐，非谓大王实有其志"③ 的说法，认为大王居岐之时已有翦商的志向。④ 成海应此条并未明确指出"先儒"为谁，且其结论早已见诸《郑笺》⑤、孔疏⑥、《诗集传》⑦。

---

① 成海应云："盖玄者，幽远也。顾何与于黑光？郑氏明于纬，故每当释经辄复引用，致错缪如此。"成海应《诗说Ⅰ》，《韩国经学资料集成》第78册，成均馆大学出版部，1995年，第27—28页。
② 同上书，第28—29页。
③ 同上书，第31页。
④ 成海应云："（大王）见文王之德于孩提之中，知其世当兴，乃欲立季历而传之，此岂雍容守义分者哉？且观其迁岐也，疆理室家之制，已有王居之气象，与陶复居邠时大异，此其志不欲止西方诸侯之列者，亦明矣。"同上书，第31页。
⑤ 《郑笺》云："大王自豳徙居岐阳，四方之民咸归往之，于时而有王迹，故云是释断商。"孔颖达《毛诗正义》，北京大学出版社，1999年，第1659页。
⑥ 孔疏云："毛以为……此大王自豳而来，居于岐山之阳，民归往之。初有王迹，实始有翦齐商家之萌兆也。"同上书，第1660页。
⑦ 《诗集传》云："大王自豳徙居岐阳，四方之民，咸归往之，于是而王迹始着，盖有翦商之渐矣。"朱熹《诗集传》，上海古籍出版社，1958年，第240页。

15. 诗三纬说

成海应认为赋、比、兴是《诗经》的"三纬"。他在此条中评价孔颖达、朱熹关于赋、比、兴的解释，指出孔颖达的解释"赋固易见，而比、兴错出，比专于恶，兴专于善，其蔽也偏"，朱熹的解释"出郑（玄）而尤精且尽矣"①，但他本人并未对赋、比、兴作新颖的解释。

16. 颂一章说

《诗经》之《周颂》与《商颂》之《那》《列祖》《玄鸟》均为一章，而《鲁颂》《商颂》之《长发》与《殷武》非一章。对于颂诗在章句上的差异，成海应引用孔颖达的解释云："颂者，太平德洽之歌，述成功以告神，直言写意，不必殷勤，故一章而已。……《鲁颂》不一章者，《鲁颂》美僖公之事，非告神之歌，即论功颂德之诗，亦殷勤而重章也。虽云盛德所同，鲁僖实不及制颂，体不一也。高宗一人，而《玄鸟》一章，《长发》《殷武》重章者，或诗人之意所作不同，或以武丁之德上不及成汤，下又逾于鲁僖。"② 成海应本人对此并无发明。

17. 狸首说

此条讨论的是《礼记·射义》中的"狸首"，郑玄注谓《狸首》是《诗经》中的逸诗。成海应引用郑玄《礼记》《仪礼》注，以纠正《狸首》为"曾孙"的说法，还对以"狸首"为"鹊巢"诗的观点加以否定。

此条所存在的问题是引用文献不精细，将《礼记》与《仪礼》之郑玄注同时引在一处，而不加以说明。兹录《礼记》、郑玄注、孔颖达正义、成海应的诗说如下：

> 《礼记·射义》云："其节，天子以《驺虞》为节，诸侯以《狸首》为节。"③

---

① 成海应：《诗说I》，《韩国经学资料集成》第78册，成均馆大学出版部，1995年，第33页。
② 同上书，第33—34页。
③ 孔颖达：《礼记正义》，北京大学出版社，1999年，第1641页。

郑玄注云："《狸首》逸，下云'曾孙侯氏'是也。"①

孔颖达正义云："'曾''孙'之诗，谓之'狸首'者，《狸首》，篇名；曾孙者，其章头也。《仪礼·大射》'奏《狸首》，间若一'，郑注云'狸之言不来也。其诗有"射诸侯首不朝者"之言，因以名篇'。故谓之'狸首'也。"②

成海应云："诸侯射，以'狸首'为节，郑玄云：'狸首，逸诗，曾孙也。狸之言不来，其诗有"射诸侯首不朝者"之言。'因以名篇。后世失之，谓之曾孙。曾孙者，其章头也。"③

成海应所云"诸侯射，以'狸首'为节"是《礼记》语，"狸首，逸诗，曾孙也"是郑玄《礼记》注。对照郑玄注，可见成海应的引文并不完整，导致文句不衔接。据孔颖达《礼记正义》可知其所引"狸之言不来，其诗有'射诸侯首不朝者'之言"是《仪礼·大射》中的郑玄注。此处，成海应所引二者都是郑玄的注，但是不注明文献出处，给读者造成阅读上的障碍。其结论所云"曾孙者，其章头也"是孔颖达《礼记正义》中的话，也未加以注明。可见成海应引用文献的粗率之处。

18.《鸱鸮》诗辨

《鸱鸮》："鸱鸮鸱鸮，既取我子。""子"，《毛传》释为管叔、蔡叔；《郑笺》与《毛传》相异，释为周公的属臣。此诗诗旨，《毛传》与《诗集传》大同小异④，《郑笺》另立新意。⑤ 此条札记赞同《毛传》与《诗集传》的解

---

① 孔颖达：《礼记正义》，北京大学出版社，1999年，第1641页。
② 同上书，第1642—1643页。
③ 成海应：《诗说I》，《韩国经学资料集成》第78册，成均馆大学出版部，1995年，第35页。
④ 《毛传》意谓"周公既诛管、蔡，王意不悦，故作诗以遗王。假言人取鸱鸮子者，言鸱鸮鸱鸮，其意如何乎？其言人已取我子，我意宁亡此子，无能留此子以毁我巢室。"孔颖达《毛诗正义》，北京大学出版社，1999年，第513页。朱熹《诗集传》以武庚为鸱鸮，以武庚败管、蔡，不可更毁坏周室。朱熹《诗集传》，上海古籍出版社，1958年，第108页。
⑤ 《郑笺》意谓"成王将诛周公之属臣，周公为之诗，言鸱鸮之意如何乎？……以喻成王若诛此诸臣，幸无绝其官位，夺其土地，以其父祖勤劳乃得有此，故爱惜之，不欲见其绝夺。"孔颖达《毛诗正义》，北京大学出版社，1999年，第513页。

释，否定《郑笺》。但此条札记存在两个问题：

第一，成海应云："《毛传》本善，以'子'属之管、蔡，意精而指正。郑乃以'子'属之成王，尤觉乖缪。"① 《郑笺》解释"子"为周公之属臣，并未解释为"成王"，成海应的解释与文献不符。

第二，成海应云："倘非朱子《集传》之明有从违，后人得不迷方向乎？于此知朱子之功矣。"② 他点明《诗集传》在诗旨上沿袭《毛传》，而并未指出《诗集传》与《毛传》的相异之处。

19. 素冠辨

首先，关于《桧风·素冠》"素冠"的训诂上，列举《毛传》《郑笺》的解释，以及孔疏对《郑笺》改易《毛传》的解释。

其次，在诗旨上否定《诗序》"刺不能三年"，原因是"是时，先王之制尚存，人得行三年之丧"。成海应并未对"是时，先王之制尚存"加以阐明。

最后，成海应对此诗诗旨进行假设，但是又发现有不通之处，他说："然是时，先王之制尚存，人得行三年之丧。但祥后之素服，未之见也。如鲁人之朝祥暮歌者，故诗人叹之。苟不能三年，则当举丧冠衰绖而言之，何为指素冠、衣、韠而言之也？"③

成海应在"素冠"的训释上，只是列举诸家释义，辨析之处亦不精。

20. 燕燕诗解

对《邶风·燕燕》提出新的解释，认为此诗是庄姜与戴妫密谋诛杀州吁的诗。④

21. 废彻说

《小雅·楚茨》云："诸宰君妇，废彻不迟。"成海应将《楚茨》与《仪礼》相比较云："《特牲·馈食》：'宗妇彻祝豆、笾入于房，彻主妇荐、俎。'

---

① 成海应：《诗说I》，《韩国经学资料集成》第78册，成均馆大学出版部，1995年，第38页。
② 同上。
③ 同上书，第39页。
④ 成海应云："庄姜之谋州吁也。如戴妫之塞渊而后始得知之，其密如此而贼不可讨乎？庄姜之谋不著于史，而千载之下，独赖此诗而始得知之，不亦贤乎！"同上书，第41页。

然则废彻者，即宗妇非主妇也。岂《特牲》士礼故然，而若诸侯礼，君妇自彻笾、豆欤？"① 成海应认为《楚茨》中君妇废彻，而《仪礼》中是宗妇废彻，主妇不废彻。并进而指出这是士礼与诸侯礼的差异。

成海应所认为的"士"阶层之礼与诸侯之礼的区别，是对《楚茨》与《仪礼·特牲》所涉及的祭祀主体的界定有误。《楚茨》是周天子与嫡夫人②祭祀的诗③，而《仪礼》之特牲馈食礼所叙的是诸侯每逢岁时在宗庙祭祀祖父、父亲的礼仪，因为祭祀用的是猪，所以为特牲。馈食是向鬼神进献牲与黍稷等祭品。④ 天子之祭祀需要夫人亲自废彻⑤，并有诸宰共同废彻；而诸侯之祭祀礼，则只是宗妇废彻，主妇不参加，也没有诸宰。通过《楚茨》与《仪礼》的比较，可以看出天子礼与诸侯礼的区别。

（二）《诗说Ⅱ》二十八则札记概要

1. 风

此条是对《诗序》"上以风化下，下以风刺上，主文而谲谏，言之者无罪，闻之者足以戒，故曰风"的解释。其解释主要有四个方面：

第一，二南为正风，是文王化俗天下的基础。

第二，十三国风为变风，其云："郑、卫淫，魏褊，唐啬，秦悍，桧奢，齐好田猎，陈好佚游，各随其欲。"⑥但是由于先王之道仍在，所以"郑、卫有刺淫者，魏有刺褊者，唐有刺啬者，秦有刺悍者，桧有刺奢者，齐有刺猎者，陈有刺佚者"。⑦

第三，成海应认为周之夷王、懿王以后不再有风诗，是由于"下之善遂

---

① 成海应：《诗说Ⅰ》，《韩国经学资料集成》第78册，成均馆大学出版部，1995年，第42页。
② 《楚茨》诗中的"君妇"，《郑笺》所云："谓后也。"孔颖达《毛诗正义》，北京大学出版社，1999年，第815页。
③ 《诗序》云："刺幽王也。政烦赋重，田莱多荒，饥馑降丧，民卒流亡，祭祀不飨，故君子思古焉。"此诗是君子思"古之明王，能政简敛轻……祭祀则鬼神歆飨。"同上书，第809页。
④ 彭林：《仪礼全译》，贵州人民出版社，1997年，第519页。
⑤ 孔颖达引《周礼·九嫔》云："'凡祭祀，赞后荐彻豆笾'，知君妇笾豆而已，余馔诸宰彻之也。"孔颖达：《毛诗正义》，北京大学出版社，1999年，第823页。
⑥ 成海应：《诗说Ⅱ》，《韩国经学资料集成》第78册，成均馆大学出版部，1995年，第46页。
⑦ 成海应：《诗说Ⅱ》，《韩国经学资料集成》第78册，成均馆大学出版部，1995年，第46页。

泯而不足采也"① 的缘故。

第四,"谲谏"是《诗经》的主要内容。

2. 十五国风

成海应讨论十五国风之地理分布与国风的顺序,他认为国风多是西北地域的诗,是由于周室兴起于西北;而国风很少有东南地域的诗,是由于东南诸大国僭越周室,其诗未泽被文王之化,其诗不被采录,而东南诸小国,又无法献诗于周,所以东南地域的诗少。成海应认为十五国风的顺序并无深意,他说:"朱子曰'十五国次第,恐未必有意',斯言当奉若金石也。"②

3. 国风

关于国风的编纂,成海应反对郑樵以所采之国作为编排的依据,而认为国风的编排是"盖国史所定,或随其地而序其诗,如《王风》是也;或随其人而序其诗,如《豳风》是也"。③

4. 二南为正风

成海应从欧阳修的观点出发④,认为天下大治则无风,并举成康之世只有雅诗为证。他将治世无风的理论用来讨论"二南为正风"的问题,认为二南诗歌发生的时间是在商纣之时,此时并非天下大治,所以二南为风。又根据变风包含讥刺之音的特点,认为二南呈现的是文王事商纣"勤而不怨"的德行,是和平之音。所以二南为风之正风。

笔者认为成海应的论证仅仅是从说理到说理的过程,缺乏对具体诗篇的分析,并且其中的推断有错误之处。如成海应以治世与乱世来作为产生风诗与雅诗的关键条件的说法是不准确的。他认为大治之世无风诗,并以成康之世只有雅诗证。前提条件是雅诗是治世之诗,这不符合雅诗的实际情况,因为雅诗除了盛世之诗,也有政治衰落,宗周灭亡时的衰世之诗,如《小雅》

---

① 成海应:《诗说Ⅱ》,《韩国经学资料集成》第78册,成均馆大学出版部,1995年,第46页。
② 同上书,第48页。
③ 同上书,第49—50页。
④ 成海应云:"欧阳子有言:'天子诸侯当大治之世,不得有风,风之生,天下无王矣。故曰诸侯无正风。'"同上书,第50页。

之《节南山》《正月》《十月之交》《雨无正》,《大雅》之《民劳》《板》《荡》《桑柔》《瞻卬》《召旻》,都浸润着诗人对国家衰败、奸臣当道、君王无法拯救国家的撕心裂肺之哀痛。

5. 邶鄘卫风

讨论在总体上属于卫的邶、鄘、卫三地之诗为何分属于邶风、鄘风、卫风的问题,成海应认为这是缘于卫国私自兼并邶地与鄘地,未告知周天子,所以太史存邶鄘之旧籍,将所采之诗归属于所采地。

6. 唐风

讨论晋地的诗歌为何称为"唐风",而不名为"晋风"的问题。成海应认为唐是晋始封之号,所以太史采诗取始封之号以名之。

7. 豳风二

讨论关于《豳风》的两个问题,即顺序与内容。

一是现存《诗经》国风的顺序与季札观诗时的顺序不同,现存《诗经》编秦风于唐风之下,次豳风于曹风之下。成海应认为国风顺序上的改变是孔子所改,目的是突出尊王之义,他说:"豳风时则正而势则变,故上承列国之变,以明周公而后,正可以止其变;下编小雅之正,以明周公而后,变可以得乎正,此非孔子之特笔而然乎哉?"①

二是成海应认为《豳风》是美周公的诗,他根据的是《左传》杜预注云:"周公遭管蔡之变,东征三年,为成王陈后稷、先公不敢荒淫。"②

8. 秦风

成海应论《秦风》在国风中所处的位置是魏唐之下,陈桧之上,究其原因是秦帮助平王击退夷狄,并处歧丰之地的缘故。

9. 南雅

此条讨论的是《小雅·鼓钟》诗中的"以雅以南",成海应称为"南雅",并根据《燕礼》《乡礼》所歌的二南诗与小雅诗来解释"以雅以南",

---

① 成海应:《诗说Ⅱ》,《韩国经学资料集成》第78册,成均馆大学出版部,1995年,第56页。
② 同上书,第57页。

得出《鼓钟》诗中的"南"指的是《关雎》《葛覃》《卷耳》《鹊巢》《采蘩》《采蘋》。"雅"指的是小雅之《鹿鸣》《四牡》《皇皇者华》《鱼丽》《南有嘉鱼》《南山有台》。

10. 风雅

孔颖达以风诗的编排可见优劣的差别,小雅与大雅可见积渐之义①。成海应反对孔颖达的说法,他认为风诗的安排并无优劣之差,小雅与大雅之间也无积渐之义,他说:"以二南之化,所被之深浅论之,似有优劣之殊,而化同出于文王,则岂复置优劣于其间乎?以二雅之义,所编之大小言之,似有积渐之异,而事俱归文王,则岂复见积渐于其间乎,然则孔氏所论不已偏乎?"②

11. 小雅

季札观乐评价《小雅》云"周德之衰"③,文中子云:"曰季札焉知乐?《小雅》周之盛。"④ 成海应认为:"二子之说偏矣,季札见其衰而未见其盛,文中子论其盛而不论其衰也。《鹿鸣》《皇华》其非盛乎,《渐渐之石》《何草不黄》其非衰乎。"⑤ 成海应认为刘敞的解释是合理的,他说:"善乎刘敞曰:'周德既衰,乐章错乱,季札所闻皆《节南山》之类,故叹周德之衰。仲尼自卫返鲁,雅颂皆得其所,仲尼以前大小雅之不得其所者多矣。'"⑥

12. 十月之交

《小雅·十月之交》,《诗序》主刺幽王,《郑笺》主刺厉王。成海应赞同《诗序》的说法,认为《郑笺》改《诗序》理由不充分,他说:"《郑笺》改为当刺厉王。其说曰:'《节彼》刺师尹不平,此篇讥皇父擅恣;《正月》恶褒姒灭周,此篇嫉艳妻煽方处;又幽王时,司徒乃郑桓公友,非此篇之所指番也。'遂以为毛公诂训时,移其篇第,欧阳氏之辨悉矣。夫师尹、皇父皆

---

① 成海应云:"孔颖达曰:风见优劣之差,故周南先于召南。雅见积渐之义,故小雅先于大雅。"成海应:《诗说Ⅱ》,《韩国经学资料集成》第78册,成均馆大学出版部,1995年,第62—63页。
② 同上书,第64页。
③ 同上书,第64—65页。
④ 同上书,第65页。
⑤ 同上。
⑥ 同上。

周乱政人也，风人之互刺之，诚不足怪；褒姒即艳妻也，何必分之为二乎；幽王八年，郑桓公为司徒，其先则番也。此三事皆不足为厉之证也。"①

13. 六月之序

《小雅·六月》诗序曰："宣王北伐也。"② 此下还有论及《鹿鸣》至《菁菁者莪》的文字。成海应认为《鹿鸣》以下的文字是后出的序，他说："至若六月之《序》，自鹿鸣以下，妄庸人为之，而窜乱于此。卫宏作《序》时，似亦未见此也。《郑笺》只解《六月》而已，不及下段，则亦可见此序其后出也，疑魏晋之际，行此赝本，孔颖达不能辨，而混为疏也。"③

14. 鲁颂

成海应认为孔子编诗本不取《鲁颂》，今存《鲁颂》是"子夏之徒以孔氏之典籍，相传诵之，遂登于经也"。④ 又据季札观诗云："季札观周乐，凡十五国及大小雅皆一一序列，而颂则独一而止，若有鲁颂，则岂不与其列，且季札之称颂之义甚大，非鲁颂之所可当也。"⑤

15. 商颂

司马迁释《商颂》为正考父赞美宋襄公修行仁义之诗。成海应认为司马迁的说法本诸《韩诗》，并表示怀疑：

第一，成海应说："然宋大夫颂襄公之行仁义当云'宋颂'，何故追及已革之商号，而况宋襄之所称仁义者岂足美乎？且颂中所述皆商之贤君之事，非宋之事也。"⑥

第二，成海应认为《商颂》非正考父所作，他认为《诗序》所言："有正考父得《商颂》于周之太师。……《鲁语》，闵马父曰：'正考甫校商之名颂，以《那》为首。'"⑦ 均不能作为正考父作《商颂》的证据。

---

① 成海应：《诗说Ⅱ》，《韩国经学资料集成》第78册，成均馆大学出版部，1995年，第66页。
② 孔颖达：《毛诗正义》，北京大学出版社，1999年，第631页。
③ 成海应：《诗说Ⅱ》，《韩国经学资料集成》第78册，成均馆大学出版部，1995年，第69—70页。
④ 同上书，第70页。
⑤ 同上书，第71页。
⑥ 同上书，第72页。
⑦ 成海应：《诗说Ⅱ》，《韩国经学资料集成》第78册，成均馆大学出版部，1995年，第72—73页。

此外，成海应还从创作的角度指出《商颂》铺陈张扬的叙事特点与雅诗有相同之处，而与主于简严的颂体相异。

16. 鲁诗

成海应从两个方面介绍三家诗之《鲁诗》：一是成海应从《诗经》的传授上，介绍《鲁诗》与《毛诗》在荀子以前的师承是相同的，所以《鲁诗》学者蔡邕的《独断》关于《周颂》的诗旨与《诗序》大致相同。成海应还指出《鲁诗》学者刘向《说苑》对《诗经》的部分诗旨的解释与《诗序》相异。二是成海应指出由蔡邕等主持所刻的代表《鲁诗》经文的熹平石经与《毛诗》在经文上存在差异。

17. 齐诗

此则名为"齐诗"，但内容是关于《齐诗》与《韩诗》，举班固《汉书·艺文志》云："鲁申公为诗训故，齐辕固、燕韩生皆为之传，或取《春秋》，采杂说，咸非其本义，与不得已，鲁最为近之。"① 以证《齐诗》与《韩诗》不及《鲁诗》精粹。②

此则在"齐诗"的条目之下着重介绍《韩诗》，举王应麟《韩诗考》中《关雎》《芣苢》《汉广》等诗之诗旨，以示与《诗序》之不同，并指出《韩诗》的部分诗旨为朱熹《诗集传》所吸收。

18. 正变

成海应云："窃意'正变'之说，即后来经师之所定也。"③ 并从三个方面否定《诗经》有正变说：

第一，成海应说："风之正变，孔氏之徒未尝言之，独见于《诗序》。"④ 他认为孔子及其子弟并未谈及有关《诗经》之正变，认为"正变"最早见于

---

① 成海应：《诗说Ⅱ》，《韩国经学资料集成》第 78 册，成均馆大学出版部，1995 年，第 75—76 页。
② 成海应云："盖鲁诗之近于真，固已言之，其粹而弗驳，非齐、韩所可比也。"同上书，第 76 页。
③ 同上书，第 79 页。
④ 成海应：《诗说Ⅱ》，《韩国经学资料集成》第 78 册，成均馆大学出版部，1995 年，第 77 页。

《诗序》。①

第二，成海应认为孔颖达疏《小雅·六月》篇的续序②，是对《诗经》存在正变的确定。对于《六月》诗的续序，成海应认为此非《诗序》原文，是经师之所作。③

第三，成海应认为《诗经》若果有正变，则无法定论原本为变风后来由于成王的悔悟与周公的治理而变为正风的《豳风》，他说："乌可以一施之名，而终不可改耶？圣人之志，岂若是乎？"④

19. 删诗

成海应认为孔子并未删诗。其证据有四：一是据孔颖达之说，成海应云："孔颖达之说，以为书传所引之诗见在者多，亡逸者少，则孔子所录，不容十分去九，迁言未可信。"⑤ 二是季札观诗的规模与今本《诗经》的规模相似。三是孔子亦自言"诗三百"。四是班固《汉书·艺文志》所云："孔子纯取周诗，上采殷，下取鲁，凡三百五篇。"

20. 四始

成海应对司马迁、成伯玙关于"四始"的解释进行补充，他说："《关雎》即闺壸之正，而由于淑女始；《鹿鸣》即宾友之正，而由于嘉宾始；《文王》即基命之正，而由于缉敬而始；《清庙》即庙祀之正，而由于肃雝而始。"⑥ 并认为"四始"在政教上具有大的意义，并云："是故孔颖達曰：'风也，小雅也，大雅也，颂也，此四者，人君行之则为兴，废之则为衰，是兴

---

① 《诗序》云："至于王道衰，礼义废，政教失，国异政，家殊俗，而变风、变雅作矣。"孔颖达《毛诗正义》，北京大学出版社，1999年，第14页。
② 按：所谓"续序"指的是《六月》诗序"宣王北伐也"之后"《鹿鸣》废则和乐缺矣"至"中国微矣"的一段文字。孔颖达疏云："此二十二篇，小雅之正经，王者行之，所以养中国而威四夷。"同上书，第632页。
③ 成海应云："然考此诗序，缀拾《小序》之说而为之耳，皆浅短无奥旨可以发明者，意经师之所撰也。"成海应《诗说Ⅱ》，《韩国经学资料集成》第78册，成均馆大学出版部，1995年，第78页。
④ 同上书，第79页。
⑤ 同上。
⑥ 成海应：《诗说Ⅱ》，《韩国经学资料集成》第78册，成均馆大学出版部，1995年，第84页。

废之始,故谓之四始者是也。'"①

21. 六义

六义,指的是风、赋、比、兴、雅、颂。成海应在赞成孔颖达将赋比兴视为作诗之法,风雅颂视为诗之体的基础上,提出赋比兴不单独构成诗篇,而需共同运用的观点。他举《关雎》诗为兴带比义,《螽斯》诗为比义带兴义。关于"风雅颂"为诗之体,成海应认为"风"诗中还有"雅"与"颂"的成分,举《邶风·柏舟》《周南·麟趾》为例。雅诗中有"风"与"颂",举《小雅·伐木》《小雅·鹿鸣》为例。颂诗中有"风"与"雅",举《周颂·振鹭》《周颂·良耜》为例。成海应关于"六义"的解释所存在的问题是:以主观的判断为主,如对于《关雎》诗如何断定其为兴中带有比义,《伐木》诗如何具有风诗的特征,在概念的划分上并没有明确的规定。此外,成海应认为赋比兴共同构成诗篇,但是没有举出赋比兴共同存在的例子。

22. 诗乐

成海应根据《周礼》《仪礼》《礼记》等书中所记载的演奏的《诗经》篇目,从而确定《诗经》皆可入乐,他说:"郑玄云:'九夏皆诗篇名也。'至若丝奏者,三百篇皆可被之,故有雅琴颂琴是也。"② 又云:"皆先王之化也,如何而不入乐乎?笙管金丝所奏之诗,特著其所用之地,非谓其用止于此也。"③

成海应就《诗经》入乐问题,提出自己的看法。但其引用文献不注明出处,且引文有错误之处。兹举例明之,如成海应云:

> 三夏,皆金奏之诗也。吕叔玉以为《肆夏》,《时迈》也。《繁遏》,《执竞》也。《渠》,《思文》也。此乃肆夏之三,而天子所以享元侯之诗也,鲁穆叔所以不拜也。然则王出入奏《三夏》,尸出入奏《昭夏》,四

---

① 成海应:《诗说Ⅱ》,《韩国经学资料集成》第78册,成均馆大学出版部,1995年,第84页。
② 同上书,第88—89页。
③ 同上书,第91页。

方宾来奏《纳夏》，臣有功奏《章夏》，夫人祭奏《齐夏》，族人侍奏《族夏》，客醉而出奏《陔夏》，公出入奏《陔夏》。①

以上成海应所云全是《周礼注疏》中的材料②，不同的是成海应打乱了《周礼注疏》的顺序。兹分析如下，"三夏"，成海应并未作出解释，《周礼》郑玄注引杜子春云："《国语》曰：'金奏《肆夏》《繁遏》《渠》，所谓《三夏》矣。'"③ 成海应解释"三夏"为"金奏之诗"应该也是根据《国语》的此条记载。成海应所引吕玉叔解释三夏为对应的《周颂》诗篇与《周礼注疏》所引吕玉叔文同。④ 成海应又云："此乃肆夏之三，而天子所以享元侯之诗也，鲁穆叔所以不拜也。"其"此乃肆夏之三"的表达不准确，应为"此乃三夏"。成海应举鲁穆叔以证"三夏"是享元侯之诗与《周礼注疏》相同。⑤ 最后，成海应举《周礼》之九夏的用途。九夏，《周礼》云："以钟鼓奏《九夏》：《王夏》《肆夏》《昭夏》《纳夏》《章夏》《齐夏》《族夏》《祴夏》《骜夏》。"⑥ 郑玄注云："杜子春云：'王出入奏《王夏》，尸出入奏《肆夏》，牲出入奏《昭夏》，四方宾来奏《纳夏》，臣有功奏《章夏》，夫人祭奏《齐

---

① 成海应：《诗说Ⅱ》，《韩国经学资料集成》第78册，成均馆大学出版部，1995年，第88页。
② 《周礼》云："钟师掌金奏。凡乐事，以钟鼓奏《九夏》：《王夏》《肆夏》《昭夏》《纳夏》《章夏》《齐夏》《族夏》《祴夏》《骜夏》。"郑玄注云："杜子春云：'王出入奏《王夏》，尸出入奏《肆夏》，牲出入奏《昭夏》，四方宾来奏《纳夏》，臣有功奏《章夏》，夫人祭奏《齐夏》，族人侍奏《族夏》，客醉而出奏《陔夏》，公出入奏《骜夏》。《肆夏》，诗也。'《春秋传》曰：'穆叔如晋，晋侯享之，金奏《肆夏》三，不拜；工歌《文王》之三，又不拜；歌《鹿鸣》之三，三拜，曰：《三夏》，天子所以享元侯也，使臣不敢与闻。'《肆夏》与《文王》《鹿鸣》俱称三，谓其三章也。以此知《肆夏》诗也。《国语》曰：'金奏《肆夏》《繁遏》《渠》，所谓《三夏》矣。'吕叔玉云：'《肆夏》《繁遏》《渠》皆《周颂》也。《肆夏》《时迈》也。《繁遏》，《执竞》也。《渠》，《思文》。'"郑玄、贾公彦《周礼注疏》，北京大学出版社，1999年，第623—624页。
③ 同上书，第624页。
④ 贾公彦：《周礼注疏》，郑玄注云："吕叔玉云：'《肆夏》《繁遏》《渠》皆《周颂》也。《肆夏》《时迈》也。《繁遏》，《执竞》也。《渠》，《思文》。'"同上。
⑤ 贾公彦：《周礼注疏》，郑玄注引杜子春云："《春秋传》曰：'穆叔如晋，晋侯享之，金奏《肆夏》三，不拜；工歌《文王》之三，又不拜；歌《鹿鸣》之三，三拜，曰：《三夏》，天子所以享元侯也，使臣不敢与闻。'"同上。
⑥ 贾公彦：《周礼注疏》，北京大学出版社，1999年，第624页。

夏》,族人侍奏《族夏》,客醉而出奏《陔夏》,公出入奏《骜夏》。'"① 将成海应的解释与郑玄注相对照,可知成海应所云"王出入奏《三夏》"之"三夏"应为"王夏","三"与"王"形似,成海应因此将"王夏"误为"三夏"。成海应所云"尸出入奏《昭夏》"之"《昭夏》"应该为"《肆夏》","公出入奏《陔夏》"之"《陔夏》"应为"《骜夏》"。此外,成海应所引之"九夏"只有"八夏",缺"《昭夏》"。②

23. 桑间

此条对《乐记》之"郑卫之音,乱世之音;桑间濮上之音,亡国之音"提出新的解释,成海应根据《路史》的记载,认为"桑间即桀乐,濮上即纣乐,故皆称亡国之音,不比郑卫之只归于乱而慢矣乎"。③

24. 郑笺

此条是对《郑笺》的介绍与评价,主要分为四个层面:

第一,释"笺"之意。举《说文》释"笺"为表识书之意,又举孔颖达所云:"郑氏以毛诗悉备,遵畅厥旨,所以表明毛意,纪识其事故特称'笺'。"④

第二,介绍《郑笺》释《毛传》的体例。他说:"郑六艺论曰:'注《诗》宗毛为主毛,疑若隐略,则更表明;如有不同,即下己意,使可识别。'"⑤

第三,指出《郑笺》之不足,一曰"毛义本非不足,而反引无理之言以足之"。⑥ 举《豳风·鸱鸮》之"既取我子"为例,成海应以《毛传》释"子"为管蔡为正解,反对《郑笺》以成王罪周公之属党释"子"。二曰"毛义本自得正,而反引不经之说以续之"。⑦ 举《商颂·长发》之"玄王桓拨"为例,成海应云:"《毛》训玄王指契者,由殷追尊而言,而乃云承黑帝而玄

---

① 贾公彦:《周礼注疏》,北京大学出版社,1999年,第624页。
② 同上。
③ 成海应:《诗说Ⅱ》,《韩国经学资料集成》第78册,成均馆大学出版部,1995年,第92页。
④ 同上书,第93页。
⑤ 同上。
⑥ 同上。
⑦ 成海应:《诗说Ⅱ》,《韩国经学资料集成》第78册,成均馆大学出版部,1995年,第93—94页。

子，故谓契为玄王，岂非不经之甚乎？"①

第四，指出《郑笺》不专主《毛传》，以致"王肃、孙毓、王基辈互以毛、郑得失，争相辨论，纷纷未已，盖后之门户之分，自此始矣"。②

成海应的分析均见诸《四库全书总目》之《毛诗正义》提要，但是成海应未加以注明。

25. 集传

此条主要介绍朱熹《诗集传》，重点叙《诗集传》初宗《诗序》，后改从郑樵驳斥《诗序》的《诗经》学转变的过程。

26. 周公东征

此条指摘《诗集传》关于《豳风·东山》的解释有误，但是其提出的证据只能证明蔡沈《尚书集注》的不准确，不能证明《诗集传》有误。

成海应解释"周公东征"的出发点是《尚书·金縢》之"周公乃告二公曰'我之弗辟，我无以告我先王'"③之"我之弗辟"一句，关于此句解释大致有司马迁、马融、孔安国传三种不同的观点。④成海应认为应该取孔安国传的解释，释"辟"为"法"，即依法惩办管蔡等叛乱者。并将孔安国传与《东山》相联系，认为《东山》讲述的是周公东征。成海应的解释与《诗集传》并无差异之处。⑤

蔡沈《尚书集注》释《金縢》之"周公居东二年"为"居国之东"⑥，其

---

① 成海应：《诗说Ⅱ》，《韩国经学资料集成》第78册，成均馆大学出版部，1995年，第94页。
② 同上。
③ 李民、王健：《尚书译注》，上海古籍出版社，2004年，第240页。
④ 此三种解释是：一、司马迁《史记·鲁周公世家》曰："周公乃告太公望、召公奭曰：'我之所以弗辟而摄行政者，恐天下畔周，无以告我先王'"，"弗辟"，解释为不回避或不避嫌之义。二、马融、郑玄释"辟"为"避"。三、《孔传》云："辟，法也，告召公、太公言我不以法法三叔，则我无以成周道告我先王。"同上书，第241页。
⑤ 《东山》，《诗集传》云："成王既得《鸱鸮》之诗，又感雷风之变，始悟而迎周公。于是周公东征已三年矣，既归，因作此诗以劳归士。"朱熹《诗集传》，上海古籍出版社，1958年，第94页。
⑥ 成海应：《诗说Ⅱ》，《韩国经学资料集成》第78册，成均馆大学出版部，1995年，第97页。

云：" 蔡沈《书注》以'居东'为居国之东，从朱子帖意也。"① 又云："朱子与蔡沈书，特一时信笔，若以此为正论，《诗经》注岂不改定乎？"② 成海应认为周公是东征非居东，但他评价蔡沈却无端牵扯《诗集传》，则不知其所指为何。

27. 陈灵后变风不作

此条论述陈灵公以后变风不作，成海应赞同欧阳修"霸者兴，变风息"③的观点，并云："诚哉，是言也。夫变风之诗，人心犹及于先王之化，故虽发于一时之私，而能以礼义止之，使不逾闲焉，其或有放纵淫佚者，能讥讽而刺之者，亦止乎礼义之美也。及陈灵以后，先王之化已远，而人亦少发乎情而止乎礼义者，非无诗也，诗不足采耳。夫善不足以感发，恶不足以惩创，固不足取之。"④

28. 孔门论诗

认为孔门论《诗经》注重《诗》之用，他说："诵者将以用之也，不用则于己无涉也。"⑤ 其所举"孔子曰：'诵《诗》三百，授之以政，而不达；使于四方，不能专对，虽多亦奚以为？'"⑥ 以及子贡与孔子论诗之"如切如磋，如琢如磨"者，子夏与孔子论"绘事后素"者，均突出了孔门运用《诗》自由表达见解的用《诗》情形。

二、成海应《诗经》札记举例

（一）《诗经》基本问题举例

成海应对于"风"的理解与《诗序》无异，认为"风"具有风化与谲谏的政教功用。成海应否定"孔子删诗"，他说：

---

① 成海应：《诗说Ⅱ》，《韩国经学资料集成》第 78 册，成均馆大学出版部，1995 年，第 97 页。
② 同上书，第 98 页。
③ 同上书，第 99 页。
④ 同上。
⑤ 同上书，第 101 页。
⑥ 同上。

> 太史公谓古诗三千余篇，孔子存删三百。……而孔颖达之说以为书传所引之诗见在者多，亡逸者少，则孔子所录不容十分去九，迁言未可信。欧阳子之言以为迁说然也。以《诗谱》推之，有更十君而取一篇者，有二十余君而取一篇者，由是言之，何啻三千。余窃以为唐虞之时，其所歌咏，诗义已备，其应律合节者，入于韶濩之乐。至若《二南》，则始兴于商季，而天下旋归于周，俗美而不殊，风淳而不分。武王既受命，而至于成康之际，刑措不用，礼乐征伐自天子出，故美刺不兴。及懿、夷政乖，变风始兴，然不至于甚也。至厉王时，变雅继作，而文武之政未坠于地，且共和为政，不至于荡析。故宣王遂以中兴，及至幽平之世，王室既卑，变雅无得以复正，而家殊俗、国异风，变诗交作，王国采诗之使犹能举其职而采十三国之风，载之国史。然苟非善之可法，恶之可惩，直置之耳。观乎季札所观，则诗之止此，可知也。盖古诗之采，无缘得至三千。且班固云："孔子纯取周诗，上采殷，下取鲁，凡三百五篇。"然孔子不过取鲁之所藏诗乐而正之而已，何尝删之哉？孔子曰："诗三百，一言以蔽之曰：思无邪。"诗之三百已在孔子之前，固不待孔子之删也。①

成海应认为孔子并未删诗的证据有四：一是据孔颖达之说。成海应云："孔颖达之说，以为书传所引之诗见在者多，亡逸者者少，则孔子所录，不容十分去九，迁言未可信。"② 二是季札观诗的规模与今本《诗经》的规模基本相同。三是孔子亦自言"诗三百"。四是班固《汉书·艺文志》："孔子纯取周诗，上采殷，下取鲁，凡三百五篇。""孔子删诗"说在朝鲜时代业已成为《诗经》学常识，但是成海应对此说进行怀疑，透露出成海应《诗经》学研究中具有怀疑精神的一面。

成海应之《诗经》札记还表现出对《诗经》学现象的归纳，如"《毛传》

---

① 成海应：《诗说Ⅱ》，《韩国经学资料集成》第78册，成均馆大学出版部，1995年，第79—81页。
② 同上书，第79页。

用《孟子》说"条：

　　《毛传》，《定之方中》释："仲梁子曰：'初立楚宫也。'"《正义》曰："《郑志》'张逸问：仲梁子何时人？答曰：仲梁子，先师鲁人，当六国时，在毛公前。'"《疏》云："毛公，鲁人，而春秋时鲁有仲梁怀，为毛所引，盖承师说。"① 又《毛传·小弁》引《孟子》越人关弓非高子之语释之②，赵歧曰："高子，齐人。"《丝衣》之序曰："高子曰：'灵星之尸也。'"③《绵》章又引孟子论太王去邠章文。④ 又《维天之命》"于穆不已"，《传》引孟仲子曰："大哉，天命之无极，而美周之礼也。"赵歧曰："孟仲子，孟子从昆弟，学孟子者也。"见《孟子》齐王以孟子辞病，使人问医来，孟仲子对者是也。《閟宫》章又引孟仲子，是祑宫

---

① 按：成海应此处所引《孔疏》"为毛所引"与"盖承师说"之间脱"故言'鲁人'，当六国时"，兹据北京大学出版社，1999年整理本《毛诗正义》补，第197页。
② 《小雅·小弁》："我躬不阅，遑恤身后。"《毛传》云："念父，孝也。高子曰：'《小弁》，小人之诗也。'孟子曰：'何以言之？'曰：'怨乎'。孟子曰：'固哉夫，高叟之为诗也！有越人于此，关弓而射我，我则谈笑而道之，无他，疏之也。兄弟关弓而射我，我则垂涕泣而道之，无他，戚之也。怨则《小弁》之怨，亲亲也。亲亲，仁也。固哉夫，高叟之为诗！'曰：'《凯风》何以不怨？'曰：'《凯风》，亲之过小者也；《小弁》，亲之过大者也。亲之过大而不怨，是愈疏也；亲之过小而怨，是不可矶也。愈疏，不孝也；不可矶，亦不孝也。孔子曰：舜其至孝矣，五十而慕。'"孔颖达《毛诗正义》，北京大学出版社，1999年，第753页。
③ 《周颂·丝衣》，《诗序》云："绎宾尸也。高子曰：'灵星之尸也。'"同上书，第1364页。
④ 《大雅·绵》首章："古公亶父，陶复陶穴，未有家室。"《毛传》的解释与《孟子·梁惠王下》中的记载大致相同，兹俱录于下。《毛传》云："古公处豳，狄人侵之。事之以皮币，不得免焉。事之以犬马，不得免焉。事之以珠玉，不得免焉。乃属其耆老而告之曰：'狄人之所欲者，吾土地也。吾闻之君子，不以其所养人者害人。二三子何患乎无君？'去之。逾梁山，邑乎岐山之下。豳人曰：'仁人之君，不可失也。'从之如归市。"同上书，第980页。《孟子·梁惠王下》："滕文公问曰：'滕，小国也，竭力以事大国，则不得免焉。如之何？'孟子对曰：'昔者大王居邠，狄人侵之。事之以皮币，不得免焉；事之以犬马，不得免焉；事之以珠玉，不得免焉。'乃属其耆老而告之曰：'狄人之所欲者，吾土地也。吾闻之也：君子不以其所以养人者害人。二三子何患乎无君？我将去之。'去邠，逾梁山，邑于岐山之下居焉。邠人曰：'仁人也，不可失也。'从之者如归市。'"朱熹《四书章句集注》，中华书局，1983年，第225页。

也。① 毛公在齐鲁之间,备闻诸生说经,而为此传,然概得于孟氏者居多。②

成海应列出《毛传》解释《鄘风·定之方中》所引的仲梁子语③,再引孔颖达疏以说明《毛传》具有承续师说的特征。最后举出《毛传》在《小雅·小弁》《大雅·绵》《周颂·维天之命》《鲁颂·閟宫》各篇中引用与孟子与孟子学派诸人的话,以证明"毛公在齐鲁之间,备闻诸生说经,而为此传,然概得于孟氏者居多"。成海应从《毛传》内部收集材料,得出《毛传》多吸收孟子学说,其结论也是现代《诗经》研究者所普遍认可的。④

成海应以札记的形式讨论《诗经》,也存在随意发表意见的情况,如关于"六义"的认识,他在赞成孔颖达将"赋、比、兴"视为作诗之法,风、雅、颂视为诗之体的基础上,提出赋、比、兴不能单独构成诗篇,而需两种或三种共同运用才能组成一首完整的诗。如他认为《关雎》是兴带比义,《螽斯》是比带兴义。对于"风、雅、颂"为诗之体,成海应认为"风"诗中有"雅"与"颂"的成分,并举《邶风·柏舟》《周南·麟趾》为例。雅诗中有"风"与"颂",举《小雅·伐木》《小雅·鹿鸣》为例。颂诗中有"风"与"雅",举《周颂·振鹭》《周颂·良耜》为例。成海应关于"六义"

---

① 《鲁颂·閟宫》首章"閟宫有侐,实实枚枚",《毛传》云:"閟,闭也。先妣姜嫄之庙在周,常闭而无事。孟仲子曰:是禖宫也。"孔颖达《毛诗正义》,第1407页。
② 成海应:《诗说I》,《韩国经学资料集成》第78册,成均馆大学出版部,1995年,第28—29页。
③ 此处所引仲梁子一名还见于《礼记·檀弓上》,郑玄注曰:"仲梁子,鲁人也。"又《韩非子》儒家八派中有"仲梁氏之儒"。《汉书·古今人表》中有仲梁子,此人与齐襄王同时。刘毓庆先生根据以上记载,得出如下结论:"齐襄王卒于公元前265年,孟子卒于齐襄王之前的愍王时,约在公元前289年。由此看来,仲梁子当是孟子之后的一位儒家学者了。"参刘毓庆《〈毛传〉的"战国遗孤"角色及其理性精神》,《文艺研究》2007年第11期,第88页。
④ 参庞俊:《齐诗为孟子遗学证》,《四川大学季刊》,1935年,第一期。蒙文通《汉儒之学源于孟子考》,《论学》,1937年,第三期。刘毓庆认为《毛传》在《大雅·绵》等诗中原文引用《孟子》,且《毛传》在释诗过程中贯穿文王所代表的王道理想的解释倾向,因此得出《毛传》是"属于《孟子》一派的解《诗》体系"。刘毓庆、郭万金《从文学到经学——先秦两汉诗经学史论》,华东师范大学出版社,2009年,第425页。

的解释所存在的问题是：以主观的判断为主，如他无根据地将《关雎》断定为兴中带有比义，将《小雅·伐木》定为具有风诗的特征。此外，成海应认为赋、比、兴共同构成诗篇，但是所举的例子并没有赋、比、兴共同存在的例子。

（二）具体诗篇研究举例

成海应讨论具体诗篇或怀疑旧有训释，或在诗旨上提出新的解释，以下各举一例以明之。

《邶风·匏有苦叶》，成海应云：

> 《序》以为刺卫宣公与夫人并为淫乱，《毛》亦未尝明言夫人为谁，《郑》即以为夷姜。然此篇似指宣姜，盖公为急子娶于齐而美，公取之。此篇"匏有苦叶，济有深涉"者，言礼禁不可越；"济盈不濡轨，雉鸣求其牡"者，言犯礼而不自知，不当求而求。"雝雝鸣雁，旭日始朝"[①]，言婚姻之正；"招招舟子，人涉卬否"，言配匹之正，而讥卫宣之不。然若属之夷姜，则何其说昏礼之重复乎？此指宣姜似衬。《左氏传》叔孙穆子赋《匏有苦叶》，叔向退而具舟。杜预曰："义取'深则厉，浅则揭'，言志在必济。"《国语》叔向曰："夫苦匏不材于人，共济而已。"韦昭曰："佩以渡水[②]。"盖深涉则供匏，稍深则以衣，浅则褰衣。郑以水浅深喻男女才性贤不肖及长幼，各顺其人之宜，为之求妃耦。似涉于凿。孔又疏毛义曰："礼有丰俭，遭时制宜。"似亦非毛义。毛义直以为量深浅而后可渡，比男女量度礼义以济。[③]

成海应在赞同《诗序》的基础上，重点阐释其对《郑笺》与孔颖达疏有

[①] 按：成海应所引经文"旭日始朝"应为"旭日始旦"，据《毛诗正义》改。
[②] 按：此处为韦昭注应为："佩匏可以渡水也。"据徐元诰撰，王树民、沈长云点校《国语集解》改，中华书局，2002年，第183页。
[③] 成海应：《诗说I》，《韩国经学资料集成》第78册，成均馆大学出版部，1995年，第22—23页。

异议：一是否定《郑笺》将《诗序》"公与夫人并为淫乱"①中的夫人解释为"夷姜"，成海应认为"夫人"应该为"宣姜"；二是认为《郑笺》、孔颖达疏对于经文"深则厉，浅则揭"的理解有穿凿附会之弊，并非《毛传》本义。

成海应认为《诗序》的"夫人"为"宣姜"。笔者认为成海应的解释不及《郑笺》，兹略作论证。成海应以诗中"'雝雝鸣雁，旭日始旦'，言婚姻之正；'招招舟子，人涉卬否'，言配匹之正"是对婚礼的描述，认为这是宣公为其子伋娶妻，宣公见其美，反纳之以为己妇的情景，因此认为《诗序》中的夫人是宣姜，而非《郑笺》所释之夷姜。结合《匏有苦叶》诗的内容，可知成海应的理由并不充分：首先，成海应所提及的"雝雝鸣雁"章，不是对娶宣姜场景的描写，而是通过对正常婚礼的描述规劝宣公，正如孔颖达疏云："宣公淫乱，不娶夫人，故陈正礼以责之。言刺雝雝然声和之鸣雁，当于旭然日始旦之时，以行纳采之礼。既行纳采之等礼成，又须及时迎之。言士如使妻来归于己，当及冰之未散，正月以前迎之。君何故不用正礼，及时而娶，乃烝父妾乎？"②其次，此诗经文"有鷕雉鸣"，"鷕"是雌雉的叫声，而雄雉的叫声称为"雊"，如《小雅·小弁》"雉之朝雊，尚求其雌"。经文明确传达出是女求男的意思。再据《邶风·新台》"燕婉之求，得此戚施"，可知"齐女本求与伋为燕婉之好，而反得宣公丑恶之人也"。③ 不应是齐女求宣公，而是夷姜迷惑宣公，与《诗序》所云"公与夫人并为淫乱"之"并"相契合。④ 所以成海应认为《诗序·匏有苦叶》中的夫人为夷姜不确。

"燕燕诗解"探讨的是《邶风·燕燕》诗的诗旨，成海应云：

  余读《燕燕》诗之卒章曰："仲氏任只，其心塞渊，终温且惠，淑

---

① 孔颖达：《毛诗正义》，北京大学出版社，1999年，第137页。
② 同上书，第143页。
③ 朱熹：《诗集传》，上海古籍出版社，1958年，第26—27页。
④ 孔颖达：《毛诗正义》，北京大学出版社，1999年，第137页。

慎其身，先君之思，以勖寡人。"益知庄姜之贤，而州吁之归于讨也。是时石碏谋诛州吁，而石厚问定君于碏，碏曰："王觐为可，陈桓公方有宠于王，陈、卫方睦，若朝陈使请，必可得也。"厚从州吁如陈，石碏告于陈而诛之。夫陈、卫方睦，而得以一介之使，绝其好而杀之者，无密谋而为之主者，得乎？此戴妫为之主，而庄姜为之谋也。方戴妫之归也，送于野中无人之地，相与图议而恐其泄也，且勉之曰："其心塞渊。"又曰："先君之思，以勖寡人者。"亦知戴妫之戒庄姜也。夫石碏之诛州吁也，其子不能知。庄姜之谋州吁也，如戴妫之塞渊而后始得知之，其密如此，而贼不可讨乎？庄姜之为谋不著于史，而千载之下，独赖此诗而始得知之，不亦贤乎？①

成海应将《诗经》与历史相联系，得出《燕燕》诗实则是庄姜、戴妫密谋诛州吁之诗，其解释对于表彰庄姜之贤有益，但是却与古时妇女不与外事的制度相矛盾，且成海应的解释有古史演义的臆想之弊，在《诗》与史之间补充了诸多属于推测、想象的细节，所以其结论很难令人信服。

第二节　《诗类》：《诗经》文献学研究

《诗类》包含有诗授受考、《诗集传》版本识误、逸诗辨、毛许异训、传笺异字、笺注同异。"《诗集传》版本识误"是对《诗集传》的校勘，属于《诗经》文献学研究，此外均是按照一定的类别汇集而成的《诗经》学数据，故编辑成海应《诗类》概要如下：

---

① 成海应：《诗说I》，《韩国经学资料集成》第78册，成均馆大学出版部，1995年，第40—41页。

一、成海应《诗类》概要

1. 诗授受考

按照齐诗、鲁诗、韩诗、毛诗的顺序,分别列出四家诗的主要传承者,并对《诗经》传授者作简单的介绍,其介绍大多照抄《汉书·艺文志》。

2.《诗集传》版本识误

成海应利用开成石经、汲古阁本《毛诗》《毛传》、孔颖达《毛诗正义》、陆德明《经典释文》及《毛诗音义》、朱公迁《诗经疏义会通》、辅广《诗童子问》、刘瑾《诗集传通释》《钦定诗经传说汇纂》《说文》《字汇》《玉篇》等书对朝鲜流传最为广泛的北汉版本《诗集传》进行校勘。校勘还吸收《四库全书总目》之朱熹《诗集传》提要所涉及的冯嗣京、陈启源、史荣的校勘成果。将成海应的校勘条目与保存《诗集传》宋本较好的四部丛刊本《诗集传》相比较,可以发现,成海应的一些校勘是对朝鲜本翻刻校对不精所造成错误的校勘,是属于对朝鲜本的校勘;还有一些则是对中国本《诗集传》的校勘。他对朝鲜本《诗集传》的校勘大多可信,但是对中国本《诗集传》的校勘则多采用《四库全书总目》之《诗集传提要》,对所采用的成果或标注文献来源,或不标注文献来源。他既吸收冯嗣京等人的校勘成果,又称冯嗣京等人的校勘是以"苛摘为事",属于考证家的校勘,无关乎《诗经》的大义,表彰自己的校勘是正其大纰。研究成海应的校勘,发现其所做的工作也是文字上的比较,并没有显示出义理的高深,他对中国本《诗集传》的校勘,除了袭用中国校勘成果的部分可信之外,大多数校勘成果仍是纰缪多误。

3. 成伯玙四家诗说

辑录的是唐代成伯玙《毛诗指说》中关于齐诗、鲁诗、韩诗、毛诗的诗说。

4. 逸诗辨

辑录保存在《国语》《左传》《汉书》《论语》等书中的《诗经》逸文、

逸诗。

5. 毛许异训

成海应按照《诗经》顺序逐篇列出许慎《说文》关于《诗经》的解释与《毛传》存在的差异，并对这些差异作了简单的归纳，如字异而义同、音同而字异、字与音与义俱殊。

6. 传笺异字

逐篇列出《毛传》与《郑笺》在《诗经》训释上的差异。

7. 笺注同异

列出《礼器》《郊特牲》《大传》《乐记》《孔子闲居》《坊记》《中庸》《表记》《缁衣》《大学》《射义》《檀弓》《礼运》等篇的郑玄注关于《诗经》的解释与《郑笺》的差异。

二、成海应《诗类》文献学研究存在的问题

（一）辑录《诗经》文献与存在的问题

成海应《诗类》中"诗授受考""成伯玙四家诗说""毛许异训""传笺异字""笺注同异"是对《诗经》文献的辑录。《诗类》以上条目只是资料汇集，没有对文献作分析。成海应辑录数据存在两个方面的问题：

第一，成海应辑录《诗经》文献，不注明出处，如"诗授受考"中对《诗地理考》之作者王应麟的介绍，全是抄袭《四库全书总目》，未注明文献来源，全然似出于成海应本人之手。成海应所处的时代，《四库全书总目》在朝鲜并未广泛流传，成海应的做法给研究者带来误导，如当代韩国《诗经》研究专家徐坰遥在对成海应《诗经》著作撰写的韩文解题中，就将成海应抄自《四库全书总目》的话当作成海应本人的原创，认为这是陈氏以列传的形式为《诗经》传授者作传。①

第二，成海应的《诗经》札记存在名称与内容不相称的情况，如"诗授受考"，并没有体现出"考"的内容，只是文献的排列。并且还有名称不能统摄

---

① ［韩］徐坰遥《诗类》解题，《韩国经学资料集成》第78册，成均馆大学出版部，1995年，第21页。

内容的情况,再以"诗授受考"为例,本条在排列四家诗传授者之余,又对《诗经》名物研究者陆玑、蔡卞、许谦,《诗经》地理研究者王应麟作介绍。

(二)校勘《诗集传》与存在的问题

1. 校勘缘起

朱熹《诗集传》是朝鲜时代《诗经》学研究的主要参照,但流传于朝鲜的版本都不甚佳,成海应在《诗集传版本误识》中指出校勘《诗集传》的缘由,他说:

> 朱子《诗集传》不见其善本,今之行于世,所称奎璧本者,袭监本也,监本谬讹极多。盖六经善本最难求,鸿都石经已刓缺不可得,开成石经固精,然不能无讹,况后出之本乎?夫偏傍缺落,则字随以变;音韵互换,则训以之异,可不慎乎?安成刘瑾取《集传》而注释焉,胡广等取以为蓝本,屡经点窜,虽曰谱承,不能不保其无谬。而东儒奉若金石,又于翻刻之际,校对不精。今之北汉版本,公私之所即用,粗劣尤甚。学子辈以讹音谬义,汩乱于入门之初,寡陋甚矣!余用中国诸本参考,正其大讹,而所未知者亦多阙焉。①

成海应指出在朝鲜流传的两种《诗集传》刊本:一为因袭监本《诗集传》而成的奎璧本,监本非《诗集传》之善本,因袭监本的奎璧本存在诸多的谬误在所难免;二为取胡广所编之《诗传大全》进行翻刻,稍作修改而成的北汉版本。《诗传大全》承刘瑾《诗集传通释》,已失去《诗集传》的原貌,朝鲜学者视《诗传大全》为善本,进行翻刻,加之校对不精,以致存在很多的错误。但是问题较多的北汉版本《诗集传》却是朝鲜流行最为广泛的《诗集传》版本。因此成海应认为有必要对《诗集传》进行校勘。

---

① 成海应:《诗类》,《韩国经学资料集成》第 78 册,成均馆大学出版部,1995 年,第 189—190 页。

成海应以北汉版本为校勘的底本，依据的校勘别本有开成石经、汲古阁本《毛诗》《毛传》、孔颖达《毛诗正义》、陆德明《经典释文》及《毛诗音义》、朱公迁《诗经疏义会通》、辅广《诗童子问》、刘瑾《诗集传通释》《钦定诗经传说汇纂》《说文》《字汇》《玉篇》等，还参考了冯嗣京、陈启源、史荣的《诗经》学校勘成果。

　　成海应校勘《诗集传》包含校勘《诗经》经文与朱熹的传文，对经文的校勘注明"经"，对朱传的校勘注明"传"。校勘文字共计一百二十二条，其中有八十一条是对朝鲜本翻刻错误的校勘，四十一条是对朝鲜本中因袭中国本所致错误的校勘，属于对中国本《诗集传》的校勘。

2. 校勘朝鲜本《诗集传》

　　成海应校勘朝鲜本《诗集传》的误字，如《周南·桃夭》，成海应云：

《桃夭》经"华"，乎瓜反。"乎"当作"呼"。《玉篇》：花，呼瓜切。今为华萼字。①

　　此是校勘《诗集传》的经文注音，成海应依据《玉篇》校勘"乎瓜"应该为"呼瓜"，属于同声相近导致的误写。②按四部丛刊本《诗集传》也作"呼瓜"③，可证成海应的校勘是正确的。

　　再如《大雅·灵台》，成海应云：

《灵台》经"鼍鼓逢逢"，"逢"本误当作"逢"。④

---

① 成海应：《诗类》，《韩国经学资料集成》第78册，成均馆大学出版部，1995年，第191页。
② 按成海应在校勘同声致误之外，还对形似产生的错误进行校勘，如《豳风·九罭》，成海应云："《传》'我遘之子'，'遘'，《诗经汇纂》作'觏'。"第198页。《诗集传》四部丛刊本亦为"觏"字，卷十六。再如《小雅·彤弓》，成海应云："彤弓'传：'后之视府藏'。'之'，《诗经汇纂》作'世'。"同上书，第200页。《诗集传》四部丛刊本亦作"世"，卷十。
③ 朱熹：《诗集传》，四部丛刊本，卷一。
④ 成海应：《诗类》，《韩国经学资料集成》第78册，成均馆大学出版部，1995年，第207页。

成海应指出朝鲜本经文"鼍鼓逄逄"之"逄逄"应该为"逢逢"。此亦属于形近致误。

校勘朝鲜本脱文如《小雅·信南山》,成海应云:

> 《信南山》传:"其遂东入于沟,则亩南矣。"《诗经汇纂》:"沟则下有'其'字。"①

成海应用《钦定诗经传说汇纂》校勘《信南山》"我疆我理,南东其亩"之朝鲜本朱熹传文,指出朝鲜本于"则"之下"亩"之前脱"其"字。四部丛刊本《诗集传》于此处也有"其"字。② 此是对朝鲜本脱字进行校勘。③

校勘朝鲜本《诗集传》之倒文,如《秦风·小戎》,成海应云:

> 《小戎》传:"横衡于辀下。""横衡",《诗经汇纂》作:"衡横。"④

成海应依据《钦定诗经传说汇纂》校勘朝鲜本《小戎》之朱熹传文,指出朝鲜本"横衡"应为"衡横",这是倒文的现象。四部丛刊本《诗集传》也作"衡横"。⑤

但是成海应对朝鲜本《诗集传》的校勘也存在错误之处。如《唐风·鸨羽》,成海应云:

---

① 成海应:《诗类》,《韩国经学资料集成》第78册,成均馆大学出版部,1995年,第205页。
② 朱熹:《诗集传》,四部丛刊本,卷十三。
③ 成海应对朝鲜本脱文的校勘,还有《桧风·匪风》,成海应云:"《传》'有则我愿慰以好音','愿慰'下脱'之'字。"第197页。《诗集传》四部丛刊本有"之"字,卷十。《大雅·大明》,成海应云:"《大明》传'以为天子之礼也',《诗经汇纂》'礼也'下有'不显,显也'四字。"成海应:《诗类》,《韩国经学资料集成》第78册,成均馆大学出版部,1995年,第206页。《诗集传》四部丛刊本亦有此四字。朱熹《诗集传》,四部丛刊本,卷十六。
④ 成海应:《诗类》,《韩国经学资料集成》第78册,成均馆大学出版部,1995年,第197页。
⑤ 朱熹:《诗集传》,四部丛刊本,卷六。

《鸨羽》经"肃肃鸨行",户自反。"自"本误,当作"营"。①

成海应认为朝鲜本《诗集传》以"户自反"之"自"应该为"营",但是未注明校勘依据。四部丛刊本《诗集传》为"户郎反"②,据此可知,成海应虽然指出朝鲜本存在错误,但其校勘却是以讹订讹。

成海应对朝鲜本《诗集传》存在的误字、脱文、倒文现象进行校勘,将其校勘成果与保留宋本《诗集传》原貌较多的四部丛刊本《诗集传》相核实,可见其校勘成果虽然存在一些疏漏之处,但大部分是正确的。

3. 校勘中国本《诗集传》

成海应校勘《诗集传》的底本是朝鲜本,但是将其校勘内容与四部丛刊本《诗集传》相对照,可以发现有四十一条是属于对中国本《诗集传》的校勘。

成海应校勘中国本《诗集传》主要有以下三点:

(1) 独立性的原创的校勘成果

成海应在校勘《诗集传》时,因所选《诗集传》底本皆非善本,所以其校勘的成果难以让人信服。并且在校勘的过程中还存在缺乏校勘证据,以己意作出武断结论的情况,校勘态度不够谨慎。所以成海应对中国本《诗集传》的校勘没有特别大的成就。兹举例如下:

《邶风·北风》,成海应云:

《北风》传:"彼其祸乱",《诗经汇纂》"其"字衍。③

《北风》之朱熹《诗集传》为"彼其祸乱",成海应根据《钦定诗经传说

---

① 成海应:《诗类》,《韩国经学资料集成》第 78 册,成均馆大学出版部,1995 年,第 196 页。
② 朱熹:《诗集传》,四部丛刊本,卷六。
③ 成海应:《诗类》,《韩国经学资料集成》第 78 册,成均馆大学出版部,1995 年,第 193 页。

汇纂》之"彼祸乱",认为"其"为衍文。四部丛刊本《诗集传》① 与上海古籍出版社1980年版《诗集传》② 均有"其"字。传文此处的"其"字不是衍文,且无"其"字,此句文气受阻。

再如《小雅·大东》,成海应云:

<blockquote>
《大东》经:"小东大东",叶者郎反,"者"本误当作"都"。《传》"佻,轻薄不奈劳苦之貌"。"奈"恐当作"耐",《字汇》佻,行不耐劳苦貌。③
</blockquote>

成海应对《大东》篇有两条校勘,一是"者郎"应为"都郎",此是属于对朝鲜本的校勘。④ 二是依据《字汇》校勘传文"不奈劳苦"之"奈"为"耐"。四部丛刊本《诗集传》⑤、上海古籍出版社1958年版《诗集传》⑥ 均作"奈"。成海应认为《字汇》中对"耐"的解释与《诗集传》中"佻,轻薄不奈劳苦之貌"相似,因此怀疑《诗集传》之"奈"恐当作"耐"。所依据的校勘别本不是校勘《诗集传》的善本,所以得出的结论不准确。

成海应校勘《诗集传》还存在不依据传世文献,仅靠个人感觉进行臆想判断的情况,如《曹风·蜉蝣》,成海应云:"《蜉蝣》传:'身狭而长角,黄黑色。''长'下脱'有'字。"⑦ 成海应没有列出校勘参考的文献,校勘缺乏证据。四部丛刊本《诗集传》⑧、上海古籍出版社1958年版《诗集传》⑨ 均无

---

① 朱熹:《诗集传》,四部丛刊本,卷二。
② 朱熹:《诗集传》,上海古籍出版社,1958年,第26页。
③ 成海应:《诗类》,《韩国经学资料集成》第78册,成均馆大学出版部,1995年,第204页。
④ 朱熹:《诗集传》为"都郎"。四部丛刊本,卷十二。
⑤ 同上。
⑥ 朱熹:《诗集传》,上海古籍出版社,1958年,第147页。
⑦ 成海应:《诗类》,《韩国经学资料集成》第78册,成均馆大学出版部,1995年,第198页。
⑧ 朱熹:《诗集传》,四部丛刊本,卷十。
⑨ 朱熹:《诗集传》,上海古籍出版社,1958年,第87页。

"有"字,可以判断此则校勘是错误的。

(2) 袭用中国已有的校勘成果

成海应对中国本《诗集传》有意义的校勘是吸收与袭用《四库全书总目》之《诗集传》提要所提及的冯嗣京、陈启源、史荣等《诗集传》校勘成果。如《鄘风·定之方中》经文"终焉允臧",成海应引用冯嗣京的校勘成果,他说:

> 《定之方中》经"终焉允臧",冯嗣京校正本"焉"作"然",今中国本皆从。①

《四库全书总目》云:"冯嗣京所校正者,如《鄘风》'终然允臧','然'误'焉'。"②

再如《卫风·竹竿》第二章经文"远父母兄弟",成海应引用陈启源的校勘成果,他说:

> 《竹竿》经第二章"远父母兄弟",陈启源校正本作"远兄弟父母"。③

《四库全书总目》云:"(陈启源所校正者)《卫风》'远兄弟父母'误'远父母兄弟'。"④

《卫风·伯兮》,成海应引用史荣的校勘成果,他说:

---

① 成海应:《诗类》,《韩国经学资料集成》第78册,成均馆大学出版部,1995年,第194页。
② 纪昀:《四库全书总目》,中华书局,1997年,第123页。
③ 成海应:《诗类》,《韩国经学资料集成》第78册,成均馆大学出版部,1995年,第194页。
④ 纪昀:《四库全书总目》,中华书局,1997年,第123页。

《伯兮》传:"女为悦己容。"史荣校正本"悦己"下脱"者"字。①

《四库全书总目》云:"史荣所校正者,《王风·伯兮篇》传曰'女为悦己者容','己'下脱'者'字。"②

成海应引用既有校勘成果还存在转写错误的情况,如《王风·采葛》"彼采萧兮"之"萧",《诗集传》云:"荻也。"③《四库全书总目》云:"史荣所校正者……《王风·采葛》篇,'萧,萩也'。'萩'误'荻'。"④史荣指出"荻"应为"萩"。成海应云:"《采葛》,(诗集)传:'萧,荻也。'史荣校正本'荻'作'荻'。"⑤后"荻"字是"萩"字之误。

(3) 袭用中国校勘学成果却不加以注明

成海应《诗集传》校勘还有引用冯嗣京、陈启源、史荣的校勘成果,但却不注明出处,反而运用其他文献来校勘已经被发现的问题,这类校勘内容有十七条。如《召南·何彼襛矣》,成海应云:

《何彼秾矣》经"秾",《石经》作"襛",陆德明曰"襛,《韩诗》作茙"。⑥

《四库全书总目》指出陈启源所校正《诗集传》"何彼襛矣,襛误秾"。⑦成海应在明确看到陈启源的校勘成果之后,却故意回避,重新运用开成石经的《诗经》本子和陆德明《经典释文》中俱称"襛",校勘《诗集传》中的

---

① 成海应:《诗类》,《韩国经学资料集成》第78册,成均馆大学出版部,1995年,第194页。
② 纪昀:《四库全书总目》,中华书局,1997年,第123页。
③ 朱熹:《诗集传》,上海古籍出版社,1958年,第46页。
④ 纪昀:《四库全书总目》,中华书局,1997年,第123页。
⑤ 成海应:《诗类》,《韩国经学资料集成》第78册,成均馆大学出版部,1995年,第195页。
⑥ 同上书,第191页。按此处成海应所引陆德明曰"襛,《韩诗》作茙茙。""茙茙"应为"茙",衍一"茙"字。
⑦ 纪昀:《四库全书总目》,中华书局,1997年,第123页。

"秾"应该为"襛"。《诗集传》之"何彼秾矣"之"秾"应为"襛"的误字,属于形近而误。

再如《齐风·东方未明》,成海应云:

> 《东方未明》经"不能晨夜","晨",《毛诗》汲古阁本作辰,《毛传》:辰,时也。①

《四库全书总目》指出冯嗣京所校正《诗集传》"《齐风》不能辰夜,辰误晨。"② 成海应不提冯嗣京,反以汲古阁本《毛诗》和《毛传》校勘"不能晨夜"之"晨"为"辰"。

再如《小雅·小旻》,《诗集传》经文为"如彼流泉",《四库全书总目》指出冯嗣京校勘《诗集传》"如彼泉流,泉流误流泉"。③ 成海应云:

> 《小旻》经"如彼流水泉","流泉",《毛传》作"泉流"。④

成海应以《毛传》校勘《诗集传》的经文,不提及冯嗣京的校勘成果。

再如《小雅·十月之交》,成海应云:

> 经"家伯冢宰","冢",《毛传》作"维"。⑤

《四库全书总目》云:"(冯嗣京所校正者)'家伯维宰','维'误'冢'。"⑥

---

① 成海应:《诗类》,《韩国经学资料集成》第78册,成均馆大学出版部,1995年,第195页。
② 纪昀:《四库全书总目》,中华书局,1997年,第123页。
③ 同上。
④ 成海应:《诗类》,《韩国经学资料集成》第78册,成均馆大学出版部,1995年,第203页。
⑤ 同上。
⑥ 纪昀:《四库全书总目》,中华书局,1997年,第123页。

成海应校勘中国本《诗集传》的成果大多数采自中国学者的既有研究,他对中国本《诗集传》校勘的四十一条中,有二十七条是对中国校勘成果的吸收,其中有二十四条是直接吸收《四库全书总目》中冯嗣京、陈启源、史荣三人的校勘成果①,另外三条采辅广《诗童子问》一条,刘瑾《诗传通释》两条。

　　成海应《诗集传》校勘存在的问题有:

　　第一,成海应参考了奎章阁所藏《四库全书总目·诗集传提要》中的有关《诗集传》的校勘内容,却并未将《总目》中对《诗集传》校勘的四十七条全部吸收,而只是吸收了一部分。

　　第二,成海应在引用《四库全书总目·诗集传提要》中涉及的冯嗣京、陈启源、史荣之校勘成果时,学术态度不端,有时注明校勘的来源,有时则不注明来源,袭用他人成果为己有。例如他引用冯嗣京四条校勘成果,标注出处者仅一条,未标注者三条;引用陈启源者,十四条,标注出处者一条,未标注者十三条;引自史荣六条,标注出处者五条,未标注者一条。成海应袭用冯嗣京等人的校勘成果,不注明出处,反以其他文献来重新校勘已经被冯嗣京等人解决的问题,以致一些韩国学者误以为这些校勘成果是成海应的首创。

　　第三,成海应在面对清代学者的校勘成就时,学术心态较为复杂,例如他首先在《诗集传版本识误》中称冯嗣京、陈启源、史荣等人的校勘是以

---

① 金秀炅博士云:"成海应所引史荣校勘内容与《四库全书总目》中所引史荣校勘内容七条中的一条,即关于《四牡》篇《诗集传》'令(应为今)鵻鸠也'条,《四库全书总目》没有提到,可推知成海应很有可能还直接参考了史荣著作。"按:成海应所引史荣的校勘内容只有六条,即《卫风·伯兮》(成海应《诗类》,《韩国经学资料集成》第78册,第194页)、《王风·采葛》(成海应《诗类》,《韩国经学资料集成》第78册,第197页)、《小雅·四牡》(成海应《诗类》,《韩国经学资料集成》第78册,第199页)、《小雅·采芑》(成海应《诗类》,《韩国经学资料集成》第78册,第201页)、《小雅·正月》(成海应《诗类》,《韩国经学资料集成》第78册,第202页)。且这六条均在《四库全书总目》之《诗集传》提要中提到,金秀炅博士所举的《四牡》"令鵻鸠也"条,《四库全书总目》云:"史荣所校正者……《小雅·四牡》篇'今鵻鸠也','鵻'误'鵻'。"纪昀《四库全书总目》,中华书局,1997年,第123页。

"苟摘为事"①，属于考证家的校勘，无关乎《诗经》的大义，宣扬自己的校勘是正其大讹。成海应一方面认为清儒的校勘缺乏义理，只局限于文字的差异，却又暗地里袭用清儒的校勘成果。其实成海应本人的校勘，所做的工作也仅是文字上的简单比较，并没有显示出高深的义理。至于文字上的校勘成就，成海应也还远远逊色于清代儒者。

第三节　《诗说Ⅲ》：《诗经》文本解释

一、《诗经》解释举例

《诗说Ⅲ》是成海应对《诗经》各篇的解释，体例上不著录诗篇原文，只列出篇名，解释内容不固定，按照著者对诗篇的理解，或阐释诗旨，或解释章句字词，或二者兼有。《诗说Ⅲ》首先逐篇解释十五国风，然后根据《诗经》篇目顺序解释各篇。

如《周南·樛木》：

南有樛木，葛藟累之。乐只君子，福履绥之。
南有樛木，葛藟荒之。乐只君子，福履将之。
南有樛木，葛藟萦之。乐只君子，福履成之。

此诗诗旨，《诗序》云："《樛木》，后妃逮下也。言能逮下，而无嫉妒之心焉。"②《郑笺》、孔疏、朱熹《诗集传》、陈奂《诗毛氏传疏》都赞同《诗

---

① 成海应云："余用中国诸本参考正其大讹，而所未知者亦多阙焉。如冯嗣京、陈启源、史荣之徒，又纷纷然以苟摘为事，'朔日辛卯'固善矣，改作'朔月辛卯'，'亚，从两已相背'之说固古矣，改作'两弓相背'，'爰其适归'，《家语》作'奚其适归'不妨两存之矣，改作'爰'如此之类，乃考证家之纰谬也。且于与乎，词与辞，古文多通用，又如'惟'字，《尚书》作'维'，《春秋左氏传》作'唯'，此则不须辨也。"成海应《诗类》，《韩国经学资料集成》第78册，成均馆大学出版部，1995年，第190页。
② 孔颖达：《毛诗正义》，北京大学出版社，1999年，第41页。

序》的解释。① 以后妃释《樛木》是此诗的传统解释②，成海应同意以后妃释《樛木》，他在《诗说Ⅲ·樛木》条中云：

> 后妃勤俭之德见于《葛覃》，后妃求贤之志见于《卷耳》。内治盛矣，外治裨矣！后妃逮下之化，于是乎著，而福禄萃之也。然以君子喻后妃者，可疑。故郑氏以为众妾以礼乐乐其君子，使为福禄所安。然礼乐实非众妾之事，是故欧阳公曰：后妃不嫉妒，下其意以和众妾，众妾得附之而并进君子。其云："'乐只君子'者，众妾爱乐其君子之辞。"此指君子为文王而言，众妾爱乐之辞，则后妃之德自见。然众妾之爱乐文王之美，不若爱乐后妃之美。故朱子引小君内子之训，以明后妃亦可称君子，其义甚正。③

成海应赞成《诗序》对此诗的解释，并在诗旨之外，重点探讨"乐只君子"之"君子"为谁。郑玄、欧阳修以"君子"为"文王"，成海应认为"君子"为后妃，此是赞同《诗集传》的观点，其云"然众妾之爱乐文

---

① 《郑笺》云："后妃能和谐众妾，不嫉妒其容貌，恒以善言逮下而安之。"（孔颖达《毛诗正义》，北京大学出版社，1999年，第41页）孔疏云："作《樛木》诗者，言后妃能以恩义接及其下众妾，使俱以进御于王也。后妃所以能恩义逮下者，而不嫉妒之心焉。"（孔颖达《毛诗正义》，北京大学出版社，1999年，第41页）《诗集传》云："后妃能逮下而无嫉妒之心，故众妾乐其德而称愿之曰：南有樛木，则葛藟累之矣；乐只君子，则福履绥之矣。"（朱熹《诗集传》，上海古籍出版社，1958年，第5页）《诗毛氏传疏》云："喻后妃能下逮其众妾，得以亲坿焉。"（陈奂《诗毛氏传疏》，台湾学生书局，1978年，第27页）
② 按：明丰坊伪作之《子贡诗传》开始舍弃后妃之说，认为是南国之诸侯归附文王，《樛木》是对文王的赞美，《子贡诗传》云："南国诸侯慕文王之化，而归心于周。"清姚际恒《诗经通论》认为此诗所表达的是"以臣附君"的旨意。（姚际恒《诗经通论》，中华书局，1958年，第23页）现代学者晁福林先生认为："《上博简·孔子诗论》'樛木之时'是对于《诗·樛木》意蕴的最初说明，简文三处提到《樛木》一诗的主旨在于'时'，其意思是强调贵族（'君子'）获取权位尚需依靠上层的考察与首肯，通过'蒐历（福履）'而使地位上升。"晁福林《〈上博简·孔子诗论〉"樛木之时"释义——兼论〈诗·樛木〉的若干问题》，《古籍整理研究学刊》，2002年第3期，第3页。可知晁福林先生的解释是承续丰坊以来脱离传统以后妃为释义的解释基调，以臣归附君的解释来拓展《樛木》诗之诗旨。兹录诸家对《樛木》诗旨的探索，以更明确地展示对《樛木》诗旨的探索及其变化。
③ 成海应：《诗说Ⅲ》，《韩国经学资料集成》第78册，成均馆大学出版部，1995年，第400—401页。

王之美，不若爱乐后妃之美"，因此赞同《诗集传》释。

成海应解释《诗经》，有时也在诗旨上提出新的见解，如《卫风·芄兰》，成海应云：

> 此诗《小序》称大夫刺惠公，骄而无礼。然窃疑惠公之时，宣姜与顽恣淫，大夫叹惠公幼弱不能防闲，佩觿所以治烦决乱，故为成人之佩，而惠公不能治烦决乱也。韘者，所以射御而御乱，故为成人之饰，而惠公不能射御而御乱，徒侈其佩饰，似与《猗嗟》之刺鲁庄公同。①

此诗，《诗序》云："刺惠公也。骄而无礼，大夫刺之。"② 陈子展云："全诗语气俨然父兄大臣口吻，自是刺卫惠公童年即位，骄而无礼之辞。"③《诗序》的解释大致不错。成海应根据惠公年少即位④，推测此诗是大夫叹息惠公不能防闲其母宣姜与顽恣淫，并认为此诗所具有的讽刺意义与《齐风·猗嗟》刺鲁庄公不能防闲其母的意思相同。成海应的解释虽具有新意，但是猜想之辞多，而证据不足，且其对佩觿与佩韘的解释太过于牵强。

二、《诗说Ⅲ》从《诗序》的解释态度

《诗序》与《诗集传》是《诗说Ⅲ》中最重要的两种《诗经》参考数据。《诗说Ⅲ》对《诗序》的吸收最多，其次是《诗集传》，也存在同时采用或舍弃二者解释的情况。

《诗集传》与《诗序》关于《国风·郑风》的解释差异较大，兹列举

---

① 成海应：《诗说Ⅲ》，《韩国经学资料集成》第78册，成均馆大学出版部，1995年，第611页。
② 孔颖达：《毛诗正义》，北京大学出版社，1999年，第237页。
③ 陈子展：《诗经直解》，复旦大学，1983年，第188页。
④ 《左传·闵公二年》："初，惠公之即位也，少。"孔颖达《春秋左传正义》，北京大学出版社，1999年，第311页。

《诗序》《诗集传》《诗说Ⅲ》对《国风·郑风》的解释①，可以看出成海应的释《诗》取向。

  《缁衣》

  《诗序》："美武公也。父子并为周司徒，善于其职，国人宜之，故美其德，以明有国善善之功焉。"（第276页）

  《诗集传》云："旧说郑桓公武公相继为周司徒，善于其职，周人爱之，故作是诗。"（同《诗序》。第47页）

  《诗说》云："《序》云'《缁衣》美武公也。父子并为周司徒，善于其职，国人宜之，故美其德，以明有国善善之功'。经言'缁衣之宜兮，弊予又改为兮'者，见其父子并为卿士，言弊与为相属也。'适子之馆兮，还予授子之粲'者，亦见其父子相为卿士，言还与授相仍也。"（从《诗序》。第471页）

  《将仲子》

  《诗序》："刺庄公也。不胜其母，以害其弟。弟叔失道而弗制，祭仲谏而公弗听，小不忍以致大乱焉。"（第279页）

  《诗集传》云："莆田郑氏曰：'此淫奔者之辞。'"（与《诗序》异。第48页）

  《诗说》云："《集传》引莆田郑氏'淫奔者之辞'，而未尝断以为淫辞者，欲读者自玩绎于词句之间而得之，而后之宗朱者定为淫辞，然恐朱子之意未必如此。……盖《序》所以刺庄公者也，风人之辞真与圣人之旨符矣。"（从《诗序》。第472—473页）

  《叔于田》

---

① 按：[韩] 杨沅锡：《研经斋成海应的诗经学研究》附录中列举了成海应《诗序》《诗集传》部分诗篇的异同，《郑风》列举了十八篇，本文在参考杨著的基础上略作补充。

《诗序》云:"刺庄公也。叔处于京,缮甲治兵,以出于田,国人说而归之。"(第282页)

《诗集传》云:"段不义而得众,国人爱之,故作此诗。……或疑此亦民间男女相悦之词也。"(与《诗序》异。第48页)

《诗说》:"《叔于田》,《序》为刺庄公者,风人之辞。《集传》为国人之贰于叔,而歌其田狩之事,非为刺庄公也,盖篇中不见刺庄公之事故也。然叔段不义而得众,欲夺宗国,是叛逆也,而国人苟悦而归之,叛逆之徒也。其诗何足取,而圣人登之经乎?窃意当叔段得众之时,郑之祸迫矣,有君子者忧之,以为段好武,而阿好之徒甚多,君何不教之而纳于义,乃反使纵其邪志欤?此所谓郑志也。"(综合《诗序》与《诗集传》。第473—474页)

《大叔于田》

《诗序》云:"刺庄公也。叔多才而好勇,不义而得众也。"(第283页)

《诗集传》云:"盖叔多材好勇,而郑人爱之如此。"(与《诗序》异。第49页)

《诗说》云:"《大叔于田》亦前章之意也。但其首章'袒裼暴虎,献于公所',刺其徒恃勇猛而无礼,必作乱,以讽乎君也。'将叔无狃,戒其伤女',又戒无使狃其恶,将蹈倾覆之危,亦以喻叔段也。"(同《诗序》。第474页)

《清人》

《诗序》云:"刺文公也。高克好利而不顾其君,文公恶而欲远之不能。使高克将兵而御狄于竟,陈其师旅,翱翔河上。久而不召,众散而归,高克奔陈。公子素恶高克进之不以礼,文公退职不以道,危国亡师之本,故作是诗也。"(第286页)

《诗集传》云:"郑文公恶高克,使将清邑之兵,御狄于河上,久而不召,师散而归,郑人为之赋此诗。言其师出之久,无事而不得归,但相与游戏如此,其势必至于溃败而后已尔。"(《诗集传》与《诗序》大意相同,不同之处在于《诗序》以此诗的作者是公子素,《诗集传》以为是郑人。第50页)

《诗说》云:"高克似植党而得众者也,文公畏而忌之,假御狄之名而出之,而潜息其党援也。如范鞅畏栾盈,使城着而逐之也。《序》云:'公子素恶高克进之不以礼,文公退之不以道,危国亡师之本,故作是诗。'考之《春秋传》,只言郑人作,而无公子素之名,《序》岂亦有所本欤?"(同《诗序》,指出《诗序》以公子素作此诗与《春秋》言郑人作不符。第475页)

《羔裘》

《诗序》云:"刺朝也。言古之君子,以风其朝焉。"(第291页)

《诗集传》云:"言此羔裘润泽,毛顺而美,彼服此者当生死之际,又能以身居其所受之理而不可夺。盖美其大夫之词,然不知其所指矣。"(《诗集传》只言美,不言刺,与《诗序》稍异。第50页)

《诗说》:"《序》云:'《羔裘》,刺朝也。言古之君子,以风其朝。'窃意郑国当昭厉之际……或出或入,丧乱无已。故郑人思古之舍命不渝之人,得以安国家利社稷者。"(从《诗序》。第475—476页)

又《诗说》云:"《序》称言'古之君子,以风其朝'者,诚正论也。"(从《诗序》。第630页)

《遵大路》

《诗序》云:"思君子也。庄公失道,君子去之,国人思望焉。"(第292页)

《诗集传》云:"淫妇为人所弃,故于其去也,揽其袪而留之曰:子

无恶我而不留,故旧不可以遽绝也。宋玉赋有'遵大路兮揽子祛'之句。亦男女相悦之词也。"(第51页)

《诗说》云:"《序》云:'庄公失道,君子去之,国人思望焉者。'窃意此诗非在庄公时也,即在庄公之卒后也。庄公不能定国本,而昭厉争立,君子不欲在危乱之朝,而有去之者,其故旧之忠于公室者,掺其袖与手而留之曰无恶我之挽也,无丑我之留也,先公之恩不可忘也。盖《缁衣》之治尚存故也。"(与《诗序》异。第475—476页)

《诗说》:"此诗有缠绵之致,无亵渎之意。《序》所称思君子者,恐不可舍也。"(同《诗序》。第630页)

《女曰鸡鸣》

《诗序》云:"刺不说德也。陈古义以刺今,不说德而好色也。"(第294页)

《诗集传》云:"此诗人述贤夫妇相警戒之词。"(第51页)

《诗说》云:"此诗之义在乎好德而不留色。"(同《诗集传》。第63页)

《有女同车》

《诗序》云:"刺忽也。郑人刺忽之不昏于齐。太子忽尝有功于齐,齐侯请妻之。齐女贤而不取,卒以无大国之助,至于见逐,故国人刺之。"(第296—297页)

《诗集传》云:"此疑亦淫奔之诗。"(第52页)

《诗说》云:"窃疑此乃祭仲之徒,劝忽勿辞昏之辞,而忽既不从,故刺之也。"(同《诗序》,但认为是祭仲等人所作。第478页)

又《诗说》云:"当忽失国之后,郑人恨其却齐昏之辞也。"(同《诗序》,但又认为是国人所作。第633页)

《山有扶苏》

《诗序》云:"刺忽也。所美非所美然。"(第299页)

《诗集传》云:"淫女戏其所私者。"(第52页)

《诗说》云:"夫《序》称'所美非美'有所本矣。"(同《诗序》。第479页)

《萚兮》

《诗序》云:"刺忽也。君弱臣强,不倡而和也。"(第303页)

《诗集传》云:"此淫女之词。"(第52页)

《诗说》云:"《序》刺忽,君弱臣强,不唱而和。是时,祭仲专矣,诚君弱而臣强。"(同《诗序》。第480页)

《狡童》

《诗序》云:"刺忽也。不能与贤人图事,权臣擅命也。"(第304页)

《诗集传》云:"此亦淫女见绝而戏其人之词。"(第53页)

《诗说》云:"则从严粲之说,指忽所用之人为狡童者,与《序》中不能与贤人图事之语合矣。夫狡童柄国,贤臣自不见用,故曰彼狡童之'不与我言','不与我食',固也!第忧念昭公而不能自已,至于不能餐,不能食,则其志悲矣。《集传》之断以淫诗者,自及门诸子已疑之矣。"(同《诗序》。第481页)

《褰裳》

《诗序》云:"思见正也。狂童恣行,国人思大国之正己也。"(第304页)

《诗集传》云:"淫女语其所私者。"(第53页)

《诗说》云:"突与忽争郑,然忽当立者也,忽正嫡而尝为世子矣,突支庶也。国人扶忽之徒见突之争而告愬于大国之卿曰:子苟思我,当

褰裳而从之，不然则将愬于他人。见今狂童肆其狂，子苟无相救之意，不可迟待，盖急之之辞也。"（同《诗序》。第 636 页）

《丰》

《诗序》云："刺乱也。婚姻之道缺，阳倡而阴不和，男行而女不随。"（第 308 页）

《诗集传》云："妇人所期之男子已俟乎巷，而妇人以有异志不从，既则悔之，而作是诗也。"（第 53 页）

《诗说》云："盖有具礼亲迎者及于堂，而女别有所私之男子，欲潜从之，故不随亲迎之男子，既而悔之，而自叹曰：迎已之男子，若复迎我，则我当具服饰而从之，诗人见其人而述其语，所以刺乱也欤？"（《诗说》综合《诗序》与《诗集传》。第 483 页）

《东门之墠》

《诗序》云："刺乱也。男女有不待礼而相奔者也。"（第 62 页）

《诗集传》云："门之旁有墠，墠之外有阪，阪之上有草，识其所与淫者之居也。"（第 54 页）

《诗说》云："《东门之墠》有茹藘处，东门之外有栗处，即女子所欲就之所，而其在礼防得之则近，违之则远，女乃恋男子而遽责其不速迎，不论礼之有无，惟肆情欲者，为可刺也欤？"（同《诗序》。第 484 页）

《风雨》

《诗序》云："思君子也。乱世则思君子，不改其度焉。"（第 313 页）

《诗集传》云："淫奔之女言当此之时，见其所期之人而心悦也。"（第 54 页）

《诗说》云："盖以风雨之辰，易致失其时，而鸡独知时而鸣，所以喻君子不改其度。"（从《诗序》。第 638 页）

《子衿》

《诗序》云:"刺学校废也。乱世则学校不修焉。"(第 313 页)

《诗集传》云:"此亦淫奔之诗。"(第 54 页)

《诗说》云:"《序》云:'《子衿》,刺学校废。'毛、郑以来,汉唐诸儒无异辞矣。《集传》定为淫奔之诗。然此诗见贤者念贤者不修业而责之。"(从《诗序》。第 486 页)

《诗说》又云:"言学校之政废坏,学者无来习礼乐者。然师无往教之礼,曰我宁不往,子胡不来受乎,其望之也切矣。其所事者挑达而往来城阙之上,盖郑俗好游佚故也。女虽如此,独不念礼乐不可一日而废乎?"(从《诗序》。第 638—639 页)

《扬之水》

《诗序》云:"闵无臣也。君子闵忽之无忠臣良士,终以死亡,而作是诗也。"(第 316 页)

《诗集传》云:"淫者相谓,言扬之水则不流束楚矣。"(第 55 页)

《诗说》云:"郑忽以当立之,故篇中所陈皆闵忽之辞也。"(从《诗序》。第 639 页)

《出其东门》

《诗序》云:"闵乱也。公子五争,兵革不息,男女相弃,民人思保其室家焉。"(第 316 页)

《诗集传》云:"人见淫奔之女而作此诗。"(第 55 页)

《诗说》云:"《序》称闵乱,篇中未见乱意。岂以如云喻女子之被弃者多如荼,喻丧服之盛,而旧说遂致支离欤?《集传》定为淫奔之女,非思之所存者,深得性情之正,其安贫守陋之意,独趋于众污之中,诚风人之旨矣!"(从《诗集传》。第 640 页)

《野有蔓草》

《诗序》云:"思遇时也。君之泽不下流,民穷于兵革,男女失时,思不期而会焉。"(第 320 页)

《诗集传》云:"男女相遇于野田草露之间,故赋其所在以起兴。"(第 56 页)

《诗说》云:"此诗叹君泽之不下流,民生之困悴,则思君子之拯济。"(从《诗序》。第 640 页)

《溱洧》

《诗序》云:"刺乱也。兵革不息,男女相弃,淫风大行,莫之能救焉。"(第 321—322 页)

《诗集传》云:"此诗淫奔者自叙之词。"(第 56 页)

《诗说》云:"此诗状男女情意之骀荡,人物风俗之淫佚甚悉,不问而可知其淫诗矣。"(从《诗集传》。第 641 页)

《郑风》诗二十一篇,《诗说》从《诗序》者十八篇,只有《女曰鸡鸣》《出其东门》《溱洧》三首诗从《诗集传》。

对于成海应的《诗经》解释趋向,韩国学者认为是"汉宋兼采",如杨沅锡认为:"成海应对《诗经》各篇诗旨的解说中,《诗序》说与朱子说占很大一部分,成海应考察《诗序》说与朱子说的得失,以此作为其在思考方式上作出跟从还是违背的依据。因此,他的《诗经》解释情况显示出既从《序》又从朱的形态。"① 金秀炅认为:"在汉学方面,成海应尤其关注汉代毛《传》与郑《笺》之间、郑《笺》与其他郑注之间以及毛《传》与许慎《诗》

---

① [韩]杨沅锡:《研经斋 成海应의诗经学 研究》,原文为:"그의 诗经 각편목에 대한 해설은 诗序说과 朱子说에 대한 논의가 대부분을 차지하고 있으며 诗序说과 朱子说의 得失을 검토하고 그것에 대한 从 违 를 결정하는 방식을 취하고 있다. 그러므로, 그의 시경 해석경향은 크게 从 序 또는 从 朱 의 두양태로 나타나고 있다."高丽大学校,大学院 2000 年硕士学位论文,第 27 页。

说之间的异同。……在宋学方面成海应广泛参引了欧阳修、苏辙、吕祖谦、辅广、严粲等人之《诗》说。"① 本文认为成海应对于《诗经》的解释主要是《诗序》一派的,虽然成海应也采撷朱熹、严粲、吕祖谦等《诗经》宋学的观点,但是却不能与尊《诗序》在数量与态度上相提并论。

---

① [韩]金秀炅:《韩国朝鲜时期〈诗经〉学研究》,北京大学博士研究生学位论文,2010年,第111—112页。

参考文献

一、古籍（传统目录学四部分类）

（一）中国

阮元编：《十三经注疏》，上海古籍出版社2007年版。

孔颖达：《毛诗正义》，北京大学出版社1999年版。

陆玑：《毛诗草木鸟兽虫鱼疏》，文渊阁《四库全书》本。

朱熹：《诗集传》，上海古籍出版社1980年版。

吕祖谦：《吕氏家塾读诗记》，文渊阁《四库全书》本。

刘瑾：《诗集传通释》，文渊阁《四库全书》本。

胡广等：《诗经大全》，文渊阁《四库全书》本。

马瑞辰：《毛诗传笺通释》，中华书局1989年版。

姚际恒：《诗经通论》，中华书局1958年版。

方玉润：《诗经原始》，中华书局1986年版。

陈奂：《诗毛氏传疏》，台湾学生书局1986年版。

王先谦：《诗三家义集疏》，中华书局1987年版。

贾公彦：《周礼注疏》，北京大学出版社1999年版。

孔颖达：《春秋左传注疏》，北京大学出版社1999年版。

朱熹：《四书章句集注》，中华书局2008年版。

陆德明：《经典释文》，中华书局1983年版。

段玉裁：《说文解字注》，浙江古籍出版社2002年版。

司马迁：《史记》，中华书局1982年版。

班固：《汉书》，中华书局2009年版。

姚思廉：《梁书》，中华书局1973年版。

徐元诰：《国语集解》，中华书局2002年版。

王先谦：《荀子集解》，中华书局1988年版。

王先谦：《庄子集解》，中华书局1987年版。

黎靖德：《朱子语类》，中华书局1986年版。

朱杰人：《朱子全书》，上海古籍出版社、安徽教育出版社2002年版。

徐震堮：《世说新语校笺》，中华书局2001年版。

黄叔琳：《增订文心雕龙校注》，中华书局2000年版。

黄汝成：《日知录集释》，上海古籍出版社2007年版。

（二）韩国（以《韩国经学资料集成》册数先后为序）

权近：《诗浅见录》，成均馆大学校大东文化研究院编《韩国经学资料集成》第71册，成均馆大学出版部1995年版。

李滉：《诗释义》，《韩国经学资料集成》第71册。

许穆：《诗说》，《韩国经学资料集成》第71册。

尹鑴：《古诗经考·古诗大序·古诗》，《韩国经学资料集成》第71册。

洪汝河：《诗传》，《韩国经学资料集成》第71册。

韩汝愈：《诗经记疑》，《韩国经学资料集成》第71册。

林泳：《读书箚录——诗传》，《韩国经学资料集成》第71册。

李喜朝：《诗传箚疑》，《韩国经学资料集成》第71册。

李万白：《鲁颂论——东壮》，《韩国经学资料集成》第71册。

李栽：《读诗》，《韩国经学资料集成》第71册。

姜硕庆：《论诗经刘注主右旋之非》，《韩国经学资料集成》第71册。

李縡：《经传疑义问解——诗传》，《韩国经学资料集成》第71册。

李光庭：《秦无衣》，《韩国经学资料集成》第71册。

李显益：《诗传说》，《韩国经学资料集成》第71册。

林象德：《诗传》，《韩国经学资料集成》第 71 册。

尹东奎：《诗·读诗记疑·读大雅记疑·诗——追录》，《韩国经学资料集成》第 71 册。

金元行：《渼上经义——诗传》，《韩国经学资料集成》第 71 册。

黄景源：《大雅问》，《韩国经学资料集成》第 71 册。

白凤来：《诗传》，《韩国经学资料集成》第 71 册。

白凤来：《三经通义——诗传》，《韩国经学资料集成》第 71 册。

金钟厚：《诗传箚录》，《韩国经学资料集成》第 71 册。

金钟厚：《诗传》，《韩国经学资料集成》第 71 册。

金钟正：《诗传箚录》，《韩国经学资料集成》第 71 册。

朴世堂：《思辨录——诗经》，《韩国经学资料集成》第 72 册。

李瀷：《诗经疾书》，《韩国经学资料集成》第 73 册。

无名氏：《诗义》，《韩国经学资料集成》第 73 册。

洪大容：《三经问辨——诗传辨疑》，《韩国经学资料集成》第 74 册。

朴胤源：《诗经箚略》，《韩国经学资料集成》第 74 册。

金龟柱：《诗传箚录》，《韩国经学资料集成》第 74 册。

高廷凤：《御制经书疑义条对——毛诗》，《韩国经学资料集成》第 74 册。

无名氏：《诗传讲义》，《韩国经学资料集成》第 74 册。

李书九：《诗讲义》，《韩国经学资料集成》第 74 册。

金羲淳：《讲说——诗传》，《韩国经学资料集成》第 74 册。

李祘：《经史讲义——诗》，《韩国经学资料集成》第 75 册。

李祘：《经史讲义——总经：诗》，《韩国经学资料集成》第 75 册。

申绰：《诗次故Ⅰ》，《韩国经学资料集成》第 76 册。

申绰：《诗次故Ⅱ》，《韩国经学资料集成》第 77 册。

申绰：《诗经异文》，《韩国经学资料集成》第 77 册。

申绰：《诗次故外杂》，《韩国经学资料集成》第 77 册。

成海应：《诗说》，《韩国经学资料集成》第 78 册。

成海应：《诗类》，《韩国经学资料集成》第 78 册。
丁若镛：《诗经讲义》，《韩国经学资料集成》第 79 册。
丁若镛：《诗经讲义补遗》，《韩国经学资料集成》第 79 册。
赵得永：《诗传讲义》，《韩国经学资料集成》第 80 册。
李昆秀：《诗传讲义》，《韩国经学资料集成》第 81 册。
崔璧：《诗传讲义录》，《韩国经学资料集成》第 81 册。
姜必孝：《诗传》，《韩国经学资料集成》第 81 册。
李敦秀：《诗经》，《韩国经学资料集成》第 81 册。
金学淳：《讲筵文义——诗传》，《韩国经学资料集成》第 81 册。
金鲁谦：《龙园杂识——诗礼问：诗传》，《韩国经学资料集成》第 81 册。
丁学祥：《诗名多识》，《韩国经学资料集成》第 81 册。
许传：《经筵讲义——诗》，《韩国经学资料集成》第 81 册。
奇正鎭：《答问类编——诗》，《韩国经学资料集成》第 82 册。
金在洛：《诗传演义——诗传清庙瑟图》，《韩国经学资料集成》第 82 册。
金岱镇：《诗十月之交章传记疑》，《韩国经学资料集成》第 82 册。
金弘任：《两汉五经颛门谱——诗》，《韩国经学资料集成》第 82 册。
沈大允：《诗经集传辨正》，《韩国经学资料集成》第 82 册。
李埈：《诗六义讲说》，《韩国经学资料集成》第 82 册。
朴宗永：《经旨蒙解——诗传》，《韩国经学资料集成》第 82 册。
申锡祜：《诗——如日之升》，《韩国经学资料集成》第 82 册。
柳重教：《诗讲义发问》，《韩国经学资料集成》第 82 册。
李定稷：《关关雎鸠在河之洲说》，《韩国经学资料集成》第 82 册。
李炳宪：《孔经大义考——诗经》，《韩国经学资料集成》第 82 册。
尹廷琦：《诗经讲义续集》，《韩国经学资料集成》第 83 册。
朴文镐：《诗集传》，《韩国经学资料集成》第 84 册。
朴文镐：《诗集传详说》，《韩国经学资料集成》第 84 册。
朴文镐：《枫山纪闻录——经说》，《韩国经学资料集成》第 85 册。

无名氏：《读诗记疑》，《韩国经学资料集成》第86册。

无名氏：《诗义》，《韩国经学资料集成》第86册。

无名氏：《诗传》，《韩国经学资料集成》第86册。

《诗经谚解》光海君本，弘文阁1992年版。

金富轼：《三国史记》，景仁文化社1997年版。

郑麟趾：《高丽史》，亚细亚出版社1983年版。

韩国国史编纂委员会编：《朝鲜王朝实录》，韩国国史编纂委员会1955年版。

《承政院日记》，大韩民国文教部、国史编纂委员会编纂兼发行，1970年版。

权近：《阳村集》，《韩国文集丛刊》第7册，景仁文化社1996年版。

许穆：《记言》，《韩国文集丛刊》第98册，景仁文化社1996年版。

洪汝河：《木斋集》，《韩国文集丛刊》第124册，景仁文化社1996年版。

朴世堂：《西溪集》，《韩国文集丛刊》第134册，景仁文化社1996年版。

林泳：《沧溪集》，《韩国文集丛刊》第159册，景仁文化社1997年版。

李縡：《陶庵集》，《韩国文集丛刊》第194、195册，景仁文化社1999年版。

李瀷：《星湖全集》，《韩国文集丛刊》第198—200册，景仁文化社1999年版。

正祖：《弘斋全书》，《韩国文集丛刊》第262—267册，景仁文化社2001年版。

成海应：《研经斋全集》，《韩国文集丛刊》第273—279册，景仁文化社2001年版。

申绰：《石泉遗集》，《韩国文集丛刊》第279册，景仁文化社2001年版。

丁若镛：《（增补）与犹堂全书》，《韩国文集丛刊》，景仁文化社1970年版。

二、今人专书（以作者姓氏拼音为序）

陈来：《古代思想文化的世界》，三联书店2002年版。

陈致：《从礼仪化到世俗化——〈诗经〉的形成》，上海古籍出版社2009年版。

陈子展：《诗经直解》，复旦大学出版社1983年版。

程俊英、蒋见元：《诗经注析》，中华书局2005年版。

程俊英：《诗经译注》，上海古籍出版社1985年版。

高亨：《诗经今注》，上海古籍出版社2009年版。

葛荣晋：《韩国实学思想史》，首都师范大学出版社1998年版。

郭沫若：《中国古代社会研究》，河北教育出版社2000年版。

洪湛侯：《诗经学史》，中华书局2004年版。

胡厚宣：《殷商史》，上海人民出版社2008年版。

黄节：《诗旨纂辞变雅》，中华书局2008年版。

黄俊杰：《德川日本〈论语〉诠释史论》，台湾大学出版中心2006年版。

黄俊杰：《东亚儒学：经典与诠释的辩证》，台湾大学出版中心2007年版。

黄俊杰：《东亚文化交流中的儒家经典与理念：互动、转化与融合》，台湾大学出版中心2010年版。

黄俊杰主编：《东亚视域中的茶山学与朝鲜儒学》，台湾大学出版中心2006年版。

黄俊杰主编：《东亚朱子学的同调与异趣》，台湾大学出版中心2006年版。

黄枝连：《朝鲜的儒化情境构造——朝鲜王朝与满清王朝的关系形态论》，中国人民大学出版社1995年版。

金柄珉主编：《朝鲜——韩国的历史传说与人文精神》，延边大学出版社2004年版。

金忠烈：《高丽儒学思想史》，台湾东大图书公司1992年版。

寇淑慧：《二十世纪诗经研究文献目录》，学苑出版社2001年版。

李家树：《诗经专题研究》，太白文艺出版社2001年版。

李民、王健：《尚书译注》，上海古籍出版社，2004年版。

李仙竹主编：《北京大学图书馆馆藏古代朝鲜文献解题》，北京大学出版社1997年版。

梁启超：《中国近三百年学术史》，东方出版社1996年版。

林庆彰编：《诗经研究论集（一）》，台湾学生书局1983年版。

林庆彰编：《诗经研究论集（二）》，台湾学生书局1987年版。

刘顺利：《朝鲜半岛汉学史》，学苑出版社2009年版。

刘永智：《中韩关系史研究》，中州古籍出版社1994年版。

刘玉建：《中国古代龟卜文化》，广西师范大学出版社1992年版。

刘毓庆、郭万金：《从文学到经学——先秦两汉诗经学史论》，华东师范大学出版社2009年版。

刘毓庆：《从经学到文学》，商务印书馆2001年版。

刘毓庆：《历代诗经著述考·明代》，中华书局2008年版。

刘毓庆：《历代诗经著述考·先秦——元代》，中华书局2005年版。

刘毓庆：《诗义稽考》，学苑出版社2006年版。

吕思勉：《先秦史》，上海古籍出版社2005年版。

莫砺锋：《朱熹文学研究》，南京大学出版社2001年版。

皮锡瑞：《经学历史》，中华书局2008年版。

皮锡瑞《经学通论》，中华书局2008年版。

朴文一、金龟春主编：《中国古代文化对朝鲜和日本的影响》，黑龙江民族出版社2000年版。

钱穆：《中国学术思想史论丛（一）》，三联书店2009年版。

孙作云：《诗经与周代社会研究》，中华书局1979年版。

田以麟：《朝鲜教育史》，吉林教育出版社2000年版。

童书业：《春秋史》上海世纪出版集团2010年版。

王国维：《观堂集林》，中华书局1984年版。

王晓平：《日本诗经学史》，学苑出版社2009年版。

夏传才：《二十世纪诗经学》，学苑出版社2005年版。

夏传才：《诗经研究史概要》，清华大学出版社2007年版。

向熹：《〈诗经〉语言研究》，四川人民出版社1987年版。

徐复观：《徐复观论经学史二种》，上海世纪出版集团2006年版。

扬之水：《诗经名物新证》，北京古籍出版社2000年版。

杨宽：《西周史》，上海人民出版社2008年版。

杨宽：《先秦史十讲》，复旦大学出版社2006年版。

杨天宇：《周礼译注》，上海古籍出版社2004年版。

于省吾：《泽螺居诗经新证·泽螺居楚辞新证》，中华书局2003年版。

余英时：《现代危机与思想人物》，三联书店2005年版。

袁长江：《先秦两汉诗经研究论稿》，学苑出版社1999年版。

张宝三：《东亚〈诗经〉学论集》，台湾大学出版中心2009年版。

张伯伟：《清代诗话东传略论稿》，中华书局2007年版。

张伯伟：《域外汉籍研究论集》，北京大学出版社2011年版。

张伯伟编：《朝鲜时代书目丛刊》，中华书局2004年版。

张启成：《〈诗经〉风雅颂研究论稿新编》，学苑出版社2011年版。

张启成：《〈诗经〉研究史论稿新编》，贵州人民出版社2011年版。

中国实学研究会编：《中韩实学史研究》，中国人民大学出版社1998年版。

朱东润：《诗三百篇探故》，云南人民出版社2007年版。

朱维铮：《中国经学史十讲》，复旦大学出版社2008年版。

朱维铮编校：《周予同经学史论》，上海人民出版社2010年版。

［韩］白承锡：《诗经疾书校注》，江苏教育出版社1999年版。

［韩］崔根德：《韩国儒学思想研究》，学苑出版社2003年版。

［韩］崔英辰撰、邢丽菊译：《韩国儒学思想研究》，东方出版社2008年版。

［韩］韩国哲学会编、韩振干译：《韩国哲学史》，社会科学文献出版社1996年版。

［韩］金海宗撰、金善姬译：《中韩关系史论集》，中国社会科学出版社1997年版。

［韩］金台俊撰、金性彦校注：《校注朝鲜汉文学史》，太学社1996年版。

［韩］金台俊撰、张琏瑰译：《朝鲜汉文学史》，社会科学文献出版社1996年版。

［韩］金文植：《朝鲜后期经学思想研究》，一潮阁出版社1996年版。

［韩］金兴圭：《朝鲜后期之诗经论与诗意识》，高丽大学校民族文化研究所1982年版。

［韩］李丙焘：《韩国儒学史略》，亚细亚文化社1986年版。

［韩］李炳燦：《韩中诗经学研究》，保景文化社2001年版。

［韩］林荧泽着、李学堂译：《韩国学：理论与方法》，山东大学出版社2010年版。

［韩］全海宗撰、全善姬译：《中韩关系史论集》，中国社会科学出版社1997年版。

［韩］全寅初主编：《韩国所藏中国汉籍总目》，学古房2005年版。

［韩］沈庆昊：《朝鲜时代汉文学与诗经论》，一志社1999年版。

［日］家井真撰、陆越译：《〈诗经〉原意研究》，凤凰出版社2011年版。

［日］松浦章：《明清时代中国与朝鲜的交流——朝鲜使节与漂着船》，乐学书局2002年版。

［日］松浦章撰、刘东等译：《明清时代东亚海域的文化交流》，江苏人民出版社2009年版。

三、期刊论文（以发表时间为序）

谢宝森：《韩国实学大师李瀷的哲学思想初探》，《浙江学刊》1982年第3期。

刘又辛：《释篷篠》，《语言研究》，1984年第1期。

褚斌杰、常森：《朱子〈诗〉学特征论略》，《河北师范大学学报（哲学社会科学版）》，1998年第2期。

扬之水：《〈诗〉中之酒》，《中国典籍与文化》，1998年第4期。

晁福林：《〈上博简·孔子诗论〉"樛木之时"释义——兼论〈诗·樛

木〉的若干问题》,《古籍整理研究学刊》,2002 年第 3 期。

韩英:《试论丁若镛对朱子学的批判》,《当代韩国》2003 年第 8 期。

刘毓庆:《关于〈诗经·关雎〉篇的雎鸠喻意问题》,《北京大学学报(哲学社会科学版)》,2004 年第 2 期。

邬国平:《柳重教〈诗讲义发问〉质疑朱熹〈诗〉说问题研究》,《域外汉籍研究集刊》第一辑,中华书局 2005 年版。

刘毓庆:《〈毛传〉的"战国遗孤"角色及其理性精神》,《文艺研究》2007 年第 11 期。

刘毓庆:《〈诗〉学之"兴"的还原与背离》,《文学评论》,2008 年第 4 期。

刘毓庆:《〈毛诗〉派兴起原因之探讨》,《文艺研究》2009 年第 2 期。

李岩:《朝鲜古代〈诗经〉接受史考论》,《文学评论》,2015 年第 5 期。

刘毓庆、张安琪:《韩国李朝〈诗经〉学以〈易〉解〈诗〉的诠释模式及其意义》,《湖南社会科学》,2015 年第 4 期。

张伯伟:《汉字的魔力》,《中国社会科学》,2018 年第 3 期。

[韩]金兴圭:《西溪朴世堂의诗经论》,《韩国学报》1980 年第 3 期。

[韩]徐堈遥:《对成海应经学思想的考察》,《大东文化研究》,第十五辑,成均馆大东文化研究院 1982 年版。

[韩]金文植:《成海应的经学观与中国认识》,《韩国学报》1993 年第 1 期。

[韩]宋载邵:《李篪衡著〈茶山丁若镛经学〉研究》,《当代韩国》1997 年第 5 期。

[韩]李篪衡:《茶山丁若镛的经学》,《中韩实学史研究——第五届东亚实学国家学术研讨会论文集》,1998 年。

[韩]金秀炅:《朝鲜时代学者对〈诗经〉的谚解》,《域外汉籍研究集刊》第五辑,中华书局 2009 年版。

[韩]김수경:《『시집전상설(诗集传详说)』에보이는『시경언해(诗经谚解)』에 대한 번역학적 고찰》,어문논집,Vol. 63,2011 년.

［韩］이영호：《다산（茶山）과석천（石泉）의시경학（诗经学）과역경（易经学）에관한일고찰》，《东洋哲学研究》，Vol. 76，2013년.

［韩］김수경：《조선시대시경학 속의 주희시경학 ——수용과 재해석 양상을 중심으로》，《汉文古典研究》，Vol. 27，2013년.

［韩］김수경：《퇴계（退溪）의『시경（诗经）』석의（释义）고찰에대한 번역학적》탐색》，《韩国汉文学研究》，Vol. 55，2014년.

［韩］김수경：《王祖朝왕실도서관『诗经』文献 目录및 텍스트编辑에 관한고찰》，《한국문화》，Vol. 73，2016년.

［韩］홍유빈：《다산 시경학 연구를 위한 예비적 검토》，한국문학과 예술，Vol. 20，2016년.

［韩］박순철：《诗经에 나타난中国思想의 源流性 研究》，《中国学论丛》，Vol. 12 No. 51，2016년.

［韩］홍유빈：《茶山·舫山 诗经说계승 양상에 대한 예비적 검토》，《한자한문연구》，Vol. 18 No. 12，2017년.

［韩］조규익：《태종 조"国王宴使臣乐"에 수용된『시경』의 양상과 의미》，《국어국문학》，Vol. 36 No. 179，2017년.

［韩］정일남：《양촌권근 의 문학과『시경（诗经）』》，《东方汉文学》，Vol. 74，2018년.

［韩］윤재환：《소남윤동규의『시경』이해의양상》，《东方汉文学》，Vol. 77，2018년.

［韩］박순철：《三宜堂金氏의《诗经》에 대한研究》《中国学论丛》，Vol. 57，2018년.

［韩］홍유빈：《三渊 诗经说에 대한湛轩의 评价와 그意味——湛轩 洪大容의「诗传辨疑」를중심으로》，《大东汉文学》，Vol. 58，2019년.

［韩］정기인： 《경전에서 텍스트로——20세기 초『诗经』에 대한근대 시인들의인식변화》，민족문학사연구，Vol. 2 No. 69，2019년.

［日］谷川道雄撰、李济沧译：《中国古典时代的终结与东亚世界的成

立》,《日本中国学史研究年刊·二〇〇七年度》,上海古籍出版社 2009 年版。

四、学位论文

(一) 博士学位论文

1. [韩] 崔锡起:《星湖李瀷的诗经学》,成均馆大学校大学院汉文科,1993 年博士学位论文。

2. [韩] 李炳灿:《韩国的诗经论研究:以"国风"论为中心的考察》,檀国大学校,2001 年博士学位论文。

3. [韩] 千基哲:《正祖朝"诗经讲义"对毛奇龄诗说的批判与接受》,釜山大学校,2004 年博士学位论文。

4. [韩] 이영희:《茶山의현실 中心의도덕론的 文学观과 诗文学》,서강대학교 교육대학원,박사학위논문,2005 년.

5. 陈东:《清代经筵制度研究》,山东大学,2006 年博士学位论文。

6. [韩] 진예숙:《阳村 权近의『诗浅见录』研究》,公州大学校 大学院,博士学位论文,2009 년.

7. [韩] 金秀炅:《韩国朝鲜时期〈诗经〉学研究》,北京大学,2010 年博士学位论文。

8. [韩] 정원호:《〈朝鲜王朝实录〉의〈诗经〉活用例연구》(《〈朝鲜王朝实录〉之〈诗经〉活用例 研究》) 부산대학교,2013 年博士学位论文。

9. [韩] 이봉조:《『焦氏易林』에관한研究》,圆光大学校,2013 年博士学位论文。

10. [韩] 소잠:《徐有榘의『毛诗讲义』研究와译注》,성균관대학교,2014 年博士学位论文。

11. [韩] 이욱진:《〈诗经〉 자연경물모티프의은유》,서울대학교 대학원,2017 年博士学位论文。

12. [韩] 홍유빈:《舫山 尹廷琦의『诗经讲义续集』研究:茶山 诗经学의전변과혁신의관점에서》,고려대학교대학원,2018 博士学位论文。

（二）硕士学位论文

1. ［韩］李炳灿：《正祖朝的〈诗经讲义〉研究》，忠南大学校，1994 年硕士学位论文。

2. ［韩］金相丸：《阳村权近的〈诗经浅见录〉研究》，启明大学校，1994 年硕士学位论文。

3. ［韩］金柄宪：《关于茶山〈诗经讲义〉的考察：与朱子说相比较为中心的研究》，成均馆大学校，1996 年硕士学位论文。

4. ［韩］杨沅锡：《研经斋成海应的诗经学研究》，高丽大学校，2000 年硕士学位论文。

5. ［韩］金秀炅：《关于茶山〈诗经〉学中的"兴"的研究》，高丽大学校，2003 年硕士学位论文。

6. ［韩］洪裕彬：《舫山尹廷琦的〈诗经讲义续集〉之国风论研究》，高丽大学校，2010 年硕士学位论文。

7. ［韩］황해빈：《〈诗经〉表现形式研究》，부산대학교대학원，2014 年硕士学位论文。

8. ［韩］최윤금：《시경에 나타난 혼인육례시기와 혼인의례시 연구》，전북대학교 일반대학원，2015 年硕士学位论文。

9. ［韩］김소옥：《이규보가『시경』『초사』，도시에대한수용연구》，숭실대학교대학원，2015 年硕士学位论文。

10. ［韩］차민경：《孔子의人性教育思想 研究：四书에 인용된『诗经』诗를 中心으로》，성균관대학교，2015 年硕士学位论文。

11. ［韩］류월：《高丽俗谣의民谣的 特性 研究：'诗经六义'와 대비하여》，중앙대학교대학원，2017 年硕士学位论文。

12. ［韩］하가영：《孔子의诗教 思想 研究：人性教育을中心으로》，성균관대학교，2018 年硕士学位论文。

13. ［韩］안용수：《중국 근대전환기의 시경론：강유위,장병린,유사배,양계초,왕국유를중심으로》，서울대학교대학원 2018 年硕士学位论文。

后　记

一

　　儒家经典在古代朝鲜半岛具有种子与核心的作用，并成为古代朝鲜王朝建构社会秩序、人伦道德、价值观念的思想资源。朝鲜知识分子在对中国经典的接受过程中同时以汉字为媒介撰写了大量的汉籍，这些汉籍成为东亚汉文化圈的重要组成部分。《诗经》作为儒家经典在朝鲜半岛有源远流长的传播与接受的历史。朝鲜知识分子用汉字或韩汉相加的方式撰写了大量的《诗经》学著作，这些著作承载了朝鲜半岛对中国典籍之接受与创新的历史，同时也承载了朝鲜知识分子对于王朝盛衰、历史际遇、政治理想、学术思潮与人生情感的多重感受，呈现出中国文化与朝鲜半岛文化交流与融合的历史图像。对朝鲜半岛《诗经》学的研究，是将《诗经》置于汉文化圈这一广阔的学术背景之下进行研究，有助于拓展《诗经》研究的边界，以呈现中国文化对异域文化的影响图景。

　　韩国《诗经》学是东亚《诗经》学之林的独特品种，是作为主流的中国《诗经》学的对话者、比较者、补充者的"异域之眼"，具有丰富的诗学内涵与思想史意义。朝鲜半岛儒者通过《诗经》诠释传达了企慕圣人境遇的心路历程，他们将《诗经》诠释与个体之生命相交织，在经典诠释中安身立命。同时朝鲜半岛儒者还通过《诗经》诠释的方式观照社会人生、现实政治，他们试图通过经典诠释的方式建构君明臣贤的理想社会秩序与道德人伦形态。朝鲜半岛《诗经》学还具有护教学的意义，在朝鲜半岛遭受各种非正统思想的影响时，部分朝鲜儒者通过《诗经》诠释的方式回归正统思想，抵抗各种思潮强烈震荡的社会思想意识形态。

韩国《诗经》学是一种"体常而尽变"的思想与智慧的创造事业，对韩国《诗经》学的研究也是"乐意相关禽对语，生香不断树交花"的美好事业。

本书由我与韩国国立公州大学的金秀炅女士合著，金秀炅女士负责本书书影的收集与第一至三章的撰写，我负责本书第四至十一章的撰写。感谢金老师百忙之中参加本书的编撰，本书是我们对共同研究领域的探索，也是由学术而友谊的见证。本书即将付梓，我的心里充满了感激，感谢我的老师张伯伟先生、师母曹虹老师在学业与人生之路对我的指引与教诲，他们的智慧与慈爱给予我无穷的力量。感谢张启成老师将我带入学术研究的领域，虽然启成老师已经永远地离开了我们，但是他将薪尽火传的爱和力量留给了我们。感谢夏传才先生提携后进让我承担《世界汉学诗经学》丛书《韩国诗经学概要》的撰写，遗憾的是书稿出版离先生辞世已快三年，我的心里充满了深深的愧疚。感谢高丽大学崔溶澈教授和禹春姬教授在我留学韩国期间给予我的教导和关怀，在高丽大学一年的学习开拓了我的学术视野。感谢梅桐生老师始终以庄子逍遥无待的人生境界滋养我对学术研究最真挚的追求。感谢我的高中老师谢国富先生，感谢他将我带入一个由文字传达真善美的思想的世界。感谢我的父母，他们的乐观善良给予我最美好的情感依托。感谢永刚，他是我"荷月带锄归"的温暖陪伴。感谢小女昑昑，她的天真可爱是我研究的温暖动力。感谢河北教育出版社，感谢责任编辑为本书出版付出的辛勤努力。

付星星（贵州大学）

二

　　此次得以参与撰写《世界汉学诗经学》丛书中的《韩国诗经学概要》项目，既感荣幸，又感惭愧。在中国诗经学会囊括不断扩展与深入的诗经学成果之际，我如同大象上的蚂蚁，有幸得以体验其广阔视野，因而感到荣幸。我虽然因自己的喜好以韩国诗经学为主题攻读了硕博，但研究仍未成熟，因而感到惭愧。

　　我能参与本书的撰写纯是托付星星老师的福。约十年之前，我从中国读完博士回国不久，得知了有一位年轻学者得中国国家留学基金委资助访韩撰写以韩国诗经学为主题的博士论文，巧的是她正好到我当时教书的学校来进修。尽管我们没见过几次面，却倍感亲切。付老师在韩国待了一年之后回国执教，我们仍保持着联系。她常给我介绍她最近的研究成果以及有关中国诗经学的动向。所以可以说，付老师扎实的学术功底不仅给韩国诗经学增添了不少色彩，还为我持续关注诗经学予以莫大的帮助，借此向付老师深表感谢。几年前付老师负责编撰《世界汉学诗经学》（韩国卷），她原本一个人负责此项目绰绰有余，但为了勉励我学习，不嫌麻烦推荐我参与此项目。我尽管没有头绪，但愿意为此助一臂之力。可我终究力不从心，临近截稿日期，甚至远超过催稿期限，仍没有进展。只好在我博士论文以及一些小论文的基础上增减而成稿，但这仍反映了我切入韩国诗经学的主要关注点。

　　我所负责撰写的部分为第一至三章。此章节个别围绕"谚解（传统时期对韩文翻译的名称）"、经筵、文化三个主题描述了韩国诗经学的特点。第一章指出：《诗经谚解》不仅反映了传统时期韩国学者对《诗经》及朱熹《诗集传》的细微理解，还反映了韩国诗经学与韩国语言、经典阐释之间的密切关系。而这一特点一直延续到现在。在第二章探讨了朝鲜经筵解《诗》的情况。指出了朝鲜经筵解《诗》反映朝鲜君臣注重《诗》教作用以及以朱熹

《诗集传》与胡广《诗传大全》为中心文本的特点。传统时期在经筵读《诗》的历程中，朝鲜后期英祖、正祖朝的解《诗》比前期体现出深化并多元化的趋势，尤其是正祖朝君臣之间的讲义活动反映了朝鲜《诗》学走出以朱熹《诗》学为中心的一元化倾向。第三章则介绍了韩国传统时期外交文化、礼乐制度中援用《诗经》的情况，指出了《诗经》渗透到韩国传统文化的面貌。因此可以说《诗经》对于了解韩国传统文化、礼乐制度有着重要意义。

付教授所负责的第四至十一章，则就韩国诗经学史上主要个别学者与著述进行了深入分析。她最近还出版了有关韩国诗经学专著，对此领域独树一帜。对韩国诗经学有兴趣的学者，肯定会从付教授细致入微的介绍中受益匪浅。

回顾一下自己的学习，若没有韩国高丽大学金彦钟恩师为始的汉文系老师们与北京大学董洪利恩师为始的古典文献专业的老师们，恐无法进入《诗经》学的研究，在此由衷地感谢他们。董恩师已仙逝，导师生前眼中并不是好学生的我，除了有感恩之心，还很对不起他。感谢在学习过程中陪伴我、帮助我、鼓励我的同门、同学及家人。希望有朝一日，能够增强我的学习功底，给相关研究领域的同道们提供更有参考价值的信息，以报答他们。

河北教育出版社责任编辑不仅仁慈地耐心等待严重拖稿的我，还将漏洞百出的拙稿一一编辑成书。在此表示深深的歉意与感谢。

金秀炅（韩国国立公州大学）